Folgende Titel der Reihe »Das Erbe der Macht« sind bisher erschienen:

Erschienene E-Books

Band 1-9

Weitere Serien des Autors bei der Greenlight Press

Ein MORDs-Team (All-Age Krimi)

Heliosphere 2265 (Sci-Fi)

Über den Autor:

»Lern erst mal was Gescheites, Bub.« Nein, das war nicht der erste Satz, den ich nach meiner Geburt zu hören bekam, das war erst später. Geboren wurde ich am 21.03.1982 in Landau in der Pfalz. Gemäß übereinstimmenden Aussagen diverser Familienmitglieder wurde aufgrund der immensen und andauernden Lautstärke, die ich als winziger „Wonneproppen" an den Tag legte, ein Umtausch angemahnt. „Mamma, können wir ihn nicht zurückgeben und lieber einen Hund nehmen?" Glücklicherweise galt hier: Vom Umtausch ausgeschlossen. Es folgt also eine glückliche Kindheit und turbulente Jugend. Natürlich verrate ich hier keine weiteren Details, das würde zum einen den Spannungsbogen kaputtmachen, zum anderen bleibt dann nichts mehr für meine Memoiren übrig ...

Mehr von sich erzählt der Autor unter: www.andreassuchanek.de

Weitere Informationen:

http://www.greenlight-press.de

http://www.facebook.com/ErbeDerMacht

http://www.twitter.com/ErbeDerMacht

Neuigkeiten direkt aufs Smartphone.

Hol dir jetzt die kostenlose Gesuchanekt-App!

Das Erbe der Macht

Schattenchronik III

Ascheatem

(Bände 7-9)

von Andreas Suchanek

Greenlight Press

3. Auflage September 2019

Autor: Andreas Suchanek
Cover: Nicole Böhm
Lektorat: Beate Szentes, Andreas Böhm
Satz: Jürgen Straub

Bibliografische Information der Deutschen Nationalbibliothek Die Deutsche Nationalbibliothek verzeichnet diese Publikation in der Deutschen Nationalbibliografie; detaillierte bibliografische Daten sind im Internet über http://dnb.dnb.de abrufbar.

Herstellung und Verlag:
Greenlight Press
Gartenstr. 44B
76133 Karlsruhe
E-Mail: info@greenlight-press.de

Printed in Germany
ISBN: 978-3-95834-240-8

Sie finden uns im Internet unter:
http://www.greenlight-press.de
http://www.facebook.com/ErbeDerMacht
http://www.twitter.com/ErbeDerMacht

Der Titel SCHATTENCHRONIK wurde durch Jörg Kaegelmann, BLITZ-Verlag, genehmigt.

VII

Schattenzeit

Was bisher geschah

Der Schleier fällt …

… und Chaos regiert.

Nach Monaten des Kampfes ist es Jen und Alex mit der Unterstützung von Nikki gelungen, die Identität der mysteriösen Schattenfrau aufzudecken. Doch der Triumph wandelt sich in pures Entsetzen. Der dunkle Unsterbliche Crowley erschafft durch eine wahnsinnige Tat im Refugium des ersten Stabmachers ein Zeitportal, das eine der Lichtkämpferinnen in die Vergangenheit schleudert. Sie durchlebte die Jahrhunderte und wuchs zu einer Feindin heran. Ihre Geschichte ist ein Mysterium, ihr Leben geprägt von Leid – ihr Hass kennt keine Grenzen.

Zur gleichen Zeit decken Chris, Kevin und Chloe ein Familiengeheimnis auf. Es stellt sich heraus, dass ihre Mutter einst keine Kinder bekommen konnte und durch einen magischen Trank das Problem behob. Drillinge entstanden. Zwei wurden geboren – Chris und Kevin –, das dritte Kind starb, nur sein Sigil überlebte. Ein Sigil mit besonderen Eigenschaften. Auch hier scheint die Schattenfrau involviert zu sein. Doch was ist ihr Plan?

Im Castillo können Johanna, Edison und Einstein das Siegel brechen, welches das Archiv umschließt. Ein verwobener Zauber wird aktiv. Die Räume des Castillos verschmelzen mit jenen im Refugium der Schatten. Die feindlichen Krieger fallen ein.

Der Kampf ums Überleben beginnt.

Prolog

Sie fiel in die Unendlichkeit.

Mystische Essenz prallte gegen ihren Leib, zerrte an jeder Faser ihres Seins, wollte zerstören, was sie war. Dunkle Wolken formten sich zu gierigen Tentakeln, die sie durchbohrten.

Mit dem letzten Rest klaren Denkens klammerte Clara sich an die Hoffnung, dass dies ein Albtraum war. Sie fiel immer weiter, mitgerissen von der Schwerkraft des Zeitportals. Doch es *konnte* nicht wahr sein!

Sie brüllte, ruderte mit den Armen, wollte sich festhalten, zusammenkrümmen und aufwachen. Zu Hause, in ihrem weichen Bett im Castillo, wo bei Tilda frisch gebrühter Kaffee wartete und ihre Freunde lachend und scherzend mit ihr frühstücken würden.

Sie hat ihn *gerettet.*

Der Gedanke ließ ihre Hoffnung zerbröseln wie die Aschereste eines längst vergangenen Lebens. Eine Hand griff nach ihrem Herz, zerquetschte jede Lebensfreude, die allen Widrigkeiten zum Trotz überlebt hatte.

Wieder sah Clara die grinsende Fratze Crowleys, der den Schattenstab erhoben hielt und auf sie deutete, spürte die wabernden Kräfte des Portals. Doch kurz bevor sie die Gegenwart verlassen hatte, war *sie* aufgetaucht. Die Schattenfrau.

Sie hatte ihr etwas zugeworfen.

Clara konnte noch immer kaum einen klaren Gedanken fassen. Ihre Hände tasteten nach dem Amulett. Es war der Silberregen-Sigilsplitter. In ihm steckte die Macht unzähliger Sigile, die in der düsteren Version von London aufgesaugt worden waren. Sie spürte es. Die Macht, die tastende Präsenz, die pure Energie.

»Gryff?«, fragte sie.

Ihre Worte wurden zu Rauch, der davonwehte. Ungehört und unbeantwortet.

Erst jetzt bemerkte Clara die Buchstaben aus schwarzer Tinte, die über ihre Haut krochen. Das Contego Maxima! Doch wie war das möglich? Wieso befand sich der absolute Schutz in ihrem Blut?

Alles war so verwirrend.

Ihr Fall endete abrupt. Das Portal spuckte sie aus, schleuderte ihren Körper gegen einen Baum. Ohne das Contego Maxima wären ihre

Knochen gebrochen, so aber blieb sie unverletzt. Die Passage hatte einen Großteil des Schutzes aufgezehrt, nur ein kleiner Rest war geblieben.

Sie taumelte durch die Nacht, unfähig, einen klaren Gedanken zu fassen.

Eine Ewigkeit später brach sie vor den Füßen eines alten Mannes zusammen.

»Hilfe«, brachte sie noch hervor.

Er lächelte gütig auf sie herab.

»Ich werde dir helfen, Frau aus dem Schatten«, sagte der erste Stabmacher.

1. In den Trümmern

Jen flüsterte den Namen der größten Feindin der Lichtkämpfer, die nicht länger unter einem Schattenschleier verborgen war, während Chaos und Tod nach ihnen allen griff.

»Clara.«

Eine weitere Glasfigur zerbarst. Schwarze Scherben flogen durch die Luft und prasselten als scharfkantige Splitter herab.

Alex hustete Blut. Sein Körper fühlte sich taub an, nur stellenweise pochten die Wunden. Der Kraftschlag hatte Haut, Fleisch und Knochen durchschlagen, ihn wie eine Puppe mit durchtrennten Fäden zur Seite geworfen. Er lag sterbend in einer größer werdenden Blutlache.

Nur zwei Meter entfernt lag Nikki bewusstlos auf den Bodenplatten.

»Du hast ja keine Vorstellung davon, was ich erleben musste«, spie die Schattenfrau Jen entgegen.

Alex starrte entsetzt auf das Schauspiel. Der Zeitschlund war noch immer geöffnet, spuckte seine zerstörerische Kraft in die Wirklichkeit. Der Boden bebte.

Die Schattenfrau hatte ihren Schleier fallen lassen. Obgleich sie Jahrhunderte durchlebt hatte, war Clara nur wenige Jahre gealtert. Um ihren Hals hing der Silberregen-Splitter. Es hatte ihn all die Jahre also zweimal gegeben. Einmal in Dark London, einmal am Hals der Schattenfrau. Sie hielt ihren Essenzstab umklammert, die Spitze auf Jens Stirn gerichtet.

»Wie konntest du dich nur für *ihn* entscheiden?«

Damit meinte sie Alex.

Er wollte etwas sagen, wollte Clara zurufen, dass es Crowley war, der die Verantwortung trug. Doch es war unmöglich. Ein kurzes Krächzen, Blutbläschen, rote Sprenkel, mehr kam nicht über seine Lippen.

Eine Träne löste sich aus Alex' linkem Auge, rann seine Schläfe hinab und tropfte zu Boden. Er wollte nicht sterben. Wo er doch gerade erst anfing, dieses neue Leben zu genießen.

»Wir haben versucht, dich zu retten«, sagte Jen schluchzend.

»Nicht gut genug!«, kam die Antwort.

In der Stimme der Schattenfrau lag Leidenschaft, verschmolzen mit absolutem Hass.

Alex konnte noch immer nicht alles verstehen, was gerade geschehen war. Ein Zeitkreis? Clara war also in die Vergangenheit geschleudert worden, hatte dank des Contego Maxima und des Sigilsplitters überlebt. Aufgrund ihrer eigenen Erlebnisse war sie ihnen immer einen Schritt voraus gewesen.

Deshalb hatte sie wissen können, wann Jen und er zum Essenzstabmacher gingen, wusste sie schon davor, wie der Kampf endete. Da die Zeit nicht verändert werden konnte, musste sie also den Wechselbalg einschleusen, der Gryff tötete. Einstein hatte sehr deutlich gemacht, dass die Geschichte unveränderlich war. Durch ihre Reise war Clara Teil von allem geworden. Deshalb hatte er sie in Indien auch nicht besiegen können. Der Feuerblut-Splitter war schwächer gewesen als der Silberregen-Splitter, hatte letzterer doch zahlreiche weitere Sigile verschlungen. Plötzlich ergaben so viele kleine Hinweise und Andeutungen einen Sinn.

Aber jetzt ist der Kreis geschlossen.

Alex begriff, was das bedeutete. Ab sofort wusste die Schattenfrau nicht mehr, was noch geschehen würde. Nichts war mehr festgelegt. Gleichzeitig war sie frei. Es gab nicht länger ein vorgegebenes Drehbuch, nach dem sie sich richten musste.

Sie wird töten!

Sein Essenzstab lag zu weit weg, er kam nicht an ihn heran. Trotzdem spürte er die vertraute Präsenz seines Sigils, das im Takt seines Herzschlags pulsierte.

Die Schattenfrau senkte ihren Stab. Blitzschnell schoss ihre Hand nach vorne, packte Jen an der Kehle und riss sie in die Höhe. Sie musste die Gravitation verändert haben, andernfalls hätte sie das niemals zuwege gebracht.

»Du weißt gar nichts, Jen. Worte können nicht beschreiben, was die Zeit mir angetan hat. Es war reines Glück, das mich überleben und erstarken ließ. Crowley wird an keinem Ort der Welt vor mir sicher sein. Doch zuerst bist du an der Reihe.«

Schwarze Wolken bildeten sich und umhüllten Jen und die Schattenfrau. Als sie sich auflösten, waren beide fort.

Alex und Nikki blieben alleine zurück.

Mit Schrecken begriff er, dass das Zeitportal noch immer geöffnet war. Stärker und stärker wüteten die gravitativen Energien.

Die letzte Figur zerbarst, alle verbliebenen Scherben wurden in den Schlund gesogen. Der erste Findling wackelte. Das Beben nahm an Stärke zu, Steinbrocken lösten sich von der Decke und krachten herab.

Alex hob zitternd den Finger.

Er benötigte all seine Konzentration, um das magische Symbol in die Luft zu zeichnen, es aus seiner bernsteinfarbenen Essenz zu erschaffen. Minuten vergingen, bis es endlich vollendet war.

»Sa …« Er spuckte Blut. »Sanitatem Co… rpus.«

Magie wirkte.

Der Schmerz ließ ein wenig nach, in seinem Inneren heilte etwas.

Nicht genug.

»Nikki!« Immerhin konnte er wieder sprechen.

Er streckte den Arm aus, um die Sprungmagierin anzustupsen, doch sie lag ein Stück zu weit entfernt.

»Aportate Essenzstab.«

Das unterarmlange Stück Holz rotierte durch die Luft und landete in Alex' Hand. Er stupste Nikki mit dem Stab in die Seite. Sie stöhnte, regte sich aber noch immer nicht.

Ein dicker Felsbrocken krachte dicht neben ihrem Gesicht zu Boden. Steinchen flogen umher, gerieten in die Anziehungskraft des Zeitportals und wurden zermalmt.

»Ni…«

Mit Entsetzen bemerkte Alex, dass sich die Sprungmagierin bewegte. Auf das Portal zu. Auch er wurde langsam dorthin gezogen. Einer der Findlinge stieg in die Höhe und sauste ebenfalls in das rot-schwarze Wabern. Nichts blieb von ihm übrig.

»Nikki!« Er rammte ihr den Essenzstab in die Seite.

»Was?!« Sie fuhr in die Höhe.

Und wurde prompt durch die Kraft des Portals unterstützt. Ihr Körper flog in die Luft, beschrieb einen Bogen und sauste auf den Eingang des Zeitschachts zu.

»Spring!«

Plopp.

Nikki erschien an der Tür des Raumes und brach in die Knie. Die Finger hielt sie fest um den Rahmen geklammert. »Was … habe ich geträumt? Mir ist so schlecht. Zeitmagie und Sprünge, das geht gar nicht.«

Alex rutschte in Richtung des Portals, immer schneller. Eine schmierige Spur aus Blut hinter sich herziehend, erreichte er das Podest. »Hilf mir!«

Nikkis Augen weiteten sich.

Sie vollführte einen weiteren Sprung, erschien direkt neben Alex und griff nach seinem Arm. Sie wurden in die Höhe gehoben, Gravitation zerrte sie hinfort, der Atem der Zeit umfing sie.

»Spring!«, krächzte er.

»Ich versuch es«, kam es zurück. Nikkis Gesicht war vor Anstrengung verzerrt, Schweißtropfen drangen aus ihren Poren und wurden seitlich davongezogen. Die gesamte Gravitation spielte verrückt.

Ein Riss brach auf, durchzog den Boden und teilte den Raum in zwei Hälften. Die Findlinge wurden aus dem Grund gezogen wie Korken, die eine Flasche verschlossen hielten. Teile der Wand krachten in sich zusammen.

»Spring!«

Nikkis Finger krallten sich in seinen Arm. Ein Blutfaden rann aus ihrer Nase. Sie keuchte, riss den Kopf in den Nacken. Der Sprung wurde eingeleitet, jedoch unendlich langsam.

Alex konnte spüren, wie Nikkis Magie gegen das Zeitportal ankämpfte.

War sie stark genug?

Plopp.

2. Ein Schlachtfeld namens Castillo

Johanna griff nach ihrem Kontaktstein. Ihre Worte hallten hinaus und kündeten von dem Grauen, das über sie alle gekommen war.

»Der Feind ist hier! Kämpft!«

Sie hechteten zu dritt über die Brüstung, hinter ihnen sausten die ersten Kraftschläge heran. Thomas hatte die Schwerkraft angepasst, so wurde aus ihrem Fall ein sanftes Gleiten.

»Ich kümmere mich um die Neuerweckten«, erklärte Albert.

»Betrachte die Katakomben als versiegelt und den Onyxquader als geschützt«, fügte Thomas hinzu.

Beide rannten in unterschiedliche Richtungen davon.

Damit blieb nur noch eines zu tun, das wohl Wichtigste überhaupt: Der Feuerblut-Splitter musste gesichert werden. Johanna wandte sich dem Ausgang zu. Hinter ihr strömten die Ordnungsmagier aus ihrem Flügel, um sich den Eindringlingen entgegenzustellen.

Saint Germain und Dschingis Khan würden es ihnen nicht leicht machen. Vermutlich war Rasputin ebenfalls hier irgendwo. Auch Crowley war eine Möglichkeit. Ob sich der noch fehlende Unsterbliche auch offenbarte? Der mysteriöse neue Spieler oder die neue Spielerin?

Es fühlte sich schrecklich an, nicht in den Kampf einzugreifen, doch Johanna musste an das Wohl aller denken. Sie erreichte den Garten …

… und blieb geschockt stehen.

Der Kristallschirm um das Castillo hatte sich verändert. Wo die magischen Kristalle bisher eine undurchdringliche Hülle erzeugt hatten, die jedwede Art schwarzer Magie und feindlicher Essenz vom Gebäude und den umgebenden Ländereien abhielt, befand sich etwas gänzlich anderes. Die Sphäre hatte sich eingetrübt, ließ kaum noch Sonnenlicht hindurch.

Johanna spürte, dass sich die grundlegende Struktur ebenfalls veränderte. Nichts kam mehr hinein. Ob Dunkelheit oder Schatten, die Barriere hielt Helfer draußen und alle anderen hier drinnen.

Sie eilte in den rückwärtigen Bereich des Gartens, zwischen Hecken hindurch, am Gemüsegarten vorbei, hin zu der gewaltigen Eiche, die seit Jahrzehnten wuchs. Dicke Wurzeln lagen verschlungen vor ihr, reichten tief hinab ins Erdreich. Magie hielt den immergrünen Baum am Blühen.

Johanna malte das Symbol in die Luft und sagte hastig: »Levitate radix.«

Es knirschte, als einer der Wurzelstränge emporglitt. Stufen aus Stein, bedeckt von Erde, Sand und Moos lagen vor ihr. Sie stieg hinab. Eine Leuchtkugel entstand aus dem Nichts und erhellte die Dunkelheit. Überall ragten kleinere Wurzelstränge aus der Erde, Pflanzenbüschel in den Gang.

Am Ziel erwartete Johanna ein weiter Raum. Er war leer, abgesehen von einer Glaskugel, die im Zentrum schwebte.

Es war eine langwierige Arbeit, Himmelsglas zu bearbeiten. Natürlich wurden die Splitter in Essenzstäben eingesetzt oder in den Hexenholzkriegern des Übungsraumes. Doch aus dem magischen Glas einen neuen Gegenstand zu formen, dauerte Monate, wenn nicht gar Jahre. Ein solches Werk war die Kugel. An einer Stelle war ein hauchdünnes Oval aus Bernstein in das Material eingepasst.

Nur an dieser Stelle war die absorbierende Wirkung des Himmelsglases aufgehoben. Lediglich von außen nach innen konnte Magie gewirkt werden.

Umhüllt von dem kostbaren Material schwebte der Feuerblut-Splitter, äußerlich ein Bruchstück aus Bergkristall, der von orangeroter Essenz umlodert wurde. Wie immer, wenn Johanna sich ihm näherte, empfand sie Erhabenheit. Dieses Sigil war einst Teil eines Magiers gewesen, der an der Erschaffung des Walls mitgewirkt hatte. Über Jahrhunderte hinweg war die Kraft angewachsen, hatte sich Essenz gesammelt.

Alex hatte das Artefakt in Indien geborgen und genutzt. Seitdem wurde es hier aufbewahrt. Einstein untersuchte es alle paar Tage und Thomas hatte bereits mehrfach versucht, die Hülle zu zerstören, um das Sigil damit wieder der Ursubstanz zuzuführen. Erfolglos. Es schien, als klammere es sich an seine Existenz.

In falschen Händen würde es Chaos säen. Es stand außer Frage, dass die Schattenfrau oder die dunklen Unsterblichen ›falsche Hände‹ waren. Besonders erstere hatte das längst deutlich gemacht. Sie wollte die Sigile vereinen, um Allmacht zu erschaffen. Wie geschickt sie dabei vorging, bewiesen die aktuellen Geschehnisse.

Nach Monaten des erfolglosen Versuchs, das Siegel um die Verbindung zwischen der Bibliothek des Castillos und dem Archiv zu brechen, hatte Johanna das Netzwerk aufgelöst. Der Zauber, der Türübergänge miteinander verband und weit entfernte Räume wie ein einziges Gebäude erscheinen ließ, war durch eine Manipulation entartet. Ein Plan der Schattenfrau, der dafür sorgte, dass das Castillo mit dem Refugium der Schatten verschmolz. Ihren Feinden wurde Tür und Tor geöffnet.

»Aber so leicht machen wir es euch nicht.«

Johanna wollte den Feuerblut-Splitter nicht nur bergen, sondern seine Kraft auch nutzen, um die Feinde zurückzuschlagen. Durch Alex wusste sie aus erster Hand, wie viel Macht in dem unscheinbaren Artefakt steckte.

Sie strich sanft über den Bernstein, malte mit dem Finger ein Symbol auf die Oberfläche. Da in dem Material Essenz gespeichert war, musste sie keine eigene dafür aufwenden, um das Hindernis durchlässig zu machen. Es waberte. Der Feuerblut-Splitter trieb aus der Himmelsglaskugel heraus.

»Du bist unsere letzte Chance«, flüsterte sie. »Mit dir besiegen wir sie.«

Hinter ihr rieselte Sand von der Decke.

Ihre in Jahrhunderten antrainierten Reflexe griffen. Johanna duckte sich, fuhr herum und riss ihren Essenzstab in die Höhe.

Zu spät.

Ihr blieb gerade noch Zeit, um den Feind zu erkennen, der sich hinterrücks angeschlichen hatte. Sie wollte etwas rufen, ihn zurückhalten, doch sein Schlag traf sie mit solcher Wucht, dass ihr Bewusstsein in die Schwärze kippte.

Mit ihrem letzten klaren Gedanken begriff Johanna, dass sich die Geschichte wiederholte. Wie vor einhundertsechsundsechzig Jahren fielen die Schattenkrieger in das Castillo ein.

Und nun konnte sie niemand mehr aufhalten.

3. Kräuter und Schinken

Tilda bedachte das Pad mit einem wütenden Blick. Der gemeinste Cliffhanger aller Zeiten, der die letzte Folge ihrer Lieblingssoap beendet hatte, war mit der Fortsetzung aufgelöst worden. Darauf hatte sie jedoch eine Ewigkeit warten müssen. Stunden! Ein Unding. Und jetzt das! Wer hätte bitte ahnen können, dass im zweiten Teil der Doppelfolge so etwas geschah?!

Sie wollte weiterschauen, musste zuvor allerdings die verdammte Suppe fertigstellen, die ein gewisser Alexander Kent durch Unachtsamkeit in die Luft gejagt hatte. Wenn das so weiterging, würde der Drache noch verhungern, das arme putzige Ding.

Tilda hielt inne, stoppte die Rührbewegungen. »Zwölf oder dreizehn?« *Verdammt!* Vor lauter Wut hatte sie nicht mehr mitgezählt. Was jetzt?

»Vielleicht kann ich Schinken hineintun?«, überlegte sie. »Und dann die Zahl der Umrührungen anpassen. Ein paar Kräuter möglicherweise.«

Sie betrat den angrenzenden Garten. Der Tag war überraschend düster. Sie zupfte ein Büschel Kräuter, bevor sie sich der Speisekammer zuwandte. Die Tür knarzte.

Tilda griff gedankenverloren hinein, um den Schinken herauszuziehen. Dieser blickte ihr grimmig entgegen.

Mit einem Aufschrei sprang sie zurück. Hinter der Tür lag nicht die Speisekammer. Ein Mann mit einem Essenzstab kam aus dem Raum heraus, der eindeutig eine Toilette war.

»Du bist die fette Wachtel, die hier seit Neuestem kocht, richtig?« Er grinste schmierig, ein abgestorbener Zahn wurde sichtbar. »Hey, Fred.«

Ein weiterer Schattenkrieger kam herbei.

»Schau mal, ich hab die …«

Tong.

Die Bratpfanne krachte gegen das Gesicht des Mannes. Seine Nase brach mit einem Knacken, der Essenzstab flog davon und er selbst fiel wie ein umkippender Baum auf die Bodenfliesen. Zufrieden betrachtete Tilda das Kücheninstrument. »Und ich sag noch, das gute alte magifizierte Eisen ist besser als dieses neumodische Teflon.«

»Was?!« Fred stand in der Toiletten-Speisekammer-Tür und starrte mit geweiteten Augen zu ihr herüber. »Potesta!«

Der Kraftschlag surrte heran.

Tilda parierte ihn mit der Pfanne, die bedauerlicherweise davonflog. Schnell sprang sie zur Tür und warf sich dagegen. Doch der Schattenkrieger erwies sich als einfallsreich. Plötzlich veränderte sich etwas in der Luft. Unsichtbare Tentakel zerrten Tilda fort.

Fred ging neben seinem bewusstlosen Kumpan in die Knie. »Das hättest du nicht tun sollen.« Er kam in die Höhe, seine Miene ein Ausdruck von Hass. »Du essenzlose Missgeburt, das wirst du bereuen.«

»Tilda«, erklang die Stimme von Albert Einstein vom Flur. »Du musst sofort mit mir kommen.«

Der weißhaarige Unsterbliche betrat die Küche.

Bevor sie ihn warnen konnte, schoss ein Kraftschlag auf Albert zu und prellte ihm den Essenzstab aus der Hand. Die Luft verfestigte sich. Die Arme an den Körper gepresst, schwebte er über dem Boden.

Mit leuchtenden Augen betrachtete Fred seine Beute. »Ich werde derjenige sein, der Albert Einstein umgebracht hat.« Er bebte vor Freude. »Damit gehe ich in die Chroniken der Schattenkrieger ein. Möglicherweise werde ich selbst zum Unsterblichen.«

Tilda sprang auf ihn zu, die Bratpfanne erhoben, die sie in der Zwischenzeit wieder an sich genommen hatte.

»Potesta.«

Als habe er ein Insekt zertreten, wandte Fred sich wieder ab, während sie durch die Luft flog und neben seinem bewusstlosen Freund landete.

»Wir werden euch niedermetzeln, alter Mann.« Der Schattenkrieger kicherte. »Da habt ihr wohl nicht mit gerechnet, was? Immer rümpft ihr die Nasen und haltet euch für die Verteidiger der Nimags. Verräter. Schwach habt ihr uns gemacht mit dem verdammten Wall. Und nun sollen wir an der Seite stehen und zuschauen, wie diese Tiere regieren?! Man lässt doch kein Schwein die Kontrolle über den Bauernhof übernehmen. Es wird geschlachtet!«

»Sie sind ein fabelhaftes Beispiel für das völlige Versagen unseres modernen Bildungssystems!«

»In deiner Situation würde ich keine großen Töne spucken, Tattergreis«, spie Fred aus.

Tilda wünschte sich, Albert hätte das nicht getan. In der aktuellen Situation war jede provozierende Bemerkung ein Funke neben dem Pulverfass.

Der Schattenkrieger reagierte auch prompt, indem er seinen Essenzstab wie ein Messer durch die Luft fahren ließ. Auf Alberts Wange erschien ein Schnitt. Blut tropfte herab, lief in seinen Kragen.

»Der große Einstein, so hilflos wie ein Nimag.« Fred kicherte.

Tilda ballte die Fäuste. Sie wollte ihn aufhalten! Ihre Hand berührte den Essenzstab des Bewusstlosen.

Und da!

Es kitzelte. Eine Energie floss in dem Holz, sie konnte sie spüren. Wie war das möglich? Etwas Gleichartiges hatte sie nie zuvor wahrgenommen. Verblüfft stand sie auf, den Essenzstab in der Hand.

Fred wandte sich ihr zu. »Du fetter Frosch, leg das weg. Selbst wenn du eine echte Magierin wärst, könntest du das nicht benutzen. Diese Stäbe verschmelzen mit dem Sigil des Besitzers, nur der erwählte Träger kann ihn führen. Am besten schlitze ich dich gleich auf.«

Tilda neigte ihren Kopf. Wie in Trance hob sie den Stab des Bewusstlosen. Sie konnte die Essenz in dem Holz spüren, schmeckte die Bösartigkeit des Liegenden. Er hatte gefoltert im Namen der Schattenkrieger, wollte den Wall zu Fall bringen. Doch dahinter verbarg sich mehr. Das Leid anderer erfreute ihn.

»Hast du nicht gehört, du dumme Sch…«

»Potesta.«

Der Kraftschlag traf …

… den Suppenkessel.

Im nächsten Augenblick explodierte der Inhalt und schleuderte Einstein und Fred durch die Luft wie Stunden zuvor Alexander Kent.

Der Schattenkrieger wollte sich aufrappeln, rutschte aber auf der schmierigen Paste aus und knallte wieder zu Boden. Erst der zweite Versuch gelang.

»Dafür lass ich dich explodieren!«

Sein Stab war fort, doch er zeichnete bereits das Symbol. Albert kam gerade erst auf die Beine.

Tilda zielte auf Fred. »Potesta Maxima.«

Der Schlag donnerte ihn gegen die Wand. Knochen knackten, etwas brach. Bewusstlos fiel er zu Boden und blieb dieses Mal auch liegen.

Verdattert starrte Tilda auf ihre Hand. Die Essenz in dem Stab war nicht mehr so stark wie zuvor. Instinktiv erfasste sie die magische Kraft. *Noch ein Zauber, dann ist er wertlos für mich.*

»Faszinierend.« Albert betrachtete sie eingehend, sein Blick wanderte zum Essenzstab.

»Ich spüre die düstere Kraft, aber sie schwindet«, hauchte Tilda. »Wie kann das sein?«

»Natürlich.« Der Unsterbliche nickte. »Als Alexander und Jennifer dich im Verlorenen Castillo fanden, ging es ihr sehr schlecht. Du hast ihren Kontaktstein benutzt. So etwas geht normalerweise nicht. Stein und Essenzstab sind Erweiterungen des jeweiligen Magiers. Nur, wenn zwei Lichtkämpfer sich sehr nahestehen, ist ein willentlicher Austausch möglich. Manchmal. Allerdings unberechenbar. Doch du besitzt ein Sigil ohne Essenz.«

Tilda begriff. »Ich kann Essenzstäbe und Kontaktsteine von anderen Magiern benutzen?«

»Es scheint so«, bestätigte Albert. »Vorausgesetzt, es befindet sich noch gespeicherte Essenz darin.« Er rannte zum Herd und klaubte den Stab von Fred auf. »Hier.«

Tilda nahm ihn entgegen.

Beinahe hätte sie das Ding wieder fallen lassen. Es schmeckte nach Fäulnis, Moder und etwas zutiefst Verdorbenem. »Igitt.«

»Du spürst die Essenz und kannst sie sogar zuordnen.« Albert blickte sie mit funkelnden Augen an. »Das ist fabelhaft. Wir müssen unbedingt damit experimentieren.«

»Wo kommen die Schattenkrieger überhaupt her?«

»Hm? Oh!« Erst jetzt schien er sich wieder auf den Grund seines Hierseins zu besinnen. »Schnell, komm mit. Die Feinde stürmen das Castillo. Es gab da einen Zwischenfall mit dem Archivübergang. Lange Geschichte.«

»Hat es etwas mit der Speisekammer zu tun?«

»Wie bitte?«

Tilda öffnete die Tür, die Fred hinter sich zugeworfen hatte. Dahinter kamen Toilettenkabinen und Pissoirs zum Vorschein.

»Oh, ja. Exakt.«

In der Ferne erklang Kampfgeschrei.

Tilda umklammerte mit jeder Hand einen Essenzstab, besann sich dann noch einmal und verstaute einen von beiden hinter ihrem Gürtel. Sie schnappte sich die Bratpfanne. »Ich bin so weit.«

»Zweifellos«, sagte Albert trocken.

Gemeinsam rannten sie hinaus.

4. Martyrium

Vor langer Zeit

Claras Hoffnung zerstob.

Der Albtraum entpuppte sich als Wirklichkeit. Sie war tatsächlich durch das Zeitportal gefallen. Doch wo war sie gelandet? In der Vergangenheit natürlich, aber wie weit hatte es sie fortgetragen?

Crowley hatte von der Zeit des ersten Stabmachers gesprochen.

Claras Gedanken arbeiteten langsam wieder in gewohnten Bahnen. Sie sah sich um. Der Raum, in dem sie erwacht war, hatte grob behauene Wände. Ein Bett stand darin, auf dem sie lag. Irgendwie kam ihr das alles bekannt vor.

Der Alte, in den sie nach ihrem Sturz gerannt war, musste sie hierhergebracht und gepflegt haben. Immerhin, es hätte schlimmer kommen können.

Vorsichtig setzte Clara sich auf. Ein Schreck durchfuhr sie. Der Essenzstab war fort, ebenso der Sigilsplitter. Warum hatte die Schattenfrau ihr das Amulett zugeworfen? Und wie war das Contego Maxima in ihr Blut gelangt?

So viele Fragen.

Die Tür öffnete sich mit einem Knarzen.

»Du bist erwacht«, stellte der alte Mann fest.

Er trug das braune Haar lang, ein Vollbart zierte sein Gesicht. Auf der Kutte prangte ein Symbol, das Clara jedoch nichts sagte. Sie musste auf der Hut sein, immerhin handelte es sich um die Vergangenheit. Würden Jen und Alex kommen, um sie zu holen? Möglicherweise konnten Leonardo oder Johanna ein weiteres Portal öffnen. Da die Zeit sich selbst schützte, war es ausgeschlossen, dass sie einen Fehler beging. Andererseits bestand dieser Schutz manchmal darin, einen Menschen aus der Zukunft zu töten.

»Mein Name ist Aywen. Und wer bist du, Weib?«

Clara wollte erbost etwas erwidern, besann sich jedoch auf das, was Jen in Dark London passiert war. In anderen Zeiten gab es – leider – auch andere Gepflogenheiten. Einem Instinkt folgend erwiderte sie: »Ich kann mich nicht erinnern.«

Der Alte bedachte sie mit einem durchdringenden Blick. Er bedeutete ihr aufzustehen. Sie tat es. Die Ohrfeige kam völlig unerwartet und warf sie zu Boden.

»Ich akzeptiere keine Lügen«, sagte er beiläufig. »Ich habe deinen Essenzstab untersucht. Ein wahres Meisterwerk. Einige der verwendeten Techniken sind mir gänzlich unbekannt. Das Amulett scheint nur ein Anhängsel zu sein, Magierinnen sind stets so sentimental.« Letzteres unterstrich er durch ein abfälliges Seufzen.

Mit flinken Fingern erschuf er ein Symbol. Clara wirbelte durch die Luft und landete neben dem Bett. Ketten sprangen aus der Wand, legten sich um ihre Glieder.

Aywen hielt plötzlich eine Schale aus blattdünnem Kristall in der Hand. Ein Messer fuhr über Claras Arm. Blut tropfte herab. Er fing es mit der Kristallschale auf. »Ich finde heraus, was du mir verschweigst, Frau aus dem Schatten.«

Er ging hinaus.

Seine Worte hallten in Clara wider, ließen die Welt vibrieren und jede Hoffnung qualvoll verenden.

»Das kann nicht sein«, hauchte sie. »So hat er die Schattenfrau genannt. Das stand in den Unterlagen. Was ist hier nur los?«

Eine Frage, die in den kommenden Wochen beantwortet wurde. Aywen entpuppte sich als der erste Stabmacher. Ein schrecklicher Mensch, dem seine Arbeit über alles ging. Sie musste in Ketten schlafen, jeden Tag wurde ihr Blut abgenommen. Er testete die Regenerationsfähigkeit ihres Körpers, indem er unterschiedlich tief in ihre Haut schnitt, ihr Essen und Trinken vorenthielt oder sie in einen Bottich voll Eiswasser tunkte. Mehrmals stand sie an der Schwelle zum Tod. Doch das Contego Maxima holte sie stets zurück, heilte ihre Wunden und regenerierte Haut, Knochen und Organe.

Die Nächte verbrachte Clara angekettet neben dem Bett, die Tage kontrolliert durch einen Zauber. Ihr Körper wurde ferngesteuert. Anfangs hatte Aywen noch versucht, sie zum Sprechen zu bringen, schließlich aber aufgegeben. Informationen über sie waren jedoch nicht seine oberste Priorität, im Gegenteil: Er wollte alles Wissenswerte durch Experimente ans Tageslicht zerren.

Clara hatte das Domizil des ersten Stabmachers längst erkannt. Ihr Forscherdrang kam ihr nun zugute, denn sie begriff, was geschehen war. Der Sturz hatte sie in die Vergangenheit geschleudert und einen

Zeitkreis geschlossen. Es dauerte Wochen, bis sie sich die Wahrheit eingestand: Sie war die Schattenfrau.

Ein völlig abstruser Gedanke. Niemals würde sie ihren Freunden Leid zufügen, auch wenn sie Jen ihre Entscheidung im ersten Moment übel genommen hatte. Der Gedanke an einen Seitenwechsel war lächerlich. Und Gryff! Der Wechselbalg hatte ihn auf Befehl der Schattenfrau getötet. An diesem Punkt kam sie immer ins Stocken. Konnte sie überhaupt etwas dagegen tun? Wenn sie ein Teil der Zeit war, würde dann nicht jede Abweichung Konsequenzen nach sich ziehen?

Clara realisierte, dass einstweilen keine Hilfe kommen würde.

So vegetierte sie dahin.

Aus Tagen wurden Wochen. Wochen wurden zu Jahren.

Die Zeit verstrich, wurde zu einem Einerlei aus Schmerz und Isolation. Irgendwann sperrte Aywen sie in eine Kiste. Die Schwärze nahm ihr jedes Empfinden, wie lange sie darin zubrachte, konnte sie später nicht mehr sagen. Eine gefühlte Ewigkeit.

In dieser Zeit kam der Hass.

Warum immer sie?

Wieso hielt das Leben ausgerechnet für sie Pein und Schmerz bereit? Sie war gut, wollte anderen helfen, hatte stets jeden unterstützt, beschützt und an das Gute geglaubt. Doch nun, wo *sie* Hilfe benötigte, ließen ihre Freunde sich davon abhalten. Regeln verboten es. Oh ja, die gab es immer. Einst hatte Clara diese für etwas Gutes gehalten, denn Regeln bedeuteten Ordnung. Das änderte sich nun. Sie begann sie zu verabscheuen.

Immer wieder sah sie Crowley, der lachend den Essenzstab schwang. Jen, die zwar versuchte, ihr zu helfen, aber am Ende doch jämmerlich versagte, nachdem sie sich für Alexander Kent entschieden hatte. Alex hatte ihren Arm herabgedrückt, verhindert, dass Jen bis zum Ende kämpfte.

Ohne das Contego Maxima wäre Clara nun tot.

Aber war ihr Leben weniger wert als das der anderen? Clara Ashwell, ein Opfer für das große Ganze? Der brave Bücherwurm, der sein Glück nicht verdient hatte?

In ihr brodelte es.

»Seltsam«, sagte Aywen eines Tages. »Du scheinst nicht zu altern. Möglicherweise eine Besonderheit deines Blutes.«

Sie musste wohl dankbar sein, dass er sie nur als Objekt betrachtete und nicht als eine schöne junge Frau. Denn im sexuellen Sinn verging er sich nie an ihr.

»Ich werde ab sofort Experimente außerhalb dieser Räume mit dir durchführen.«

Das Wort ›Experiment‹ jagte ihr einen Schauer über den Rücken. Seltsamerweise brachte der Gedanke an die Welt dort draußen Angst mit sich.

Für Aywen war das egal. Er warf ihr ein paar Lederhosen und ein verschlissenes Schnürhemd zu, vermutlich hatte er sie selbst einst getragen. Sie verließen das Zimmer. Im Vorbeigehen registrierte Clara die Kratzspuren auf dem Boden, die sie in einem Anfall von Panik hinterlassen hatte.

Er brachte sie hinaus. Die Sonne schien, Bäume trugen grüne Blätter, Blumen verströmten angenehme Düfte.

Der erste Stabmacher kam ihr wie ein übermächtiges Wesen vor. Er verwandelte Teile ihrer Haut in Holz, um zu prüfen, ob sie sich von alleine zurückverwandelten. »Interessant.« Er löste in der Nähe eines Berges einen Steinschlag aus, der ihre Knochen zerschmetterte. »Faszinierend.« Und vor einem Bach hielt er inne, schleuderte sie hinein und drückte sie unter Wasser. »Ganz fabelhaft.«

Clara überlebte alles.

Am Ende des Tages wollte er zurückkehren.

Mit seinem gnadenlosen Blick erinnerte er sie an Martin. Ihr Bruder, der momentan – oder genauer: in vielen Jahrhunderten – im Castillo gefangen gehalten wurde. Er wartete auf seinen Prozess, weil er ihr den Essenzstab ins Herz gerammt hatte.

»Weiter«, befahl Aywen barsch.

»Nein!«

Der Widerstand kam so plötzlich wie ein Taifun. Es war ihr letzter Funke, das wusste sie. All ihre Essenz zusammennehmend brüllte sie: »Potesta Maxima. Crepitus.«

Der Kraftschlag warf Aywen nach hinten, die Explosion versengte seine Haut. Damit war ihre Essenz – die er regelmäßig durch erzwungene Zauber auf einem Minimum hielt – wieder aufgebraucht.

Er keuchte. »Dafür wirst du bluten.«

Claras Blick erfasste seinen Essenzstab. Sie rannte darauf zu, riss ihn in die Höhe, und bevor er noch zu einer Gegenwehr fähig war, rammte sie ihm den Stab ins Herz. Sein Blick brach.

Der erste Stabmacher war tot. In einer einzigen simplen Sekunde hatte sie ein Leben ausgelöscht. Sie fühlte Triumph. Dann kam die Erkenntnis.

Der erste Stabmacher war getötet worden von der Frau, die aus dem Schatten gekommen war.

»Nein.«

Sie rannte davon.

Der Geheimgang, das Portal, die Wände des Refugiums. Schließlich erreichte sie den Raum ihrer Gefangenschaft, kauerte sich an der Wand zusammen und sperrte die Welt aus.

5. Was geht hier vor?

Leonardo wusste, dass er ein fürchterliches Bild abgab. Seine Haare waren ebenso angesengt wie sein Shirt und die Trekkinghose. Die Rußspuren auf seiner Haut vervollständigten das Gesamtbild. Aber er hatte den Drachen ja unbedingt sehen wollen.

Der wahre Schock erwartete ihn jedoch, als er ins Haus zurückstapfte. Eine Eigenschaft von Drachen war nämlich – da es sich um magische Kreaturen handelte –, dass sie die Magie in der Umgebung durcheinanderbrachten. Sein Kontaktstein war also außer Funktion gewesen.

Die umherrennenden Lichtkämpfer im Hauptquartier von Athlone in Irland hatten ihn sofort alarmiert. Johanna hatte eine Warnung ausgesprochen, gepaart mit einem Hilferuf. Die Schattenkrieger stürmten das Castillo.

Er schob sich durch die Menge und bahnte sich einen Weg hinab zum Sprungtor. Doch er stellte fest, dass das Castillo nicht mehr in der Karte verzeichnet war.

Leonardo griff nach seinem Kontaktstein. »Tomoe, wo bist du?«

»Noch in Japan. Ich habe gerade versucht, das Sprungtor zu benutzen, aber die Gegenstation ist einfach fort.«

»Komm nach Athlone.«

Er versuchte, Kleopatra zu erreichen, doch er erhielt keine Antwort.

Seine Schritte trugen ihn nach oben ins Studierzimmer, wo Jamie McDowell bereits wartete. Der stämmige Mann in den Vierzigern, dessen rötliches Haar wirkte, als habe man ihm einen Besen auf den Kopf geklebt, schaute betroffen von einer magischen Karte auf.

»Wie schlimm ist es?«, fragte Leonardo.

»Eine gute Frage«, kam es zurück. »Da das Sprungtor nicht mehr aktiv zu sein scheint, habe ich Beobachter ausgeschickt. Das Castillo ist einfach verschwunden, zumindest wirkt es von außen so. Aber die magische Abstrahlung hat zugenommen. Dort herrscht absolutes Chaos.«

Schritte erklangen auf dem Gang. Eine schlanke Frau mit schulterlangen schwarzen Haaren trat ein. Sie trug ihr typisches Geschäftskostüm und hielt den Essenzstab in der Hand. »Was ist passiert?«

»Das versuchen wir noch herauszufinden. Das Castillo ist nicht mehr auffindbar.«

»Thomas hat sich schon vor Johannas Hilferuf gemeldet. Er wollte, dass Kleopatra und ich sofort ins Castillo kommen. Etwas hat ihn massiv beunruhigt.«

Leonardo rieb sich müde die Augen. »Aber du hast keine Details?«

»Sie beschäftigten sich mit dem Siegel der Schattenfrau«, erwiderte Tomoe. »Doch das weißt du selbst.«

»Dieses verdammte Weib«, fluchte er. »Was hat sie jetzt wieder angerichtet?«

»Ohne Verbindung ins Castillo können wir diese Rätsel nicht lösen. Allerdings gibt uns Johannas Hilferuf einen Hinweis. Die Schattenkrieger scheinen auf dem Vormarsch zu sein. Doch wie hängt das mit dem Siegel zusammen?«

»Ein paar meiner Leute waren gerade in Alicante«, warf Jamie ein. »Ich habe sie hoch zum Castillo geschickt, wo sie direkt vor der Kuppel einen Zeitschattenzauber ausführten.«

»Und?«, fragte Leonardo.

»Nichts. Keine Armee, die sich dem Gebäude näherte oder eindrang. Was auch geschah: Es muss von innen heraus passiert sein.«

Leonardo unterdrückte einen Fluch. »Das ergibt keinen Sinn. Falls es ihnen gelungen ist, die Barriere zu überwinden, gäbe es einen Zugang zum Archiv. Aber dort gibt es keine Schattenkrieger. Die Archivarin hat vorgesorgt.«

»Vergiss nicht, dass es schon einmal jemand geschafft hat, bis dorthin vorzudringen und eine Menge Zerstörung anzurichten.«

»Eben.« Leonardo begann unruhig durch das Zimmer zu gehen. »Danach wurden die Sicherheitsvorkehrungen verschärft.« Er räusperte sich. »Genau wie bei uns nach der Wechselbalg-Sache.«

Tomoe ließ eine Braue in die Höhe wandern. »Was beweist, dass es absolute Sicherheit nicht gibt.«

»Aber falls eine Gefahr aus dem Archiv herüberstürmt, könnte sie doch die Verbindung lösen, richtig?« Jamie kratzte sich gedankenverloren am Kopf. »Damit wäre der Übergang nicht mehr da.«

»Das stimmt«, erwiderte Leonardo. »Womit wir wieder bei null wären. Vielleicht hat es gar nichts mit dem Siegel zu tun und Saint Germain, Khan oder Rasputin haben auf anderem Weg einen Zugang gefunden. Es muss ja nicht hinter allem die Schattenfrau stecken. Wir werden langsam paranoid, wenn das so weitergeht.«

»In dem Fall wohl eher berechtigt misstrauisch«, konterte Tomoe.

Er konnte es ihr nicht verdenken. Als Gefangene der dunklen

Unsterblichen hatte sie im Novum-Absolutum-Kerker eingesessen, ein grausamer Ort. Minuten konnten dort zu Stunden, Tagen oder Wochen werden. In der realen Welt verging weniger Zeit. Es war das Gegenteil des Immortalis-Kerkers, wo gefühlt nur Sekunden verstrichen.

»Schau nicht so«, sagte Tomoe.

»Hm?«

»Und so unschuldig zu tun brauchst du auch nicht. Du weißt genau, was ich meine. Nur, weil ich vorsichtiger geworden bin, heißt das noch nicht, dass dies gleich unter Paranoia fällt. Außerdem ist das momentan völlig egal. Wir müssen herausfinden, was geschehen ist.«

»Dem stimme ich doch zu«, verteidigte sich Leonardo. »Aber uns gehen die Optionen aus. Die Antwort wird nicht einfach vom Himmel fallen.«

Plopp.

Einen Meter über dem Tisch erschienen aus dem Nichts zwei Personen. Tomoe sprang zurück, richtete den Essenzstab auf die Neuankömmlinge. Jamie McDowell war längst dabei, eine Contego-Sphäre zu erschaffen und Leonardo hatte den Kraftschlag auf den Lippen.

Die Besucher krachten auf die Arbeitsplatte.

»Alex!«, rief Leonardo. »Nikki!«

Tomoe ließ den Stab sinken, Jamie die Sphäre vergehen.

Die Sprungmagierin rollte von der Tischplatte und krachte zu Boden.

Alex hingegen lag zitternd auf dem Rücken. Blut quoll aus einer Wunde, Bläschen zerplatzten auf seinen Lippen. Er keuchte.

»Einen Heiler!«, brüllte Leonardo.

Tomoe sprang zu Alex. »Sanitatem Corpus.«

Ihre Essenz sickerte in die Wunden …

… und erlosch.

»Was ist los?«, fragte Leonardo.

»Da stimmt etwas nicht. Seine Wunden sind mit etwas verunreinigt, das ich nicht zuordnen kann.«

Alex zuckte, packte Leonardo am Kragen und zog ihn zu sich. Mit einer Stimme, die nicht mehr als ein Wispern war, kamen die Worte. »Clara … ist die … Schattenfrau. Zeitkreis. Contego Maxima. Splitter.«

Er sackte bewusstlos zusammen. Entsetzt taumelte Leonardo zurück, starrte auf den geschundenen Körper vor ihm.

Im Hintergrund rappelte Nikki sich auf, Jamie wirkte verstört.

Tomoe riss die Augen auf. »Sein Herz schlägt nicht mehr.«

6. Alles auf eine Karte

Das Studierzimmer verwandelte sich in einen Bienenstock. Tomoe begann mit einer Reanimation, Heilmagier stürmten herein.

Nikki betrachtete die Szene mit geweiteten Augen. Die Sprungmagierin war noch im Teenageralter und wirkte stets so fragil wie eine Glasskulptur. Ihre herzliche Art und ihre besondere Gabe machten sie menschlich und magisch jedoch zu etwas Einzigartigem.

Leonardo führte sie in einen der angrenzenden Räume.

Ein hüfthohes Regal enthielt Bücher in verschiedenfarbigen Einbänden. Überall standen kleine Vasen auf Deckchen, Landschaftsmalereien verschönerten die Wände. Vor dem Fenster floss das Wasser des Shannon träge vorbei.

Glücklicherweise standen bauchige Flaschen neben ein paar Whiskeygläsern auf einem Tablett. Leonardo füllte eines der Gläser mit der bernsteinfarbenen Flüssigkeit und reichte es Nikki. »Auf ex.«

Sie stürzte den Inhalt vertrauensvoll hinunter. Was dann geschah, hätte durchaus ein sehr komplexer Wandelzauber sein können. Ihr Gesicht nahm einen zarten Rotton an, der abrupt in ein Knallrot überging. Tränen bildeten sich in ihren Augen, rannen die Wangen hinab und in den Kragen. Nikkis Mund öffnete sich, doch es kam kein Ton heraus. Schließlich löste sich ein Krächzen aus ihrer Kehle, gefolgt von einem Hustenanfall. »Das war …«, Husten, »… kein Apfelsaft!«

»Nein, zweifellos nicht.« Leonardo goss sich selbst etwas Whiskey ein und trank.

»Mir ist schwindelig«, sagte Nikki.

»Das vergeht wieder. Setz dich.«

Sie sank in den Sessel.

»Was ist passiert?«, fragte er.

Leonardo musste all seine Interpretationsfähigkeiten aufbieten, um den folgenden Singsang, das Krächzen und den Stenostil, der aus Nikkis Kehle drang, miteinander zu verknüpfen.

Schließlich schwieg sie.

»Clara ist die Schattenfrau«, kamen ihm die unfassbaren Worte über die Lippen. »Sie … aber, das ist völlig unmöglich. Selbst, wenn sie zurückgereist wäre, dadurch würde sie abgestoßen. Sie könnte nichts verändern. So etwas wie ein Zeitkreis kann nur passiv entstehen, der

Reisende hat darauf keine Auswirkungen.« Er sank Nikki gegenüber auf die Couch. »Ich brauche mehr Informationen.«

Leonardos Gedanken jagten in einem wilden Reigen durch seinen Schädel. Das Refugium des ersten Stabmachers war zerstört, dort konnte er nichts überprüfen. Davon abgesehen gab es Dringenderes. Im Castillo herrschte Krieg und Jen war entführt worden. Für den Augenblick musste er es als Fakt hinnehmen, dass Clara tatsächlich zum Teil eines veränderten Zeitablaufs geworden war, was in der Tat einen aktiven Zeitkreis auslöste. »Ich brauche mehr.«

Er kippte noch einen Whiskey. Zeitreisen mochten ein faszinierendes Thema für gesellige Abende mit philosophischem Touch sein, doch er bekam davon regelmäßig Kopfschmerzen. Das lag vermutlich auch daran, dass auf eine solche Diskussion in der Regel ein Besäufnis folgte. Anders waren diese Knoten im Hirn nicht mehr zu lösen.

Die Tür wurde aufgerissen.

»Wie geht es Alex?« Nikki sprang auf, fiel jedoch prompt, vom Schwindel übermannt, wieder in den Sessel.

»Er lebt«, erwiderte Tomoe. »Die Heiler konnten ihn reanimieren. Momentan halten ihn drei von ihnen stabil, zwei weitere schließen die Wunden. Oder versuchen es zumindest. Doch immer, wenn ihnen das gelingt, nehmen die Wunden den alten Zustand wieder an. Als werde …«

»… die Zeit zurückgedreht«, vollendete Leonardo.

»Chikucho«, fluchte Tomoe. »Er kam mit Zeitmagie in Berührung.«

Er bestätigte es mit einem Nicken. Vor wenigen Wochen erst hatten sie in der Villa der Ashwells in Chicago alles aufgeboten, damit Albert mit seinen Apparaturen Restspuren von Zeitmagie beseitigen konnte. Nur so war sichergestellt worden, dass es zu keinen Seiteneffekten kam wie nun bei Alex.

Tomoe schritt auf Nikki zu, ließ ihre Hand über sie wandern und murmelte: »Agnosco.«

Leonardo schallt sich einen Narren, weil er die Sprungmagierin nicht selbst überprüft hatte. Zeitmagie konnte wuchern. Doch das Ergebnis ließ ihn aufatmen. Nikki war nicht betroffen. »Erzähl Tomoe noch einmal, was du mir berichtet hast.«

Praktischerweise dauerte auch diese Wiederholung nur zwei Minuten.

»Clara?« Tomoe wirkte zum ersten Mal seit langer Zeit geschockt. »Clara?! Aber wie geht das? Wenn sie …«

Leonardo schnitt ihr das Wort ab. »Das bleibt zu klären, doch einstweilen hat das Castillo Priorität.«

»Natürlich.« Sofort saß Tomoes Maske der Professionalität wieder makellos. »Glücklicherweise bietet sich nun eine Gelegenheit.«

Ihr Blick traf Nikki.

»Was?« Die Sprungmagierin wirkte noch immer völlig überrumpelt. »Aber was ist mit Alex?«

»Die Heilmagier kümmern sich um ihn. Andere benötigen nun unsere Hilfe«, beschwor Leonardo sie. »Wir kommen nicht ins Castillo.«

Tomoe sank auf die Lehne des Sessels. »Wir haben alle Angst, Nikki.«

»Du auch?«

»Jeden Tag. Es ist eine Welt voller Gefahren. Doch wir sind dazu da, mit unserer Gabe auf andere aufzupassen. Jeder so, wie er es am besten vermag. Johanna, Albert, Thomas, Tilda, Eliot – all unsere Freunde und Verbündeten sind im Castillo. Und möglicherweise stehen sie einem Feind gegenüber, der kaum zu besiegen ist.« Sie schmunzelte. »Mit uns an ihrer Seite würde das natürlich alles verändern.«

Nikki lachte zaghaft. »Okay.« Sie sprang auf. »Dann los.«

»Halt, halt, halt«, stoppte Leonardo sie. »Mach zuerst einen Probesprung. Aber Vorsicht. Vielleicht peilst du einen sicheren Ort an. Das Dach des Castillos?«

Tomoe hüstelte. »Dass ich das noch erleben darf. Du schickst einen Schüler auf das Dach. Normalerweise schießt du sie doch eher von dort herunter.«

»Echt?« Nikki bekam große Augen.

»Unsinn.« Leonardo winkte ab. »Nun ja, es kam möglicherweise bei ein oder zwei frechen Neuerweckten vor. Und ich hatte Alex schon im Fokus. Aber das ist eine andere Geschichte.«

Tomoe zwinkerte Nikki zu. »Du hast gerade eine Carte Blanche erhalten.«

Die Sprungmagierin atmete tief durch. Ihr Blick verschleierte sich.

Plopp.

Luft strömte in das Vakuum, wo sie zuvor gestanden hatte.

»Ich wünschte, ich könnte das auch«, sagte Tomoe sinnierend. »Keine Portale mehr. Alternativ könnten wir mit dem Drachen zum Castillo fliegen.«

»Dir sind die Rußflecken in meinem Gesicht aber schon aufgefallen, ja?«

Tomoe lachte. »Und ich habe mich gewundert, warum es hier so stark nach Brikett riecht. Warst du zu ruppig zu dem armen kleinen Kerl?«

Plopp.

»Es funktioniert«, sagte Nikki stolz. »Aber es sieht schlimm aus. Unter dem Kristallschirm ist alles düster. Und er verdichtet sich. Der Rücksprung hierher war viel schwieriger, als der Sprung hinein. In ein paar Minuten kommt auch kein Sprungmagier mehr durch.«

»Also jetzt oder nie.« Tomoe nahm Nikkis linke Hand.

Leonardo die rechte. »Springen wir«, sagte er.

Der Plopp war noch nicht ganz in seinen Ohren verhallt, da traf ihn bereits der Kraftschlag.

7. Schock!

Chris taumelte.

Neben ihm ging Kevin in die Knie und erbrach sich. Der Ring an seiner Hand leuchtete.

»Nimm ihn ab!«, rief Chloe.

Er kam der Aufforderung nach und legte das Artefakt auf einen Felsen. Bleich und zitternd stand Kevin daneben und blickte fassungslos zu ihren Eltern.

»Ernsthaft?« Chris schüttelte den Kopf. »Die Schattenfrau? Mum! Dad! Ich bin ja dankbar dafür, dass es uns gibt«, er deutete auf seinen Bruder und sich selbst, »aber doch nicht auf diese Weise«.

»Vielleicht beruhigen wir uns alle mal wieder.« Chloe sprach untypisch sanft. »Damals war die Schattenfrau noch nicht so aktiv. Du hast ja mitbekommen, dass man sie eher für einen Mythos hielt. Hier und da intrigierte und manipulierte sie, wurde zur Legende und schließlich zu einem greifbaren Gegner.«

Chris nickte widerstrebend. »Okay. Stimmt.«

Vor der Höhle prasselte noch immer der Regen zu Boden. Die Luft roch nach Moos, Flechten und irischem Gras. Das Plätschern hatte etwas Beruhigendes.

»Habt ihr herausgefunden, was die Besonderheit des Sigils ist?«, fragte Kevin.

Ava schüttelte den Kopf. »Nein. Aber wir kamen der Sache recht nahe.«

»Was heißt das?«, Chloe konnte ihre Neugier nicht mehr im Zaum halten.

»Seht selbst. Der Ring hat noch nicht alle Erinnerungen preisgegeben«, kam es von Ben.

»Mir ist gerade so übel.« Kevins Gesicht war bleich.

»Der Schock hat sich durch die Erinnerungsmagie verstärkt«, erklärte Chloe. »Als Clara und ich Leonardos Erinnerungen ausgelesen haben, ging es mir ähnlich.«

»Ihr habt was?« Ben wirkte erschrocken.

»Ist eine lange Geschichte«, wiegelte Chloe ab. »Dafür haben wir jetzt wirklich keine Zeit. Aber Kevins Essenz ist sowieso angeschlagen.« Sie griff nach dem Ring und reichte ihn Chris. »Vielleicht solltest besser du den Memorum Excitare fortführen.«

Vorsichtig nahm er das kleine magische Artefakt in die Hand.

In einen quadratischen Stein war ein Mentiglobus von Daumennagelgröße eingelassen. Wer den Zauber aktivierte, wurde in die Erinnerung gezogen. Dieses Mal würde er den aktiven Part übernehmen, während Chloe und Kevin lediglich als transparente Silhouetten mit dabei waren. »Seid ihr sicher?«

»Hey, ich reiße mich da nicht drum«, sagte sein Bruder sofort. »Nur, weil ich der ältere von uns bin …«

»… fünf Minuten!«

»… da du ja wie immer zu spät kamst. Wolltest wohl noch ein wenig faulenzen. Ich schlage mich nicht um den vordersten Platz.«

»Wäre mal was Neues.«

»Was soll das denn heißen?«

Chloe seufzte. »Jungs!«

»So waren sie schon immer.« Ava lächelte. »Ständig haben sie gerauft.«

»Ich weiß nicht, warum du lächelst«, merkte Ben an. »Als sie zum ersten Mal Kraftschläge ausprobierten – natürlich wollte jeder den stärkeren erschaffen –, haben sie deine Mutter aus dem Schaukelstuhl geschossen.«

»Waaahahaaaha.« Chloe brach in Gelächter aus, was Chris und Kevin verstummen ließ.

»Das war nicht lustig«, sagte ihre Mum.

»Nun ja, zugegeben …«

»Benjamin Grant.« Ava stemmte die Fäuste in die Hüften und funkelte ihren Ehemann an. »Es. War. Nicht. Lustig.«

»Richtig, das wollte ich sagen. Furchtbare Geschichte. Sie war so wütend. Beinahe hätte sie die Zwillinge durch das Haus gejagt.«

»Echt?«, fragte Chris. »Granny Gertrud wollte uns jagen?«

»Das wäre sicher amüsant geworden.« Chris lächelte. »Sie ist auch heute noch ganz schön rüstig. Vor einigen Wochen habe ich sie dabei erwischt, wie sie von ihrem Zimmerfenster aus Luftballons im Park zerschossen und dabei gekichert hat.«

»Solange sie die Tauben in Ruhe lässt«, warf Ava ein. »Einmal hat sie eine über einem Hotdog-Stand abgeschossen, worauf der Kadaver direkt im Grill …«

Lachen hallte von den Höhlenwänden wider.

Kevin hielt sich an Chloe fest und Chris rannen Tränen über die

Wangen. Er mochte seine Granny. Sie war selbst im hohen Alter immer lustig drauf, hatte eine freche Zunge und war geistig topfit. Plötzlich vermisste er sie sehr.

»Also schön.« Er schob sich den Ring an den Finger. »Bevor ich gleich den nächsten Schock bekomme: Gibt es etwas, worauf wir uns vorbereiten müssen?«

Ihre Eltern wechselten einen tiefsinnigen Blick. »Möglicherweise.«

»Mum!«, rief Kevin. »Jetzt spuck es doch einfach aus.«

»Ihr müsst es selbst beurteilen. Mit Kontext«, beendete Ava den Satz.

»An euch ist ein Orakel verloren gegangen«, grummelte Kevin. »Vielleicht noch eine kryptische Prophezeiung hinterher?«

»Hör bloß auf«, murmelte Chloe. »Die alte Schwarte im Castillo reicht mir schon.«

»Meinst du jetzt das Buch oder Johanna?«, witzelte Chris.

Kevin verpasste ihm einen Schlag auf den Hinterkopf. »Sag so etwas nicht vor Mum und Dad.«

»Wenigstens einer unserer Söhne hat Manieren.« Ava lächelte.

»So etwas sagen wir nur unter uns«, beendete Kevin den Satz.

»Die Hoffnung stirbt zuletzt«, sagte Ben trocken.

Chloe umklammerte Chris' Handgelenk, Kevin das andere.

»Na dann, schauen wir mal, wie die Geschichte zu Ende geht«, sagte Chris. »Memorum Excitare.«

Und die Welt verging.

8. Wer bin ich?

Vor langer Zeit

Tage verstrichen.

Clara durchstreifte das Refugium des ersten Stabmachers. Anfangs rechnete sie jeden Augenblick damit, dass Ordnungsmagier hereinstürmten. Sie schlief, sie aß, sie trank. Ihre Haare reichten mittlerweile bis zu den Hüften und vermutlich hätte ein Nimag vor ihrem Geruch Reißaus genommen.

Es war ihr egal.

»Ich habe ihn umgebracht.« Tränen rannen über ihre Wangen. »Aber das hätte die Schattenfrau tun müssen.«

Konnte es sein, dass durch ihren Sturz in die Vergangenheit die Schattenfrau gar nicht in Gefangenschaft des Stabmachers geraten war, sondern sie?

So musste es sein!

Clara ging weiter durch die Räume. Die Küche war befüllt mit Käse, Schinken, Marmelade, Butter und Brot. In der Bibliothek entdeckte sie Schriften mit alten Zaubern, Hinweise auf Verstecke von Artefakten und Informationen zur aktuellen Geschichte.

Verblüfft stellte sie fest, dass Iria Kon noch existierte. Die Stadt der Magier, die vor langer Zeit aus unbekanntem Grund verschwunden war, galt als Zentrum von Wissenschaft und Magie. Hier wurden Neuerweckte ausgebildet und an Fürstenhöfe und Königshäuser entsandt.

Am Ende stieß sie auf die Kammer mit den Essenzstäben.

Auf einem Podest am Rande lag ihr eigener, direkt neben dem Amulett. Sie nahm beide an sich. Sofort fühlte sie die Kraft des Sigilsplitters in sich einströmen. Es war ein Energieschub.

Schon außerhalb des Refugiums hatte sie gespürt, dass ihr Sigil an Stärke gewann. Der Wall existierte noch nicht.

Ihr Blick glitt über die Regale voller Essenzstäbe. Die Werke des Stabmachers. Alles, was er einst gewesen war. Sein Erbe.

Wie von selbst fuhr ihre Hand in die Höhe. »Ignis Aemulatio.«

Eine Feuersbrunst raste durch den Raum. Sie sah nicht zurück, schloss einfach die Tür und belegte sie mit einem Siegel, damit das

Feuer nicht übergreifen konnte. Hinter ihr verschlangen die magischen Flammen das Erbe des Monsters.

Zum ersten Mal wurde Clara ihr Aussehen wieder wichtig. Sie fand das Bad. Im Zentrum des Raumes war ein gewaltiges Becken in den Stein eingelassen. Irgendwo darunter musste eine heiße Quelle sein, denn als sie nackt in das Steinbecken sank, umschmeichelte Wärme ihren Körper. In einer Steinkuhle standen Flakons mit Ölen. Sie kippte wahllos ein paar davon ins Wasser. Olivenduft durchzog die Luft, vermengte sich mit Orange und Minze.

In den vergangenen Jahren hatte Clara alles getan, um ihren Körper zu vergessen. Irgendwann war es ihr gelungen, die Schmerzen nicht länger ertragen zu müssen, weil sie sich zurückzog, nicht mehr eins war mit ihrer verletzlichen Hülle.

Zum ersten Mal konnte sie es nun wieder genießen, in ihrer Haut zu stecken. Stunden später trat sie vor den Spiegel. Den Essenzstab schwingend, veränderte sie ihr Äußeres. Das Haar wurde kurz, die Haut glatt. Aus Leinen wob sie passende Kleidung. Eine Stoffhose, ein Schnürhemd, Gürtel und Lederschuhe.

Mit jedem Schritt kehrte ihr Lebensmut zurück.

Noch aber wollte sie nicht gehen.

Ihre Streifzüge führten sie weiter durch das Refugium. Sie entdeckte den Raum mit dem Zeitportal. Es stimmte also: Der wahnsinnige Stabmacher hatte in die Vergangenheit reisen wollen. In eine Zeit vor Menschen und Magiern.

Mit dem Agnosco-Zauber deckte sie Illusionierungen auf. Darunter auch einen Raum, der angefüllt war mit Zaubertränken. Staunend betrachtete sie die Phiolen; kleine, große, bauchige, schmale. Alle waren mit einem Wachskorken versiegelt und mit Etiketten versehen.

Clara ließ ihren Blick darüber schweifen.

Auf einem der Flakons standen die Worte: »Animus transformere.« Neugierig nahm sie das Fläschchen in die Hand. Eine grüne Flüssigkeit schimmerte darin. Die Lektion zu Tierwandel-Zauberei kam ihr wieder in den Sinn. Eine gefährliche Sache.

Es benötigte Monate, bei manchen Gattungen sogar Jahre, um einen Trank zu brauen. Zusammen mit dem Wandelsymbol transformierte ein Magier für eine bestimmte Zeitspanne in ein Tier. Das Problem war, dass das Sigil sich gegen die Veränderung wehrte und alles daransetzte, den Zauber zu neutralisieren. Wie lang das dauerte, hing von der jeweiligen Person ab. Die Rücktransformation wurde also – wenn nicht durch den Magier selbst ausgelöst – irgendwann trotzdem eingeleitet. Doch wann?

Natürlich hatte Edison ihnen Geschichten von Agenten erzählt, die sich in Ratten verwandelt hatten, um Schattenkrieger zu belauschen. Als sie am Ende durch Rohrleitungen fliehen wollten, kam es zu plötzlichen Rückbildungen. Die betroffenen Personen wurden zerquetscht. Angeblich! Ihrer Meinung nach liebte Edison es einfach, Neuerweckten Angst zu machen.

Sie wollte wieder gehen, als ihr Blick auf eine einzelne Phiole fiel. Die Schrift darauf war kaum zu entziffern. Im Inneren schwappte eine goldene Flüssigkeit. Ein eingerolltes Pergament lag daneben. Clara entfaltete es. Der Stabmacher hatte an etwas gearbeitet, das die Kraft eines Magiers entfesseln sollte. Er ging davon aus, dass in jedem Menschen durch ethische Grundgedanken eine emotionale Barriere existierte. Diese verhinderte, dass man tötete. In einem Kampf war dadurch das volle Potenzial blockiert. Der Trank konnte diese Blockade kurzzeitig lösen.

Clara verließ den Raum.

Die Zeit verging und sie erholte sich. Durch das gute Essen nahm sie zu, dank Meditation erlangte sie ihr inneres Gleichgewicht zurück. Mit ihrem Essenzstab probierte sie neue Zauber aus, die der Stabmacher entwickelt hatte. Verblüfft entdeckte sie einen Sprungzauber. Er war wohl so komplex, dass es dem Dreckskerl nie gelungen war, einen Sprung auszuführen. Außerdem fehlte ihm das Verständnis dafür.

Clara lächelte.

Sie hatte einst einen Sprung vollführt, nämlich mit Nikki. Das Gefühl war in ihr präsent. Sie benötigte keinen Trank, nicht einmal ein Symbol. Doch sie musste eine umfassende Wortfolge denken.

Sieben Tage lang versuchte Clara alles, doch nichts geschah. Am achten Tag erwachte sie morgens neben ihrem Bett. Sie musste im Schlaf gesprungen sein. Sie versuchte es erneut und schließlich fand sie sich in der Küche wieder – auf der Herdplatte sitzend, die glücklicherweise nicht erhitzt war. Es hatte funktioniert!

Doch das Beste war nicht einmal der Sprung.

Als Nebeneffekt entstand Nebel. Wolken, die sie einhüllten und am Zielort wieder verschwanden.

Weißer Nebel.

»Ich bin Clara Ashwell! Und keine verdammte Schattenfrau.«

Sie beschloss, dass es nun an der Zeit war.

In einer Stofftasche verstaute sie einige der Zaubertränke, dazu ein paar Pergamente für ihre magischen Studien. Das Sigil pulsierte kraftspendend an ihrer Brust, der Essenzstab steckte in einer Schlaufe am Gürtel, der Sigilsplitter hing um ihren Hals.

Viele Jahre nachdem Clara in der Vergangenheit angekommen war, verließ sie das Refugium des ersten Stabmachers.

9. Ein Blutbad

Leonardo hechtete zur Seite und zog im gleichen Augenblick eine Contego-Barriere in die Höhe.

Tomoe verwandelte sich in ein wirbelndes Etwas, das Kraftschläge abfeuerte und Explosionen erzeugte.

Auch Nikki wurde zu einem hyperaktiven Flummi. Die Halle war erfüllt von *Plopp*-Geräuschen. Sie sprang hin und her, griff aus dem Hinterhalt an und war fort, bevor ihre Feinde reagieren konnten.

Eine Salve aus Kraftschlägen schlug in Leonardos Schutz ein und zwang ihn dazu, sich wieder auf die unmittelbare Umgebung und sich selbst zu konzentrieren.

Sie waren mitten in der Halle gelandet. Albert und Tilda kämpften gegen eine Übermacht aus Schattenkriegern, wobei die Köchin verblüffenderweise zwei Essenzstäbe in Händen hielt und mit einem »Nehmt das!« umherfeuerte. Auch Eliot Sarin – der oberste Ordnungsmagier des Castillos – und einige seiner Leute mischten kräftig mit.

»Ah, darauf habe ich mich gefreut«, erklang eine Stimme.

Ein Schauer jagte Leonardos Rückgrat hinab. »Khan.«

Ein Koloss von einem Mann bahnte sich den Weg. Aus seinem Essenzstab hatte er eine gefährliche Peitsche gemacht, wobei der flexible Teil aus einer Manifestation bestand. Er schleuderte seine Gegner beiseite, indem er das Peitschenende um ihre Hälse schlang und daran riss. Wer nicht von einer Sphäre geschützt wurde, trug tiefe Schnitte davon.

»Leonardo.« Dschingis Khan lachte. »Mir scheint, es wird bald eine massive Fluktuation an Unsterblichen geben. Es wird mir eine Freude sein, dich aufzuschlitzen und dein Blut zu trinken.«

Im Laufe seines Lebens hatte Leonardo viel erlebt und auch die alten Bräuche von Khans Leuten waren ihm bekannt. Sie hatten ihre besiegten Feinde gefangengenommen, getötet und ihren Lebenssaft getrunken. Nicht umsonst war es ihm gelungen, die Mongolen zu vereinen und im 13. Jahrhundert weite Teile Zentralasiens und Nordchinas zu beherrschen. Er glaubte an Sieg durch Brutalität.

»Das werde ich zu verhindern wissen«, erwiderte Leonardo. »Ich werde lächeln, wenn du auf ewig im Immortalis-Kerker verschwindest!«

Die Umgebung verblasste.

Es gab nur noch Khan und ihn.

»Ulcerus Maxima!«, brüllte sein Gegner.

Komprimierte Essenz schoss voran, um eine Wunde zu schlagen, tiefer als jede Klinge es vermochte.

Leonardos Sphäre wurde mehrfach getroffen.

»Crepitus!«

Eine Explosion schleuderte ihn zurück.

»Gravitate Negum!«

Die Schwerkraft änderte sich. Innerhalb von Sekunden hatte Khan die drei Zauber in kurzer Abfolge abgefeuert, um Leonardo keine Zeit zu lassen, eine Gegenwehr einzuleiten. Ein weiterer Kraftschlag folgte, er zerschmetterte den Contego-Schutz.

Sein Gegner hatte sich auf das Zusammentreffen vorbereitet. Der Kampf bereitete ihm diebische Freude.

»Ihr habt mit eurer verweichlichten Art keine Chance gegen uns«, höhnte Khan. »Am Ende des Tages werden vom Castillo nur noch rauchende Trümmer übrig sein.«

Eine Bratpfanne krachte seitlich gegen seinen Schädel. Tilda hatte sie geworfen und grinste nun über das ganze Gesicht. »Das ist für damals«, fauchte sie.

Khan und seine Männer hatten das Verlorene Castillo belagert, weshalb Amon es durch einen speziellen Zauber mit einem Artefakt der Wirklichkeit entzog. Eine gute Grundidee, die allerdings dazu führte, dass nur Tilda überlebte. Ihre Abneigung gegen Dschingis Khan war also verständlich.

»Du …«

Leonardo ergriff die Chance und schleuderte die Pfanne erneut auf seinen Gegner, was diesen völlig aus der Fassung brachte.

»Nun wirfst du schon mit Pfannen?!«

»Wenn es hilft.« Er komprimierte die Luft um die Beine von Khan herum, der prompt stolperte. Eine Schwerkraftveränderung später lag er am Boden.

Tomoe stand mittlerweile an Alberts Seite. Beide erwehrten sich heranstürmender Schattenkrieger. Tilda zog sich zurück. Die Essenzstäbe hatte sie hinter den Gürtel geklemmt, benutzte sie nicht mehr.

Nikki wich auf der Galerie einem Gegner aus.

Dschingis Khan kam wieder in die Höhe. »Na schön, dann eben auf die harte Tour. Die steinharte. Lapitus Vitalis.«

Er erweckte Stein zum Leben.

Als Grundmaterial nutzte er kurzerhand die Wände. Risse entstanden und verästelten sich, Steine brachen heraus. Bevor Leonardo den Zauber neutralisieren konnte, sprangen zwölf Mongolenkrieger aus Stein in die Halle.

»Chikucho«, fluchte Tomoe.

Einstein manifestierte blitzschnell einen Zeitverrinnungszauber, der aus einem der Krieger Steinpulver machte. Der Rest stürzte sich auf die Ordnungsmagier.

Khan lachte. »Oh, Leonardo, ihr seid tatsächlich weich und dumm. Anders kann ich mir dieses dilettantische Vorgehen nicht erklären. Du hättest längst ein paar Ordnungsmagier opfern können, um die Wichtigen unter euch zu retten.«

»Das ist eher dein Stil, nicht wahr? Menschen opfern, Blut trinken. Und am Ende ist von deinem Erbe doch nichts mehr geblieben.«

Das wütende Funkeln in Khans Augen war eine Genugtuung.

Leonardo wich einem der Steinkrieger aus und zerpulverte ihn mit einem maximalen Kraftschlag. Noch stand ihm Essenz zur Verfügung, lange würde das jedoch nicht so bleiben. Die ersten Ordnungsmagier erlahmten bereits, Alberts Arm zitterte. Sie hatten schon gekämpft, bevor Tomoe, Nikki und er hier erschienen waren.

Es war nur ein Augenblick der Unaufmerksamkeit, doch sein Feind hatte genau darauf gelauert. Eine Salve aus Kraftschlägen ließ Leonardos wiedererschaffenen Schutz erneut zusammenbrechen, eine kleine Explosion prellte ihm den Essenzstab aus der Hand.

Unter dem Hieb eines Schattenkriegers stürzte Tomoe zu Boden. Nikki flog durch eine Schwerkraftänderung zur Decke hinauf.

Sie verloren.

»Halt!«, brüllte jemand.

Der Kampf stoppte. Alle wandten sich der Stimme zu, die niemand einordnen konnte.

Ein Schlurfen klang durch die Halle, Schritte. Ein Stöhnen, weiblich. Ein Summen, wie von einer vibrierenden Klinge.

Jemand kam von der Küche her.

Leonardo erbleichte.

Martin Ashwell, Claras Bruder, betrat die Halle. Der Essenzstab in seiner Hand glühte, diente ihm als Klinge, die er Johanna an die Kehle hielt. Eine einzige Bewegung würde Haut, Sehnen, Fleisch und Knochen durchschneiden wie Butter.

Khan setzte zu einem höhnischen Lachen an, als sein Blick auf etwas fiel. Leonardo nutzte den Weitblick, um an die selbe Stelle zu schauen.

Martin Ashwell hielt den Feuerblut-Splitter fest umklammert.

»Das ändert wohl alles.« Eine Illusionierung zerstob. Und Saint Germain trat hinter einer Säule hervor.

10. Ich gab ein Versprechen

Bravo«, sagte Saint Germain.

Eisschauer flossen durch Leonardos Körper. Wenn man Dschingis Khan als die Muskeln eines Psychopathen deutete, war Germain der Geist eines solchen. Analytisch, taktisch, intrigant und hochintelligent.

»Martin Ashwell«, sprach der unsterbliche Anführer der Schattenkrieger weiter: »Ich muss schon sagen, das ist eine Leistung. Soweit ich weiß, wurdest du hier gefangen gehalten, nachdem du versucht hast, deine Schwester zu töten. Das Konzil ließ wohl auf sich warten, hm? Und nun gelingt es dir auszubrechen, wobei du kurzerhand Johanna als Geisel nimmst und – oh, Überraschung! – ein Artefakt erbeutest.«

Martins braunes Haar stand wirr zu allen Seiten ab. Sein Essenzstab glühte in der bekannten orange-braunen Spur. Er musste ihn aus dem Büro der Ordnungskräfte geholt haben. Damit er kein Opfer der Angreifer wurde, war er dorthin gebracht worden.

»Ich werde sie töten«, sagte er.

»Aha.« Germain ließ eine Braue in die Höhe wandern. »Es mag dir entgangen sein, aber wir sind die Bösen. Du weißt schon: Wir sind hier, um zu vernichten, zu stehlen, zu brandschatzen und zu töten. Das Übliche eben. Falls du uns die Arbeit abnehmen möchtest, nur zu. Töte Johanna.«

»Nein!«, brüllte Leonardo.

»Ah, und da hast du auch schon eine interessante Lektion gelernt«, sprach Germain weiter. »Du besitzt ein Druckmittel gegenüber der Person, die am emotionalsten reagiert.« Er deutete mit einem Lächeln auf Leonardo. »Aber was ist mit uns? Warum sollten wir euch nicht beide töten?«

Martins Augen flogen hektisch umher. »Ich habe *das*.« Er hob den Sigilsplitter in die Höhe. »Johanna wollte ihn unbedingt haben.«

Die Abscheu, die Leonardo in diesen Minuten gegenüber Martin empfand, war nicht in Worte zu fassen. Er wollte das kleine Wiesel zertreten. Ein Mörder, Geiselnehmer und Verräter an den Lichtkämpfern. Selbst er musste spüren, welch eine Macht in dem Splitter steckte. Doch er kam nicht einmal auf die Idee, sie zu benutzen. Stattdessen gierte er danach, zu entkommen.

»Möchte unsere Mama des Jahres vielleicht etwas ergänzen?«, fragte Germain. »Letzte Worte oder etwas wie …«

»Hol dir den Stein, Leonardo!«

»Ja, etwas wie das«, vollendete Germain.

Der Graf trug das Äußere eines Mannes in den Vierzigern. Das schwarze Haar war grau meliert, sauber geschnitten und lag seitlich an. Die Kleidung konnte man als leger bezeichnen, als habe er sich gerade irgendwo in warmen Gefilden herumgetrieben. Die obersten Knöpfe seines Hemdes waren geöffnet, Stoffhose und edle Lederslipper rundeten das Bild ab. Es fehlte nur das Weinglas in einer Hand. Nach außen hin vermittelte er das Bild des freundlichen, aber durchsetzungsstarken Onkels, der brav den Kopf tätschelte, jedoch ebenso wütend werden konnte. Seine Stimme wurde von einem warmen Bariton getragen. Auf seine eigene Art war er noch gefährlicher als Dschingis Khan.

»Also, Martin, kommen wir zum Punkt. Ich …«, er deutete auf sich selbst, »… möchte das …«, nun deutete er auf den Splitter, »… gerne haben. Was willst du?«

»Gehen«, kam es als Flüstern zurück. »Die Unsterblichen vergiften unsere Gesellschaft, sie zerstören alles. Die Macht sollte längst in den Händen aller Magier liegen. Vie dans Mortalité!«

Saint Germain winkte müde ab. »Jaja, zu den Waffen. Stürzt sie, die bösen Unsterblichen. Verändert die Welt. Wir sind das Volk. Sonst noch etwas?«

»Nein. Oder doch. Öffnet das Portal, damit ich entkommen kann.«

»Lass mich das zusammenfassen«, sagte Germain. »Du möchtest fliehen. Alle anderen überlässt du ihrem Schicksal. Sie können ruhig niedergemetzelt werden, Hauptsache, du kannst davonlaufen. Heim, zu Mama. Dafür lässt du Johanna sterben, die Frau, die ihr Leben den Lichtkämpfern, der Ehre, dem Schutz von Nimags – das ganze Blabla – geweiht hat. Oh, und du übergibst uns das Artefakt, das die Welt aus den Angeln heben kann.«

»Genau.« Martin nickte eifrig.

Leonardo fragte sich, ob Claras Bruder wirklich so dumm war oder sich einfach nur verstellte.

»Damit haben wir ein Problem.« Germain breitete die Arme aus. »Denn du musst wissen, dass es einen Preis gekostet hat, dass die Schattenfrau uns den Weg hierher ebnete. Natürlich der Sigilsplitter, doch da ziehen wir an einem Strang. Darüber hinaus wollte sie aber noch etwas.« Germain schob die Hände in die Hosentaschen. »Deinen Tod.«

»Was?« Martin wurde bleich. »Nein.«

»Aber ja. Ein Preis, den ich recht leicht bezahlen kann. Alle anderen hier sterben natürlich auch oder landen im Novum-Absolutum-Kerker, aber bei dir ist die Sache eindeutig.«

Martin drückte den Essenzstab gegen Johannas Hals. Ein Blutstropfen quoll hervor. »Ihr könnt mich nicht so einfach erledigen.«

»Genau genommen: doch.« Germain blieb stehen und lächelte.

Martin begriff im ersten Augenblick nicht einmal, dass er tot war.

Der Essenzstab des Grafen flog wie ein Pfeil durch die Luft. Während des Gesprächs hatte der Unsterbliche ihn immer näher an Martin herangelenkt. Langsam, damit niemand es bemerkte.

Ein enormes Maß an Konzentration war dafür notwendig. Ein Aportate- in Verbindung mit einem Gravitate-Negum-Zauber. Beides nur ausgeführt mit Symbolen, die Saint Germain mal auf dem Rücken, mal in der Hosentasche gemalt hatte.

Das magische Holz durchdrang Martins Haut, Knochen und schließlich das Gehirn. Für Leonardo sah es so aus, als würde Ashwells Stirn aufplatzen und das Innere herausquellen. Tatsächlich war es jedoch der Essenzstab, der durch die Stirn aus dem Schädel hervorbrach.

Martin kippte zur Seite und krachte auf die Bodenplatten. Ein matschendes Geräusch erklang. Johanna stand entsetzt im Zentrum der Aufmerksamkeit, das Gesicht bedeckt von Blutspritzern und Knochensplittern.

Es war ein einfaches *Pling*, das den Bann brach.

Alle Augen richteten sich auf den Feuerblut-Splitter, der über den Boden glitt. Bevor Leonardo den Aportate-Zauber auch nur beginnen konnte, flog das Artefakt schon in Saint Germains Hand.

»Zwei Lichtkämpfer mit einem Kraftschlag, sag ich immer.« Lächelnd blickte er umher. »Machen wir doch gleich ein Dutzend daraus. Viel Spaß, Dschingis.« Er nickte auffordernd. »Töte sie alle.«

11. Von wilden Sigilen und Zwillingsmacht

Erklär es mir.« Ava sank in den Sessel.

»Das würde ich ja gerne, aber außer Andeutungen steht hier nichts.« Ben rieb müde seine Augen.

Die Erinnerungen ihrer Eltern hatte Chris in das heimische Wohnzimmer versetzt. Kevin und Chloe standen halb durchsichtig an der Seite. Sie beobachteten. Manchmal sagte einer der beiden etwas, doch er verstand kein Wort. Sie waren bei ihm, allerdings nur als Beobachter. So war es zuvor ebenfalls gewesen, während Kevin den Ring getragen hatte. Nur umgekehrt.

Ben breitete ein Papyrus aus.

»Will ich wissen, woher Emmett das hat?«, fragte Ava.

Der Arzt der Familie war ein alter Freund von Chris' Eltern, der um die Schwangerschaft wusste. Ihm gegenüber hatten sie auch die Anwendung des magischen Tranks gestanden.

»Er hat sich weit aus dem Fenster gelehnt«, erwiderte Ben. »Aber darauf können wir jetzt keine Rücksicht nehmen.«

Bedauerlicherweise hing nirgends ein Kalender an der Wand, wie Chris bei einer genaueren Untersuchung feststellte. Welches Datum hatten sie?

»Wie gut ist dein Ägyptisch?«, fragte Ava.

»Miserabel. Beim letzten Mal, als ich mit Emmett ›Die Mumie kehrt zurück‹ geschaut habe, hat er mich ständig auf die Fehler im Film aufmerksam gemacht. In den Glyphen. Ich habe nichts davon bemerkt.«

Ava kicherte. »Er kann es einfach nicht lassen, unser kleiner Ägyptologe. Und das ohne Kontaktstein. Kriegen unsere das hier hin?«

Er kniff die Augen zusammen. »Teilweise. Das ist verwirrend. Wenn ich das korrekt interpretiere, wurden hier mehrere Sprachstufen aus unterschiedlichen Epochen vermischt.«

Ava stöhnte wütend auf. »Wenn ich diese Kaja in die Finger bekomme.«

Chris konnte die Verzweiflung spüren, die von seiner Mum ausging.

»Ich bin nicht einmal sicher, ob sie nicht ebenso ein Werkzeug der Schattenfrau war«, gab Ben zu bedenken. »Jahrelang hat sie sich im Verborgenen gehalten und nun taucht sie plötzlich auf. Wenn jemals einer unserer Freunde oder gar die Ordnungsmagier erfahren, dass wir mit ihrer Hilfe ein wildes Sigil erzeugt haben …«

»Sag nicht so etwas«, entfuhr es Ava. »Es ist ein ganz normales Sigil, das herangereift ist und nun in einem wundervollen jungen Mann für das Gute kämpft.«

Ben legte ihr den Arm um die Schultern. »Schatz, das weiß ich doch. Mark ist wunderbar. Er, Kevin und Chris scheinen sich blendend zu verstehen. Die drei sind ein tolles Team.«

»Meinst du, er mag Jen?«

Die Antwort bestand in einem Lachen. »Nun ja, sie verbringen viel Zeit miteinander. Außerdem zwinkert Chris Mark immer zu, wenn Jen nicht hinschaut.«

»Die beiden wären ein goldiges Paar.«

»Ich wünschte nur, es käme endlich mal Eine, die Chris bändigt.«

»Er hat halt seinen Spaß«, sagte Ava. »Gönn es ihm.«

»Kommt schon, Mum, Dad, hört auf, über dieses Thema zu sprechen«, murmelte Chris.

Es war unangenehm genug, in den Erinnerungen der eigenen Eltern spazierenzugehen. Da blieb nur die Hoffnung, dass er nicht mit traumatischen Ereignissen, wie einem Kuss oder Geturtel, konfrontiert wurde.

»Also, die Glyphen«, wechselte seine Mum zurück auf das Thema. »Sagen sie etwas über den Preis, den Chris und Kevin zahlen müssen? Oder die Besonderheit des Sigils, das nun in Mark wohnt?«

Vor dem Fenster versank die Sonne hinter den Gebäuden. Chris' Eltern saßen im Büro seines Dads. Eine der Wände war vollständig verglast und bot einen atemberaubenden Ausblick über die Skyline. Unter der Decke hingen Glaskugeln, in die Bernsteinelemente eingelassen waren. Der Leuchtsphärenzauber wurde aktiv. Heimelige Wärme ging von dem Licht aus.

»Ja«, murmelte Ben. »Hier steht zumindest etwas von Zwillingen. Im alten Ägypten sagte man ihnen ebenfalls besondere Fähigkeiten nach.«

»Aber es ist doch längst bewiesen, dass das nur ein Mythos ist«, warf Ava ein.

»Hier steht, dass zwei von gleichem Blut und gleicher Hülle sich ein Sigil teilen. Soweit ist das ja korrekt. Wenn wir die Andeutungen richtig interpretieren, ist das Sigil irgendwie in beiden Jungs zu gleichen Teilen vorhanden. Deshalb hat ihre Spur eine identische Farbe.« Er widmete sich wieder dem Text. »Nun kommen ein paar undeutbare

Glyphen … Baden im Licht des Anubis … Dann sind ein paar so verblichen, dass ich sie gar nicht lesen kann.« Er stieß einen Fluch aus.

»Ganz ruhig.«

»Seit Jahren recherchieren wir nun diesen Müll und nichts kommt dabei heraus.« Er schlug mit der Faust auf den Tisch. »Möglicherweise müssen wir doch Kleopatra fragen.«

»Auf keinen Fall«, erwiderte Ava vehement. »Nur, weil sie uns eventuell weiterhelfen kann, gehe ich nicht das Risiko ein, im Immortalis-Kerker zu landen. Gar nicht zu reden von der Tatsache, dass wir nirgendwo Aufzeichnungen über wilde Sigile gefunden haben. Zwillinge sind ja wenigstens ein Mythos.«

»Du vergisst das Tagebuch des Arztes.«

Avas rechte Augenbraue wanderte in die Höhe. »Der Kerl aus dem 18. Jahrhundert? Ich bitte dich! Das war ein Quacksalber, der Leuten Quecksilber verabreicht hat, weil er glaubte, dass Essenz darin gespeichert werden kann. Und zum Vie dans Mortalité gehörte er auch noch.« Sie schüttelte den Kopf. »Wenn du mich fragst, hat der ein wenig zu oft Quecksilber geschlürft.«

Ben kicherte. »Das ist natürlich eine Art, es zu formulieren.« Er lehnte sich zurück und seufzte. »Wenn es noch irgendwo Aufzeichnungen des Ordens gäbe, könnte man dort vermutlich etwas zu beiden Themen finden.«

Ava schüttelte den Kopf. »Nach dem Tod des Marquis Egmont Dupont ist der Orden zerschlagen worden. Immerhin wollte der Irre die Unsterblichen töten. Kaum zu glauben. Aber soweit ich weiß, hat Edison alle Schriften und Unterlagen ins Archiv einlagern lassen.«

»Wo sie für uns unerreichbar sind.«

Chris bekam eine Gänsehaut. Erst vor wenigen Wochen hatten Clara, Chloe und er entdeckt, dass Martin Ashwell mithilfe eines Zeitportals den Marquis Egmont Dupont vor dessen Tod aus der Vergangenheit in die Gegenwart geholt hatte. Mit dessen Hilfe hatte er das geheime Arsenal des Ordens finden wollen, in dem seine Mitglieder magische Artefakte eingelagert hatten. Nach der Zerschlagung des Bundes war es nie entdeckt worden. Doch der alte Dupont erwies sich als störrisch und wurde schließlich von Martin beseitigt. Um seine Zugehörigkeit zum Vie dans Mortalité zu verschleiern, hatte er versucht, seine eigene Schwester umzubringen. Clara. Ein Plan, der vereitelt worden war. Martin saß im Castillo und wartete auf seine Verhandlung. Einstein hatte danach alle Reste der Zeitmagie beseitigt und Ordnungsmagier hatten die Familie befragt.

Chris war bis heute überzeugt davon, dass Patricia Ashwell in den Plan eingeweiht gewesen war. Auch sie gehörte zu den Kritikern der Unsterblichen.

Doch ohne Beweise konnte niemand ihr etwas anhaben.

»Dann müssen wir irgendwie in das Archiv«, sagte Ava.

»Wie stellst du dir das vor? Nur Lichtkämpfer können dort hinein.« Er studierte ihr Gesicht. »Nein, auf keinen Fall!«

»Es ist die einzige Möglichkeit«, sagte Ava beschwörend. »Wir müssen einen der drei einweihen. Er muss an ein Permit gelangen und die Unterlagen durchsuchen.«

»Schatz …«

»Es geht nicht anders. Wer weiß, was dieses Schattenweib mit unseren Söhnen vorhat? Zwei, die einen Preis zahlen müssen, und einer mit einem wilden Sigil.«

Sie diskutierten die Idee und schließlich stimmte Chris' Dad zu.

Damit war klar, wer von ihnen eingeweiht worden war. Kevin hätte es ihm gesagt, der schied aus. Er selbst hatte keine Ahnung von der Sache gehabt.

»Du hast es die ganze Zeit gewusst, Mark«, murmelte Chris.

12. Zitrusfrüchte, Sommerwein und Harz

Clara staunte.

Mit jedem Detail der Vergangenheit, das sich ihr offenbarte, verblasste die Zukunft ein Stückchen mehr. Der Weg nach Iria Kon hatte sich als überraschend einfach herausgestellt. Dank des Silberregen-Splitters konnte sie den Sprungzauber beliebig oft einsetzen. Weißer Nebel umhüllte sie – und schwups, schon war sie wieder ein paar Kilometer näher an ihrem Ziel. Mit ein wenig Training konnte sie die Sprungdistanz bestimmt noch erhöhen.

Dank der mitgenommenen Landkarte fand Clara ihren Weg zur Küste. Nach wie vor hatte sie keine Ahnung, zu welcher Zeit dies hier alles stattfand, doch diese Epoche musste weit vor allem anderen liegen, womit sie sich bei ihren Geschichtsstudien beschäftigt hatte.

Schließlich erreichte sie einen Hafen, an dem Männer und Frauen mit olivfarbener Haut einander Worte zuriefen. Der Splitter fungierte als Kontaktstein, sie konnte alles verstehen, was gesprochen wurde.

Schiffe von der dreifachen Größe eines Flugzeugträgers aus der Gegenwart lagen vor Anker. Ihre Segel waren mit goldenen Figuren bestickt und warteten darauf, gehisst zu werden. An den Rümpfen waren mit Teer magische Worte aufgebracht, die Stürme abhalten sollten. An einigen Stellen prüften Magier gerade den Schutz, indem sie künstliche Blitze erzeugten, worauf die Contego-Sphären aufleuchteten.

Auf den Decks standen Seeleute neben Magiern, lehnten Schreiber über der Reling, streckten Kapitäne ihre vor Stolz geschwellten Brustkörbe in den Sonnenuntergang.

»Entschuldigung«, stoppte Clara einen vorbeieilenden Mann.

Er musterte sie von oben bis unten. »Eine sehr starke Magierin bei uns in Parthenope?«

Sie lächelte. »Was hat mich verraten?« Gleichzeitig überschlugen sich Claras Gedanken. Den Namen dieser Siedlung hatte sie schon einmal gehört. Sie war etwa 700 vor Christus gegründet worden und lag auf dem Gebiet des heutigen Neapel. Vom dortigen Hafen waren angeblich zahlreiche Magier übergesetzt nach Iria Kon.

Sie war ein Mythos von vielen, denn gefunden hatte man die Inselstadt nie. Weder auf noch unter dem Meer.

Clara hatte endlich einen Bezug, zu dem sie die handgezeichnete Karte des Stabmachers setzen konnte.

Die Lippen des Einheimischen teilten sich zu einem freundlichen Lächeln. »Die Aura natürlich, was für eine Frage.« Er trug weiße Stoffhosen und eine Weste. Darunter nichts. Die nackte Brust lag frei.

»Meine Aura?«

Er runzelte die Stirn. »Du musst von weither kommen. Gibt es in eurer Siedlung keine Auraleser?«

Sie schüttelte den Kopf. Von etwas Derartigem hatte sie noch nie gehört. »Mein Name ist Clara.«

»Ich bin Reto.« Er deutete auf zwei mannshohe Säulen, die im Abstand von wenigen Metern aufgestellt worden waren. »Sobald jemand in die Nähe der Auraleser gerät, kann der Oberste Magier das erkennen.«

Verdammt!

Claras eigene Magie war immer Durchschnitt gewesen. Zwar fühlte sich ihr Sigil so stark an wie nie zuvor, doch das lag an der Abwesenheit des Walls. Der Splitter veränderte die Sachlage jedoch. Falls sie ihn einsetzte, würden die Auraleser vermutlich hochgehen wie ein Feuerwerk.

»Was suchst du hier in Parthenope?«

»Hm? Oh, ich möchte nach Iria Kon.«

»Wie fast jeder. Wirst du Adeptin oder Lehrmeisterin?«

»Zuerst muss ich eine Überfahrt finden, sonst keines von beiden«, umging Clara eine Antwort.

Falls Reto einem Vorgesetzten berichtete, konnte eine Lüge Folgen haben. Sie wusste zu wenig über diese Zeit. Nur, dass noch keine Mentigloben eingesetzt worden waren. Sie lief also nicht Gefahr, in geschichtlichen Aufzeichnungen zu landen.

»Das trifft sich gut.« Reto deutete auf einen Dreimaster. »Ich bin Steuermagier auf der *Irias Stolz*. Wir stechen morgen in See.«

»Wie lange dauert eine Überfahrt?«

»Du hast wirklich keine Ahnung, Clara. Ich bin gespannt, mehr über dich zu erfahren.«

Er brachte sie zum Kapitän.

Das Handeln begann.

Die wenigen Goldmünzen, die sie aus einer der Kisten des ersten Stabmachers genommen hatte, waren wertlos. Die Währung bestand aus Essenz. Der Kapitän war ein harter Verhandlungspartner, doch schließlich einigten sie sich. Clara befüllte drei Bernsteine von Handtellergröße mit Essenz.

Das Leuchten in den Augen des weißhaarigen Nimag-Kapitäns machte ihr klar, dass sie soeben über den Tisch gezogen worden war. Es spielte keine Rolle.

Sie bezog am Abend ihre Kabine. Der Boden war mit rot-gold-bestickten Teppichen ausgelegt, das Holz blank poliert und mit Schnitzereien versehen. Ein Schreibtisch nahm den gesamten Platz unter einem Fenster ein, das aus dickem Kristall bestand. Fuhr man eine magische Bernstein-Intarsie mit dem Finger nach, wurde der Kristall zu Nebel und zog sich an den Rand zurück.

Clara begriff, dass Magie auch den Nimags zur Verfügung stand. Durch den Tauschhandel mit Bernsteinen konnten sie Essenz in ihren Besitz bringen. Das war zwar niemals genug für komplexe oder lang anhaltende Zauber, doch für Änderungen in Wohnungen, Elementtransformationen oder Illusionierungen reichte es problemlos. Nicht zu vergessen das Heilen von Wunden.

Unter der Decke hing ein Konstrukt aus Chrom, Holz und Bernstein. Sie ging jede Wette ein, dass damit Leuchtsphären erschaffen werden konnten.

Neben dem Hauptraum gab es noch ein Schlafzimmer, in dem ein breites Bett und ein Schrank standen. Dazu ein Badezimmer mit Wanne.

In der Luft lag der Geruch nach Zitrusfrüchten, Sommerwein und Harz.

Sie nahm sich einen Apfel aus der Messingschale, die auf dem Tisch stand, und biss herzhaft hinein, genoss den süßen Geschmack. In der Gegenwart ihrer Zeit war eine Frucht nichts Besonderes. Doch nachdem der Stabmacher sie über Jahre gefoltert und misshandelt, ausgehungert und ausgezehrt hatte, genoss sie jeden Geschmack, jeden Geruch, jeden freien Gedanken.

Sie würde einen Weg zurück in die Gegenwart finden, koste es, was es wolle. In Iria Kon wirkten die größten und mächtigsten Magier dieser Zeit. Sie lehrten und lernten. Es gab ganze Häuser, die nur mit magischen Schriften befüllt waren. So sagte es zumindest die Legende.

Clara spürte ein Kribbeln.

Sie lebte Geschichte. Zum ersten Mal konnte sie die Magier verstehen, die mit den legitimierten Zeittunneln in die Vergangenheit reisten, um zu beobachten. Was Clara in all den Büchern gelesen, den

Schriften studiert und in den Mentigloben gesehen hatte, erlebte sie nun wahrhaftig. Etwas so Kostbares durfte nicht verloren gehen.

Sie beschloss, möglichst bald einen Mentiglobus zu erschaffen, um ihre Erlebnisse festzuhalten. Sowohl die schönen als auch die furchtbaren.

In Gedanken versunken warf sie ihre Kleider zu Boden und stieg in die Wanne. Die Ränder waren mit Bernstein beschlagen. Eine Berührung genügte und warmes Wasser sickerte aus dem Holz.

Am Rand standen mehrere Flakons mit Badezusätzen. Öle. Sie tröpfelte etwas davon hinein und genoss den Augenblick der Ruhe.

Irgendwann klopfte es.

Clara stieg aus der Wanne und schlang sich eines der bereitliegenden Handtücher um. »Herein.«

Es war Reto.

Er wollte etwas sagen, doch bei Claras halb nacktem Anblick erstarben ihm die Worte auf den Lippen.

In diesem Augenblick signalisierte ihr Körper, dass es etwas gab, das sie in den Jahren des Schmerzes und der Einsamkeit vermisst hatte.

Nähe.

Ohne darüber nachzugrübeln, abzuwägen, die Folgen zu bedenken oder Komplikationen abzuschätzen, ließ sie das Handtuch fallen.

Reto benötigte keine weitere Aufforderung.

Er kam näher. Sanft strich er über Claras Wange. Seine Lippen berührten die ihren. Er schmeckte nach Zitrusfrüchten. Sein Atem kitzelte ihren Hals, als seine Lippen über ihren Körper wanderten.

Im nächsten Augenblick lagen sie eng umschlungen auf dem Teppich.

Haut berührte Haut, Lippen glitten über Lippen, waren überall.

Leidenschaft spülte jedes klare Denken fort.

Clara ließ sich davontreiben.

13. Iria Kon

In einem Moment bestand der Horizont noch aus einem tiefen, auf und ab wogenden Blau, im nächsten erschien die Stadt. Sie reichte von einem zum anderen Ende.

»Magie aus Glas und Gold«, murmelte Reto.

Er stand neben Clara an der Reling und betrachtete nicht minder fasziniert die Skyline von Iria Kon.

»Bist du nicht schon oft hier gewesen?«

»Der Anblick ist stets etwas Besonderes. Schau doch, wie sich die Türme aneinanderschmiegen, wie ihre Spitzen an den Wolken kratzen.«

Clara ließ sich von der Euphorie anstecken.

Sonnenlicht traf auf Gold, ließ die Gebäude der Stadt in überirdischem Licht erstrahlen. Die Architektmagier hatten sphärische Türme, Häuser und Balustraden erschaffen. Das überall verbaute Glas erzeugte eine luftige Weite, die ihresgleichen suchte. Dazwischen sorgte das Gold für Erhabenheit.

»Moment mal, das ist kein einfaches Glas.« Claras Augen weiteten sich, als sie näherkamen.

»Himmelsglas«, bestätigte Reto ihre Vermutung.

Ein Schauer jagte Claras Rücken hinab. Himmelsglas konnte Magie absorbieren oder verstärken, je nachdem, wie es bearbeitet worden war. Nicht umsonst fand es Anwendung in Essenzstäben. Sie ging jede Wette ein, dass beim Bau außerdem Hexenholz und Bernstein verwendet worden waren. Die drei zentralen magischen Materialien.

Die *Irias Stolz* glitt in den Hafen. Taue wurden ausgeworfen und mit Gravitationszaubern beschwert.

»Der Moment des Abschieds«, hauchte Reto.

»Fürs Erste.« Clara lächelte. »Ich muss irgendwann ja auch wieder zurück. Und welches Schiff wäre besser dazu geeignet, mich über das stürmische Meer zu tragen als die *Irias Stolz*?«

»Keines natürlich.« Auf seinen Wangen bildeten sich Grübchen. Er lächelte, zog sie heran und verabschiedete sich mit einem letzten feurigen Kuss.

Clara ging an Land.

Sie trug ihre Umhängetasche, in der die Phiolen mit den magischen Tränken des ersten Stabmachers klirrten. Bisher hatte sie keinen davon ausprobiert. Zuerst wollte sie mit dem Agnosco-Zauber die jeweils exakte Wirkung prüfen.

Männer und Frauen in Kutten gingen an ihr vorbei. Über allem lag die Erhabenheit einer Kirche, gepaart mit der Leichtigkeit eines Marktplatzes am Markttag. Einige der Magier waren in ihre Schriften vertieft, andere in angeregte Unterhaltungen versunken.

Clara begriff mit absoluter Klarheit, dass dies der Ort war, den sie so lange gesucht hatte. Hier lebten Menschen des Wissens, der Geschichte, der Magie. Es *musste* jemanden geben, der ihr helfen konnte.

Sie tauchte ein in den Strom, ließ sich ins Zentrum der Stadt treiben. Dort ragte sie empor, die Zitadelle. Der Dreh- und Angelpunkt der magischen Kultur dieser Zeit.

Der Silberregen-Splitter an ihrem Hals strahlte Wärme ab. Sie spürte sein Tasten. Hier lag unermessliche Macht verborgen, so viele Sigile, dass sich das durch Gryff befriedete Artefakt zu regen begann.

»Möglicherweise kann jemand das Gefängnis zerstören und euch in die Ursubstanz entlassen«, sagte Clara und tätschelte das Amulett.

»… eine Lächerlichkeit«, erklang eine Stimme.

Clara spähte in die Gasse, an der sie soeben vorbeiging. Drei Magier hatten einen anderen umstellt. Sie hielten essenzfarbene Feuerbälle in den Händen.

»Wird Zeit, dass dir mal jemand zeigt, wo dein Platz ist«, keifte der Wortführer.

Er schleuderte seinen Feuerball. Die giftgrünen Flammen trafen auf den anderen Magier, bildeten ein Muster aus und brannten es in seine Haut ein.

»Das bedeutet *Sklave*, nur, falls du nicht lesen kannst.«

Hämisches Gelächter war die Folge.

Schmerz!

Scham!

Unterdrückung!

Vor Claras innerem Auge erschien der erste Stabmacher. Hass schoss durch ihre Adern, verborgen unter Schichten aus logischem Denken. Er kam über sie wie eine alles verzehrende Welle, ein blutroter Schleier.

Schreie erklangen.

Blut spritzte.

Als sie wieder zu sich kam, lagen die drei Magier zuckend am Boden.

»Du hast sie … alle drei.« Mit großen Augen betrachtete sie der

Mann, der eben noch das Opfer dieser drei gewesen war. Er musste etwa in ihrem Alter sein, Mitte zwanzig. Sein Haar stand chaotisch zu allen Seiten ab, was sie sofort an Max erinnerte. »Du bist mächtig.«

Auf Claras Brust kühlte das Amulett langsam ab. »Geht es dir gut?«

Er nickte.

Clara erschuf ein Heilsymbol, worauf das Sklavenzeichen verschwand.

»Dafür ... wird mein Vater ...«

»Somnus Silencium«, sagte der gerettete Magier und malte blitzschnell ein Zeichen in die Luft. Es waberte magentablau.

Stille senkte sich herab, obgleich sich die Lippen des am Boden Liegenden noch immer bewegten.

»Danke für deine Hilfe. Ich bin Jasun. Jasun von Sechgit.«

»Mein Name ist Clara.« *Ich sollte mir einen Tarnnamen einfallen lassen.*

»Ich bin dir zu Dank verpflichtet. Gegen drei Magier des oberen Ranges hätte ich keine Chance gehabt. Wie konntest du sie so einfach besiegen?«

»Wer sagt denn etwas von *leicht*?« Sie winkte ab. »Der Überraschungsmoment war auf meiner Seite.«

Sie sah an Jasuns Blick, dass er ihr nicht glaubte. »Wie kann ich meine Schuld tilgen?«

»Erzähle mir mehr über die Stadt«, erwiderte Clara. »Wo finde ich einen Gelehrten, der mir bei einem Problem helfen kann?«

Jasun zog sie fort von den drei angeschlagenen Magiern. Sie verließen gemeinsam die Gasse. Hinter ihnen wirkten die Unterlegenen Heilzauber. Mit dieser Aktion hatte sie sich Feinde fürs Leben gemacht.

»Ich bin Adept des mittleren Ranges«, erklärte Jasun. »In zwei Sonnenwenden werde ich meinen Abschluss erreichen.«

Clara begriff im weiteren Gespräch, dass der Rang gleichbedeutend war mit der Einstufung, die einer der Unsterblichen vornahm, sobald ein Neuerweckter ins Castillo kam. Jemand überprüfte die Grundstärke der Adepten, die dann auf ihrem Rang ausgebildet wurden.

»Ich möchte Ordnungsmagier werden«, sprach Jasun weiter, »allerdings ist das im mittleren Rang schwer. Sie nehmen fast nur Adepten des oberen Ranges. Für welches Problem suchst du denn einen Gelehrten?«

Clara hatte lange darüber nachgegrübelt, ob sie Jasun die Wahrheit sagen sollte, sich aber dagegen entschieden. Das war eine Sache zwischen dem Gelehrten und ihr. Ebenso wollte sie den Sigilsplitter nicht offenbaren. Doch wie sollte sie dann einen Weg zurück in ihre Zeit finden?

»Es geht um einen Zauber, den ich entwickelt habe«, sagte sie schließlich. »Ich benötige eine Einschätzung.«

»Willst du ihn den Gelehrten der Zitadelle verkaufen?«

»Genau!« Etwas leiser ergänzte sie: »Korrekt.«

»Da weiß ich genau den Richtigen. Komm mit.«

Gemeinsam strebten sie der Zitadelle entgegen.

14. Tötet sie alle!

Tomoe zog sich in den Schatten zurück.

Martin Ashwell hielt Johanna gefangen, sein Essenzstab glühte. Eine Bewegung über die Kehle und ein neuer Unsterblicher würde irgendwann auftauchen.

Während sich zwischen Saint Germain und dem Ashwell-Jungen ein Dialog entspann, schlich Tomoe zur nächstgelegenen Treppe, darauf achtend, stets im Schatten zu verweilen.

Es kostete sie ihre gesamte Willenskraft, nicht augenblicklich einen maximalen Kraftschlag auf die Stirn von Dschingis Khan abzufeuern. Wie sie sie hasste, diese unmenschlichen Kämpfer des Bösen. Niemals würde sie ihren Aufenthalt im Novum-Absolutum-Kerker vergessen. Eine gefühlte Ewigkeit.

Tomoe erreichte die obere Ebene.

Nikki hatte den Kampf gegen einen Schattenkrieger mittlerweile für sich entschieden und starrte von oben auf das Geschehen. Gut so.

Saint Germain gab sich ganz den Anschein, als wolle er deeskalierend auf Martin Ashwell einwirken. Natürlich ging es ihm in Wahrheit um den Feuerblut-Splitter. Tomoe konnte nur den Kopf über die Dummheit des Ashwell-Jungen schütteln. Er wollte sich den Weg freipressen, indem er das Leben einer Unsterblichen bedrohte.

Gut, dass Clara nichts von alldem mit ansehen muss.

Tomoes Gedanken glitten zurück in die Vergangenheit, weit fort vom Geschehen hier im Castillo. Sie erinnerte sich an einen Kampf an der Chinesischen Mauer. Ein Heer aus Schattenkreaturen war herangeeilt, nur eine Handvoll Verteidiger hatte ihnen gegenübergestanden. Sie selbst mit erhobenem Katana. Sie alle hatten mit ihrem Tod gerechnet. Doch dann hatte ein junger Magier eingegriffen. Er hatte einen unvollendeten japanischen Zauber entdeckt, der zur Abwehr der einfallenden Schattenkreaturen hatte genutzt werden sollen.

Mein Dank ist dir noch heute gewiss, Freund.

Tomoe würde die Worte und Symbole niemals vergessen. Eingesetzt hatte sie den Zauber nie wieder. Er erforderte Geschick, Schnelligkeit und all ihre Essenz. Danach war sie verwundbar, wehrlos, machtlos.

Sie griff nach ihrem Kontaktstein. *»Nikki?«*

Die Sprungmagierin sah zu ihr herüber und antwortete im Geist. *»Tomoe. Was kann ich tun?«*

»Sei bereit. Ich werde eingreifen, danach allerdings schutzlos sein. Theresa hat im Krankenflügel einen gesicherten Bereich geschaffen. Bring sie alle dorthin. Mich zuletzt!«

Nikki bestätigte den Befehl.

Tomoe atmete tief durch.

Sie konnte es spüren. Saint Germain tat etwas. Magie wirkte. Sein Essenzstab schoss heran, durchstieß den Schädel von Martin Ashwell und beendete den Dialog auf endgültige Art und Weise. »Tötet sie alle!«

Es war der Befehl, auf den die Schattenkrieger gewartet hatten.

Leonardo und Dschingis Khan gingen aufeinander los, Johanna wollte sich auf den Feuerblut-Splitter stürzen. Doch Saint Germain war schneller. Ein Aportate-Zauber genügte und das Artefakt landete in seiner Hand.

Albert stand an Tildas Seite. Beide kämpften gegen Kraftschläge, Vektorumkehr und andere Zauber, die frontal oder aus dem Hinterhalt auf sie einprasselten.

Die Halle war erfüllt von Schmerzensschreien und Machtworten.

»Aetate Excitare.« Tomoe erschuf die Symbole, ließ sie auflodern in flammender Essenz. »Aetate Impetus.« Verknüpfungen entstanden, Linien umschlangen einander. Das Gebilde stieg hoch in die Luft, wo es zerbarst.

Saint Germain, der sich bisher darauf konzentriert hatte, Johanna abzuwehren, schaute zu ihr hinauf. Seine Augen weiteten sich.

»Das ist nur für dich«, flüsterte Tomoe.

Sie stützte die Handballen auf das Geländer, um so lange wie möglich durchzuhalten. Die Essenz rann aus ihrem Inneren wie Wasser in den Abfluss einer Badewanne.

Unter ihr entstanden farbige Schlieren in der Luft. Essenz sickerte ein, verfestigte die nebulösen Gebilde.

Eine Gruppe Samurais, gekleidet in alte Rüstungen, bewaffnet mit Katanas, Flammenketten und Sais manifestierte. Ihre Haut bestand aus gebranntem Ton, die Kleidung aus gehärteter Essenz.

»Greift den Feind an«, murmelte Tomoe. »Besiegt die Schattenkrieger.«

Ihre Muskeln zitterten.

Nikki reagierte sofort. Sie materialisierte neben Albert und Tilda. Mit einem *Plopp* war sie fort. Kurz darauf kehrte sie allein zurück.

»Nein!«, brüllte Dschingis Khan.

Seine Attacken gegen Leonardo steigerten sich. Brutal ließ er die

Peitschenessenz kreisen, schnitt Wunden in das Fleisch von Lichtkämpfern und Schattenkriegern ringsum. Ihm schien es egal zu sein, wen er verletzte. Hauptsache, er kam an Leonardo heran.

Saint Germain lächelte sphinxhaft. Er versuchte nicht einmal, auf die Kraft des Sigilsplitters zuzugreifen. Stattdessen wehrte er einen Schlag Johannas ab. Die Essenzstäbe der beiden prallten aufeinander. Funken stoben.

Im Rücken Johannas, unbemerkt von fast allen, öffnete sich die Tür des Castillos. Das große Portal gab ein schabendes Geräusch von sich, als sich die Flügeltüren teilten. Doch dahinter wartete nicht das Freie.

Tomoes Hoffnung zerstob wie ein Schwarm aufgeschreckter Schmetterlinge.

Die Eingangshalle des Castillos war verbunden mit ihrem Pendant im Refugium der Schattenkrieger. Wie auf ein geheimes Kommando hin stürmten diese nun heran, die Essenzstäbe gezückt. Aus zwei Dutzend Feinden wurden Hunderte.

Tomoe begriff, dass die Gegner nicht nur gewusst hatten, dass die Verschmelzung kommen würde. Sie hatten ihre Krieger von überall auf der Welt ins heimische Refugium geholt.

Wie eine alles verzehrende Welle schwappten sie nun herüber. Notwendig war nur ein Schritt, das Übertreten einer Türschwelle, doch damit überbrückten sie eine gewaltige Distanz.

Über den Köpfen der Krieger schwebten Schattenkreaturen. Ausgebreitete Schwingen trugen sie durch die Luft, ihre Körper waren bedeckt von Narben und Tätowierungen, Knochen ragten unter der Haut hervor. Ihre Augen blitzten tückisch und voller Mordlust.

Tomoes Essenz war fast aufgebraucht.

Das Sigil wand sich, ihre Aura flackerte.

Nikki erschien neben Johanna, die der Sprungmagierin etwas zurief.

Plopp.

Beide waren fort.

Nur Leonardo blieb. Saint Germain wandte sich ihm sofort zu, drang mit Dschingis Khan auf ihn ein. Die Kraftschläge der einfallenden Schattenkrieger vereinten sich.

Leonardos Contego-Sphäre zerbarst.

Ein Schlag warf ihn zurück.

Nikki erschien direkt neben ihm. Beide verschwanden.

Tomoe lächelte. Ihre Freunde waren in Sicherheit. Ihr Zauber zerstob, die Samuraikrieger verwehten zu Nebel. In der Halle kehrte Ruhe ein.

Alle Augen richteten sich auf sie.

»Beeindruckend«, sagte Saint Germain. »Aber es zögert das Unvermeidliche nur hinaus. Wir werden euch alle töten, schnell und effektiv. Danach finden wir mit dem Onyxquader jeden einzelnen Neuerweckten und stecken ihn in den Novum-Absolutum-Kerker. Die neuen Unsterblichen landen im Bernstein. Was dich betrifft, mache ich eine Ausnahme. Du hast die Qual der ewigen Folter bereits kennengelernt und weil ich als Stratege beeindruckt von dir bin, wirst du eines schnellen Todes sterben.«

Germain zielte mit dem Essenzstab auf sie.

»Potesta …«

Plopp. Nikki kehrte zurück.

»… Maxima!«

15. Eine Hoffnung aus Bernstein

Johanna brach in die Knie.

Plötzlich war Theresa neben ihr. »Bist du verletzt?«

»Nur meine Ehre.«

Die Heilmagierin überzeugte sich kurz selbst und war auch schon beim nächsten Lichtkämpfer. Johanna erkannte Wesley Mandeville, den Psychologen des Castillos, der bewusstlos auf einem Bett lag.

»Johanna.« Albert trat an ihre Seite. »Wie konnte das passieren?«

Sie schloss für einen Moment die Augen. »Ich habe den Splitter geholt, um die Schattenkrieger in die Flucht zu schlagen. Martin Ashwell muss gesehen haben, wie ich das Versteck betrat. Er hat mich niedergeschlagen.«

Sie ließ den Blick durch den Krankenflügel schweifen. Überall lagen verwundete Lichtkämpfer, meist Neuerweckte. Abgesehen von einer Handvoll Vorlesungen besaßen sie keinerlei Ausbildung, keine Erfahrung im Kampf. Es waren junge Männer und Frauen darunter, ebenso Teenager, Fünfzig- und Sechzigjährige. Das Erbe unterschied nicht nach Alter, Geschlecht oder Hautfarbe.

Nikki erschien mit Leonardo.

Die Sprungmagierin taumelte, besaß kaum noch Kraft. »Tomoe«, murmelte sie. »Die Letzte.«

Sie verschwand.

»Ohne die Samurais hätten wir es nicht geschafft«, sagte Albert.

Im Hintergrund assistierte Thomas Theresa bei der Behandlung eines Verwundeten.

Max Manning kam mit zufriedenem Blick herein. »Wir haben Contego-Barrieren errichtet. Und falls sie die Hälfte davon überwinden, verflüssigt sich der Boden. Wo genau verlaufen noch gleich die Abwasserkanäle?« Er grinste spitzbübisch.

Johanna nickte. »Gute Arbeit.«

Plopp.

Als habe jemand direkt vor ihnen eine mit Blut befüllte Wasserbombe platzen lassen, spritzte ihnen die rote Flüssigkeit entgegen.

Nikki fiel zu Boden. Unverletzt.

Tomoe allerdings …

Ein maximaler Kraftschlag musste sie getroffen haben. Er war in ihren Körper gedrungen, hatte Fleisch, Knochen und Organe durchbohrt und Gewebe verwüstet.

Theresa sprang herbei. Sie ließ Tomoe auf eines der Betten gleiten, zwei Heiler wirkten sofort die ersten Zauber.

Das Lächeln war von Max' Gesicht verschwunden. Er trat zu Johanna. »Was sollen wir tun? Sie sind überall. Wir konnten noch nicht einmal alle Übergänge identifizieren. Dieser Bereich hier scheint allerdings sauber zu sein.«

»Der Splitter«, mischte sich Leonardo ein. »Wir müssen ihn sofort zurückholen.«

»Die Neuerweckten müssen in Sicherheit gebracht werden«, sagte Albert. »Andernfalls werden wir sie beim nächsten Kampf verlieren.«

Alle schauten zu Johanna.

In diesen Augenblicken verfluchte sie es, dass sie an der Spitze stand. Natürlich bildete sie mit den anderen Unsterblichen ein Gremium, sie entschieden gemeinsam. Doch wenn es hart auf hart kam und schnelle Entscheidungen notwendig wurden, wandten sich alle ihr zu – der Kriegerin.

»Wir holen den Essenzsplitter zurück«, sagte Johanna. »Aber zuerst schützen wir die Neuerweckten und alle Verletzten.«

Sie warf Theresa einen fragenden Blick zu. Die Heilerin nickte. Tomoe kam also durch.

»Wie willst du die Neuerweckten aus dem Castillo schaffen?«, fragte Leonardo.

»Gar nicht. Es geht nur darum, sie vor Schaden zu bewahren.« Sie winkte Thomas herbei.

»Wie steht es dort draußen?«, fragte der hochgewachsene Unsterbliche. Trotz der Gefahr stand er aufrecht und mit durchgestrecktem Rücken vor ihr, die Augen blitzten energiegeladen. Vielleicht nicht ganz so intensiv wie sonst.

»Nicht gut.« Sie fasste die Ereignisse zusammen.

»Großartig«, erwiderte Thomas. »Sonst noch Neuigkeiten.«

»Bedauerlicherweise, ja.« Leonardo fuhr sich durch das kurzgeschnittene dunkle Haar. »Tomoe und ich waren in Irland. Dort wird Alex momentan behandelt. Nikki hat ihn schwer verletzt zurückgebracht, von Jen fehlt jede Spur. Sie konnten die Identität der Schattenfrau offenlegen.«

Ein Schattenkrieger, der mitten unter ihnen materialisierte, hätte Johanna nicht stärker aus der Fassung bringen können. »Wer ist es?«

»Clara«, antwortete Leonardo.

»Was ist mit ihr?«, fragte Johanna verwirrt.

»Clara Ashwell ist in einen Zeittunnel gestürzt. Sie ist die Schattenfrau.«

Albert, Thomas, Max, ja sogar Theresa starrten Leonardo fassungslos an.

»Das ist völlig unmöglich«, brach es aus Max heraus. »Sie würde das niemals tun. Damit hätte ja sie den Wechselbalg beauftragt … und Gryff. Nein!«

»Max …«, begann Leonardo.

»Nein. Ich glaube kein Wort. Sollten wir uns nicht um das Castillo kümmern? Und die Neuerweckten?«

Johanna hatte noch immer das Gefühl, dass sie in einer Achterbahn saß, die alle paar Minuten in einen Looping überging. War es möglich? Und wenn ja: Bedeutete das, dass ihnen Clara früher schon begegnet war?

Vermutlich.

Gesichter wurden vergessen.

Sie schüttelte den Kopf. Gedanken für später. Nun mussten sie die Neuerweckten vor weiterem Schaden bewahren. »Thomas, wir brauchen die Kammer.«

»Das dachte ich mir schon.«

»Welche Kammer?«, fragte Leonardo.

»Eine Vorsichtsmaßnahme, die ich mit Albert entwickelt habe, nachdem der Wechselbalg hier sein Unwesen trieb«, erklärte Thomas. »Es ist nicht angenehm, aber effektiv. Und ausnahmsweise benutzen wir ein Mittel unserer Feinde gegen sie selbst. Kommt mit!«

Wie Küken, die ihrer Mutter folgten, trotteten Johanna, Leonardo, Albert und Max hinter Thomas her. Es überraschte Johanna, wie zielstrebig, fokussiert und effektiv Max Manning im Kampf zu Werke ging. Ihr anfängliches Misstrauen gegenüber der Idee, dass er ein Agent werden sollte, war verflogen. Für ihn schien es genau das Richtige zu sein.

Natürlich würde sie weiter beobachten, wie er auf die Enthüllung um die Identität der Schattenfrau reagierte.

Thomas blieb vor einer Wand stehen. »Der Zugang kann überall im Castillo aufgerufen werden.« Er malte ein Symbol in die Luft und sprach: »Aditorum.«

Ein Schaben erklang. Felsen schoben sich beiseite und gaben den Weg in einen Raum frei. Sie traten ein. Eine durchsichtige Barriere versperrte den weiteren Weg. Dahinter war der gesamte Raum mit Bernstein angefüllt.

»Was ist das?«, hauchte Max.

»Bernstein konserviert Personen, ohne Schaden anzurichten. Sie merken außerdem nicht, dass Zeit vergeht. Magische Angriffe werden vollständig absorbiert. Sie verspüren keinen Hunger oder Durst. Es ist wie schlafen«, erklärte Thomas.

»Ihr wollt die Neuerweckten hier einlagern?«, fragte Leonardo.

»Eher in Sicherheit bringen«, korrigierte Albert. »Hier kann ihnen nichts geschehen.«

»Was hindert die Schattenkrieger daran, diesen Ort zu finden, falls sie uns besiegen?«, gab Max zu bedenken.

»Wir benutzen ein Siegel. Ähnlich wie das Portal zum Immortalis-Kerker kann es nur von Unsterblichen aufgerufen werden. Es wird um den Bernstein gelegt, der seinen Inhalt nur freigibt, wenn drei Unsterbliche darauf einwirken.«

»Was ist, wenn die euch alle niedermetzeln?« Max stellte die Frage völlig emotionslos. »Tut mir leid, aber wir müssen auch das bedenken.«

»In dem Fall werden neue Unsterbliche ernannt«, erwiderte Johanna. »So oder so, die Neuerweckten sind in Sicherheit. Ebenso die Verwundeten.«

»Euch ist klar, dass damit kaum noch genug Leute zurückbleiben, um die Schattenkrieger zu bekämpfen? Ein paar Ordnungsmagier, Agenten und wir. Dazu etwa zehn Lichtkämpfer, die völlig unverletzt sind.« Leonardo rieb sich müde die Augen. »Aber eine andere Wahl haben wir wohl nicht.«

»Nein«, bestätigte Johanna. »Wir müssen so viele Leben retten wie nur möglich.«

Sie warf dem Bernstein einen letzten Blick zu, dann wandte sie sich ab und verließ den Raum.

16. Das Permit

Die Veränderung kam so abrupt, dass Chris taumelte.

Der Erinnerungssprung hatte sie mitten in ein Café gebracht. Die Einrichtung, Wände und Decke bestanden aus Teakholz. Ein rundum laufendes Fenster gab den Blick auf dichtes Grün frei. Felsen ragten von einem Hang empor, eine Seilbahn verband diesen Teil mit dem gegenüberliegenden Berg.

»Wow«, entfuhr es Chris.

In der Ferne lugten die Häuser Rio de Janeiros in die Höhe. Er konnte problemlos den Strand ausmachen, die reicheren Viertel und die Baracken der Favelas.

Um das Café zu erreichen, musste man die Seilbahn benutzen. Ein Auf- oder Abstieg war über den Steilhang kaum möglich.

Er trat an den Tisch seiner Eltern. Sie saßen nebeneinander und schlürften einen Fruchtcocktail. In der Mitte stand eine Schale mit Früchten. Daneben ein weiteres Glas.

Bevor Chris sich darüber Gedanken machen konnte, wen sie hier trafen, trat jemand durch ihn hindurch, als bestünde er aus Luft. Genau genommen war er natürlich nicht einmal Teil der Szene.

Sein Blick erfasste den Neuankömmling. Chris' Magen wurde zu einem Klumpen. »Mark.«

Braune strubbelige Haare, ständig präsente Lachfalten um die Augen, gepaart mit einem unerschütterlichen Sinn für Humor: Seine Präsenz nahm den gesamten Raum ein. Weil er nie Ruhe gab, Witze riss und einen oft zur Weißglut trieb, hatte Chloe ihn ab und an ADHS-Mark genannt. Natürlich im Scherz. Ein echtes Aufmerksamkeitsdefizit- und Hyperaktiv-Syndrom hatte er nicht.

Marks stets sonniges Gemüt wirkte jetzt jedoch erschüttert.

»Ich halte nach wie vor nichts davon«, sagte der verstorbene Freund.

»Das verstehe ich«, erwiderte Ava. Ihr hüftlanges braunes Haar war zu einem Zopf geflochten. Sie trug kurze Shorts und eine auf der Vorderseite zusammengebundene Bluse.

Ein wenig erinnerte sie Chris an Lara Croft. Er vertrieb den Gedanken mit einem Kopfschütteln.

»Wir müssen wissen, was es mit dem Preis auf sich hat«, warf Ben ein. »Chris und Kevin können sich möglicherweise vorbereiten. Außerdem …«

»… stimmt etwas mit meinem Sigil nicht«, unterbrach ihn Mark. »Ich hab es begriffen. Himmel!« Er raufte sich die Haare. »Ist euch klar, was das bedeuten kann? Was, wenn die Schattenfrau mich beeinflussen kann? Oder von meiner Kraft zehrt? Es gibt tausend Möglichkeiten.«

»Es tut mir leid«, hauchte Ava.

Sie streckte die Hand nach Marks aus, doch er zog sie zurück. »Ich mache euch keine Vorwürfe. Ihr wolltet Kinder und sie hat das ausgenutzt. Ohne den Trank wäre das dritte Sigil nie entstanden und ich niemals zum Erben geworden. Aber bitte, ihr müsst auch etwas begreifen.« Er warf Ava einen beschwörenden Blick zu. »Ich bin nicht euer Sohn. Mag sein, dass das Sigil eine Charakterverwandschaft erkannt hat, aber ich habe bereits Eltern.«

Chris' Mum zog ihre Hand blitzschnell zurück. »Natürlich. Bitte verstehe das nicht falsch. Wir sind einfach froh, dass das Sigil dich ausgewählt hat. Davon abgesehen ist uns durchaus klar, dass du …«

»Es geht hier um Recherche«, warf Ben pragmatisch ein. »Wir kommen nicht weiter. Die Informationen aus dem Archiv werden helfen. Irgendwo muss es schon einmal ein wildes Sigil …«, auf Marks Blick hin räusperte er sich, »… entschuldige, ein *erschaffenes* Sigil gegeben haben.«

Mark nickte. »Natürlich. Trotzdem hätte ich es für klüger gehalten, wenn ihr nicht hier in der Nähe des Portals ›zufällig‹ einen Fruchtcocktail schlürfen würdet. Es war schwierig genug, Johanna das Permit aus den Rippen zu leiern. Sie hat sogar mit der Archivarin Rücksprache gehalten.«

»Die Sicherheitsvorkehrungen wurden verstärkt. Es ist nur verständlich, immerhin wurden zahlreiche Mentigloben und Schriften zerstört, als die Schattenkrieger durchbrachen. Noch einmal möchte das niemand erleben. Im schlimmsten Fall wurden alle relevanten Unterlagen vernichtet.«

»Was hast du Johanna denn erzählt?«, fragte Ava.

»Dass ich zur Identität der Schattenfrau Nachforschungen anstellen werde«, erwiderte Mark. »Was durchaus stimmt. Dass ich dabei noch nach anderen Informationen suche, muss sie ja nicht wissen.«

Er erhob sich.

»Es wird dauern, bis ich etwas finde.«

»Wir haben Zeit«, sagte Ben. »Und die Aussicht ist toll.«

Mark senkte seine Stimme zu einem Flüstern. »Deshalb sitzen hier auch so viele Lichtkämpfer und so wenig Nimags.«

Erst jetzt bemerkte Chris, dass hier und da Männer und Frauen Zauber wirkten. Dank des Walls würde kein Nimag etwas davon merken und es handelte sich nur um Kleinigkeiten – Getränke erhitzen, geschmolzene Eiswürfel neu entstehen lassen et cetera.

Mark verschwand.

Da Chris' Eltern sitzen blieben, konnte auch er ihm nicht folgen. Außerhalb ihrer Reichweite würde eine Barriere ihn stoppen, die Erinnerung endete.

Die Umgebung waberte.

Sie befanden sich noch immer in dem Café, allerdings war einige Zeit vergangen. Er erkannte es an den Haaren seiner Eltern, die länger geworden waren. Zudem war ihre Euphorie gewichen.

Mark kam erneut an den Tisch.

Da vor dem Fenster die Sonne sich senkte, ging Chris davon aus, dass er das Archiv soeben verlassen und die heutige Recherche abgeschlossen hatte.

»Und?«, fragte Ava erwartungsvoll.

»Hm?« Mark wirkte abwesend. »Oh, ich habe etwas zu den Zwillingen gefunden. Eine Schrift, angeblich ein Überbleibsel aus Iria Kon.«

Die verlorene Stadt der Magier. Wieder rann Chris ein Schauer über den Rücken. Da damals Mentigloben noch nicht existiert hatten, gab es nur schriftliche Aufzeichnungen. Diese kündeten zwar von der geheimnisvollen Inselstadt, doch mittlerweile glaubte jeder längst an einen Mythos, ähnlich dem untergegangenen Atlantis.

»Darin wird von Zwillingen gesprochen, die auf magischem Wege geboren worden sind«, erklärte Mark. »Es muss zu einem ähnlichen Szenario gekommen sein wie dem euren.«

Chris' Eltern hingen an Marks Lippen. Ihm erging es nicht anders.

»Es gibt nichts Genaues, aber mehrfach wird darauf hingewiesen, dass die Nähe der beiden zueinander etwas Schreckliches hervorbringt. Auch hier nur vage Andeutungen.«

»Das Sigil?«

»Nichts.«

Er log! Chris erkannte es sofort. Während der gemeinsam erlebten Abenteuer lernte jeder Lichtkämpfer seine Partner kennen. Ihre Schwächen, ihre Stärken, Eigenschaften, derer sie sich bewusst waren oder auch nicht. Mark war ein miserabler Lügner, schon immer gewesen.

»Was hast du über dein Sigil herausgefunden?«, überlegte Chris laut. »Und warum verheimlichst du es?«

Seine Frage wurde nicht beantwortet.

Und die Erinnerung verging.

17. Verfolgt

Der Regen prasselte gegen die Fensterscheiben. Eine Leuchtsphäre erhellte die Düsternis, erschuf tanzende Schatten in Ecken und Winkeln, zwischen Bücherregalen und Sesseln.

Chris blickte sich um.

Es war das Lesezimmer seiner Mum. Sie war allein. Auf dem Tisch neben ihr lag ein Buch. Auf dem Einband stand ein Junge, gekleidet in einen Hoodie, der nur von hinten zu sehen war. Er hielt einen Basketball und schaute auf eine Highschool, am Boden erkannte Chris Blutspritzer.

Seine Mum liebte Krimis.

Sie saß gedankenverloren in ihrem Sessel, trank Tee und lauschte dem Donner. Blitze erhellten die Nacht.

Ein Klopfen an der Tür ließ sie zusammenzucken. »Ja, bitte?«

Chester, der Butler, betrat den Raum. »Mrs. Grant, ein Besucher ist eingetroffen.«

»Um diese Zeit? Wer ist es?«

»Mark Fenton wünscht, Sie zu sprechen.« Chester räusperte sich. »Er scheint verletzt, lehnt allerdings jede Hilfe ab.«

»Bringen Sie ihn sofort zu mir.«

Chester verschwand.

Ava wanderte unruhig auf und ab, bis Mark endlich eintrat. Sein Gesicht war von Schrammen übersät, die Kleidung mit Blut verschmiert. Jeans und Jacke wiesen Risse auf.

»Was ist passiert?«

Mark winkte ab. »Ein paar Kratzer, sonst nichts. Ich habe das Gröbste selbst mit Heilzaubern geklärt. Die Schattenkrieger lauern mir momentan ständig auf.«

»Warum?«

»Wenn ich dir das verrate, wirst du ebenfalls in Gefahr sein.« Mark nahm Ava gegenüber auf der Couch Platz. »Ihr müsst aufhören, nach der Wahrheit zu forschen.«

»Wie bitte?«

»Bei meiner Suche im Archiv habe ich noch etwas entdeckt. Es scheint, als habe der Vie dans Mortalité damals tatsächlich Experimente durchgeführt. Sie haben Heiltränke ausprobiert, um Frauen … zu Schwangerschaft und Geburt zu verhelfen.«

Ava erbleichte. »Sie wollten die Unsterblichen stürzen, um selbst Magier an die Spitze zu setzen. Aber wieso dann das?«

»Wenn ein Erbe erschaffen wird, sucht sich das Sigil selbstständig einen Nachfolger. Das ist unkontrollierbar. Durch Geburt lässt sich das jedoch festlegen – das Kind hätte unter dem Einfluss des Ordens aufwachsen können.«

»Wo es in deren Sinne erzogen worden wäre.« Ava rieb sich müde die Augen. »Perfide waren sie. Aber was hat das mit uns zu tun? Der Orden ist lange ausgelöscht.«

»Sie hatten einen ganz bestimmten Trank kreiert, der absichtlich Drillinge erzeugt«, sprach Mark hektisch weiter. Fast konnte man annehmen, er erwartete jeden Augenblick, dass ein Schatten lebendig würde. »Dadurch wollten sie zwei Dinge gewährleisten: einmal ein künstlich erschaffenes Sigil, zum anderen eine besondere Fähigkeit der Zwillinge.«

Chris' Mum krallte ihre Finger in die Armlehne des Sessels. »Was für eine Fähigkeit?«

»Dazu gibt es keine Details. Keiner der beteiligten Magier überlebte die damaligen Ereignisse. Eine Magierin wurde in eine Klinik gebracht, wo sie entbinden sollte. Das war Achtzehnhundertirgendwas.«

»Und?«

»Ein Heilmagier aus dem Dunstkreis Egmont Duponts bekam kalte Füße. Er weihte die Unsterblichen ein. Als sie die Klinik am Morgen erreichten, fanden sie nur noch undefinierbare Überreste.«

»Grundgütiger.«

Mark nickte. »Von diesem Augenblick an stellte der Orden die Experimente ein. Wir wissen jedoch, dass die Schattenfrau eine Unsterbliche ist. Sie hätte durchaus davon erfahren können, vielleicht war sie sogar in den Orden involviert.«

Ava nahm ihre Tasse auf. Sie zitterte so stark, dass ein paar Tropfen des Tees auf ihre Hose fielen. Klirrend stellte sie sie wieder auf den Unterteller. »Aber wozu? Nehmen wir einmal an, die Schattenfrau hätte den Trank vom Vie dans Mortalité geholt, angepasst und weitergegeben an Kaja. Weshalb ich? Was hat sie davon?«

Erneut setzte Mark jenen seltsamen Blick auf, den Chris bereits kannte. Er wusste etwas, verschwieg es aber. »Möglicherweise wollte sie einfach testen, ob der Trank funktioniert.«

»Denkst du, sie wollte selbst schwanger werden? Und ich war so etwas wie ein Testsubjekt?«

»Hoffentlich nicht«, erwiderte Mark. »Aber unabhängig davon solltet ihr aufhören, nach den Antworten zu suchen.«

»Gerade jetzt?«

»Ja!« Es war das erste Mal, dass Chris erlebte, wie der Freund wütend wurde. »Ava«, sagte er beschwörend, »wenn ihr weitersucht, wird einer der Unsterblichen aufmerksam werden. Oder einer der Schattenkrieger. Siehst du nicht, was passiert? Dass ich verfolgt werde, ist doch kein Zufall.« Er deutete auf seine Wunden. »Bisher habe ich meinem Team noch nichts davon erzählt, aber wenn die Attacken schlimmer werden, muss ich das tun. Leonardo und Johanna interessieren sich immer stärker für meine Unterlagen. Natürlich habe ich darauf geachtet, nichts zu verraten, aber so geht das nicht weiter.«

»Nun sag es ihr schon«, fluchte Chris.

Er hatte mittlerweile begriffen, wo sie sich zeitlich befanden. Der Abend, an dem Mark schrammenübersät von einer Tour zurückgekehrt war, war sein letzter gewesen. Am Morgen danach hatten Jen und er das Herrenhaus aufgesucht, wo das Artefakt ihn getötet hatte.

Erst danach hatten sie erfahren, dass es bereits zuvor massive Angriffe auf Mark gegeben hatte. Leonardo wiederum ließ die Unterlagen im Archiv verschwinden, verhinderte so jede weitere Ermittlung.

Bis heute hatten sie nicht herausgefunden, warum der Freund wirklich gestorben war. Anscheinend hatte es mit seinen Erkenntnissen zu tun. Was hatte es mit dem wilden Sigil und der Zwillingsmacht auf sich?

Chris schluckte.

Seine Eltern und Mark sprachen über Dinge, die die Zukunft von Kevin und ihm betrafen. Welche Nachwirkungen hatte dieser verdammte Trank?

»Bitte«, sagte Chris müde. »Verrate ihr das Geheimnis.«

»Ich werde nun gehen«, sprach Mark weiter. »Die Recherche ist beendet. Sucht nicht weiter, Ava, bitte. Es würde euch nur ins Unglück stürzen.«

»Die Ungewissheit …«

»… ist ein geringer Preis«, unterbrach Mark. »Vertraue mir.«

Er erhob sich.

Abrupt zog er Ava in eine Umarmung. Erst dann schüttelte er ihre Hand.

Ihre Hand, die den Ring mit dem Mentiglobus trug.

Ein winziger grüner Essenzblitz sprang auf den Stein über.

»Leb wohl«, sagte Chris' Mum.

»Bis bald«, erwiderte Mark.

Er wandte sich ab.

»Wieso hast du es ihr nicht gesagt?«, fragte Chris verzweifelt.

»Weil es nicht für ihre Ohren bestimmt war«, sagte Mark direkt an Chris gerichtet. »Ihr habt euch Zeit gelassen.«

18. Eine Obszönität der Natur

Jasun brachte Clara nicht zu irgendeinem Magier. Merit von Totam war Ratsmitglied. Er beäugte sie aus einem verkniffenen und vom Alter gezeichneten Gesicht. Sein Blick sagte nonstop: Womit verschwendet ihr meine Zeit?

Zumindest so lange, bis sie einen Sprung demonstrierte. Noch während der weiße Nebel sich verflüchtigte, schnellte Merit empor. »Das ist beeindruckend. Wahrlich! Du hast den Zauber selbst entworfen?«

»Genau.« Clara verspürte keinerlei schlechtes Gewissen dabei, die Arbeit des ersten Stabmachers als die ihre auszugeben.

»Ich habe noch mehr.«

Sie deutete auf ihre Tasche, in der die Tränke enthalten waren.

»Es muss unfassbar viel Essenz kosten, einen solchen Sprung durchzuführen. Auf der ganzen Welt gibt es lediglich eine Handvoll Sprungmagier und sie schaffen nicht mehr als ein oder zwei solcher Sprünge, ohne sich völlig zu verausgaben. Was willst du für das Geheimnis?«

Clara verschwieg wohlweislich, dass die Sprünge nur dank des Sigilsplitters möglich waren. Er lieferte die benötigte Essenz dafür. Ihre eigene hätte möglicherweise für einen einzelnen Metersprung gereicht. Doch das musste Merit von Totam nicht wissen.

»Hilfe«, erwiderte sie. »Man kann wohl sagen, dass ich gestrandet bin. Allein finde ich den Rückweg nicht.«

»Sprich, mein Kind.« Merit blickte sie auffordernd an.

Clara atmete noch einmal tief durch. »Mein Name ist Clara Ashwell. Ein … Unfall hat mich aus der Zukunft hierhergeschleudert.«

Jasuns Kinn rutschte gen Erdmittelpunkt. Mit offenem Mund starrte er sie an. »Was …?«

Eine Handbewegung Merits brachte ihn zum Schweigen. »Zukunft. Die kommende Zeit? Aber das ist völlig unmöglich. Du hättest nicht einmal ein Wort an mich richten können. Die Zeit …«

»Jaja«, unterbrach ihn Clara. »Sie beschützt sich selbst. So ganz verstehe ich es nicht. Aber das spielt auch keine Rolle. Helft mir, ein Portal in die Zukunft zu errichten. Welche Unsterblichen regieren momentan?«

Der Alte hob die Hand. »Halte ein. Du willst mir also sagen, dass du eine Reisende aus der kommenden Zeit bist, die Veränderungen bewirken kann?!«

»Das scheint so«, gab Clara zu.

Merit sprang auf. »Warte hier.«

Er eilte aus dem Zimmer.

»Das hast du mir nicht gesagt«, ereiferte sich Jasun. »Du bist eine Sensation! Gibt es dort, woher du kommst, eine Möglichkeit, die Basismagie aufzuwerten? Könnte ich in den obersten Rang aufsteigen?«

Clara schüttelte den Kopf. »Ich denke, es ist besser, wenn ich nichts erzähle.«

Jasun wollte etwas erwidern, doch das wurde verhindert. Weil sein Gesicht explodierte. Sie starrte fassungslos auf den kippenden Torso des Magiers.

Um sie herum erschienen Kämpfer in Rüstungen aus Leder und Eisennieten, zwölf an der Zahl. Ihre Essenzstäbe richteten sich auf Clara.

»Eine Obszönität«, erklang die keifende Stimme von Merit im Hintergrund. »Eine Gefahr für unsere Gesellschaft. Sie wird alles verändern. Löscht sie aus!«

Zwölf maximale Kraftschläge vereinten sich vor Clara und fegten sie von den Beinen.

Symbole krochen über ihre Haut. Die letzten Reste des Contego Maxima in ihrem Blut entfalteten ihre Kraft, schützten sie vor den tödlichen Schlägen …

… und lösten sich auf.

Der Schutz war fort. Aufgebraucht.

Clara rief ihren Essenzstab herbei. »Contego!«

Eine Sphäre manifestierte sich um sie herum. Die nächsten Kraftschläge schlugen darin ein. Dank des Sigilsplitters war sie geschützt, doch sie konnte nicht gegen eine ganze Stadt bestehen.

Merit eilte hinaus und würde zweifellos Hilfe herbeirufen. Die Unsterblichen, der Rat, sie alle sahen sie als Obszönität an.

»Ich will doch nur nach Hause«, flüsterte Clara.

Es war ihnen egal. Sie vereinten ihre Kraft, um den Tod zu bringen, schleuderten ihr den Hass entgegen, den sie als Andersartige auslöste. Niemand wollte ihr helfen. Es war wie eh und je, sie stand alleine.

Ein Gedanke transportierte sie durch weißen Nebel auf die andere Seite des Raumes. Traurigkeit wurde zu Wut. Clara griff in die Tasche, fischte einen Trank heraus. Sie durfte nicht länger Zurückhaltung an den Tag legen.

Ein *Popp* erklang, als sie den Wachskorken aus der Phiole entfernte. Die Flüssigkeit hinterließ einen fauligen Geschmack auf ihrer Zunge. »Animus Seperate!«

Clara begriff im selben Augenblick, dass sie einen Fehler gemacht hatte. Wut und Hass, gewachsen in Jahren der Unterdrückung, brachen sich Bahn, überwältigen ihr Ich und verkehrten es ins Gegenteil. Der Animus-Zauber war ein Raubtier, das seine Klauen in alles Gute schlug, das Clara ausmachte. Es zerfetzte, zerstörte, hinterließ nur Ödland. Entgegen dem, was der erste Stabmacher beabsichtigt hatte, wurde der gute Teil ihrer Seele nicht nur für die Dauer des Kampfes zurückgedrängt. Stattdessen wurde er endgültig ausradiert.

Clara sog tief die Luft in die Lungen.

Freude durchströmte ihre Adern, pures Glück darüber, die einfältige Schwäche namens Moral losgeworden zu sein. Es war der erste Atemzug in einem neuen Leben. Ihre Wiedergeburt. Sie breitete die Arme aus und entließ einen gutturalen Schrei in die Luft, gefolgt von einem Lachen.

Kraftschläge donnerten mit einem *Pwop* in ihre Contego-Sphäre ein.

»So, Jungs, jetzt bin ich an der Reihe.«

Schwarzer Nebel entstand. Sie sprang hinter ihre Angreifer und begann mit ihrem Werk. Den Stab als Klinge nutzend, zerschmetterte sie die Contego-Sphären, zerschlitzte Körper und genoss jeden brechenden Blick.

Am Ende stand sie zwischen toten Leibern.

Der Silberregen-Splitter schmiegte sich an ihre Brust. Nun, wo ihre Moral fort war, konnte sie die verdorbene, faulige Essenz spüren, die tief in seinem Kern verborgen ausgeharrt hatte. Sie griff danach, verschlang sie.

Clara trat hinaus auf den rundum verlaufenden Balkon.

»Iria Kon«, murmelte sie. »Heute ist der Tag, an dem dein Schicksal besiegelt wird.«

Ihr magischer Sinn spürte das Himmelglas, das Hexenholz und den über die Stadt verteilten Bernstein. So viel Macht, zum Greifen nah. In dem magischen Stein befand sich genug Essenz, um ihre Kraft weiter zu stärken und jederzeit zu erneuern. Und das Himmelsglas würde jeden Zauber potenzieren.

»Das wird ein Fest«, murmelte sie.

Hinter ihr kam Merit in den Raum gerannt.

Clara breitete die Arme aus. Schwarzer Nebel umhüllte sie, ging in lodernde Flammen über. Wie ein Racheengel stieg sie in den Himmel empor.

Sie ließ ihre Verachtung, ihren Hass, ihre Lust an der Macht, alles, was sie jetzt war, zu Magie heranreifen. Mit einem letzten Lächeln in Richtung Merit entließ sie den Zauber.

Und brachte Iria Kon den Untergang.

19. Was dein sei mein

Die Tür wurde aus den Angeln gehoben und krachte in den Raum.

Germain betrat Johannas Büro. Mit einem Schmunzeln nahm er die französischen Landschaftsmalereien und das Replikat der Mona Lisa wahr. Nun, wenn man es genau nahm, war es keine Kopie, Leonardo hatte das Gemälde selbst noch einmal angefertigt. Manche Dinge sprachen sich herum.

Auf dem Tisch stand eine halb ausgetrunkene Tasse mit Grüntee und den Worten »Best Mum ever« auf der Außenseite.

»Ich hätte es nicht besser sagen können«, murmelte er.

Ein Kraftschlag fegte das hässliche Ding von der Platte. Nur Scherben blieben zurück. So würde es auch dem Castillo ergehen.

Germain berührte den Sigilsplitter in seiner Tasche und lächelte zufrieden. Es hatte alles exakt so funktioniert, wie er es gemeinsam mit der Schattenfrau geplant hatte. Seit sie das Siegel errichtet hatte, warteten die Schattenkrieger. Nach und nach hatte er seine Leute aus den Außeneinsätzen zurückgerufen, damit sie im Refugium der Schatten bereitstanden.

Gleichzeitig hatte er dafür Sorge tragen müssen, Crowley loszuwerden. Madison Sinclair hatte glücklicherweise mit ihren Erinnerungen aus Dark London nachgeholfen. Zugegeben, es war eine Spur zur Identität der Schattenfrau. Germain gab sich keinerlei Illusionen hin. Sobald der Wall gefallen war, würden Koalitionen zerbrechen und aus Freunden Feinde werden.

Seine unbekannte Verbündete wollte die mystische Sphäre nicht einfach zerstören, nein: Ihr ging es um Macht. Ihm ebenfalls. Das machte sie zu natürlichen Gegnern. Aber eines nach dem anderen.

Zuerst würde er ihr Spiel mitspielen, sie analysieren und ihre Schwächen eruieren. Immerhin hatte sie Wort gehalten und es geschafft, dass der Archivzauber das Castillo mit dem Refugium verband. Zugegeben, das hatte so lange gedauert, dass er die Verfilmung von »Der Gott des Gemetzels« – sein Lieblingsstück, ob im Theater oder dem Fernsehen – bereits ein Dutzend Mal gesehen hatte. Eine fabelhafte Charakterstudie, die er in seinen Vorlesungen oft übertrug. Sobald die ersten blauen Flecke und Hämatome auftauchten, unterbrach er das Kämpfen allerdings. Bedauerlicherweise bevorzugten zahlreiche Schattenkrieger die eher brutale Vorgehensweise von Dschingis Khan. Wieder andere schwärmten geradezu von Crowley, dessen Methoden so eloquent und elegant waren.

»Lächerlich«, murmelte Germain. »Seinen letzten *Minions* hat er zugerufen ›Haltet sie auf‹, während er abgehauen ist. Ein Wunder, dass er nicht mit Popcorn und Rotwein zugeschaut hat, wie Leonardos kleine Pfadfinder sie eingesackt haben.«

Mittlerweile war er zu der Erkenntnis gelangt, dass seine eigene analytische, effektive Methode nur bei äußerst intelligenten Neuerweckten auf fruchtbaren Boden fiel.

Jemand streckte den Kopf herein.

»Ah, Grigori«, begrüßte er den anderen Unsterblichen, der von allen nur Rasputin genannt wurde. Wenigstens einer, der mit ihm auf einer Wellenlänge lag. »Wie sieht es aus?«

»Wir haben alles zerstört«, erwiderte der Gefährte, »die Vorräte verbrannt oder vergiftet.«

»Gefangene?«

»Ein paar.«

»Töten.«

Grigori nickte. »Ich kümmere mich darum.«

»Gut. Was ist mit dem Onyxquader?«

»Das Gewölbe lässt uns nicht hinein.« Grigori betrachtete die Mona Lisa mit zusammengekniffenen Augen. »Ich habe es schon immer für überbewertet gehalten.« Er zog den Essenzstab und zerschlitzte die Leinwand. »Besser.«

Germain hatte sein Glück auch schon versucht. Doch das Gewölbe unter dem Castillo, in dem das kostbarste Artefakt der Lichtkämpfer untergebracht war, verwehrte ihm ebenfalls den Zugang. Bedauerlicherweise schien der Sigilsplitter es ähnlich zu halten. Das magische Instrument verweigerte ihm den Dienst.

Gut, er würde es sowieso der Schattenfrau übergeben. Einstweilen. Um den Wall zu zerstören, blieb ihm keine andere Wahl. Falls die alten Texte sich als korrekt erwiesen, würde die Einheit der drei Splitter ein neues Sigil erschaffen, das dann direkt mit dem Wall verbunden war. Allmacht. Durch die Verbindung zur Grundessenz selbst würde es möglich sein, den Wall zu zerstören. Damit hätte die Unterdrückung ein Ende.

Natürlich plante er längst für die Zeit danach.

»Was tust du hier?«, fragte Grigori.

»Ich gab der Schattenfrau zwei Versprechen. Eines davon ist eingelöst.«

»Der Tod des Idioten?« Grigori betrachtete weiterhin den Raum. Er war vollständig in schwarz gekleidet. Stiefel, Stoffhose, Mantel. Ein Vollbart zierte sein Gesicht.

»Wenn du ihn so nennen willst.«

»Was hatte sie gegen die Schmalzlocke?«

»Das ist eine gute Frage.« Eine, die sich Germain selbst mehrfach gestellt hatte. »Scheinbar hegt sie einen Groll gegen die Ashwells. Da sich Martin hier befand, kam sie nicht mehr an ihn heran. An Patricias Stelle würde ich mich vorsehen.«

»Was ist das zweite Versprechen?«

Das mochte Germain so sehr an Grigori. Er war effektiv. Da es auf die erste Frage keine weiteren Antworten gab, widmete er sich umgehend der zweiten. »Sie benötigt etwas aus den Verbotenen Katakomben. Und da ich sowieso vorhabe, sie auszuräumen, kommt mir das nur recht.«

Grigori lachte. »Damit wäre unsere eigene Artefaktkammer wieder ordentlich gefüllt.«

»Von diesem Schlag werden die Lichtkämpfer sich nicht so ohne Weiteres erholen.« Germain lächelte. »Die Erfolge der vergangenen Jahre werden negiert.«

»Dir ist als Kind tatsächlich ein Wörterbuch auf den Kopf gefallen, oder?« Grigori lachte erneut sein heiseres Lachen. »Nur du kannst so geschwollen reden.«

»Man nennt das sprachliche Eloquenz.«

»Wenn du es sagst.«

Germain seufzte. Sein Blick glitt weiter durch den Raum. Doch das einzig Auffällige war ein Gestell, in dem wohl normalerweise ein Globus ruhte. Sonst gab es nichts.

»Hilft dir das hier weiter?« Grigori hatte eine Truhe geöffnet und hielt ein altes Lederwams in den Händen.

»Perfekt.« Er nahm es entgegen.

»Damit habe ich einen persönlichen Gegenstand von Johanna und als Unsterblicher kann der Alterungszauber mir ebenfalls nichts anhaben. Gehen wir auf eine Shopping-Tour.«

Grigori verdrehte die Augen. »Wir stehlen und brandschatzen.«

»Du und Dschingis, ihr habt mehr gemeinsam, als du denkst«, seufzte Germain. »Das ist manchmal wirklich ermüdend.«

Sie begaben sich in die Katakomben.

20. Männer und ihr Spielzeug

Mit einem Schwappen verschwand der letzte Neuerweckte im Bernstein.

Max betrachtete das schimmernde Etwas. Die Verwundeten, Schwachen und neuen Lichtkämpfer waren allesamt in Sicherheit. Eine trügerische zwar, denn um wieder herauszukommen, benötigte es die Unsterblichen. Doch das Risiko war minimal. Wenn es stimmte, was Johanna sagte, wurde beim Tod eines Unsterblichen automatisch ein Ersatz erwählt. Wie auch immer das ablief.

Zudem gab es ja noch Kleopatra.

Er streifte René mit einem Blick, der an der rechten Seite innerhalb des Bernsteins stand, die Hände zu Fäusten geballt, das Gesicht grimmig verzogen. Alex hätte sich über den Anblick zweifellos gefreut.

Auch Tomoe war eingeschlossen worden.

»Wir holen sie alle wieder dort heraus.« Johanna stand neben ihm, den Blick ebenfalls auf das ›Stillleben in Bernstein‹ gerichtet.

»Mittlerweile sind wir acht Lichtkämpfer, zwei Agenten, vier Unsterbliche und eine Köchin«, sagte Max. »Soll ich unsere zahlenmäßige Unterlegenheit noch ausrechnen?«

»Mit Masse kommen wir nicht weiter, das ist sicher.«

Schritte erklangen.

Leonardo streckte seinen Kopf herein. »Sie haben die Verbotenen Katakomben geöffnet.«

Zusammen mit Johanna eilte Max zurück in den Krankenflügel.

Theresa saß in der Ecke, trank einen Tee und streckte die Beine aus. Edison wirkte grimmig wie immer, Einstein zerstreut.

»Was genau geht vor sich?«, fragte Johanna.

Nikki sprang auf. Mittlerweile hatte sie sich wieder etwas erholt. »Als meine Essenz regenerierte, habe ich noch einmal einen Sprung gemacht. Die Schattenkrieger plündern die Verbotenen Katakomben.«

»Kann nicht mal jemand mit einer guten Nachricht hereinschneien«, murmelte Max. »Hey, der Weltfrieden ist da. Oder so was in der Art.«

»Sie bringen die Artefakte nach oben in die Eingangshalle und schaffen sie von dort durch das Eingangsportal nach drüben.«

»Dafür werden sie höchstens eine Stunde brauchen«, sagte Leonardo. »Wir müssen das verhindern.«

»Wie denn?!« Edison machte eine umfassende Geste, die die

Anwesenden mit einschloss. »Dort draußen warten Hunderte von Schattenkriegern darauf, dass wir uns zeigen. Einige sind schon dabei, die Contego-Sphären aufzulösen, die wir vor dem Flügel errichtet haben. Sie werden uns überrennen.«

Max spürte ein unangenehmes Kribbeln. Wenn sogar der stets kampfbereite Thomas Alva Edison ein so düsteres Bild zeichnete, stand es wirklich schlecht um sie.

Einstein wollte eine Apparatur benutzen, um die Feinde anzugreifen, wusste aber nicht, wie er die richtige aus seinem Labor beschaffen konnte. Leonardo schien wild entschlossen, Dschingis Khan frontal anzugehen. Johanna wollte mit Bedacht eine Strategie entwerfen. Und Nikki wollte am liebsten direkt noch einmal in die Halle springen, um zu beobachten.

Max trat ans Fenster des Raumes und blendete die einsetzende Diskussion aus. Wo waren Kevin, Chris und Chloe? Zugegeben, es beruhigte ihn, dass Kevin nicht hier war. So konnte ihm schon mal nichts passieren.

Über Alex wusste er, dass die Heiler in Irland sich um ihn kümmerten. Jen blieb verschwunden.

Nie zuvor hatte es so schlecht um die Lichtkämpfer gestanden – zumindest, soweit ihm das bekannt war: Das Castillo wurde überrannt; die Schattenfrau – angeblich Clara, wie lächerlich! – trieb ihr Unwesen; einer der Sigilsplitter befand sich nun im Besitz von Saint Germain.

Anfangs war Max wütend gewesen. Alex, Jen und Clara hatten in den vergangenen Wochen heimlich die Splitter gesucht. Johanna und Leonardo hatten nach der Flucht aus der Halle die gesamte Geschichte offenbart.

Lustigerweise war Einstein nur fasziniert gewesen und Edison verstand, dass Geheimhaltung manchmal vorging. Auch Max' Wut hielt sich in Grenzen. Was Kevin, Chris und Chloe wohl sagen würden?

»Alles in Ordnung bei dir?« Nikki schaute ihn von der Seite her neugierig an.

»Den nächsten Abenteuerurlaub kann ich mir auf jeden Fall sparen.« Er zwinkerte ihr zu.

Sie standen nebeneinander und starrten schweigend hinaus.

»Mein Versuch, nach draußen zu springen, ist gescheitert. Die Kristallsphäre lässt endgültig niemanden mehr durch, der einmal drinnen ist.« Sie senkte die Stimme zu einem Flüstern. »Ehrlich gesagt war es Zufall, dass ich in die Halle zurückgeschleudert worden bin. Vielleicht hat mich auch eines der Artefakte angezogen.«

»Ja, da weiß man nie … Die Artefakte! Nikki, kannst du noch mal dorthinspringen?«

»Mittlerweile ja. Aber danach brauche ich wieder eine Pause.«

Max rannte zu Theresa. »Gibt es hier Mentigloben?«

Die oberste Heilmagierin nickte. »Für medizinische Aufzeichnungen.« Sie stand auf, ging in ihr Büro und kehrte mit einem davon zurück.

»Nikki, spring hin, schaue dir alles ganz genau an und dann machst du eine Erinnerungsaufzeichnung und kommst zurück, okay?«

»Aye, Sir.«

Plopp.

Max begann, das Geräusch zu lieben, das Nikki bei einem Sprung hinterließ.

»Erkläre es«, sagte Edison nur.

Mittlerweile hatte Max den Pragmatismus seines Lehrers, der ihn zum Agenten ausbildete, schätzen gelernt.

»Artefakte sind unberechenbar.« Er grinste. »Und das gleich in doppelter Hinsicht. Möglicherweise sind wir doch nicht so allein, wie wir dachten.«

Nikki kehrte zurück.

Die Unsterblichen aktivierten den Mentiglobus, Max nahm ebenfalls teil. Die Erinnerung versetzte sie auf die Galerie der Halle.

»Sie bringen alles hierher, prüfen es und verfrachten es weiter«, murmelte Edison. »Das ist geschickt. So verhindern sie, dass ein instabiles Element in ihr Refugium gelangt.«

Das Eingangsportal war weit geöffnet.

Auf der anderen Seite des Türübergangs standen Hunderte von Schattenkriegern, die die Artefakte entgegennahmen, hinüberwechselten und den Durchgang bewachten.

»Was sind das für welche?«, fragte Max, wobei er auf die Gegenstände deutete.

»Das da vorne«, sagte Einstein aufgeregt, »haben wir aus einer Turmuhr geborgen. Eine spannende Sache. Die Zeiger standen auf fünf vor zwölf. Wären sie auf zwölf gesprungen, hätte das Ding ein ganzes Dorf zu Stein verwandelt. Und uns gleich mit dazu.«

»Männer und ihr Spielzeug.« Johanna verdrehte die Augen.

»Ja, total spannend«, knurrte Leonardo an Einstein gewandt. »Ich hätte meine weitere Existenz natürlich gerne als lebensgroßes Standbild zugebracht. Wobei wir natürlich nicht wissen, ob die Versteinerten, wie es bei Bernstein der Fall ist, noch leben oder durch die Verwandlung sterben.«

»Das dort vorne, dieses Stück Stoff, gehörte einst zur Hindenburg«, erklärte Johanna. »Es kann gewaltige Explosionen auslösen.«

»Oh«, entfuhr es Einstein. »Da ist die gruselige Puppe, die Albträume auslöst.« Er erschauerte. »Furchtbares Ding.«

Sie ordneten noch weitere Elemente zu, bevor sie aus der Erinnerung zurückkehrten.

»Also gut«, Max klatschte in die Hände, »ich habe einen Plan.«

21. Die Offensive

Und?«, flüsterte er.

Nikki saß keuchend an der Seite. »Ich brauche einen Moment.«

Gemeinsam mit der Sprungmagierin war Max in den Übungsraum auf die Galerie gewechselt. Hinter einem schimmernden Feld warteten mehrere Reihen aus Hexenholzkriegern, die normalerweise für Trainingszwecke eingesetzt wurden.

Die Unsterblichen, die Lichtkämpfer, Tilda und sogar Theresa machten sich dazu bereit, die Contego-Sphären aufzuheben und anzugreifen. Max und Nikki mussten allerdings zuerst *Phase eins* ausführen.

»Lächerlich!«, rief einer der Schattenkrieger. »Wusste ich es doch, dass die Lichtaffen mit Puppen spielen.«

Wiehernde Lachsalven waren die Folge.

»Fünf Stück«, analysierte Max. »Sie gehen nicht davon aus, dass wir hier auftauchen. Alle sind entspannt. Einer ist misstrauisch.«

»Könntest du sie erledigen?«, fragte Nikki.

»Vermutlich. Aber nicht lautlos. Wir halten uns an den Plan.«

Schweigend lauschten sie dem Geplapper der Schattenkrieger.

Schließlich sagte Nikki: »Okay, ich bin soweit.«

»Du hast fünf Minuten.«

Plopp.

Max war allein. »Also schön.« Er erhob sich. »Hey, Jungs.« Er deutete auf die Frau, die an der Seite stand. »Alter, du solltest mal was gegen deine Pickel machen.«

Ihre Augen funkelten ihn böse an. »Da hat jemand einen Todeswunsch.«

»Darauf kann ich nur eines sagen.« Max hob den Essenzstab. »Pugnus Maxima!«

Die Sphäre fiel in sich zusammen, die Hexenholzkrieger zückten ihre aufgeladenen Essenzstabreplikate und stürmten auf die verdutzten Schattenkrieger zu. Mit einem ergänzenden Symbol, das Edison ihm beigebracht hatte, löschte er die Sicherung der Krieger. Damit war ihnen jeder Zauber erlaubt.

Einer der Feinde flog durch die Luft und krachte gegen die Wand.

»Wo ist das Popcorn, wenn man mal welches braucht?«

Max lehnte sich auf die Brüstung, das Kinn in die Handfläche gestützt, und betrachtete das Schauspiel. Die Hexenholzkrieger wurden für das Training genutzt, sie beherrschten zahlreiche Zauber. Das in ihnen verbaute Himmelsglas absorbierte Angriffe bis zu einem gewissen Grad.

Am Ende lagen zwei der Schattenkrieger bewusstlos am Boden, einer hing kopfüber an der Decke, ein zweiter war teilweise mit der Mauer verschmolzen.

»Ihr seid echt solche Nullen«, kommentierte Max.

Er schwebte hinab in die Halle und besah sich die kleine Armee, die ihm nun zur Verfügung stand.

»Nikki, wie weit bist du?«, murmelte er.

Die Antwort war ein Bild, das über den Kontaktsein hereinkam. Nach draußen konnten sie zwar nicht kommunizieren, doch innerhalb der Mauern war es meist kein Problem.

Die Schattenkrieger brachten soeben das Steinartefakt, wie er es nannte, hinüber in ihr Refugium. Einstein hatte dessen Funktion exakt erklärt. Es bestand aus einer kleinen Uhr, deren Zeiger auf kurz vor zwölf standen. Ein Mechanismus aus Prismen und Glyphen war auf der Rückseite angebracht.

Nikki hob ihren Essenzstab und wartete, bis die Transporteure die Türschwelle überschritten hatten. Nun befanden sie sich – zusammen mit den anderen Artefakten – im Refugium der Schattenkrieger. »Potesta.«

Der Kraftschlag traf den Minutenzeiger, der nach vorne sprang.

Ein Wabern ging von dem Artefakt aus, raste durch die Halle des Feindes und versteinerte die Schattenkrieger und Schattenkreaturen. Binnen Sekunden wurde gut die Hälfte ihrer Gegner zu hübschem Gartenequipment. Nur eine leichte Reststrahlung sickerte, gedämpft von Magie, über die Schwelle zurück ins Castillo, richtete hier aber keinen Schaden an.

»Yes!« Nikki sprang vor Freude auf und ab.

Rasputin eilte mit wehendem Mantel durch die Halle, hob seinen Stab und feuerte eine Explosion zu ihr hinauf.

Die Verbindung erlosch.

Max nahm Kontakt zu den anderen auf. »Ich habe die Krieger. Wir greifen an!«

Er dirigierte die Hexenholzkämpfer aus dem Raum, setzte sich selbst ins Zentrum. So war er geschützt und konnte Angriffsbefehle an die Figuren erteilen. Einzelne Schattenkrieger, die in der Nähe auftauchten, wurden mit Kraftschlagsalven außer Gefecht gesetzt.

So erreichte Max mit seiner Entourage die Contego-Sphären vor dem Krankenflügel. Dahinter hatten sich seine Freunde schon aufgebaut. Eine Horde Schattenkrieger wartete auf der anderen Seite. Sie ahnten nicht, dass sie nun umzingelt waren.

»Ja, kommt nur!«, rief soeben einer. »Ihr habt keine Chance.«

»Es wundert mich ein wenig, dass Saint Germain euch so wenig über Strategie beigebracht hat«, erwiderte Edison gelassen.

»Wir sind euch zahlenmäßig überlegen!«, rief der Schattenkrieger.

»Wirklich?«, fragte Max.

Die Gegner fuhren herum und sahen sich plötzlich eingeschlossen zwischen den Hexenholzkriegern auf der einen und den Lichtkämpfern auf der anderen Seite.

»Das ist der Moment, in dem ihr weglaufen solltet. Ach, halt, könnt ihr ja gar nicht.« Max grinste böse.

Fünf Minuten später lagen die Gegner bewusstlos am Boden.

Die Contego-Sphären verwehten und beide Gruppen vereinten sich.

»Wir müssen uns beeilen«, begrüßte ihn Leonardo. »Nikki erwehrt sich soeben Rasputins Attacken. Sie wird unterliegen und kann nicht springen, ihre Essenz ist fast aufgebraucht.«

»Gute Arbeit.« Edison nickte ihm stolz zu.

Max erwiderte den Blick mit grimmiger Entschlossenheit. »Jagen wir die Schattenkrieger dorthin zurück, woher sie gekommen sind.«

»Immerhin haben sie in ihrem netten kleinen Heim für schwer erziehbare Magier ein paar Statuen. Das hübscht es auf. Ob die wohl gemäß Feng-Shui-Richtlinien aufgestellt sind?« Max ließ seinen Essenzstab kreisen.

Sie erreichten die Eingangshalle.

Rasputin bedrängte soeben Nikki, Dschingis Khan hatte eindeutig Leonardos Eintreffen erwartet. Saint Germain stand in der Nähe des Portals, betrachtete die Steinstatuen, die sich nur wenige Schritte, doch gleichzeitig weit entfernt befanden.

»Bringen wir es zu Ende!«, rief Dschingis Khan.

»Nichts lieber als das.« Leonardos Essenzstab wurde von Magie umzüngelt.

Beide rannten aufeinander zu.

Und gaben den Startschuss für die letzte Entscheidung.

22. Eine Abfolge aus …

Jahre vergingen, wurden zu Jahrzehnten und verschmolzen zu Jahrhunderten. Clara genoss ihr Leben wie nie zuvor. Frei von Moral, Ethik und den Zwängen einer Nimag- oder Magiergesellschaft tat sie, was immer ihr in den Sinn kam. Eine Rückkehr in die eigene Zeit? Wozu? Es gab niemanden, der es mit ihr aufnehmen konnte.

Iria Kon war vom Antlitz der Welt verschwunden. Die Stadt der Magier wurde gesucht, doch nie gefunden. Nur wenige waren entkommen, doch sie wussten nicht, was den Untergang letztlich ausgelöst hatte. Alle anderen lagen zu schwarzen Skeletten verkohlt in den Straßen der Stadt.

Clara bereiste die Welt.

Sie sah sich fremde Länder an, lernte die Kulturen kennen und machte sich einen Spaß aus Manipulationen, Betrügereien und gebrochenen Herzen. Es gab nur noch eine einzige Person auf der Welt, die sich wohlfühlen sollte – sie selbst.

Natürlich war ihr längst klar, dass sie nicht so frei war wie gedacht. Sie bewegte sich über unentdecktes Land – temporal gesprochen. Eines Tages würde sie die Gegenwart erreichen, aus der sie aufgebrochen war, und ab diesem Augenblick musste sie jeden Schritt wiederholen, den die Schattenfrau getan hatte. Nur so war gewährleistet, dass ihr jüngeres Ich genau den gleichen Weg beschritt und sie zu dem wurde, was sie jetzt war.

Stark. Frei. Mächtig.

Sie war dabei, als Pompeji unterging. Als Statue getarnt beobachtete sie den Mord an Julius Cäsar. Sie verbrachte eine leidenschaftliche Nacht mit Brutus, dem Halunken. In Gestalt eines Skarabäus betrachtete sie Kleopatra, als diese von der Schlange gebissen wurde.

So erlebte Clara die Geschichte, wurde ein Teil davon. Sie sammelte Artefakte, experimentierte mit ihnen und erschuf sogar selbst welche. Sie drang vor in alte Katakomben, verlorene Grabstätten und entdeckte vergessene Reiche. Sie kreierte gänzlich neue Zauber und lernte noch mehr von fähigen Magiern.

Der Sigilsplitter stoppte ihren Alterungsprozess fast vollständig. Gleichzeitig verlieh er ihr Macht und ergänzte die Essenz ihres Sigils. Sie vermied es, ihr Können nach außen zu zeigen.

So verwendete sie im Laufe der Geschichte viele Namen und lebte zahlreiche Leben. Sie war ein gern gesehener Gast an Höfen von Kaisern und Königen, während sie gleichzeitig deren Sturz vorbereitete und die Rebellen unterstützte.

Irgendwann drangen Gerüchte an ihr Ohr.

Magier wollten sich versammeln, um darüber zu beraten, wie Nimags zukünftig geschützt werden sollten. Denn die Welt driftete ins Chaos.

Clara begriff, dass die Zeit des Walls näherrückte.

Doch nicht nur das. Es drangen weitere Nachrichten an ihr Ohr. Es handelte von Marquis Egmont Dupont und dem Vie dans Mortalité. Sie erinnerte sich an den Mann, obgleich ihr altes Leben lange zurücklag. Ein Mentiglobus schaffte Abhilfe. Ja, er hatte sie damals im Haus ihrer Eltern in Chicago angegriffen. Oder würde es tun.

Sie gab sich als Adeptin aus und infiltrierte den Orden. Glücklicherweise besaß sie Zeit. So erreichte sie schließlich jene Stufe, auf der ihr Wissen zugänglich gemacht wurde. Zum ersten Mal erfuhr sie etwas über ein wildes Sigil, das, einmal erschaffen, eine ganz besondere Eigenschaft aufwies. Doch nicht nur das: Auch die Besonderheit von Zwillingen wurde klar, als der Orden mit Experimenten begann. Eine widerliche Angelegenheit.

Clara begriff, dass ihr das in die Hände spielte. Nicht heute und nicht morgen, doch in vielen Jahren. Mit dem Wissen um das Kommende konnte sie in der Vergangenheit nach Informationen suchen.

Sie wusste, wo in der Zukunft der Feuerblut-Splitter sein würde, ebenso der Silberregen-Splitter. Doch einer stand noch aus.

Der Orden blieb hinter ihr zurück, als sie einen neuen Abschnitt ihres Lebens antrat. Sie wurde zur Lichtkämpferin. Zu diesem Zeitpunkt war Tomoe schon Teil der Lichtkämpfer und ebenso Leonardo.

In jener Zeit deckte sie zahlreiche Geheimnisse auf, kam den Unsterblichen näher als jeder andere. Es gelang ihr sogar, die Identität der Mona Lisa aufzudecken, ein persönlicher Triumph. Gelebte Geschichte war etwas so Besonderes.

Clara lernte Joshua kennen, den letzten Seher.

Nostradamus, der alte Tattergreis, mochte ja einiges von sich selbst halten, aber gegen Joshua war er nichts. Sie entlockte ihm Prophezeiungen, Visionen und Schatten der Zukunft. All das ging gut, bis Nostradamus auftauchte und etwas von dem Bösen in ihrer Mitte faselte.

Es kam zum Kampf.

Es sollte nicht der letzte bleiben.

Und so erfüllte sich die Geschichte. Sie ging einen Pakt mit Dupont ein, parkte den Wechselbalg in einem Zeitkokon im Castillo und nahm jene Rolle ein, die ihr in der Zukunft den Namen Schattenfrau einbrachte.

Sie machte sich einen Spaß daraus, mit den Unsterblichen zu interagieren und die Ereignisse zu beobachten. Die Erschaffung des Walls war eine Pervertierung der natürlichen Ordnung und sie hatte kurz davor gestanden, alle beteiligten Magier niederzumetzeln.

Doch zu oft hatte sie bemerkt, dass die Zeit sich vor Veränderungen schützte. Sobald sie von dem Pfad abweichen wollte, der bereits festgeschrieben stand, war etwas geschehen. Ein Kutschenunfall, wodurch sie zu spät ein Schiff erreichte. Ein Zauber, der plötzlich völlig entartete, wodurch sie einen liebgewonnenen Nimag nicht vor dem Tod retten konnte.

Nein.

Erst wenn der Zeitkreis sich geschlossen hatte, war sie wieder frei.

Sie fokussierte ihre Bemühungen darauf, Informationen zu den drei Sigilsplittern zu erhalten. Wo befand sich der dritte? Inwiefern spielten die Prophezeiungen eine Rolle, die Jen in der Zukunft finden würde? Sie kam an den dämlichen Folianten heran, konnte ihn aber nicht lesen. Es musste weitere Hinweise dazu geben, doch wo?

Kurzerhand gelangte sie in eine der von Nostradamus ausgelagerten Bibliotheken. In den kommenden Jahren würde er alle Schriften in seinem Domizil deponieren. Vermutlich wegen ihr. Sie fand tatsächlich weitere Hinweise und konnte nach einem harten Kampf fliehen.

Mittlerweile hüllte sie sich beim Zusammentreffen mit ihren Feinden in den Schattenschleier. Erzeugt wurde er von einem mikroskopischen Rest des Contego Maxima, hatte damit eine leicht dämpfende Wirkung und konnte auch mit einem Weitblick nicht durchdrungen werden. Von der früheren Stärke war jedoch nichts geblieben.

Clara vertiefte sich in das Studium der Schriften.

Am Ende begriff sie es.

»Ich brauche ein wildes Sigil«, murmelte sie in ihrem Heim. »Und ich brauche die Zwillinge.«

Sie lächelte.

Eines fügte sich zum anderen. Als wachte ein unsichtbarer Beschützer über sie, damit sie ihren Weg zu Ende gehen konnte.

Sie traf Vorbereitungen, verbesserte den Geburtstrank. In Ava

Grant fand sie eine verzweifelte Mutter und wusste längst, dass sie dereinst Zwillinge haben würde.

Alles lief genau nach Plan.

Schließlich erreichte Clara die 1990er-Jahre.

So stand sie in einem Krankenhaus in Chicago und schaute dabei zu, wie sie selbst geboren wurde.

23. Die Geburt von Clara Ashwell

Alles war schiefgegangen.

Anstelle eines Gebäudes voller gut ausgebildeter Heilmagier, lag Patricia, Claras Mum, in einem Nimag-Krankenhaus.

Eine Tatsache, die Clara diebische Freude bereitete. Was auch immer geschah: Sie würde heute geboren werden. Ab diesem Punkt gab es sie zweimal. Die hochnäsige Arroganz lag ausnahmsweise nicht im Blick der guten Patricia.

»Krankenhäuser in den 1990ern und dann auch noch Nimags überall.« Sie kicherte. »Arme Mum.«

Claras Dad war ebenfalls anwesend. Er blickte mit einem Hauch von Ekel auf den gewölbten Bauch seiner Frau, während er ihre Hand tätschelte.

Sie stand neben ihnen, trug die Uniform einer Krankenschwester. Ein wenig Magie hier und dort genügte völlig, um nicht länger aufzufallen. Kaum zu glauben, doch nur eine Armeslänge entfernt, geschützt durch den Leib Patricias, wand sich die kleine Clara.

»Dir steht eine furchtbare Kindheit bevor, du brillantes kleines Weichei. Aber eines Tages wirst du heranreifen, zu mir.«

»Sagten Sie etwas?«, erklang die Stimme Patricias.

»Nur, dass das kleine Schätzchen zweifellos bald das Licht der Welt erblicken wird«, erwiderte sie schnell.

»Das ist mir bewusst«, kam es sofort zurück. »Ich bin diejenige, die sich hier in Schmerzen windet. Haben Sie keinen vernünftigen Zau…«

»Medibrin, wollte meine Frau sagen«, fiel ihr Dad Patricia ins Wort.

»Bitte? Sie sprechen von Medizin? Medikamenten?«, hakte Clara nach.

Ihre Eltern hatten keine Ahnung von Nimag-Medizin. *Es gäbe da ein tolles Medikament namens Zyankali, Mum. Aber leider darf ich die Geschichte nicht ändern. Vermutlich stürzt sonst die Lampe auf meinen Kopf oder der Essenzstab explodiert.* »Ich bringe Ihnen sofort etwas gegen die Schmerzen.«

Fünf Minuten später überreichte sie ihrer Mum eine kleine Schokoladenpille, die mit Zuckerguss überzogen war. »Das wird helfen.«

Patricia schluckte widerwillig. »Ekelhaft. Wer gibt diesem Zeug den Geschmack?«

»Ich bin nur eine Krankenschwester.« Sie kicherte noch ein wenig dümmlich, um ihre Mum in die Weißglut zu treiben.

Kurze Zeit später kam der Arzt.

Clara erschuf eine Illusionierung und folgte ihnen in den Kreißsaal. Dank ihrer Magie nahm niemand sie wirklich zur Kenntnis, sie wurde wie ein Möbelstück erfasst, aber ansonsten ignoriert.

So wurde sie Zeuge ihrer eigenen Geburt.

Der Schmerz kam im gleichen Augenblick. Er überfiel sie aus dem Hinterhalt. Taumelnd rannte sie aus dem Kreißsaal. Gerade noch rechtzeitig, bevor die Illusionierung zerbarst. Ihr gesamter Körper begann zu jucken, ihre Brust zog sich zusammen, Tränen rannen ihre Wangen hinab. Alles war verwirrend, chaotisch und überwältigend. Sie taumelte.

Kopfschmerzen überfielen sie.

Clara gelang es im letzten Augenblick, den Sprung auszuführen. Sie erschien in ihrem Heim, doch der Nebel lichtete sich nicht.

Er klebte an ihren Poren, wurde stetig neu generiert. Was war hier los?

Sie brach zusammen.

Stunden vergingen. Clara erwachte, irrte durch ihr Zuhause und konnte den Nebel nicht abstreifen. Das Contego Maxima reagierte auf die Tatsache, dass es sie nun zweimal gab. Es dauerte eine Weile, doch schließlich fand sie heraus, dass immer wieder Kopfschmerzen auftraten, sobald sie sich den Lichtkämpfern näherte. Ja, sie erinnerte sich. Als Clara hatte sie ebenfalls eine Zeit lang immer wieder Kopfschmerzen gehabt.

Auch der schwarze Nebel wurde zu einem Ärgernis. Nur mit viel Kraft konnte sie ihn in ihrem Zuhause verwehen lassen. Außerhalb klebte er an ihr wie Honig, umhüllte sie wie ein Gefängnis, das stets mit ihr unterwegs war. Sie verabscheute es.

In den folgenden Jahren erklomm ihr Hass ungeahnte Höhen. Sie war Gefangene des Schleiers, Gefangene des Zeitkreises und musste mit ansehen, wie jämmerlich ihr jüngeres Ich sich verhielt.

Doch das Ende rückte immer näher.

Das letzte fehlende Wissen in ihrem Plan fand sie schließlich in der Bibliothek unter dem Haus von Lady Morgause. Hier stand etwas geschrieben, das alles veränderte.

Mittlerweile waren Kevin und Chris ebenfalls geboren und machten als kleine Racker mit ihren Essenzstäben Chicago unsicher.

Clara war dabei, als Chloe erwählt wurde. Sie stand verborgen hinter den Trümmern von Jens eingestürztem Elternhaus, als diese auf ihr Erbe zugriff, und grüßte dabei den verdutzten Leonardo.

Ja, sie war dabei, als Alexander Kent der Nachfolger von Mark Fenton wurde. Mark, dessen Tod schon so lange festgestanden hatte. Der ein Bauernopfer geworden war, in einem Spiel um die Macht. Hatte er die Wahrheit ganz am Ende erkannt?

Clara verdächtige Leonardo und Johanna, etwas von alldem zu ahnen. Immerhin hatten sie Marks Unterlagen verschwinden lassen.

All die Gedanken vergingen, als sich der große Tag näherte. Plötzlich ging es ganz schnell: das Stehlen des Contego Maxima, der Befehl an den Wechselbalg, das Eindringen in das Castillo und die Erschaffung des Siegels. Immer wieder fasziniert und genervt betrachtete sie ihr ungeschliffenes jüngeres Ich, dem eine beeindruckende Reise bevorstand.

Zwischen dunklen Pyramiden kämpfte sie gegen Alexander Kent, der einen der Splitter trug.

Hoch über Dark London, auf dem abgebrochenen Eiffelturm, stellte sie sich Jen, Alex und ihrem jüngeren Ich entgegen. Am Ende hielt sie den Silberregen-Splitter in den Händen. Alle Teile für die Reise waren vereint.

Ihre früheren Freunde entdeckten das Refugium des ersten Stabmachers, fanden die Hinweise, die sie nachträglich hinterlassen hatte, und das Portal. Crowley aktivierte es. Ihr jüngeres Ich verschwand …

… und der Schleier verwehte.

Frei!

Das Wort hallte in ihrem Bewusstsein wider, bis in die letzte Faser ihres Leibes.

Sie durchstieß den Körper von Alexander Kent mit einem Kraftschlag, verjagte Crowley – um ihn würde sie sich noch kümmern – und packte schließlich Jen.

Jahrhunderte hatte sie auf ihre Rache gewartet.

Nun war sie da.

Ein vollendeter Kreis, der Weg zur Macht. Und aus Feuerblut, Silberregen und Ascheatem wollte sie die Allmacht erschaffen. Damit nichts mehr so sein würde wie zuvor.

23. Gespräch mit einem Toten

Warum bist du so blass?«

Chris starrte Mark an, als habe er einen leibhaftigen Geist vor sich. Er hatte verdammt noch mal einen leibhaftigen Geist vor sich!

Ein Wunder, dass der Memorum-Excitare-Zauber nicht einfach zusammengefallen war. Kevin und Chloe gestikulierten in ihrem halb transparenten Zustand wild umher, doch Mark nahm sie augenscheinlich nicht wahr.

»Hä?«, sagte Chris.

»Alter, dein Sprachzentrum muss ja mächtig gelitten haben.« Mark grinste sein typisches Lausbubengrinsen. »Du siehst aus, als hättest du … Okay, den bringe ich jetzt nicht.«

»Wie ist das möglich, du bist doch …«

»Sag es ruhig, tot.« Er zuckte mit den Schultern. »Tut mir leid, aber ich bin nur ein Schatten von Mark. Eine zurückgelassene Botschaft. Ein Echo. Lediglich wenn du, Kevin, Chloe, Max oder Jen auf den Erinnerungsring von Ava zugreifen, werde ich aktiviert. Wären es Leo oder Johanna gewesen, wäre ich nicht zum Vorschein gekommen.«

Die Umgebung verblasste.

Sie standen im Wald. In der Luft lag der Geruch von Laub und Holz. Ein Sommerabend. Leichter Nieselregen fiel herab. Einige Schritte entfernt erhob sich die kleine Waldhütte, vor der sie immer gegrillt hatten. Lautes Lachen erklang vom dahinterliegenden See.

»Oh, das ist *der* Abend.«

Mark lachte. »Aber ja. Es war das erste Mal, dass Chloe vor Rührung geheult hat.«

»Unser Punki.« Chris zwinkerte hinüber zu Chloe, die ihn böse anfunkelte. »Es war aber auch eine tolle Geburtstagsparty. Grillen in einer lauen Sommernacht. Nachtbaden im Mondschein.«

»Was du kurzerhand in *Nackt*baden geändert hast. Ich kenne da einen guten Witz, wie ging der noch. Hat was mit Würstchen zu tun.«

»Du bist eine ziemlich authentische Botschaft von Mark«, knurrte Chris.

Sein Gegenüber wurde sofort ernst. »Ich habe diese Erinnerung genommen, weil sie sich mir so sehr eingeprägt hat, und sie dann in Avas Mentiglobus-Ring eingeflochten. Leider hatte ich dafür nur Sekunden.«

»Sie hat dich am Tag danach getötet.«

»Wer?«

»Die Schattenfrau. Mit einem Artefakt.«

Er nickte. »Das dachte ich mir. Gelebt von geborgter Zeit.« Mark setzte sich langsam in Bewegung.

Chris folgte ihm. »Was meinst du?« Er musste sich immer wieder ins Gedächtnis rufen, dass der echte Mark längst tot war. Doch die Erinnerung war verdammt realistisch. Das braune Strubbelhaar, die Lachfältchen in den Augenwinkeln, das verschmitzte Grinsen.

»Nachdem deine Eltern mir alles gestanden hatten, war ich ziemlich panisch. Ich hatte Angst, dass die Schattenfrau mein Sigil steuern könnte. Oder mich. Aber das war alles Unsinn. Zumindest in der Form.«

»Hätte sie das gekonnt, wieso sollte sie dich dann töten?«

»Genau.« Mark hob den Daumen in die Höhe. »Sind doch noch nicht alle Gehirnzellen aufgeweicht, Muskelbirne.«

»Ich höre den Neid aus dir sprechen.«

Sie lachten. Da war er wieder. Der Stich des Verlustes.

»Es ging nie darum, mich zu steuern. Weißt du, der Vie dans Mortalité besaß tatsächlich Aufzeichnungen. Nach deren Zerschlagung wanderten einige der Unterlagen in das Archiv.«

»Wie hast du Johanna ein Permit aus den Rippen geleiert?«

Mark kicherte. »Überspringen wir dieses langwierige Thema. Ich musste sowohl sie als auch Leonardo überzeugen. Bei ihr ging es ja noch, aber bei ihm … übel. Du weißt doch, seine schwache Seite ist Ingenieursmagie.«

»Das mag immer noch keiner.«

»Genau! Also habe ich behauptet, ich würde mich für historische Ingenieure und deren Konstruktionen interessieren. Das habe ich zwei Wochen durchgezogen. Alter, das war Folter. Aber als ich ihn überzeugt hatte, gab er mir ein Permit.«

»Hm, hm. Das sollte ich auch mal probieren.«

»Überleg es dir besser gut. Ich glaube, einige der Konstruktionspläne waren verzaubert und haben mir kostbaren Speicherplatz zerstört. Da oben.« Er tippte gegen seine Schläfe. Bevor Chris die Steilvorlage für einen weiteren Seitenhieb nutzen konnte, ergänzte Mark: »In den

Unterlagen wurde oft auch erwähnt, dass der *erste* Erbe des wilden Sigils von geborgter Zeit lebt. Ich war nahe an der Hysterie. Dachte schon, mich trifft ein Alterungszauber. Aber das war eher metaphorisch gemeint.«

»Ich verstehe kein Wort.«

»Das Geheimnis des wilden Sigils ist recht simpel. Es ist steuerbar.«

»Steuerbar?«, echote Chris.

»Du kennst mittlerweile den Hintergrund, oder?«

»Meine Mum hat irgendwelches Zeug getrunken, worauf Klein-Kevin und Klein-Chris auf die Welt purzelten. Unser dritter Bruder starb, sein Sigil kehrte zur Ursubstanz zurück, wo es heranwuchs.«

»Genau. Von dort suchte es sich dann einen Erben. Mich. Und hier kommen wir an den Punkt. Denn sobald der erste Erbe stirbt, kann das Sigil gelenkt werden. Von demjenigen, der es erschaffen hat – der den Trank gebraut hat.«

»Von der Schattenfrau.« Chris barg entsetzt das Gesicht in den Händen. »Natürlich. Als du gestorben bist, rannte Kevin zum Onyxquader. Dort wartete Johanna. Etwas war seltsam, als der Erbe enthüllt wurde. Schwarze Schlieren waren im Bild, es gab Aussetzer und überraschenderweise wurde er in der gleichen Stadt erwählt.«

Mark nickte. »Die Schattenfrau hat das bewusst gesteuert. Es ist eines von zwei Dingen, die sehr wichtig für sie sind.«

»Wie die Sache mit den besonderen Fähigkeiten von Kev und mir«, spann Chris den Faden weiter. »Was hat es damit auf sich?«

»Ist bisher schon etwas passiert?«

»Außer Gewaltfantasien, weil eine gewisse Erinnerung so viel schwafelt, nein«, gab er zurück. »Kannst du jetzt bitte mal den Mund aufmachen!«

»Ich stand mit den Recherchen noch am Anfang. Etwas anderes hat mich abgelenkt.« Mark fuhr sich durch die Haare. »Keine Ahnung, wie diese Frau all das geplant hat, aber es sind Dutzende von Zahnrädern, die gerade jetzt ineinandergreifen. Sie benötigt euch.«

»Heureka, ich fühle mich geehrt. Werde ich auf meinen Körper reduziert oder mag sie mich auch wegen meiner inneren Werte.«

Mark kicherte. »Wenigstens hast du deinen Humor nicht verloren. Es gab einen Vorfall. Achtzehnhundertirgendwas hat der Orden …«

»… Experimente durchgeführt, ich weiß.« Chris winkte ab. »Eine

Geburt wurde eingeleitet, es sollte Zwillinge geben, aber am nächsten Tag waren alle tot.«

»Sie hatten damals einen Fehler gemacht. Frag mich nicht nach Details, aber die Tatsache, dass es kein wildes Sigil gab, war zu viel. Bei euch wirkte es wie eine Ableitung überschüssiger Präsenz. Doch etwas von dem Dunklen bleibt zurück.«

»Und das wäre?«

»Keine Ahnung.«

»Du weißt es nicht?!«

»Doch.«

Chris atmete tief durch. »Dann raus damit!«

»Kann ich nicht. Mark wusste es. Aber er hat diese Information nicht in die Erinnerung eingewoben. Er hat aber all seine Ergebnisse notiert und im Fall seines Todes sollte ein Schlüssel an Jen geschickt werden. Deinem verblüfften Blick entnehme ich, dass ihr das Schloss noch nicht gefunden habt.«

»Es kam nie ein Schlüssel an.«

Nun wirkte Mark mehr als beunruhigt. »Hör mir jetzt genau zu.« Wie um seine Worte zu unterstreichen, zuckten Blitze über das Firmament, verästelten sich und schlugen in Bäume ein. Das Lachen hinter dem Haus verschwand. »Die Erinnerung kollabiert. Es bleibt nicht viel Zeit. Ihr müsst die Informationen finden. Und zwar schnell. Die Schattenfrau benötigte das wilde Sigil und euch ebenso. Dich und Kevin. Was auch immer eure Eigenschaft ist: Der Preis, den ihr zahlen müsst – er wird wichtig sein im kommenden Krieg.«

»Krieg?«

Mark wischte seine Frage mit einer Handbewegung beiseite. »Schützt ihn.«

»Wen?«

»Alexander Kent.«

Chris wich zurück. »Wie kannst du davon wissen? Er wurde erst erwählt, nachdem du gestorben bist.«

»Seine Wahl stand von Anfang an fest. Meine Recherche führte mich zu ihm. Von da an wusste ich, dass ich nur der Zwischenstopp war. Die Schattenfrau wollte, dass das Sigil in Alexander Kent gelangt.«

»Warum?«

»Findet den Schüssel und die Informationen. Leonardos Ingenieursmagie war immerhin zu etwas nutze. Ich habe eine ganz spezielle Schatulle aus Hexenholz erschaffen. Darin liegen alle Informationen, die ich finden konnte.«

Die Blitze kamen nun in Sekundenintervallen, zuckten herab und hinterließen Risse am Firmament. Teile des Himmels verwehten, der Boden bröckelte davon und gab einen bodenlosen Abgrund preis.

»Oh, ich hasse Abgründe.«

»Ich weiß«, sagte Mark. »Deshalb solltest du den Zauber jetzt auch beenden. Es war schön, noch einmal mit dir zu reden. Findet den Schlüssel und die Schatulle, dann erfahrt ihr alles über Alexander Kent und den zu zahlenden Preis.«

Der Boden unter Chris erzitterte …

… und brach weg.

»Memorum Excitare!«

Die Erinnerung verwehte.

24. Plauderstunde im Berg

Der Regen schwieg.

Stille lag über der Höhle. Chris war noch immer dabei, das Gespräch mit Mark und seine Folgen zu verdauen. Kevin und Chloe ging es ebenso. Ihre Eltern hatten erschrocken darauf reagiert, dass der winzige Mentiglobus im Ring zerbrochen war.

Die Erinnerungen konnten nie wieder abgerufen werden.

Gleichzeitig schockierte sie die Tatsache, dass Mark eine eigene Erinnerung in das Artefakt gewoben hatte.

»Mein Kopf ist ein einziger Brummkreisel«, meldete sich Chloe als Erste zu Wort. »Die Schattenfrau hat mit ihrer Bösartigkeit echt Platz eins erreicht. Ob sie sich zu Hause hingesetzt und Diagramme entworfen hat, wann sie was und wie umsetzt und offenbart?«

»Jeder braucht ein Hobby«, murrte Kevin. »Aber spätestens mit Gryff und Max war es sowieso eine persönliche Sache.«

»Warum hat sie ausgerechnet Alex erwählt?«, überlegte Chloe. »Er ist doch echt nett.«

»Mit seinem Charakter hat das vermutlich wenig zu tun«, warf Chris ein. »Aber genau werden wir das wohl erst wissen, wenn wir die blöde Holzbox finden. Wieso konnte er nicht einfach den Mund aufmachen?«

»Er musste fürchten, dass ein anderer den Ring benutzt«, gab Ava zu bedenken. »Hätten wir uns den Unsterblichen offenbart, hätten die Ordnungsmagier jeden Mentiglobus ausgelesen. Er wollte wohl nicht, dass sie die Informationen in die Finger bekommen.«

»Als ob das noch einen Unterschied gemacht hätte«, gab Kevin zurück.

»Für uns vielleicht nicht«, sagte Ben. »Aber wer weiß, was die Informationen über Alexander Kent offenbaren. Oder über euch beide. Mark wollte noch mehr Schmerz verhindern, da bin ich sicher.«

»Toll.« Chris ließ seinen verspannten Nacken knacken.

Chloe trat hinter ihn und begann mit einer Massage. »Wir wissen also, wofür sie das wilde Sigil benutzen wollte. Aber warum Alex erwählt wurde und was sie mit euch beiden vorhat, das bleibt ein Rätsel.« Versonnen fügte sie hinzu: »Kaum zu glauben, dass ohne sie Mark und Alex niemals zu Magiern geworden wären.«

»Was meinte er mit Schlüssel?«, wechselte Kevin das Thema. »Jen hat doch keinen bekommen, oder?«

Chloe schüttelte den Kopf. »Nicht, dass ich wüsste. Aber so etwas hätte sie erwähnt, da bin ich sicher. Andernfalls würde ich ihr Kraftschläge um die Ohren hauen.«

»Catfight!« Chris grinste, obwohl ihm kaum danach zumute war.

»Dann hat jemand verhindert, dass Jen den Schlüssel bekam«, überlegte Kevin weiter. »Die Frage ist nur, wer? Und wie?«

»Tja, hätte Mark erwähnt, ob das Teil mit UPS zugestellt wurde und wo, hätten wir das herausfinden können«, sagte Chloe. »Aber was gibt er uns anstelle einer Paketverfolgungsnummer? Ein ›Findet den Schlüssel‹. Nett.«

»Er muss sich etwas ausgedacht haben, von dem er sicher war, dass es funktioniert«, kam es von Kevin, der neidisch herübersah.

Prompt wechselte Chloe zu ihm und massierte weiter, wobei sie nachdenklich auf ihrer Unterlippe kaute. »Das stimmt. Mark war pfiffig. Er hätte sich etwas ausgedacht, wodurch sein Schlüssel Jen definitiv erreicht. Wenn es nicht so brenzlig wäre, würde mir das Spaß machen. Wie in einem Krimi. Nur suchen wir nicht nach dem Mörder, sondern einer geheimnisvollen Schatulle.«

»Wir sollten das mit den anderen besprechen«, schlug Kevin vor. »Alex muss wissen, dass sein Sigil etwas Besonderes ist. Und vielleicht hat Jen ja eine Idee.«

»Sie werden total begeistert sein.« Chloe stoppte die Massage. »Vermutlich liegen sie gerade faul im Castillo herum. Aber da werden wir wohl ein bisschen Chaos stiften müssen.«

»Mum, Dad. Was ist los?«, fragte Kevin.

Erst jetzt realisierte Chris, dass ihre Eltern überraschend schweigsam waren.

»Es tut mir alles so leid.« Ihre Mum verbarg das Gesicht in den Händen. »Alles, was ich wollte, war ein Baby.«

Ein Kloß entstand in Chris' Hals.

Im nächsten Augenblick lagen Kevin, ihre Mum und ihr Dad einander in den Armen.

»Es ist alles okay, ihr habt doch keine Schuld«, sagte Kevin nachdrücklich.

»Hey, ohne diesen kleinen Regelbruch gäbe es uns heute nicht«, merkte Chris an. »Ich persönlich würde sagen: High-Five, beim nächsten Mal wieder.«

»Ihr Grants«, seufzte Chloe. »So viel Familienliebe verkrafte ich nur schwer. Aber heute mache ich eine Ausnahme.«

Sie zwinkerte und wurde prompt von Kevin in die Umarmung gezogen.

Nach einigen Minuten lösten sie sich voneinander.

»Wir behalten die Sache für uns«, versicherte Chris. »Außer dem Team erfährt niemand etwas. Die Unsterblichen bleiben einfach mal außen vor.«

»Die Schattenfrau mag ja glauben, dass sie uns immer einen Schritt voraus ist«, warf Chloe ein, »aber ich wette, Clara löst das Rätsel innerhalb von Sekunden. Unser Bücherwurm ist doch mit allen Wassern gewaschen. Die denkt um fünf Ecken anstatt um vier.«

Sie traten hinaus in die Sonne.

Der Duft irischer Bergwiesen nach einem starken Regen hing in der Luft. Dampf stieg über den entfernten Wipfeln auf. Die Wolken hatten sich verzogen.

Chris lächelte.

Im selben Augenblick begann jeder ihrer Kontaktsteine zu glühen und gab eine gespeicherte Nachricht frei. Johannas Stimme erklang: *»Das Castillo wird angegriffen. Die Horden der Schattenkrieger fallen ein. Macht euch bereit zum Kampf!«* Und kurz darauf: *»Der Feind ist hier! Kämpft!«*

25. Guten Morgen, Sonnenschein

Gedanken prasselten auf sie ein.

Die Hindenburg ging in Flammen auf. Die Titanic zerschellte an einem Eisberg. Ein Beben verwüstete Chicago, ein Brand London. Artefakte zogen an ihrem inneren Auge vorbei, Körper kippten tot zu Boden. Experimentelle magische Symbole vereinten sich zu gefährlichen Zaubern und erschufen Portale, die an Orte führten, die niemand je aufsuchen sollte. Sie sah eine lachende Johanna, die sich Leonardo in die Arme warf. Ausschweifende Nächte in Florenz. Verschwitzte Leiber glitten übereinander, ineinander, die Gesichter von Masken bedeckt.

Clara wurde geboren, Kevin und Chris – Chloe als Erbin ausgewählt. Sie selbst kauerte in den Trümmern, beobachtet von der Schattenfrau auf der einen und Leonardo auf der anderen Seite. Da war Mark, das Artefakt, sein Tod. Alex tauchte auf. Joshuas Erbe erwachte, betrachtet und belauscht von ihrer Feindin, die als Statue auf der Galerie gestanden hatte.

Sie spürte die Lust, die die Schattenfrau beim Töten empfand. Den Triumph, wenn ein Langzeitplan aufging. Die Macht, geboren aus Wut, Hass und dem Willen, endgültig frei zu sein. Befreit von allen Fesseln. Jenen der Zeit, der Familie, der Freunde und der Moral. Nichts sollte mehr an ihr zerren, sie verbiegen, falsche Sicherheit und Frieden vorgaukeln. Es war eine kalte, brutale Welt, die sie zerfetzt hatte. Doch aus eigener Kraft war sie neu erstanden. Die Geburt der Schattenfrau war Clara Ashwells Tod gewesen.

Jen fuhr in die Höhe.

»Guten Morgen, Sonnenschein«, sagte jemand.

Ohne Nebelfeld, verstellte Stimme oder eine andere Art der Geheimnistuerei trat Clara an ihre Seite. Sie lächelte nicht. In ihren Augen lag eine Kälte, die selbst die Hölle gefrieren lassen konnte.

Im ersten Augenblick begriff Jen nicht, wo sie war. Wer sie war.

Erst langsam dämmerte ihr die Erkenntnis. »Ich war du. Deine Erinnerungen.«

»Einige davon. Destilliert auf die Quintessenz. Meine Ankunft, meine Befreiung, die wilden Jahre.«

Jen wandte sich zur Seite, fiel von der Liege herunter und erbrach sich auf den Boden.

»Das schöne Parkett«, kommentierte Clara.

Sie hatte sich äußerlich kaum verändert. Ein bisschen gealtert war sie, vielleicht um fünf oder sechs Jahre. Statt Mitte zwanzig hätte Jen sie nun in die Dreißiger verortet. Viel gravierender aber war ihre Ausstrahlung. Diese kalte Endgültigkeit, die wie Säure jede Hoffnung zu zerfressen schien.

»Der Trank«, entfuhr es Jen.

Clara verdrehte die Augen. »Wusste ich doch, dass sich dein grenzdebiler Verstand sofort darauf richtet. Oh, Alex, Alex, lass uns schnell einen Gegentrank brauen, damit der arme Bücherwurm wieder in sein Schneckenhaus zurückkriechen kann.«

»Das bist nicht du!«

Jen erhob sich. Der Raum besaß eine komplett verglaste Front. In der Ferne sah sie die Wipfel eines Waldes. Der Parkettboden glänzte poliert. An der Wand reihten sich Regale dicht an dicht, auf denen Mentigloben gestapelt waren. Von dort mussten die Erinnerungen gekommen sein. Konserviert für die Ewigkeit.

Ein wenig versetzt davor stand eine hüfthohe Sanduhr, daneben ein Podest, auf das Clara sich soeben lehnte. Um ihren Hals hing der Silberregen-Splitter, an ihrem Gürtel der Schattenstab. Sie trug Stilettos, eine blaue Jeans, darüber ein Shirt mit der Aufschrift ›You will not see it coming‹.

Jen hielt einen Augenblick inne und ordnete ihre Gedanken. Plötzlich war so vieles klarer. Die Aussagen der Schattenfrau, dass sie einst im Castillo gewesen war, über ihr umfangreiches Wissen, die Suche nach den Artefakten und ihr Hass auf Alex und sie, Jen. »Wir haben versucht, dir zu helfen.«

»Nein, nein, nein, komm mir nicht so. Damit hättest du die alte Clara vielleicht überzeugt, aber keinesfalls mich. Siehst du, in dem Augenblick, als Crowley dich vor die Wahl stellte, musstest du dich entscheiden. Tja, war wohl nichts mit den schwesterlichen Gefühlen.« Mit durchgestrecktem Rücken ging sie durch den Raum, stand schließlich vor dem Fenster. »Andererseits hat man es als deine Schwester generell nicht so gut, oder? Die arme Jana musste dran glauben, als du erwacht bist. Deinen Dad und deine Mum hast du gleich mit erledigt. Mark konntest du nicht helfen. Hm. Habe ich jemanden vergessen?«

Wut pulsierte in Jen. »Das war …«

»Ein Unfall«, sagte Clara mit gespielt piepsiger Stimme. »Und überhaupt warst du das mit Mark, Clara.«

»Und Gryff.«

Für eine Sekunde huschte ein Schatten über Claras Gesicht. »Ja. Was geschehen war, musste wieder geschehen. Wie eine Puppe hing ich an den Fäden der Zeit. Ehrlicherweise hätte ich es auch getan, wenn es anders gewesen wäre. Siehst du, Gryff war meine Schwäche. Er hat der putzigen kleinen Clara-Maus Halt gegeben. Gütiger Himmel, was war ich damals dämlich.«

»Er war gut für dich.«

Clara verdrehte die Augen. »Wie bescheuert bist du eigentlich? Clara hat sich über euch definiert. Wer sie war, wie sie sich fühlte, das haben andere bestimmt. Du, die Unsterblichen, Gryff. Nein. Möglicherweise war dein Verrat das Beste, was mir jemals passiert ist.« Sie neigte den Kopf von links nach rechts und zurück. »Ah, das klang jetzt wie ein Kompliment. Sollte es aber nicht sein. Verrat bleibt Verrat. Um Crowley kümmere ich mich auch noch.«

Jens Augen weiteten sich. »Alex.«

»Ich bitte dich, sei nicht so naiv. Er lag in Nikkis Nähe und ihr ging es gut. Vermutlich hat sie ihn direkt auf Johannas Schreibtisch befördert, wo die gute Theresa ihn wieder zusammengeflickt hat.«

»Du wolltest ihn gar nicht töten?«

»Jen, Jen, Jen.« Clara deutete auf die Regale mit den Mentigloben. »Ich habe so viele Leben gelebt. Ich war Wissenschaftlerin, Poetin, Architektin. Sogar Ingenieurmagierin – aber verrate es nicht Leonardo. Meine Pläne sind nie gerade Linien. Alex hat einen Vorgeschmack auf das bekommen, was ihn erwartet. Glaube mir, das ist nichts im Vergleich zu dem, was noch kommt.«

Clara summte leise eine Melodie. »Das Orchester spielt bereits, die Vorstellung läuft. Aber das Ende werdet ihr nicht kommen sehen.«

»Ich werde dich aufhalten.«

»Äh, hallo? Du. Gefangene. Von mir.« Clara lachte. »Diesen herrlich naiven Idealismus habe ich so sehr vermisst. Zugegeben, du hast es recht gut.« Langsam kam sie näher, jeder Schritt ein *Klack*. »Frag nicht, wie es gerade im Castillo aussieht. Ungemütlich, kann ich da nur sagen. Vielleicht sollte ich heute Abend Mum einen kleinen Besuch abstatten. Mein Beileid zum Verlust von Martin persönlich überbringen. Vielleicht kümmere ich mich dabei gleich noch um Dad.«

»Du bist ja wahnsinnig«, flüsterte Jen.

Aus den Augenwinkeln erfasste sie ihren Essenzstab, der auf dem Fensterbrett lag.

Clara bemerkte ihren Blick. »Oh, den hätte ich fast vergessen.« Sie trat zu dem magischen Artefakt, hob es auf, brach es in zwei Teile und ging zurück zu Jen. Sie steckte einen Teil in Jens linke, einen Teil in ihre rechte Hosentasche. »Nostradamus gibt dir bestimmt einen neuen. Falls er noch welche hat.«

Jen war bei dem Geräusch des durchbrechenden Holzes zusammengezuckt. In ihrem Inneren schrie etwas auf. »Du bist …«

»… nicht mehr Clara Ashwell! Wenn du das begreifst, wird es wenigstens noch interessant. Warum glaubst du, habe ich dir die Erinnerungen gezeigt?« Sie neigte ihren Kopf und blinzelte Jen an. »Ein stiller Hilferuf?«

Ohne darüber nachzudenken, riss Jen ihr Knie in die Höhe. Aufkeuchend taumelte Clara zurück.

Jen erschuf einen Kraftschlag, der die gesamte Front des Raumes zerschmetterte. Mochte ihr Essenzstab auch zerstört sein – ihre Magie war ungebrochen. Noch während die Scherben herabregneten, rannte sie auf den umlaufenden Balkon.

Und durchbrach die bisher unsichtbare Illusionierung.

»Überraschung!«, rief Clara.

26. Die tote Stadt

»Iria Kon«, hauchte Jen.

Sie hatte die Stadt der Magier in Claras Erinnerung gesehen. Hohe Türme ragten empor bis zu den Wolken. Sonnenstrahlen spiegelten sich in Glas, wurden reflektiert von Gold und Chrom. In den Gassen lagen die verkohlten Skelette der Magier, die vor Jahrhunderten versucht hatten, Claras Angriff zu entkommen.

Der Tod wartete, wohin sie auch blickte.

»Also, das waren nur Kollateralschäden, ehrlich.« Sie trat hinter Jen auf den Balkon.

Was im Inneren wie ein Haus ausgesehen hatte, war in Wirklichkeit der zentrale Turm von Iria Kon, die Zitadelle. Der Atem der Ewigkeit vermengte sich mit dem Staub der Jahrhunderte. Die einstmals blühende Metropole war zu einem Ort des Todes geworden.

»Nichts ist, wie es scheint«, sagte Clara mit völlig emotionsloser Stimme. »Hast du es jetzt endlich begriffen?«

Jen ergriff das Geländer und ballte die Fäuste so fest zusammen, dass ihre Fingerknöchel hervortraten. »Du wirst nicht gewinnen«, flüsterte sie.

»Du wirst mir sicher gleich sagen, wieso.«

»Wir halten dich auf.«

Clara prustete los. »Oh, jetzt habe ich aber Angst. Wo ihr doch eine Einheit seid. Vertrauen überall, Teamwork an oberster Stelle.«

»Wir werden ...«

»... kolossal versagen.« Clara deutete auf die Skyline der Stadt. »Sieh genauer hin.«

Verwirrt folgte Jen dem Fingerzeig. Es dauerte einen Moment, doch schließlich erkannte sie den Schimmer, der über den Fassaden und Dächern lag. Nicht die Sonne, nein, einer der magischen Art. Sie erbleichte. »Was hast du getan?«

»Beeindruckend, nicht wahr? Jede Glasfläche, die du hier siehst, ist ein Mentiglobus. Nun, eigentlich nur Menti ohne Globus. Aber das ist irrelevant. Es hat mich Jahrzehnte gekostet, die Magie in die Struktur einsickern zu lassen. Und danach Jahrhunderte, sie zu sammeln.«

»Sie?«

»Erinnerungen. Weißt du, letztlich sind sie doch alle gleich. Crowley mit seinem ›Potatoe, potatoe‹ oder Leonardo, der von einem Bett zum nächsten springt. Wusstest du, dass sich damals einige Nimags wegen ihm duelliert haben? Das ging echt ins Herz. Wortwörtlich.« Sie winkte ab. »Aber egal. Ich habe ihnen allen ihre Erinnerungen geklaut. Kopien angefertigt von den düsteren kleinen Geheimnissen, den Gemeinheiten, die sie unter Verschluss halten. Egal, ob Lichtkämpfer oder Schattenkrieger, Unsterblicher auf der hellen oder der dunklen Seite. Diese Stadt beinhaltet all ihre Missetaten.« Clara seufzte. »Schön, nicht wahr?«

Jen starrte keuchend auf die Stadt des Todes, die doch gleichzeitig eine der Erinnerungen war.

»Du hyperventilierst jetzt aber nicht, oder?«

»Wozu … Warum?«

»Weißt du, es ist wirklich total nervig, wenn man seinen diabolischen Plan enthüllt und niemand ihn kapiert. Was glaubst du denn, wie vereint ihr gegen mich losschlagen könnt, wenn die magische Gemeinschaft damit beschäftigt ist, sich gegenseitig zu zerfleischen?«

Bedauerlicherweise besaß Jen eine herausragende Fantasie. Sie konnte die wütenden Magier bereits sehen, wie sie die Essenzstäbe gereckt ins Castillo stürmten, weil ihnen hier und da eine Information vorenthalten worden war. Zu Recht? Das würde keine Rolle mehr spielen. Wo Emotionen regierten, hatte die Logik verloren.

»Ich mag diesen Blick«, kommentierte Clara. »Das hat was von eingeschüchtertem Reh. Hab ich damals auch immer so ausgesehen?«

»Stell dir doch nur vor, was du mit deiner Macht Gutes tun könntest.«

»Das brauche ich mir nicht vorzustellen, das weiß ich.«

»Warum tust du es dann nicht?!«

Clara seufzte. »Weißt du, das ist recht simpel zusammenzufassen. Ich habe keine Lust! Die Welt, das Schicksal, ihr habt mich behandelt wie Dreck. Jetzt behandle ich zurück. Entschuldige meine sprachliche Simplizität, aber so begreifst du es vielleicht endlich. Ich tue, was ich will. Ich hole mir, was ich will. Ich bekomme, was ich will.«

»Und das ist die Allmacht.«

Clara nickte. »So simpel.«

»Und was kommt danach?«

»Lass dich überraschen.«

Jen deutete auf die verkohlten Skelette. »Noch mehr Tote?«

»Auf dem Weg dorthin sicher.«

Kopfschüttelnd musterte Jen ihre alte Freundin. Und zum ersten Mal realisierte sie die Konsequenz aus allem, was geschehen war. »Clara Ashwell ist tot. Du bist wahrlich die Schattenfrau.«

»Endlich! Jetzt hast du es verstanden!«

Das Geländer verwehte.

Und ein Stoß warf Jen vom Balkon. Mit den Armen rudernd fiel sie dem Tod entgegen.

27. Die Mauern wanken

Die Eingangshalle wimmelte von kämpfenden Lichtkriegern, Unsterblichen und Schattenkreaturen.

Tilda hatte etwas von einem Cowgirl, als sie mit gezogenen Essenzstäben umhersprang und Kraftschläge verschoss. Es war befreiend, der Köchin dabei zuzusehen. Nachdem die Essenz aufgebraucht war, zog sie sich zurück. Mehr konnte sie nicht tun.

Bei den Unsterblichen hatte sich eine klare Linie herauskristallisiert. Johanna ging Saint Germain an, Leonardo stellte sich Dschingis Khan. Rasputin nahm es mit Edison auf. Einstein, der noch zu geschwächt war, half Theresa bei der Versorgung der neuen Verwundeten.

Die übrigen Ordnungsmagier und Lichtkämpfer teilten sich auf die Schattenkrieger sowie Schattenkreaturen auf.

Ein Crepitus-Zauber ließ direkt neben Max eine Explosion einschlagen. Er tauchte zur Seite ab. Im Verlauf des Kampfes hatte er Ausschau nach Marcus gehalten, mit dem er sich alle paar Abende traf und unterhielt. Was würde geschehen, wenn sie sich heute als Feinde gegenüberstanden?

Max hatte nicht vor, sich zurückzuhalten. Nicht nach diesem Coup. Im Gegenteil. Falls sie heute nicht aufeinandertrafen, wollte er Marcus bei dem morgen stattfindenden Gespräch zur Rede stellen.

»Kinder, euch kann man keinen Augenblick allein lassen«, erklang eine Stimme.

Auf der anderen Seite des geöffneten Portals, in der Halle im Refugium der Schatten, schritt Crowley soeben die Treppen hinunter. An seiner Seite schwang Madison Sinclair die Hüften. Obwohl Max ihr noch nicht persönlich begegnet war, kannte er sie doch von einem Foto, für das Alex' Erinnerung als Grundlage gedient hatte.

Vorbei an kämpfenden Paaren rannte Max durch das Eingangsportal.

Tatsächlich spürte er beim Übergang nichts. Es war, als wären beide Gebäude eins.

»Das ist nicht nett«, sagte Crowley. »Bruce wurde versteinert.«

Madison parierte einen Kraftschlag von Max. »Du bist wohl ein ganz Mutiger, mal so einfach auf feindliches Territorium zu marschieren.«

»Feindliches Territorium? Und ich dachte, es ist ein Museum voller versteinerter Hohlräume.«

»Wie vulgär«, kommentierte Crowley. »Oh, ist das dort drüben Nikki? Dann sind Gossenjunge und seine Gouvernante also ebenfalls entkommen. Nimm das mit Clara nicht so schwer. Wer hätte aber auch mit einem Zeitkreis rechnen können? Ich habe es ein paar Sekunden zu spät realisiert.«

Max ließ sich nicht auf ein Gespräch ein. Eine von Edisons Regeln lautete: Lass den Feind reden, greif sofort an.

»Gravitate Negum!«

Eine der Steinstatuen kippte zur Seite, direkt auf Crowley. Der Unsterbliche sprang mit einem *Plopp* davon. Die Statue krachte auf den Boden und zerbarst. Ein abruptes Aurafeuer loderte empor, das Sigil verschwand.

In Madisons und Crowleys Gesichtern konnte er den Schmerz ablesen, den die Todeswelle aussandte.

»Faszinierend«, kommentierte Crowley. »Sie leben also noch. Ob sie als Steinfiguren alles wahrnehmen? Wie unangenehm. Das war übrigens Bruce. Möge sein Sigil einen passablen Erben finden. Madison.«

»Ja?«

»Tötest du bitte unseren Gast. Möglichst mit wenig Sauerei.«

»Gerne!«

Ihre Essenzstäbe schlugen aufeinander. Max drückte Madison zurück und sprang hinter eine der Steinstatuen. Ein Kraftschlag zerpulverte sie, ein weiteres Aurafeuer loderte auf.

»Crepitus Maxima!«, brüllte Madison.

Die Druckwelle der Explosion schleuderte Max fort von der Tür, unter eine Balustrade. »Gravitate Negum!«

Madison flog hinauf zur Decke. Auf halbem Weg gelang es ihr, den Zauber zu neutralisieren, worauf sie langsam wieder herabschwebte. Auf dem Boden hatte Max jedoch einen Teil des Steins zu einer Pfütze werden lassen.

»Das ist jetzt zwei zu eins für den Lichtbubi«, kommentierte Crowley. »Madison, ich bitte dich.«

Es fehlte nicht viel und sie hätte die Zähne gefletscht. »Ulcerus!«

Der Zauber riss eine Fleischwunde in Max' Hüfte. Er taumelte. »Somnus Silencium!«

Madison war nur eine Sekunde unaufmerksam, aber das genügte. Dieser Zauber war im Kampf einer der gefährlichsten, raubte er doch dem Betroffenen die Stimme. Ohne sie konnten keine weiteren Zauber geformt werden. Ab diesem Punkt mussten die Symbole ausreichen – eine gravierende Schwächung. Natürlich würde Madison den Somnus neutralisieren, doch die wenigen Sekunden würden reichen …

»Das genügt«, mischte Crowley sich ein. Er erschien aus dem Nichts vor Madison. »An dieser Stelle beende ich die Lehrstunde. Wir müssen ein dringendes Gespräch führen, Madison. Aber zuerst … Potesta Maxima!«

Der Schlag zerfetzte Max' Contego-Sphäre, schleuderte ihn durch den Raum und warf ihn gegen die Wand. Benommen landete er am Boden. Jeder Knochen in seinem Körper schmerzte, aus der Wunde pulsierte Blut.

»Crepitus.«

Neben Max explodierte der Boden. Steine krachten gegen seine Schläfe. Blut sickerte in sein linkes Auge.

»Gravitate Negum.«

Wie eine Puppe wurde er herumgeschleudert, sauste durch die Luft und schlug neben dem Portal auf dem Boden auf.

»Ich werde deine verbrannten Überreste zurück ins Castillo schicken. Als Geschenk für Johanna.«

Max erhob sich.

Beim Sturz hatte er sich auf die Zunge gebissen und spuckte nun Blut. Überhaupt schien sein gesamter Körper aus einer einzigen großen Wunde zu bestehen. Gegen einen Unsterblichen wie Crowley hatte er außerdem kaum eine Chance.

»Noch irgendwelche letzten Worte? Ich habe da schon wirklich inspirierende Dinge gehört. Nicht das profane Zeug, wie: Fahr zur Hölle. Eher der elegante Abschiedssatz. Na?«

Max' Wut kochte hoch, doch er ließ nicht zu, dass seine Emotionen überhandnahmen. Das hier war noch nicht zu Ende. Wenn er als Agent in eine verfahrene Situation kam, sah es oft aussichtslos aus. Wie Edison zu sagen pflegte, musste er stets mit dem arbeiten, was ihm die Lage bot. Aber was war das?

Er blickte hinüber zu Madison.

»Eine abschließende Liebeserklärung?«, fragte Crowley. »Das wäre herzallerliebst. Hätte etwas von Romeo und Julia, inklusive dramatischem Ende. Bitte, nur zu.«

Achte auf Muster, hallte Edisons Stimme in Max' Erinnerungen wider.

Und da war es.

Max lachte.

»Jetzt ist er durchgeknallt«, kommentierte Crowley.

Er hob den Essenzstab in die Höhe und zielte auf die Decke der Halle. »Potesta Maxima!«

Der Kraftschlag brach einen gewaltigen Brocken heraus, den Max mit einem weiteren Schuss in Dutzende Kiesel aufsprengte.

»Nein!«, brüllte Crowley, als er begriff. Zum ersten Mal verlor der Unsterbliche die Fassung.

»Aber ja«, hauchte Max. »Gravitate Negum.«

Jeder Steinbrocken wurde beschwert und schlug auf dem Boden ein wie ein Geschoss. Dutzende trafen auf die Statuen, durchstießen deren Brustkörbe oder Köpfe.

Ein Aurafeuerwerk erblühte.

Sigile kehrten zurück in die Ursubstanz, um nach einem Erben zu suchen. Und die Schockwelle erfasste jeden Schattenkrieger und dunklen Unsterblichen.

28. Das Aurafeuerwerk

In einem Augenblick erwehrte sich Nikki noch der Übermacht, im nächsten veränderte sich alles. Die Schattenkrieger schrien auf, die Unsterblichen taumelten. Geflügelte Kreaturen, die bisher unter der Decke gehangen hatten, wanden sich und fielen herab.

Einen Türübergang entfernt loderte ein Feuerwerk auf. Eines der makabren Sorte. Steine hagelten herab, durchschlugen die Statuen und ließen die Sigile auf die Suche nach Erben gehen. Die Schockwelle brandete über die hier versammelten Schattenkrieger und dunklen Unsterblichen hinweg und brachte ihnen den Schmerz über dutzendfachen Tod.

Die Lichtkämpfer gewannen die Oberhand, konnten Schattenkrieger entwaffnen. Die Kreaturen schienen noch immer gefangen in ihren rudimentären Instinkten, den Nachhall des Schmerzes zu spüren. Johanna ließ eine Feuerwalze über sie gleiten. Nur Asche blieb zurück.

»Es reicht!«, erscholl eine magisch verstärkte Stimme.

Für eine Sekunde herrschte Ruhe.

Alle starrten auf Saint Germain, der den Feuerblut-Splitter in Händen hielt. »Ihr wollt ein Aurafeuerwerk? Ich gebe euch eines.« An seine Kämpfer gerichtet brüllte er: »Rückzug.«

Die Schattenkrieger wieselten flink zum Türübergang, gedeckt von Rasputin und Dschingis Khan.

Saint Germain hob den Feuerblut-Splitter in die Höhe. Im gleichen Augenblick brandeten Bilder in Nikki empor. Sie sah die Versammlung der Mächtigen, die den Wall erschufen, spürte die Abneigung einzelner gegen das Vorhaben. Der Odem der Macht, der in dem Splitter verborgen lag, wurde offenbar. Er manifestierte sich, reifte in der alten Tempelanlage in Indien heran.

Magische Essenz loderte, ungeformt, roh, zerstörerisch. Saint Germain ließ sie unter die Decke gleiten, wo das Himmelsglas sich wölbte. Jenes hier im Castillo war so gearbeitet, dass es Magie dämpfte, aufsaugte oder neutralisierte. Doch ein Gedanke von Saint Germain verkehrte das ins Gegenteil. Das Glas würde die Zauber nun reflektieren und potenzieren. Niemand konnte entkommen.

»Ich werde euch zerquetschen, zerreißen, verbrennen und das Castillo einebnen.« Schweißtropfen rannen die Stirn des Unsterblichen hinab.

Gleichzeitig veränderten sich die Bilder am Rande von Nikkis Bewusstsein. Alex war ein Teil des Bildes geworden. Als schimmernde Silhouette kletterte er die uralte Pyramide nach oben. Es waren die Erinnerungen des Sigilsplitters.

Er wehrt sich gegen Germain, begriff Nikki.

War das möglich? Besaßen die Artefakte einen Grundintellekt oder einen Instinkt?

Die Essenz, die der Unsterbliche aus dem Sigilsplitter zog, blieb ungeformt. Reine Magie. Doch ein Gedanke würde genügen, ihr Form zu verleihen. Tödlich. Endgültig. Zerstörerisch.

Auf der anderen Seite der Tür richtete soeben eine Horde Schattenkrieger ihre Essenzstäbe auf Max. Der Hass in ihren Augen war mit Händen greifbar.

Nikki wollte in den Sprung gehen, doch Leonardo hielt sie zurück. »Ich kümmere mich um Max. Du musst etwas Wichtigeres erledigen. Andernfalls sind wir alle verloren.«

Er sagte es ihr.

Nikki konzentrierte sich auf das neue Ziel und sprang. Die Halle wurde ersetzt vom Krankenflügel. Sie ging zu Einstein hinüber.

»Wie steht es um uns?«, fragte der Unsterbliche.

»Schlecht«, erwiderte Nikki. »Ich habe keine Zeit für Erklärungen.«

Sie griff nach Tildas Arm und sprang zurück in die Halle. Erschöpfung drohte sie zu überwältigen. Dies war der letzte Sprung für viele Stunden gewesen.

»Ganz ruhig, Kindchen. Warum bin ich hi… oh.«

Mit glänzenden Augen blickte die Köchin zur Decke.

Saint Germains Gesicht war eine hassverzerrte Fratze, der Anstrich des sonst so logischen Analytikers war verschwunden. Er wollte Rache für den Tod seiner Krieger.

»Nimm die Essenz auf, bevor er sie formt«, hauchte Nikki. Ihr war schwindelig.

Tilda starrte hinauf.

Und begriff.

Nach einer Weile sagte sie: »Es funktioniert nicht.«

Wo lag der Fehler?

Nikki erkannte wie durch einen Schleier, dass Leonardo in der Halle des Refugiums gegen die Schattenkrieger kämpfte. Er wollte Max retten.

Saint Germain wich langsam zum Türübergang zurück. Seine Augen funkelten blutrot. In den Händen hielt er den Sigilsplitter, der vibrierte.

Im Refugium hoben Rasputin, Crowley und Dschingis Khan ihre Essenzstäbe, erschufen Symbole der Macht und riefen: »Separate Infinite!«

Sie lösten die Verbindung wieder auf.

Der Boden begann zu vibrieren. Risse bildeten sich dort, wo die Halle des Refugiums zu erkennen war, in der Luft. Sie wurden größer, zeigten den Platz vor dem Castillo.

»Leonardo!«, brüllte Johanna.

Der Unsterbliche wirkte einen Zauber. Veränderte die Gravitation, ergriff damit Max und trug ihn über die Schwelle, zurück ins Castillo. Es war seine letzte Tat, bevor eine Horde Schattenkrieger sich auf ihn stürzte.

Saint Germain war fast am Übergang angekommen.

»Nicht aufnehmen«, murmelte Nikki. »Kein Speicher. Aber du kannst die Essenz nutzen.«

Tilda nickte. »Natürlich. Im Gegensatz zu euch kann ich die Essenz nicht erschaffen, nicht in mir tragen, doch jede bestehende verwenden.«

Saint Germain hob beide Hände über den Kopf. »Cre...«

Bevor er die Explosion entstehen lassen konnte, rief Tilda: »Fiat Lux.«

Die Essenz verschmolz zu zwölf wunderschönen farbigen Lichtsphären, die ihren Schein auf das hinabwarfen, was einst die Eingangshalle gewesen war.

Und wie der Nebel einer Chimäre, die nie wahrhaftige Substanz besessen hatte, verschwand der Feuerblut-Splitter aus den Händen Saint Germains.

Der Unsterbliche starrte zuerst auf Tilda, dann auf die Sphären. »Wir sehen uns wieder!« Mit einem Satz sprang er durch die verbliebene Öffnung der Verbindung.

»Wo ist der Splitter?«, hauchte Tilda.

Nikki lächelte. »Ich habe da so eine Ahnung.«

Eine Druckwelle fegte durch das Castillo, als die Türübergänge sich auflösten und die Räume wieder separiert wurden.

Die einsetzende Stille wurde von einem Wort durchbrochen, das Johanna flüsterte. »Leonardo.«

29. Die Ruhe nach dem Sturm

Sie hatten gesiegt.

Doch es schmeckte wie eine Niederlage.

Vor wenigen Stunden war Alex in Irland erwacht. Neben seinem Bett lag der Feuerblut-Splitter. Verblüfft hatte er ihn aufgenommen. Nicht weniger verblüfft hatten die Heiler reagiert, sie waren davon ausgegangen, ihn mindestens sieben Tage im Heilschlaf halten zu müssen. Auch die Reste der Zeitmagie waren fort.

Unter ihren kritischen Augen hatte er einen leichten Zauber gewirkt. Sein Sigil pulsierte stark und kräftig, die Essenz floss rein und klar.

Schon auf dem Weg zum Portal schnappte er erste Wortfetzen auf. Am Ziel erhielt er Gewissheit. Das Innere des Castillos glich einem Schlachtfeld. Heruntergerissene und aufgeschlitzte Bilder, zerstörte Statuen, verbrannte Möbel. Er erfuhr vom Einfall der Schattenkrieger.

Max war zu einem kleinen Helden avanciert, dank seiner Idee hatte das Castillo gerettet werden können. Obendrein war es ihm gelungen, mit einem einzigen Zauber ein paar Hundert Schattenkrieger zu erledigen.

Alex erinnerte sich an Crowleys Worte an Jen. Der Unsterbliche hatte etwas von der Attacke gewusst. Augenscheinlich war sie jedoch nicht so ausgegangen wie erwartet.

Das Castillo war überraschend leer. Seltsam. Es dauerte eine Weile, bis er mehr erfuhr. Leonardo hatte Max gerettet, sich dafür aber selbst geopfert. Vermutlich lebte er noch, befand sich jedoch in Gefangenschaft der Schattenkrieger. Johanna, Edison, Einstein und Kleopatra hielten Kriegsrat.

Tomoe wurde nicht erwähnt.

Alex stürmte ins Turmzimmer. Zusammen mit den anderen wollte er Jen finden, doch die saß bereits auf der Couch. Bei seinem Eintreten fiel sie ihm um den Hals.

»Geht es dir gut?«

»Das Gleiche wollte ich dich gerade fragen«, erwiderte er. »Wie bist du … *ihr* entkommen.«

Er sank in einen Sessel.

Kevin, Max, Chris, Chloe und Nikki waren ebenfalls anwesend. Es folgte eine herzliche Begrüßung, die jedoch nicht über die gedrückte Stimmung hinwegtäuschen konnte. Nach und nach brachten sie sich gegenseitig auf den neuesten Stand.

Sie erzählten den anderen von der Suche nach den Splittern, wobei Alex seinen aus der Tasche zog. Natürlich würde er ihn Johanna übergeben. Auch, dass die Schattenfrau in Wahrheit Clara war, wussten mittlerweile alle. Jen berichtete von ihren Erlebnissen in den Erinnerungen der Freundin. Sie war nicht Beobachter gewesen, sondern hatte wirklich geglaubt, Clara zu sein. Der Hass, die Wut, der Triumph, all das, was die Freundin erlebt hatte, hatte Jen – abgeschwächt – ebenfalls erfahren. »Am Ende hat sie mich in die Tiefe geworfen. Kurz vor dem Aufprall war sie neben mir. Der Nebel hat uns umschlungen und ich stand vor dem Castillo.«

»Warum hat sie dich nicht getötet?«, fragte Chloe leise. »Wenn sie doch so voller Hass ist.«

»Sie will, dass ich leide. Außerdem soll ich euch wohl klarmachen, dass sie nicht mehr Clara ist.«

»Das werden wir ja sehen«, murmelte Max.

»Iria Kon«, warf Alex ein. »Sie hat die ganze Stadt ausgelöscht und lebt nun dort? Zwischen Toten?«

Jen nickte. »Die Gebäude sind ein einziger großer Mentiglobus. Angefüllt mit Erinnerungen.«

»Das macht mir jetzt weniger Sorgen.« Er winkte ab.

»Manchmal ist Wissen gefährlicher als jeder Kraftschlag«, kam es zaghaft von Nikki.

»Das ist ein gutes Stichwort.« Chris wirkte alles andere als gut gelaunt, als er nun das Wort ergriff.

Immer wieder unterbrochen von Chloe oder Kevin, die Informationen einwarfen, berichtete er von den Geschehnissen, die zu seiner und Kevins Geburt geführt hatten, dem Preis, der dafür zu zahlen war, dem wilden Sigil und von Mark.

»Ich habe nie einen Schlüssel erhalten«, sagte Jen.

»Das dachte ich mir.« Chris legte ihr tröstend die Hand auf den Arm. »Aber irgendwer hat ihn bekommen. Mark wollte wohl vermeiden, dass außer uns noch jemand davon erfährt. Zum Schutz unserer Eltern.«

Alex ließ sich nichts anmerken, doch jeder Nerv in seinem Körper vibrierte. Kurz nach seiner Erweckung war er von einem Orden durchgeknallter Mönche entführt worden. Huan, der Anführer, hatte zu ihm gesagt, dass er – Alex – niemals ein Magier hätte sein dürfen.

In diesem Licht ergab die Bemerkung einen völlig neuen Sinn. Er war nur durch die Steuerung des Sigils erwählt worden. »Was bedeutet das?«

Chris schlug ihm freundschaftlich auf die Schulter. »Chill, Alter. Keine Panik. Soweit ich das überblicke, ist das die einzige Besonderheit. Sie konnte dich auswählen, kann dich sonst aber nicht manipulieren.«

»Aber *warum* hat sie ausgerechnet mich ausgewählt?«

»Gute Frage«, kam es von Chloe. »Und wozu benötigt sie unsere Chaos-Zwillinge hier? Marks Unterlagen werden uns das hoffentlich beantworten.«

»Wie steht es denn sonst um das Castillo?«, wechselte Jen das Thema. Mit einem Mal wirkte sie seltsam ruhig. »Gab es viele Opfer?«

Max nickte. »Und wir hatten noch Glück. Es hätte viel Schlimmer kommen können. Dank Johannas Warnung konnten wir uns wenigstens ein bisschen vorbereiten. Allerdings scheint es noch ein anderes Problem zu geben.« Er berichtete von dem Bernstein, in den die Neuerweckten und Verwundeten gegangen waren. »Es sieht so aus, als haben Einstein und Edison einen Fehler bei der Konstruktion gemacht. Der Zauber muss von den Magiern aufgehoben werden, die ihn eingeleitet haben.«

»Wo liegt das Problem?«, fragte Jen.

»Einer davon war Leonardo.«

»Oh, shit«, entfuhr es Chris. »Ernsthaft?«

Max nickte. »Damit hängen erst einmal alle da drin fest. Sie merken es natürlich nicht und sind sicher, aber gleichzeitig eben auch gefangen. Inklusive Tomoe und Wesley Mandeville.«

»Das ist so schrecklich«, hauchte Nikki.

»Nein, nein, nein«, stoppte sie Alex. »Jetzt lassen wir uns mal nicht so gehen. Wir leben. Alle. Es wird uns gelingen, Leonardo dort rauszuholen. Dann flutschen diese kleinen neuerweckten Hosenscheißer aus dem Bernstein und alles ist gut. Das hätte viel schlimmer kommen können.« Er ließ seinen Blick auf jedem der anderen für ein paar Sekunden ruhen. »Dank Mark wissen wir wenigstens, was Clara getan hat und können nach Informationen suchen. Zu dem Sigil – das gebe ich übrigens nicht mehr her – und zu euren tollen Super-Sonderkräften. Und was Clara betrifft …«

»Sag nicht ihren Namen.« Jens Stimme glich einem Windhauch. »Es ist die Schattenfrau, gegen die wir hier kämpfen.«

»Aber …«, wollte Max einwerfen.

Jen ließ ihn nicht ausreden. »Sie kennt jede unserer Schwächen und wird sie ausnutzen. Sie ist nicht mehr die Freundin, die wir einst kannten.«

Schweigen.

Jen erhob sich.

»Wo gehst du hin?«, fragte Alex.

»Ich brauche ein bisschen Zeit für mich allein.«

Langsam schritt sie hinaus.

»Wie ist es eigentlich so, eine Beziehung mit einem Stein zu führen?«, fragte Chris und deutete auf den Feuerblut-Splitter. »Sehr erfüllend?«

Alex griff kurzerhand nach einem Kissen und schleuderte es auf Chris, der die Bierflasche nicht mehr halten konnte. Der Inhalt verteilte sich auf Kevins Jeans. Chloe kicherte.

»Erzähl noch mal, wie Tilda mit Bratpfanne und Essenzstäben losgestürmt ist«, bat Alex.

Nikki zog die Beine an und lauschte andächtig. Chloe sorgte mit ein wenig Magie für frische Getränke, Popcorn und Kekse.

So saßen sie bis tief in die Nacht im Schein einer Leuchtkugel im Turmzimmer. Mochten auch größere Herausforderungen denn je vor ihnen liegen, so hatten sie doch einander. Alex konnte spüren, wie die Ereignisse sie noch näher zusammenrücken ließen.

Und das war gut so.

30. Die Frau mit dem Regenschirm

Die Stadt pulsierte vor Leben.

Jen ließ sich treiben. Wie so oft, wenn es ihr schlecht ging, wollte sie Teil sein von allem, aber doch niemandem nahekommen. Jener Teil von ihr, den sie als Kind gehegt und gepflegt hatte, der sie als Heranwachsende hatte überleben lassen, er würde stets ein Teil von ihr sein.

Sie liebte ihre Freunde und Freundinnen. Am heutigen Tag hatte sie eine davon jedoch für immer verloren. Wie sollten die anderen ihr da noch Kraft geben?

Die Menschen von London bewegten sich um sie herum wie Ameisen in einem Schwarm. Jugendliche, perfekt durchgestylt und vom Vorglühen gut gelaunt, waren auf dem Weg zur nächsten Disco. Kleine schwarze Taxis fuhren vorbei. Männer und Frauen jeden Alters, jeder Hautfarbe, aus den verschiedensten Ländern der Welt, hatten alle nur ein Ziel: Sie wollten den Alltag hinter sich lassen, die Welt vergessen und ein wenig Glück erleben.

Das war es.

Das echte Leben.

Fernab von Kämpfen. Vom ständigen Einerlei eines monotonen Jobs. Von Politikern, die in einer übergeordneten Sphäre Entscheidungen trafen, die Menschen gegeneinander aufhetzten. Es war einfach, ehrlich und rein.

»Also, bis eben war ich noch dazu bereit, einen Selbstmordversuch zu verhindern«, erklang eine tiefe Stimme. »Aber jetzt scheint es wieder besser zu gehen.«

Verwirrt blickte Jen in die Richtung, aus der die Stimme kam.

Er stand neben einem Ladengeschäft, in dessen Auslage Jelly Beans in verschiedenen Sorten und Behältnissen lagen. Sein Gesicht war eine Mischung aus markant und sanft, der Dreitagebart und das dunkle Haar unterstrichen ersteres. Das weiße Hemd war oben geöffnet, ein paar Härchen lugten hervor. Darunter erkannte sie ein Lederhalsband. Verschlissene Jeans, elegante Schuhe und darüber ein Jackett rundeten das Bild ab. Sie schätzte ihn auf Anfang dreißig, obwohl er jünger wirkte.

Blaue Augen musterten sie neugierig. »Und, habe ich den Check bestanden?«

»Da bin ich noch nicht sicher.« Jen ging zu ihm hinüber.

Die Menschenmenge ringsum nahm keine Notiz von ihrer kleinen Zusammenkunft.

Noch auf dem Weg führte sie einen Agnosco-Zauber durch. Doch da war keine Magie. Vor ihr stand ein Nimag. Innerlich atmete sie auf.

Der Geruch von Duschgel und einem teuren Parfüm stiegen ihr in die Nase.

»Banker?«

Sein Grinsen wurde noch breiter. »Arzt.«

Nun wurde sie skeptisch. »Hetero?«

Er lachte laut. »Zu hundert Prozent. Ich bin Dylan.«

»Jen.«

»Zu Besuch in London?«

»Was hat mich verraten?«

»Wenn ich ehrlich bin … der Regenschirm.«

Jen starrte ihn entgeistert an. »Der w…?« Beinahe hätte sie aufgestöhnt. Der verdammte Wall maskierte Magie ebenso wie magisch aktive Artefakte. Sie trug den Essenzstab am Gürtel, hatte ihn notdürftig wieder zusammengesetzt. Es stand außer Frage, dass er nicht mehr funktionierte, doch trennen wollte sie sich trotzdem nicht von ihm. Scheinbar hatte diese dumme magische Sphäre daraus kurzerhand einen Regenschirm gemacht.

»Die Frau mit dem Regenschirm«, sagte Dylan mit seiner tiefen Stimme, die ihr einen Schauer über den Nacken jagte. »An einem Abend wie heute würde kein Londoner mit einem Regenschirm unterwegs sein.«

»Erwischt. Ich bin auf einer Geschäftsreise.«

Nun war es an ihm, sie von oben bis unten zu mustern. »Anwältin?«

»Galeristin«, erwiderte sie. »Ich habe eine Galerie in Soho.«

»Wow. Ich bin beeindruckt.«

»Dito. Was für ein Arzt bist du denn?«

»Chirurg.«

War ja klar. »Und was treibt dich heute auf die Straße?«

Ihre Blicke versanken ineinander.

»Mein Kühlschrank war leer. Du weißt schon, Singlehaushalt eines Mannes. Auf dem Weg zum Sushi-Restaurant bin ich einer Frau mit einem Schirm begegnet. Sie sah traurig aus, also bin ich ihr gefolgt. Ein Impuls.«

»Meine Gedanken waren weit weg.«

»Das habe ich bemerkt.« Seine Finger strichen ihr eine Strähne aus der Stirn. »Und dann hast du geleuchtet.«

Seine Worte, seine Stimme, seine ganze Präsenz versprachen Jen etwas, das sie schon so lange nicht mehr gehabt hatte.

Vergessen.

Fallen lassen.

Teil werden von einem normalen Leben.

»Wohnst du hier in der Nähe?«

»Zwei Blocks entfernt.«

Er brachte sie in sein Loft. Auf dem Weg durch die Wohnung fielen sie übereinander her. Seine Lippen waren überall, ein Kleidungsstück nach dem anderen landete auf dem Boden. Schließlich lagen sie auf dem Bett. Das dahinterliegende Fenster reichte vom Boden bis zur Decke, die Lichter der Stadt erhellten den Raum.

Jens Lippen berührten seine Haut, sie vergrub die Nase in sein Haar und fühlte die Wärme seines Körpers.

Ihre Gedanken zerstoben in einer Welle der Begierde.

Es gab keinen Raum mehr für den Schmerz über den Verlust einer Freundin, den Tod von Kampfgefährten und die Verantwortung, die Welt vor Schaden zu bewahren.

Hier und jetzt reduzierte sich ihr Sein auf das Wesentliche. Sie war nicht mehr als eine Frau mit einem Regenschirm.

Ende

VIII

Opfergang

Prolog

Der Mond stand am Himmel.

Nur wenige Schritte entfernt brandeten die Wellen an das Ufer. Wasser glitt über den Sand, trug Kieselsteine heran und zog sich wieder zurück. So veränderte sich das Muster aus Sandkörnern und Steinen mit jedem Schwappen der Wellen. Ein ständiges Werden und Vergehen, Chaos und Ordnung.

Michel saß im Schneidersitz unter dem Sternenhimmel. Der Wind trieb den salzigen Geruch der See an seine Nase. Freiheit. Die Sterne spiegelten sich im Wasser. Ein überirdischer Glanz lag in der Schwärze.

Die Welt hatte ihn einst unter dem Namen Nostradamus gekannt, doch das war lange vorbei. Heute verteilte er Essenzstäbe und recherchierte alte Prophezeiungen. Manche davon waren eingetreten, andere würden es erst noch tun. Das größte Mysterium mochte der Foliant darstellen, den der letzte Seher über die Generationen hinweg an Jennifer Danvers vererbt hatte. Doch darüber hinaus gab es weitere prophetische Schriften.

Manche waren blanker Unsinn, andere von essenzieller Bedeutung.

Vor wenigen Tagen hatte sich der Wert zahlreicher Voraussagen jedoch verändert. Die Identität der Schattenfrau war enthüllt worden. Clara Ashwell war durch ein Portal in die Vergangenheit geschleudert worden, wo sie mit dem Sigilsplitter und dem Contego Maxima die Zeiten überdauerte. Sie wurde zur Schattenfrau.

Besonders ein Detail war für Michel von großer Bedeutung. Im Verlauf ihrer Reise durch die Jahrhunderte war Clara Ashwell zur Lichtkämpferin geworden, um sich an Joshua heranzuspielen. Auf diese Art hatte sie ihre gierigen Klauen in einige der Weissagungen geschlagen. Nachdem eine Vision Michel auf das Böse in ihrer Mitte aufmerksam gemacht hatte, war es zu einem Kampf gekommen.

Sie war geflohen.

Diesen ersten Kampf hatte er gewonnen. Leider hatte man in Joshuas Erinnerungen kein Bild mehr vom Antlitz der Frau entdeckt. Niemand, nicht einmal das Team, das oft mit ihr zusammengearbeitet hatte, entsann sich noch ihres Aussehens. Eine perfekte Erinnerungslöschung.

Nachdem Jen ihn über die Ereignisse in Iria Kon aufgeklärt hatte, hatte Michel begriffen, wer seine Gegnerin gewesen war. Seitdem durchwühlte er ihre Hinterlassenschaften. Bei der Flucht vor Jahrhunderten waren Aufzeichnungen zurückgeblieben, die sie angefertigt hatte.

Er ging jede Wette ein, dass sie Joshua gezielt an Visionen herangeführt hatte, um mehr über die Zukunft zu erfahren. Insbesondere über den dritten noch fehlenden Sigilsplitter.

Eine weitere Welle schwappte auf den Strand, trug das Wasser fast bis zu ihm heran.

»Heute werde ich keine Ruhe finden.«

Er kam in einer gleitenden Bewegung in die Höhe. Über eine Holztreppe, die den Strand mit seinem Refugium verband, kehrte er zurück. Die Unterlagen warteten so auf ihn, wie er sie zurückgelassen hatte.

Michel vertiefte sich erneut in die Studien, trennte Nutzloses von wichtigen Niederschriften. Die Zeit verging. Schließlich wurde er fündig.

1. Frühstück im Bett

Kaffee.

Der Gedanke trieb die Leichtigkeit des Traumes davon. Jen blinzelte. Sie lag zwischen zerwühlten Laken. Sonnenlicht fiel durch das kreisrunde Fenster in den Raum. Auf der Außenseite des Gebäudes war eine gewaltige Uhr angebracht. Die Zeiger erschufen Schattenlinien auf Boden und Wand.

Das Loft befand sich in einer der noblen Londoner Wohngegenden, wo Banker, Ärzte und Anwälte residierten.

»Damit funktioniert es immer«, erklang eine tiefe Stimme von der abgetrennten Küchenzeile her.

»Hm?«

»Kaffee. Andernfalls würdest du den ganzen Tag verschlafen, gib es zu.«

Sie grinste. »Möglich.« Die Leichtigkeit in ihrem Inneren wurde durch einen Stich vertrieben, der ihr erneut klarmachte, wie und warum sie überhaupt hierhergekommen war.

»Du schaust wieder so.«

»Woher weißt du, wie ich gerade schaue?«

Besteck klirrte. »Ich habe Kaffee erwähnt, also hast du gelächelt. Und wenn du das tust, wirkst du kurz darauf immer traurig.«

Jen schwieg.

All das kam ihr immer noch unwirklich vor. Clara war die Schattenfrau. Oder genauer: Ihre beste Freundin war tot. Sie war ersetzt worden durch ein mordlüsternes Ding, das die absolute Macht und Kontrolle über die magische Welt an sich reißen wollte. Das Mittel zum Zweck war der Wall, der zerstört werden sollte.

Um den Schock zu verdauen, hatte Jen sich eine Auszeit genommen. In London hatte Dylan vor ihr gestanden. Ein Nimag. Obendrein Arzt und unverschämt gutaussehend.

Ohne das Für und Wider abzuwägen, hatte Jen sich einfach fallen lassen. Seit vier Tagen schliefen sie lange aus, frühstückten im Bett, streiften durch die Stadt und hatten wilden Sex. Letzteren überall in der Wohnung.

Etwas kratzte.

Er bestrich Toast mit Butter.

Das Tapsen nackter Füße auf Parkettboden erklang. Dylan kam

zurück zum Bett. Er trug nichts außer einer Shorts. Seine Brust war breit, feine Härchen sprossen darauf. Das dunkle Haar stand durcheinander ab, der Dreitagebart konnte demnächst eine Rasur vertragen.

Er begrüßte sie mit einem Kuss. »Guten Mittag.«

»Ist es doch noch gar nicht.«

»Stimmt, aber fast.«

Dylan stellte das Tablett ab und sie begannen zu essen. Jen hob die Kaffeetasse in die Höhe und ließ das Aroma der frisch aufgebrühten Bohnen in ihre Nase steigen.

»Herrlich.«

»Du Junkie.« Dylan nippte an seinem Tee. Er war Engländer, durch und durch. Auf seinem Teller lagen Würstchen und Rührei.

»Wie hältst du nur deine Figur?«

Er zuckte mit den Schultern. »Gute Gene. Training. Keine Ahnung.«

Männer. »Der Urlaub ist also vorbei?«

»Jap. Ich hatte sowieso Glück, dass ich nicht auf Bereitschaft sein musste. Normalerweise geht immer etwas schief, wenn ich versuche, ein paar Tage freizunehmen. Aber dieses Mal hat es geklappt.« Lachfalten bildeten sich um seine blauen Augen.

»Du wirst also wieder Leben im Operationssaal retten?«

»Als Chirurg sollte ich genau das tun. Wann fliegst du denn zurück nach Los Angeles?«

Jen spürte einen Hauch schlechten Gewissens. Ihm gegenüber hatte sie sich als Galeristin ausgegeben, die ein kleines, aber feines Studio in den Staaten betrieb. Sie konnte einem Nimag kaum verraten, dass sie Magierin war, in einem Castillo in Spanien lebte und beruflich Schattenkrieger bekämpfte. »Ich habe noch ein paar Geschäftstermine in der Stadt.«

Schweigen breitete sich aus, nur unterbrochen vom Sekundenzeiger der kleinen Retro-Uhr, die an einer der Wände hing.

»Bist du öfter hier in London?« Die Frage kam so unschuldig, dass Jen breit grinsen musste.

»Was? Ist doch nur eine Frage.« Dylans Wangen färbten sich rot.

Das ist echt süß. Wieso kannst du nicht auch ein Magier sein? Mit Nimgas ist das so kompliziert.

Nur in Ausnahmefällen wurde eine Genehmigung erteilt, ein Permit, durch das ein Nichtmagier die Wahrheit über den Wall erfahren durfte. Ausgestattet mit einer solchen Freigabe, vermochte er oder sie auch Magie zu sehen. Bis dahin war es eine sehr lügenbehaftete Sache, einen Nimag zu daten.

»Könnte sein, dass ich öfter mal hier in der Gegend unterwegs bin«, beantwortete Jen die Frage.

»Das klingt doch ausgezeichnet.« Er nahm das Tablett und stellte es beiseite. »Wir ergänzen uns nämlich perfekt.« Er war über ihr, bedeckte ihren Hals mit Küssen.

»Ich verstehe, was du meinst.«

»Das hatte ich gehofft.«

Seine Muskeln spannten sich an, die Küsse wurden feuriger. Jen ließ ihre Finger sein Rückgrat hinabwandern, griff nach Dylans Hüfte.

»Du leistest ganz ausgezeichnete Überzeugungsarbeit«, brachte sie noch heraus.

Die folgende Stunde versank in Küssen, Berührungen und Vergessen. Pure Leidenschaft, die den letzten Rest logischen Denkens fortspülte. Jen genoss jede einzelne Sekunde.

Als sie danach nebeneinander auf dem Bett lagen, fragte sie sich, wie ihr Leben wohl verlaufen wäre, hätte das Sigil sie nie erwählt.

Ein Leben als Nimag.

Hätte mich das glücklich gemacht?

Jen hatte Dylan erzählt, dass sie kürzlich eine Freundin bei einem Unfall verloren hatte. Näher konnte sie nicht an die Wahrheit herangehen. Auch auf ihre Familie war die Sprache gekommen. Sie hatte berichtet, dass ihre Eltern und ihre Schwester bei einem Hauseinsturz umgekommen waren – was auch stimmte. Dass sie diesen ausgelöst hatte, war der schwierige Teil.

Lügen und Halbwahrheiten. Sie hasste es.

Andererseits war sie Dylan gegenüber zu nichts verpflichtet. Das Ganze hier war eine unbeschwerte Sache. Zugegeben, eine, die bereits einige Tage anhielt. Aber genau das machte den Reiz aus. Sie lebten in dieser Blase aus Leidenschaft und Verlangen, Vergessen und neuem Kennenlernen.

»Ich muss demnächst los«, verkündete Dylan.

Er verschwand im Bad, duschte und kam in Jeans und Pullover wieder heraus. »Du kannst gerne noch ein wenig hierbleiben, wenn du magst.«

»Ich glaube, für mich wird es auch Zeit. Ein paar Mitarbeiter werden schon sehnsüchtig auf meinen Anruf warten.«

Sie verabschiedeten sich mit einem Kuss.

Dylan ging, während Jen noch das Bad benutzte. Bei dem Gedanken, ins Castillo zurückzukehren, kam die Schwermut wieder auf. Wie es den anderen wohl erging?

Die Jungs ließen sich ja nie etwas anmerken und Chloe eigentlich auch nicht. Trotzdem waren sie erschüttert gewesen. Jen hatte die zahlreichen kleinen Hinweise erkannt. In den vergangenen Tagen hatte sie absichtlich keinen Kontakt hergestellt. Nur auf Alex' kurze Anfrage, ob es ihr gut gehe, hatte sie ihm erklärt, dass sie eine Auszeit benötigte.

»Das war's dann wohl mit der Blase«, murmelte sie.

Jen verließ das Loft und hielt Minuten später auf das sichere Haus mit dem Sprungportal zu.

Das wirkliche Leben wartete.

2. Milch und Honig

Grummelnd streifte Alex durch das Castillo.

In letzter Zeit stritt er sich nur noch mit seinem Bruder. Alfie war ständig sauer, legte sich in seiner Wut mit jedem an. Vor allem ihre Mum bekam es immer wieder ab.

»Blöde Pubertät«, murrte er.

»So schlimm ist die gar nicht«, erklang eine samtene Stimme.

Alex' Blick fuhr in die Höhe. Kleopatra stand vor ihm. Sie trug enge Jeans, glänzende Boots und einen Rollkragenpullover. Dunkles Haar fiel ihr seidig bis zur Hüfte. Am linken Handgelenk – der Ärmel war zurückgeschoben – schimmerte ein goldener Armreif. Der Hauch eines Parfüms umwehte sie.

»Was?«

»Die Pubertät. Meine dauert nun schon ein paar Jahrtausende, aber es hat etwas für sich.« Sie zwinkerte ihm zu.

Die Unsterbliche trug das Äußere einer Teenagerin.

Alex nickte nur. Seine Wangen glühten, überhaupt war ihm ziemlich heiß.

Kleopatra hielt einen Beutel Milch in der Hand, den sie nun hochhob. »Zum Baden. Biomilch ist besser für die Haut.« Sie grinste. Auf seinen verwirrten Blick hin ergänzte sie: »Ein Scherz.«

»Ahhh. Haha. Dabei steht dir Milch echt gut.«

Ihre Augenbraue wanderte in die Höhe.

Was habe ich gerade gesagt? »Äh, ich meine … also – toller Pullover. Viel besser als die Milch.«

Die Unsterbliche atmete tief ein, schenkte ihm einen letzten Blick und ging ohne ein Wort davon.

»Das war doch ein Kompliment!« Alex sah ihr mit feuerroten Wangen hinterher. Er ging zur Wand und schlug seinen Kopf dagegen. »Die Milch steht dir gut. Habe ich das wirklich gesagt?!«

Irgendwie litt sein Sprachzentrum in Kleopatras Gegenwart. Ziemlich massiv sogar. Das konnte nicht so weitergehen. Als Nächstes vergaß er noch seinen Namen.

»Gut, dass sie keine Vorlesungen abhält, das wäre so megapeinlich.«

Seufzend stieg Alex hinauf ins Turmzimmer. Das Castillo wirkte leer. Zwar hatte es erst vor einigen Monaten durch die Beseitigung eines Artefaktes im Verlorenen Castillo zahlreiche Neuerweckte gegeben, doch die befanden sich nun alle im Bernsteinzimmer. Jenem, das Edison und Einstein erschaffen hatten, um die in Bernstein Eingelagerten zu beschützen. Bedauerlicherweise würden sie dort auch bleiben, da der Zauber nur von jenen aufgehoben werden konnte, die ihn gewirkt hatten. Einer davon war Leonardo da Vinci. Und der befand sich in Gefangenschaft der Schattenkrieger.

»›Dumm gelaufen‹ trifft es nicht einmal ansatzweise«, murmelte Alex.

Er konnte sich denken, wo die anderen waren. Seit Claras Enttarnung lag über dem Turmzimmer ein Schatten. Sie mussten sich nur hinsetzen, um eine Strategie zu besprechen, und jede gute Laune verflog. Die Ereignisse waren noch zu präsent.

Alex hatte jede Nacht Albträume. Schweißgebadet fuhr er aus dem Schlaf hoch. Es war ein sich ständig wiederholender Traum, an den er sich nach dem Erwachen nicht mehr erinnern konnte. Präsent blieb nur, dass darin Blut floss und er starb. Nicht unbedingt die besten Voraussetzungen, um sich zu entspannen.

Alex verließ das Turmzimmer.

Auf den Gängen kamen ihm vereinzelt Ordnungsmagier entgegen, die eifrig miteinander diskutierten. Die Verletzten waren alle geheilt, der Krankenflügel war leer. Da sie völlig unterbesetzt waren, konnten sie nicht so zahlreich in den Einsatz gehen wie bisher. Glücklicherweise sah es bei den Schattenkriegern kaum anders aus.

Max' Angriff hatte die Reihen ihrer Feinde gelichtet. Das verschaffte den Lichtkämpfern eine kleine Atempause. Und die benötigten sie auch dringend. Zu viele offene Fragen warteten auf Antworten.

Alex erreichte das Erdgeschoss und steuerte die Küche an. Schon von Weitem hörte er die Stimmen.

Tilda stand hinter dem Herd und brutzelte etwas in der Pfanne. Kevin saß auf der Kante der Arbeitsfläche, Chris auf einem Stuhl und Chloe lehnte mit verschränkten Armen an der Wand. Lediglich Jen fehlte.

Er wurde mit einem fröhlichen »Hallo« und Umarmungen begrüßt.

Die Stimmung hier in der Küche war eine völlig andere. Durch die offene Tür zum Kräutergarten fiel Sonnenschein herein, Vogelgezwitscher erklang. Essensdämpfe stiegen über der Pfanne und diversen Töpfen in die Höhe und verbreiteten einen angenehmen Duft.

»Da bekommt man direkt Hunger«, sagte Alex.

Tilda deutete in Richtung Kühlschrank. »Das dachte ich mir schon. Dein Sandwich liegt da drin.«

Freudig holte er es hervor und biss hinein. »Fantastisch. Es gibt niemanden, der bessere Sandwiches macht als du, Tilda.«

»Du bist ein Scheimer.«

»Ähm.« Chloe sah zu Tilda hinüber. »Du meinst Schleimer, oder?«

»Ja, genau, meinte ich doch. Ich finde das alte Wort ›Charmeur‹ zwar viel netter, aber ich passe mich an.«

»Na ja«, sagte Alex mampfend. »Das bedeutet nicht genau dasselbe.«

Tilda kniff die Augen zusammen. Den Pfannenwender bedrohlich erhoben, fragte sie: »Nicht?«

»Nein. Warum?«

»Ach, Einstein war so nett, mir bei der Reparatur einiger zerstörter Gerätschaften zu helfen. Wir mussten auch die Vorräte erneuern und frische Kräuter einpflanzen. Am Ende hat er mir ein Kompliment gemacht.«

»Ich ahne Böses.« Alex vertilgte den letzten Rest des Sandwiches.

»Also habe ich ihn einen alten Schleimer genannt.«

Chloes Gesicht wurde bei dem Versuch, das Lachen zu unterdrücken, knallrot. Chris und Kevin prusteten gleichzeitig los. Alex beschränkte sich auf ein leichtes Kichern. Ein Fettnapf pro Tag war genug.

»Das ist nicht lustig!«, rief Tilda. »Einer von euch erklärt mir jetzt den Unterschied.«

Chloe übernahm es.

Danach wirkte die Köchin des Castillos missmutig. Wütend wendete sie das Fleisch in der Pfanne. »Ich habe ihn beleidigt. Das muss ich wiedergutmachen.«

Alex nahm sich ein zweites Sandwich aus dem Kühlschrank, das Tilda wohl ebenfalls für ihn bereitgelegt hatte.

»Kaffee?«, fragte Chris. Er stand neben der Maschine.

»Nur her damit«, erwiderte Alex.

Der Freund schob ihm die Tasse zu. »Milch ist, glaube ich, noch im Kühlschrank.«

»Vergiss es.« Etwas leiser fügte er hinzu: »Ich hasse Milch.«

Vor der Küche erklangen Schritte.

Jen betrat den Raum.

3. Kriegsrat

Sie leuchtete von innen heraus. Ihr Haar wehte leicht im hereinziehenden Wind.

»Wieso sitzt ihr nicht im Turmzimmer?«

Alex betrachtete sie eingehend. Etwas hatte sich verändert. Jen wirkte gelöst. Sie verströmte eine Art von Leichtigkeit. »Die Küche ist gemütlicher.«

Tilda widmete sich mittlerweile wieder dem Fleisch in der Pfanne. »Das sagt er nur, weil er hier ständig etwas zu essen bekommt.«

»Und, ist das etwas Schlechtes?«, fragte Alex.

Chloe kicherte. »Irgendwer muss die Vorräte ja aufbrauchen.«

»Wo warst du so lange?« Kevin reichte Jen einen frischen Kaffee.

»Oh, danke. Koffein kann ich immer gebrauchen.« Sie nahm einen Schluck. »Ich habe eine Auszeit gebraucht. Nach allem, was war. Keine Magie, keine Schattenkrieger, keine Probleme.«

Alex nickte. Er verstand ihr Bedürfnis nach Normalität. Anfangs hatte er es ähnlich gehalten. Nun ja, es zumindest versucht. Doch nach einem Tag zu Hause wollte er unbedingt ins Castillo zurück, um etwas zu tun. Andernfalls hätten Alfie und er sich vermutlich geprügelt.

Möglicherweise sollte ich hier einziehen.

Jeder Lichtkämpfer hatte das Anrecht auf ein Zimmer. Manche nahmen es an, andere kehrten allabendlich zurück in ihr ursprüngliches Heim.

Am zweiten Tag nach dem Angriff war Alex also wieder ins Castillo gekommen. Die Nähe von Chloe, Chris, Kevin und Max tat ihm gut. Sie lieferten sich Schlachten im Übungsraum, trieben Johanna mit Schabernack zur Weißglut und die anderen zeigten ihm die Ländereien ringsum.

Einstein, Edison und Johanna hielten sogar weiterhin Vorlesungen, wenn auch mit stark begrenztem Publikum. Frau Franke führte eisern ihren Unterricht in Pflanzenmagie fort. Eliot Sarin präsentierte ihnen *Recht und Gesetz in der magischen Welt.* Einzig Ingenieursmagie fiel vollständig aus. Ohne Leonardo hatte dieser Magiezweig keine Fürsprecher.

Mittlerweile hatte Alex den Feuerblut-Splitter an Johanna zurückgegeben. Auf der einen Seite fühlte er sich zu dem magischen Artefakt auf seltsame Art hingezogen, auf der anderen wollte er so viel Macht gar nicht besitzen. Niemand sollte das tun.

»Irgendwelche Neuigkeiten?«, fragte Jen.

»Ich habe mitbekommen, wie sich Eliot mit Johanna unterhalten hat«, sagte Chris. »Heute Morgen erst. Es laufen wohl Verhandlungen mit den Schattenkriegern.«

»Leonardo?«, fragte Chloe.

»Genau. Sie wollen ihn austauschen. Leider haben wir gerade keine Gefangenen und einen Unsterblichen rücken die nicht so schnell wieder raus.«

»Ich hätte gedacht, dass sie ihn sofort töten«, warf Alex ein.

»Einen normalen Lichtkämpfer, ja«, erklärte Jen, »aber Leonardo ist etwas Besonderes. Er kennt alle Geheimnisse, hat über die Jahrhunderte ein immenses Wissen angehäuft. Sie werden ihn vermutlich erst ›befragen‹.«

»Wieso dann die Verhandlungen?«

»Sie versuchen, den Aufenthaltsort ausfindig zu machen. Möglicherweise bringen die Verhandlungen einen Hinweis«, erklärte Jen. »Allerdings glaube ich es nicht. Das Refugium der Schatten wurde noch nicht gefunden, wir wissen nichts darüber.«

»Sie haben hässliche Toiletten.« Tilda deutete auf die Speisekammer. »Die waren da drinnen.«

Mittlerweile war der Kampf, den sich die Köchin mit zwei Schattenkriegern hier in der Küche geliefert hatte, legendär. Ihre Bratpfanne nahm dabei eine prominente Rolle ein. Alex erinnerte sich noch gut an das erste Zusammentreffen mit der dicklichen Köchin, bei dem er einen Schlag mit dem Küchenutensil abbekommen hatte. So etwas hinterließ Eindruck.

»Damit können wir für Leonardo einstweilen nichts tun, richtig?«, fragte Alex.

»Richtig«, bestätigte Chris.

»Ich habe den Verdacht, dass Edison Max darauf angesetzt hat, das Versteck zu finden. Auf jeden Fall rückt er nicht mit der Sprache heraus, was sein erster Auftrag als Agent ist«, sagte Kevin.

»Was ist mit dem dritten Sigilsplitter?«, fragte Jen. »Einen hat … die Schattenfrau. Den zweiten wir. Der dritte ist noch irgendwo dort draußen.«

»Johanna ist eifrig dabei, das Netzwerk zum Archiv wieder aufzubauen«, sagte Alex. »Sie hofft, dort weitere Hinweise zu finden. Das gestaltet sich aber wohl schwierig, weil der Zauber erst gereinigt werden muss.«

»Kein Wunder, nachdem er so zweckentfremdet wurde.« Der Ärger über die Attacke war Chris noch immer anzumerken. »Aber mal ehrlich, dort findet sich sowieso nichts. Andernfalls hätte das doch längst jemand entdeckt.«

»Es ist die Suche nach dem geschrumpften Essenzstab im Heuhaufen«, kam es von Chloe. »Aber immerhin haben wir schon zwei Mal etwas gefunden. Ein guter Schnitt.«

Alex war zwiegespalten. Irgendwo würde sich irgendwann sicher ein Hinweis finden. Leider blieb ihnen nur wenig Zeit. Die Schattenfrau hatte Jahrhunderte gehabt, um sich auf diesen Zeitpunkt vorzubereiten. Sie hatte längst Bibliotheken durchforstet und war Hinweisen nachgegangen. Wenn sie nichts gefunden hatte, wie sollte es ihnen dann jetzt in so kurzer Zeit gelingen? Falls sie dagegen etwas entdeckt hatte, war sie bereits auf dem Weg zu ihrem Ziel. Konnten sie sie überhaupt noch aufhalten?

»Hast du denn einen Hinweis auf Marks Schlüssel gefunden?«, fragte er.

Jens Blick glitt in die Ferne. »Da gibt es nichts zu finden. Nach seinem Tod hat der Anwalt der Lichtkämpfer das Testament verlesen. Seine persönlichen Gegenstände wurden mir vererbt und eingelagert. Aber da war nichts Besonderes dabei.«

»Zumindest glaubst du das«, warf Chloe ein. »Wenn er aber auf Nummer sicher gehen wollte, dass nur du den Schlüssel findest, ist der vielleicht nicht offensichtlich als solcher zu erkennen.«

»Du kennst doch das Protokoll.« Jen stürzte den letzten Rest ihres Kaffees hinunter. »Die Ordnungsmagier haben alles untersucht, damit keine verzauberten Gegenstände oder Flüche an den Sachen haften. Einstein hat dann alles noch einmal selbst überprüft, Illusionierungen aufgehoben und Agnoscos ausgeführt. Da war nichts.«

»Nichts Magisches«, sagte Alex. »Mark wusste, dass all diese Dinge durchgeführt werden. Ich gehe jede Wette ein, dass er etwas Nichtmagisches zum Schlüssel gemacht hat.«

Kevin schaute verdutzt zu ihm herüber. »Du meinst … einen echten Schlüssel.«

Alex nickte. »Du weißt schon, Nimag-Variante. Ein Gegenstand, den man in ein Schloss steckt und umdreht.«

Jen wirkte nachdenklich. »Das wäre möglich. Wenn er die Schatulle magisch sichert, aber der Schlüssel ein gewöhnliches Objekt ist, wäre es niemandem aufgefallen. Das macht es leider nicht unbedingt leichter, ihn zu finden.«

»Ihr kanntet euch gut.« Es war Alex unangenehm, über Mark zu sprechen. Immerhin war er selbst nur zum Magier geworden, weil Jens vorheriger Partner gestorben war. »Er muss davon ausgegangen sein, dass du das Teil findest.«

Die Enthüllung, dass das Sigil von Mark künstlichen Ursprungs und bewusst hin zu Alex gesteuert worden war, machte die Sache knifflig. Hinzu kam irgendein ominöser Preis, den Chris und Kevin würden zahlen müssen. So zumindest hatte es die Schattenfrau gegenüber Ava und Benjamin Grant formuliert.

»Euer Leben ist wie eine Soap«, kommentierte Tilda.

Sie hatten die Köchin mittlerweile in alles eingeweiht.

»Deines dann aber auch«, neckte Alex.

»Keinesfalls.« Tilda lächelte versonnen. »Mein Leben wird eine epische Liebesgeschichte werden.«

Sie musste es nicht aussprechen. Er konnte sich bereits denken, auf wen sie ein Auge geworfen hatte. Genau genommen wusste es jeder im Castillo. Außer Einstein. Der schien überhaupt nichts zu merken.

»Hier seid ihr also«, erklang Edisons Stimme. Der Unsterbliche betrat die Küche. »Ich fürchte, eure Auszeit ist vorbei. Es gibt neue Aufträge für euch.«

Alex spürte das bekannte Kribbeln in sich aufsteigen. Obwohl sie ständig in Kämpfe auf Leben und Tod verwickelt waren, liebte er es, ein Magier zu sein. Er konnte etwas dazu beitragen, die Welt zu einem besseren Ort zu machen. Davon würden ihn auch keine Albträume abhalten.

»Da bin ich ja gerade zur rechten Zeit wieder da«, kommentierte Jen. »Was steht an?«

Edison bedeutete ihnen, ihm zu folgen. »In meinem Büro.«

4. Der Auftrag

Edison führte sie auf direktem Weg in einen der Türme, wo sein Arbeitszimmer untergebracht war. Es verlief über zwei Stockwerke. Überall lagen Glühlampen unterschiedlicher Form herum. Glyphen waren in ihr Glas eingeritzt. In den Regalen standen Werke zu Kampfmagie, Verteidigung und Defensivzaubern. Ein Eisengestell ragte in einer Ecke auf, ein Globus ruhte darin.

»Setzt euch«, bat der Unsterbliche.

Sie verteilten sich auf das Sofa und die Stühle.

»In den letzten Wochen habt ihr euch alle hervorgetan«, begann Edison. »Das war beeindruckend. Meiner Ansicht nach seid ihr eines der besten Teams. Ein solches Kompliment vergebe ich nicht vorschnell. Leider wird noch weit mehr von euch gefordert werden. Es ist mittlerweile klar, dass alles Bisherige nur Vorgeplänkel war. Die Schattenfrau steht dichter davor, den Wall zu zerstören, als jeder andere vor ihr.«

Alex schluckte. Wieder sah er Clara vor sich, die mit hassverzerrtem Gesicht den Essenzstab erhob und einen Kraftschlag auf ihn abfeuerte.

»Wir müssen an mehreren Fronten kämpfen«, sprach Edison weiter.

»Leonardo …«, begann Chris.

»Darum kümmern wir uns«, unterbrach der Unsterbliche. »Bisher ist er am Leben. Andernfalls hätten wir es gespürt.« Er wandte sich Jen zu. »Hat der Foliant weitere Informationen preisgegeben?«

»Nein«, erwiderte sie seufzend. »Abgesehen von den bereits bekannten Prophezeiungen.«

Edison holte ein Blatt hervor, auf dem die Verse geschrieben standen.

Dreimal dreht sich der Schlüssel,
Verrat, Feuer, Tod.
Im Licht des Avakat-Sterns,
die Erde getränkt in Blut.

Die Zeit ist es,
verbirgt vor euch, was euch lieb ist.
Ein Riss, ein Netz, ein Bruch.

Was einst war, wird wieder sein.
Was nun ist, wird nie mehr sein.
Feuerblut, Silberregen, Ascheatem.

Aus Licht wird Schatten,
Schatten erstarkt.
Getrennt durch gestern, heute, morgen,
wird Licht zu Dunkelheit.

Ein Krieg am Anfang, am Ende, immerdar.
Zwei Seiten im ewigen Streit.
Schnee und Asche, Asche und Schnee.
Ein Zyklus für die Ewigkeit.

»Mittlerweile können wir wohl einiges aus diesen Versen zuordnen«, sagte er. »Der erste Vers scheint sich auf den Verrat bei der Erschaffung des Walls zu beziehen und – vermutlich – den Angriff auf die Bibliothek.«

Chloe deutete auf den zweiten Absatz. »Ich denke, wir wissen alle, worum es bei der Sache mit der Zeit geht.«

»Clara«, sagte Jen tonlos.

»Das Nächste sind die Sigilsplitter«, rief Alex. »Feuerblut und Silberregen waren Indien und Dark London.« Er runzelte die Stirn. »Ascheatem klingt ziemlich gruselig.«

»Das mit Licht und Schatten passt auch wieder auf Clara. Wie die Faust aufs Auge. Licht wird zur Dunkelheit«, merkte Kevin an.

»Nur das Letzte ergibt keinen Sinn«, murmelte Chris.

Es war eher Zufall, dass Alex bei diesen Worten Edison im Auge behielt. Der Unsterbliche schien kurz zusammenzuzucken, sagte dann aber: »Genau, der letzte Absatz scheint nicht zuordenbar zu sein. Aber darum können wir uns jetzt kaum kümmern. Fakt ist, dass die Prophezeiungen tatsächlich eintreffen. Und zwar nicht irgendwann, sondern in der Gegenwart.«

»Da sind wir uns einig«, bestätigte Jen.

»Der aktuelle Fokus liegt darauf, den letzten Splitter vor der Schattenfrau zu finden«, führte Edison weiter aus. »Außerdem gibt es ein neues Problem, um das wir uns kümmern müssen. Nostradamus hat vor einer Stunde Kontakt zu uns aufgenommen. Er hat in den

Hinterlassenschaften Claras, aus ihrer Zeit, als sie in der Vergangenheit als Lichtkämpferin aktiv war, etwas gefunden.«

»Was denn?«, fragte Alex.

»Das wollte er nur persönlich sagen.« Edison wirkte nicht erfreut darüber. »Momentan sind Johanna, Einstein und ich gebunden. Einige der mächtigen Familien machen uns das Leben schwer, weil der Angriff auf das Castillo stattfand und Martin Ashwell dabei starb.«

»Diese Ratte«, fauchte Chloe. »Er wollte uns den Schattenkriegern zum Fraß vorwerfen und den Splitter Germain übergeben. Wenn ich hier gewesen wäre, hätte ich ihn ordentlich vermöbelt.«

»Dem kann ich nichts hinzufügen.« Edison trug den Hauch eines Lächelns auf dem Gesicht. »Bedauerlicherweise argumentieren die Ankläger aus einem Gefühl der Sicherheit und moralischen Überlegenheit heraus. Hätte sich Clara nicht als die Schattenfrau entpuppt, hätte Patricia längst einen Aufstand angezettelt. Doch da ihre eigene Tochter für viele der Toten verantwortlich ist, hat sie massiv an Rückhalt verloren.«

Alex war als Nimag aufgewachsen und wusste erst seit kurzer Zeit von den Seilschaften zwischen den mächtigen Magierfamilien. In dieser Sache ähnelte die magische Gesellschaft der Nimag-Welt. Macht fand sich, Absprachen wurden getroffen, Zweckbündnisse entstanden. Letztlich ging es hier um Politik.

»Patricia Ashwell ist eine Schlange«, sagte Chloe abfällig. »Diese Frau findet immer einen Weg, wieder an die Spitze aufzusteigen. Ich bin nur froh, dass sie vorerst isoliert ist.«

»Vermutlich werden wir ihr Ordnungsmagier zuteilen müssen«, gestand Edison.

»Wie bitte?«, entfuhr es Jen.

»Clara hegt einen Hass gegen ihre Mutter. Wir gehen davon aus, dass sie früher oder später Rache üben wird. Bisher war ihr das verwehrt, doch mit der Schließung des Zeitkreises ist wieder alles möglich.«

»Vielleicht kann ja eine der Wachen einfach mal wegschauen, sobald schwarzer Rauch auftaucht.« Auf einen scharfen Blick Edisons hin ergänzte Chloe: »Sorry.«

»Wie auch immer.« Der Unsterbliche hatte bisher vor ihnen gestanden, ließ sich nun aber auf die Kante seines Schreibtisches sinken. »Wir bilden zwei Teams. Jen, Alex und Kevin werden Nostradamus aufsuchen. Hört euch an, was er zu sagen hat. Dabei kann er sich auch gleich Jens Essenzstab ansehen.«

»Genau«, erwiderte sie, nur um leise zu ergänzen: »Meinen Regenschirm.«

»Was meinst du?«, hakte Alex nach.

»Nichts, nichts. Ein Insider.«

»Ihr beiden«, Edison wandte sich Chloe und Chris zu, »werdet zusammen mit Kleopatra einer Spur zum dritten Sigilsplitter nachgehen«.

Wieder wurde Alex heiß. »Können wir auch Plätze tauschen?«

»Nein«, sagte Edison scharf. Ein Seufzen folgte. »Das ist auch der Grund, weshalb wir Kleopatra nur noch ungern unterrichten lassen. Kein Mensch achtet auf ihre Worte und sie verdreht den Männern und Frauen den Kopf.«

»So war das gar nicht gemeint«, wiegelte Alex ab. »Ich wollte nur ... etwas von der Welt sehen.«

»Falls ›Welt‹ ein Synonym für Kleopatra ist, nehme ich dir das ab«, erwiderte der Unsterbliche. »Chloe, Chris, ihr könnt hier auf sie warten. Ein Sprungmagier bringt euch ans Ziel.«

»Nikki?«, fragte Chris sofort.

»Sie muss sich ausruhen«, verneinte Edison. »Im Verlauf des Kampfes hat sie sich sehr verausgabt. Da drei weitere Sprungmagier in Bernstein verpackt sind, haben wir nur noch Cornelius übrig. Er wird euch ans Ziel bringen. Alex, Jen, Kevin: Ihr werdet mit einem Sprungportal vorliebnehmen müssen.«

»Na, toll.« Alex verdrehte die Augen.

Prompt tätschelte Jen ihm den Kopf. »Du kannst das doch mittlerweile ganz gut, Neuerweckter.«

»Wieso hast du so eine ekelhaft gute Laune?«

»Es ist schönes Wetter.«

»Es regnet.«

»Dann war eben schönes Wetter.« Jen deutete in eine unbestimmte Richtung. »In London.«

»Reden wir von derselben Stadt? Was hast du dort überhaupt gemacht?« Neugierig maß Alex sie von oben bis unten.

»Wir sollten jetzt gehen.« Jen erhob sich. »Nostradamus wartet ungern.«

»Er weiß doch gar nicht, wann wir kommen.«
»Dann müssen wir ihm das ganz schnell sagen.«
Verdutzt folgte Alex ihr aus dem Raum. Kevin kam grinsend hinterher.
»Irgendwas bekomme ich gerade nicht mit«, murmelte Alex.

5. Noch mehr Prophezeiungen

»Wow, es ist ewig her, dass ich hier war.« Kevin sah sich mit großen Augen um.

Mittlerweile konnte Alex ihn und Chris problemlos auseinanderhalten. Kannte man die Zwillinge, wurden all die kleinen Unterschiede in Mimik und Gestik offensichtlich.

Alex und Jen waren erst kürzlich hier gewesen, hatten dem Unsterblichen den Schattenstab gebracht, den der erste Stabmacher vor langer Zeit geschaffen hatte. Damit war es möglich geworden, das Rätsel um die Schattenfrau zu lösen.

Mitten in der Luft erschien ein glühender Ball aus Essenz. »Ich befinde mich im Schriftraum.«

Sie folgten der Manifestierung, die sie auf direktem Weg zu Nostradamus führte. Alex registrierte, dass sich hier einiges verändert hatte. Unter der Decke schwebten hölzerne Beobachter in Kugelform und als sie den Bereich um das Portal verlassen hatten, manifestierte sich eine Contego-Sphäre davor. Nachdem die Schattenfrau hier eingedrungen war, hatte der Unsterbliche die Sicherheitsvorkehrungen eindeutig verschärft. Beim letzten Mal waren sie, nachdem sie sich angekündigt hatten, mit Nikki direkt ans Ziel gesprungen und hatten daher nichts von den Gängen außerhalb der Bibliothek gesehen.

Sie erreichten den Schriftraum.

Nostradamus saß hinter einem kunstvoll mit Schnitzereien versehenen Schreibtisch. Diverse Papiere lagen darauf, gehalten von einem Briefbeschwerer in Form einer Steinkugel. Eine Messingfeder lag neben einem Tintenfass. An der Seite produzierte eine Walze frischen Papyrus.

»Retro«, sagte Alex.

»Ah, Neuerweckter.«

»Auf eine sehr elegante Art retro«, ergänzte er. »Und ich bin wirklich nicht mehr der Neueste.«

»Und Jen.« Nostradamus trug eine Stoffhose, darüber ein Schnürhemd. An den Füßen Lederstiefel. Ein Vollbart zierte sein Gesicht, eine Narbe lief über die linke Wange. »Kevin.«

»Und Alex«, versuchte Alex es noch einmal.

»Schön, dass ihr alle hier seid.« Nostradamus begrüßte jeden mit einem Nicken. »Ich dachte mir bereits, dass sie euch schicken.« Mit gerunzelter Stirn registrierte er Jens Essenzstab. »Was ist passiert?«

»Das verdanke ich … einer alten Freundin.«

»Ich verstehe.« Es fiel dem Unsterblichen schwer, den Blick abzuwenden. »Darum kümmern wir uns gleich. Doch kommen wir zuerst auf den Grund eures Besuchs zu sprechen.«

Er winkte sie heran.

»Du hast einen Teil von Claras Wandlung zur Schattenfrau durchlebt, Jen«, sprach Nostradamus. »Ich danke dir dafür, dass du mich hast teilhaben lassen.« Er deutete auf einen Mentiglobus, der in der Ecke stand. »Besonders ihre Zeit als Lichtkämpferin war interessant für mich. Damals stieß ich zum ersten Mal auf sie, wusste allerdings noch nicht, wer sie war.« Gedankenverloren strich er über seine Wange.

»Die Narbe«, hauchte Jen. »Das war sie.«

»In der Tat«, bestätigte Nostradamus. »Jedoch einige Jahre später. Wir haben dreimal gekämpft. Das erste Mal entschied ich für mich, sie floh. Beim zweiten Mal nahm sie Rache und verpasste mir die Narbe. Beim dritten Mal sperrte sie mich in eine Statue ein. Daran dürftet ihr euch noch erinnern.«

Alex nickte. Letztlich hatten sie Nostradamus aus seiner Gefangenschaft befreit, was jedoch Teil des Plans ihrer Feindin gewesen war.

»Als sie damals überraschend floh, wurden ihre Besitztümer eingelagert«, erklärte der Unsterbliche. »Ich habe sie wieder herausgeholt und durchsucht.«

Jen strich sich eine Haarsträhne aus der Stirn. »Sie hat Joshua um den Finger gewickelt, um an echte Prophezeiungen zu kommen. Immerhin wusste sie damals bereits von den Sigilsplittern. Schon bevor der Wall erschaffen wurde. Und ihr war klar, dass sie ihre Informationen schnell erhalten musste.«

»Wieso das?«, fragte Alex.

»Weil nach der Erschaffung alle Seher ihre Kräfte verloren haben«, warf Kevin ein.

»Und Joshua starb«, ergänzte Nostradamus.

»Was?!« Alex schaute verdutzt von einem zum anderen.

Jen verdrehte die Augen. »Weißt du, die Vorlesungen allein reichen nicht aus. Du musst schon die Basiswerke lesen. In *Geschichte der magischen Gesellschaft II* steht alles über die Erschaffung des Walls, die Bildung der unterschiedlichen Gruppen danach und die Todesfälle, die in direktem Kontext stehen.«

»Ist ja gut. Streberin«, grummelte Alex. »Wie ist er denn gestorben?«

»Man fand ihn im Turmzimmer«, erklärte Nostradamus. »Erstochen. Die Theorien waren manigfaltig, immerhin wurde das Castillo damals von Schattenkriegern überrannt. Der Verräter hatte den Kristallschirm zerstört. So wurde die *Blutnacht von Alicante* geboren.«

»Also *davon* habe ich gehört.«

Kevin sagte: »Das hat jeder. Aber was ist das denn jetzt für ein Fundstück?«

»Ihr wisst ja, dass ich seit damals Prophezeiungen zusammentrage. Da alle Seher ihre Fähigkeiten verloren hatten, sind sie umso kostbarer. In Claras Sachen fand ich eine solche.« Er öffnete eine Ledermappe und zog ein Schriftstück hervor.

Alex musste nur einen Blick darauf werfen, um Claras Handschrift zu erkennen.

»Ich gehe davon aus, dass sie immer wieder eine Vision von Joshua getriggert hat. Diese schrieb sie dann nieder.« Nostradamus tippte mit dem Finger auf das Papier. »Jene hier stammte jedoch nicht von ihm. Die Kürzel hier unten sind ein Signum. Es handelt sich um einen anderen Seher, aber dazu gleich mehr.«

Jen schnappte sich das Schriftstück, las und reichte es an Alex weiter.

Einhundertsechsundsechzig ziehen ins Land.
Aus der Mitte heraus,
der Waffe Macht erwächst.
Wenn die Turmuhr schlägt zur Stunde Mitternacht,
Licht wandelt im Schatten.
Beim Schlag der Glocken,
das Böse triumphiert.

»Blöde Frage, aber warum schreiben Seher immer so kryptisch?«, fragte Alex. »Ihr hättet doch auch einfach ganz klar schreiben können: Am 26. März explodiert der Essenzstab. Stattdessen immer so ein Zeug.«

»Es gibt viele Dinge, die du noch nicht begreifen kannst, Neuerweckter«, sagte Nostradamus. »Wir schreiben die Visionen, wie sie uns erreichen. Das Wissen um die kommende Zeit entzieht sich jeder Kontrolle.«

Kevin blickte von dem Zettel auf. »Einhundertsechsundsechzig ziehen ins Land. Das würde bedeuten …«

»... dass die Prophezeiung kurz vor ihrer Erfüllung steht«, warf Jen ein. »Denn der Wall wurde vor einhundertsechsundsechzig Jahren erschaffen.«

»Und es geht um eine Waffe«, warf Alex ein. »Die unsere Feinde an sich bringen, wenn die Turmuhr zwölf schlägt.«

»Deren Macht in unserer Mitte erwächst«, murmelte Kevin. »Könnte damit etwas gemeint sein, was die Schattenkrieger aus den Verbotenen Katakomben gestohlen haben?«

»Das wäre eine Möglichkeit«, bestätigte der Unsterbliche. »Ebenso gäbe es andere Lesarten.«

»Welcher Seher hat das prophezeit?«

»Ein alter Freund«, erwiderte Nostradamus. »Er ist lange tot, doch er begründete eine Ahnenreihe. Seine Nachfahren leben noch heute in Frankreich. Und obgleich sie alle Nimags sind, ist sein früheres Domizil erhalten geblieben.«

»Du glaubst, wir finden dort weitere Hinweise?«, fragte Alex.

»Es ist die einzige Spur, die es gibt«, erwiderte der Unsterbliche. »Ihr müsst herausfinden, welche Waffe gemeint ist. Und das schnell. Andernfalls können wir die Ereignisse nicht verhindern. Dann triumphiert das Böse erneut.«

6. Der zerbrochene Stab

Jen betrat mit Nostradamus den Essenzstabraum. Noch immer ragten die Regale nebeneinander in die Höhe, die Bretter waren vollgepackt mit Schatullen. Hier hatte sie einst ihren Essenzstab erhalten, Alex ebenso. Dass es einer der letzten verbliebenen gewesen war, die der erste Stabmacher geschaffen hatte, war keine Auszeichnung mehr. Dank Claras Erinnerungen wusste sie, was damals wirklich vorgefallen war. Der Sadist hatte sie aufs Brutalste gefoltert.

Natürlich konnte der Stab nichts für den Erschaffer.

Außerdem muss Alex sich auch damit herumschlagen.

Ihre Essenzstäbe waren seelenverwandt. Was immer das bedeutete.

Nostradamus führte sie schnellen Schrittes in das Zentrum des Raumes. Jen ließ ihren Blick über die Schatullen schweifen und fragte sich, welcher davon als nächstes für sie bestimmt war.

»Gib mir den Stab.«

Jen zog den notdürftig reparierten Stab aus dem Etui. »Sie hat ihn zerbrochen.«

Mit gerunzelter Stirn schaute der Unsterbliche auf das Holz. »Ein Teil ist noch verbunden.« Er holte ein Messingrohr aus der Tasche, in das diverse Linsen eingepasst waren. »Er wurde nicht durch Magie zerstört.«

»Ist das wichtig?«

»Natürlich! Ein Essenzstab, der durch physische Gewalt beschädigt wird, kann regenerieren.«

»Wieso ist er dann noch kaputt?«

Nostradamus hob den Essenzstab direkt vor das Messingrohr und betrachtete ihn durch die Linsen. »Schau, hier, am Rand.«

Er reichte beides an Jen weiter.

Sie äugte durch das Rohr. Das Holz des Stabes wurde vergrößert dargestellt. Wabernder schwarzer Nebel wallte an der Bruchstelle auf. »Was ist das?«

»Magie. Sie frisst sich in die Substanz.«

»Aber das bedeutet, er würde ohne diese … Verschmutzung regenerieren?«

»Absolut. Die Schattenfrau hat ihn schlicht zerbrochen. Sie muss gewusst haben, dass er davon nicht dauerhaft zerstört bleibt. Die

Kontamination durch ihre Magie sorgt, wenn man so sagen will, für ein langsames Sterben. Eine Vergiftung.«

»Sie will mich bestrafen.«

»Ich wage zu behaupten, dass da noch deutlich mehr ist.« Nostradamus ließ das Messingrohr in seiner Tasche verschwinden. »Siehst du, solang dein Stab nicht zerstört ist, wird sich kein neuer mit dir verbinden. Der langsame Tod bedeutet für dich also eine massive Schwächung.«

Jen verschränkte die Arme. »Immer wenn ich glaube, dass mich nichts mehr überraschen kann, setzt sie noch einen obendrauf. Sie hat den Essenzstab zu einem langsamen Sterben verdammt, damit ich keinen neuen bekommen kann?«

»So muss man es wohl sehen.«

»Ich kann keinerlei Magie mehr in Materialien wirken und meine Zauber nicht mehr verstärken.«

»Du kennst das Protokoll«, sagte er. »Der Rat müsste dich nun sofort abziehen, bis das Problem gelöst ist.«

Was das betraf, machte Jen sich keine Sorgen. In der aktuellen Situation würde niemand sie zu Schreibtischdienst verdonnern. Sie waren hoffnungslos unterbesetzt – und zu viel stand auf dem Spiel.

»Was soll ich jetzt tun?«, fragte sie.

»Ich kann verschiedene Dinge ausprobieren«, erwiderte der Unsterbliche, »aber wir wissen, dass die Schattenfrau über starke Magie gebietet. Die Wahrscheinlichkeit, dass eine Reinigung erfolgreich verläuft, ist nicht sehr hoch.«

Jen wollte schreien.

Noch vor wenigen Wochen war ihr Leben völlig normal verlaufen. Nach einer furchtbaren Kindheit und Jugend hatte das Erbe sie befreit. Den Tod ihrer Familie zu überwinden, war das Furchtbarste gewesen, was sie hatte bewältigen müssen. Doch Kevin, Max, Chris, Clara, Chloe und Mark waren zu ihrer Ersatzfamilie geworden.

Nun war alles anders.

Clara war zu einer Feindin erwachsen, die jede ihrer Schwächen kannte. Ihr Essenzstab starb langsam vor sich hin. Mark war tot.

Auf der Plus-Seite stand Alex. Sie mochte ihn mittlerweile sehr. Obendrein war Dylan in ihrem Leben aufgetaucht. Gut, Letzteres bedeutete eine andere Art von Schwierigkeit, aber damit konnte sie umgehen.

»Du wirkst gestresst.«

Jen lachte auf. »Ich fange besser nicht damit an, alles aufzuzählen.«

Nostradamus schmunzelte. Es war ein seltener Anblick. Sonst wirkte der Seher eher grimmig. »Das Leben wirft uns Stöcke zwischen die Beine, stellt Hürden auf und lässt uns zweifeln. Ich bin stets am besten damit gefahren, wenn ich mich darauf besonnen habe, wer ich wirklich bin, was mich ausmacht. Jede Hürde lässt sich überwinden.«

»Das perfekte Motto für die Schattenfrau. Irgendwie überwindet auch sie jede Hürde. Beeindruckend.« Jen wollte nicht bitter klingen, doch die Worte waren heraus, bevor sie es verhindern konnte.

»Das Leben als Magier verlangt viel von uns. Ich habe die Jahrhunderte gesehen. Freunde sind gekommen und gegangen. Ich habe Neuerweckten Essenzstäbe verliehen, die wenige Tage später starben. Es ist ein Kommen und Vergehen, Freude und Trauer, Gewinn und Verlust. Das ewige Gleichgewicht.«

»Das klingt ziemlich …«

»… abgeklärt?«

»… negativ, wollte ich sagen. Aber okay, ›abgeklärt‹ tut es auch.«

Nostradamus lachte. Es war ein dunkles, fast samtenes Lachen. »Es kommen bessere Zeiten. Die magische Gesellschaft sah sich schon vor schlimmere Herausforderungen gestellt. Vor deiner Zeit und vor meiner. Es gab Katastrophen, die heute längst vergessen sind. Dunkle Jahre, Kriege – wir Unsterblichen tragen die Bürde und die Gabe des Wissens.«

»Wenn nur einer die Gabe der Pep Talks vernünftig beherrschen würde.«

»Dafür hast du Alexander Kent.«

»Du kennst seinen Namen ja doch!«

Nostradamus kicherte. »Gönne einem alten Mann seinen Spaß. Er ist noch so herrlich unbedarft. Ich hoffe, er kann sich das eine Zeit lang erhalten.«

»Da mache ich mir keine Sorgen, er hat ein sonniges Gemüt und wird auf Jahre hinaus dumme Sprüche klopfen.« Sie winkte ab. »Ob meine Nerven das durchhalten, da bin ich mir weniger sicher. Also, was können wir tun?«

»Ich werde einen Reinigungszauber vorbereiten. Sobald euer Auftrag vorüber ist, bring den Stab zu mir. Ich kann nichts versprechen, aber vielleicht hast du Glück.«

Jen spürte die Macht ihres Essenzstabes am Rande des Bewusstseins. Es war nur ein Zupfen. Die sonst starke Verbindung zwischen ihrem Sigil und dem Artefakt war zu einem dünnen Faden geworden. Das Gefühl hinterließ eine Leere in ihr. Als ob sie davon nicht schon genug hätte. »In Ordnung. Falls wir überleben.«

»Es wird Zeit, dass du zu Alex zurückkehrst. In seiner Gegenwart wirst du lachen oder fluchen, aber nicht mehr so deprimiert sein.«

Jen nahm ihren Essenzstab entgegen, schob ihn zurück in das Etui und kehrte zurück zu ihren Freunden.

Frankreich wartete.

7. Eine Diva in ihrer natürlichen Umgebung

Mit einem *Plopp* verschwand der Sprungmagier.

Sie waren in einer Seitengasse herausgekommen, die hinter einer Illusionierung verborgen lag. In den Hauptstädten aller Länder gab es zum einen sichere Häuser, in denen Sprungportale manifestiert werden konnten. Zum anderen waren für die Sprungmagier Landepunkte eingerichtet worden. Selbst der Wall vermochte einen aus dem Nichts auftauchenden Magier nicht einfach so zu kaschieren.

»Herrlich«, seufzte Kleopatra. »Das ist Heimat.« Sie warf ihr Haar zurück.

Chloe bemerkte Chris‘ leicht glasigen Blick und verdrehte die Augen. »Wunderbar. Dann kannst du uns bestimmt sagen, wo wir sind.«

»Natürlich kann ich das.« Die Unsterbliche mit dem Äußeren einer Teenagerin schenkte Chloe einen liebreizenden Augenaufschlag, der so viel sagte wie ›Ich kann alles, im Gegensatz zu dir‹. »Das hier ist der eher traditionelle Teil des heutigen Kairos. Wir befinden uns abseits des Nils, in der Nähe der Zitadelle und des Berges Muqattam. Die al-Fustat-Ausgrabungen finden im Süden statt.«

»Liegt dort nicht auch irgendwo die Stadt der Toten?«, fragte Chris.

»Wie intelligent du bist«, säuselte Kleopatra. »In der Tat, die Nekropole liegt südöstlich. Allerdings ist sie heute ganz normal bewohnt, fast wie ein gewöhnliches Stadtviertel. Ich werde die modernen Menschen nie verstehen.«

Dieser Einsatz wird viel schlimmer, als ich dachte, realisierte Chloe.

Jen hatte ganz eindeutig aufgeatmet, da sie mit Alex und Kevin allein auf Mission gehen konnte. Ohne einen zugeteilten Aufpasser. Ihnen hatte man Kleopatra an die Seite gestellt, weil sie hier Heimspiel genoss. Mittlerweile begriff Chloe, weshalb Edison diesen leicht mitleidigen Blick aufgesetzt hatte, als er das enthüllte.

»Bist du oft hier in Ägypten?«, fragte Chris.

»Aber nein«, erwiderte Kleopatra. »Das bringt immer so viele Erinnerungen mit sich. Immerhin war ich einst die mächtigste Frau der Welt.«

»Na ja!«, warf Chloe ein.

»Die.Mächtigste.Frau.Der.Welt!« Die Unsterbliche ließ keinen

Widerspruch zu. »Aber all das verlor ich wegen dieser feigen Römer. Es ist schon sehr bezeichnend, dass Brutus Julius verraten und ihm das Messer in den Rücken gerammt hat. Typisch Männer. Und was hat es ihm gebracht? Gar nichts.« Sie seufzte herzzerreißend, bevor ihre Hand sanft auf Chris' Oberarm zum Liegen kam. »Du bist da ganz anders, nicht wahr?«

»Absolut!«

»Und deshalb hast du dich umgebracht?«, hakte Chloe gnadenlos nach.

Sie strebten dem Ausgang der Gasse entgegen.

»Typisch Historiker«, seufzte Kleopatra. »Da wird alles immer verdreht und aufgebauscht. Am liebsten hätte ich sie alle lebendig mumifiziert.« Auf Chris' entsetzten Blick hin ergänzte sie: »Das tut gar nicht so weh, wie alle immer sagen.«

»Wird einem dabei nicht das Gehirn mit einem glühenden Eisenhaken durch die Nase herausgezogen?«, fragte Chris vorsichtig.

»Richtig«, bestätigte die Unsterbliche. »Du bist so schlau.«

Chloe sehnte Jen und Alex herbei. Andererseits, eher nur Jen. Alex hätte Kleopatra vermutlich ebenso angesabbert. Mit ihrem gertenschlanken, äußerlich etwa sechzehnjährigen Körper wickelte sie alle dem weiblichen Geschlecht Zugeneigten um den Finger – ob Mann oder Frau.

Kevin. Er hätte mit uns hierherkommen sollen. Und Max.

Die Unsterbliche schien außerdem Abonnentin diverser Modemagazine zu sein, trug sie doch stets die neuesten Klamotten. Heute war das ein enges Top von Versace, dazu nicht minder enge Jeans mit künstlichen Flicken. Darüber eine offene weiße Bluse und Sommerschuhe. Ihr schwarzes Haar wehte in der leichten Brise, die Sonnenbrille hatte sie hinter den Gürtel geklemmt, direkt neben den Essenzstab.

»Beeilen wir uns«, schlug Chloe übertrieben liebenswürdig vor.

Sie verließen die Gasse und wurden Teil des normalen Chaos einer Stadt. Taxis schoben sich hupend durch die Menge, Männer in langen Gewändern saßen in Kaffeehäusern. Ein Großteil der Frauen trug Burka. Touristen erkannte man sofort an ihrem typisch westlichen Kleidungsstil. Immer wieder kamen sie an kleinen Reisegruppen oder Familien vorbei.

Die meisten Männer starrten Kleopatra unverhohlen an, wenn sie an ihnen vorbeiging. Ein augenscheinlich verheirateter Familienvater bekam einen deftigen Rippenstoß von seiner Frau, wodurch er sich den Kaffee über das Hemd goss. Ein lautstarker Disput folgte.

»Ich kann nichts dafür«, seufzte die Unsterbliche. »Es ist meine natürliche Schönheit. Das war schon damals so. Julius war mir völlig verfallen.«

Und was hat es ihm eingebracht? »Das tut mir natürlich total leid«, sagte Chloe.

»Ich könnte dir Tipps geben«, bot Kleopatra an. »Mit ein wenig Hilfe könntest du bestimmt etwas aus dir machen.«

Chloe überlegte ernsthaft, einen Kraftschlag abzufeuern. Möglicherweise betonten ein paar blaue Flecke die Schönheit dieser elenden kleinen Diva zusätzlich.

»Also, vielleicht erklärst du uns noch mal genau, wie wir weiter vorgehen«, bat Chris schnell. Gleichzeitig warf er Chloe einen beschwörenden Blick zu.

»Aber gerne.« Ein klimpernder Augenaufschlag folgte. »Es scheint, als habe Surita ….«

»Sunita«, verbesserte Chloe.

»… Sunita eine Spur weiterverfolgt. Nachdem Jennifer und Alex in Indien den Feuerblut-Splitter gefunden hatten, hat sie die Hinweise korrekt gedeutet. Sie fand in einer der hiesigen Ausgrabungsstätten Glyphen.«

»Werden nicht alle Funde fotografiert und digitalisiert? Hätten das unsere Software-Agenten nicht entdecken müssen?«, fragte Chloe.

»Das ist richtig«, bestätigte Kleopatra. »Allerdings fand sie die Glyphen an einem Zugang der Ausgrabungsstätte hinter einer Illusionierung. Nimags bemerken sie gar nicht. Wir werden also nachschauen. Mit mir habt ihr eine ausgezeichnete Fremdenführerin an eurer Seite.«

»Vielleicht bleibt danach noch etwas Zeit für Sightseeing.« Chris bestaunte die Umgebung.

Chloe musste zugeben, dass die Atmosphäre sie ebenfalls packte. Eine kolonialzeitliche Architektur prägte diesen Stadtteil. Die Gebäude waren in einem mediterranen Baustil gehalten, wie man ihn aus Filmen kannte.

»… Nekropole«, berichtete soeben ein Fremdenführer. »Hier wurden Fatimiden und Mamluken bestattet. Sie finden prunkvolle Minarette und Lehmbuden, die heute bewohnt sind. Vermutlich hätte sich sogar Kleopatra vor der Schönheit der *Stadt der Toten* verneigt.«

Chloe ging weiter und bemerkte erst einige Sekunden zu spät, dass die Unsterbliche stehengeblieben war. Chris war gegen sie gelaufen.

»Was maßen Sie sich an?!«, fauchte sie dem Fremdenführer entgegen. »Die Meinung von Kleopatra kennt niemand, außer ihr selbst. Und was heißt hier Prunk?! Ich hätte Sie sehen wollen, als die Schattenkrieger im 14. Jahrhundert die Toten haben auferstehen lassen. Das war ein Gemetzel. Und wer hat die Misere behoben? Ich! Ohne mich wäre das ganze Land längst von Untoten besiedelt.« Sie stach dem Mann mit ihrem Zeigefinger gegen die Brust. »Es ist eine völlig idiotische Idee, aufgrund von Wohnungsmangel Leute dort unterzubringen. Bauen sie gefälligst ein paar neue Pyramiden. Da war nichts mit modernen Baustoffen und trotzdem stehen sie heute noch. Simpel und effektiv.«

Chloe rannte hinzu und zog Kleopatra von dem verdutzten Mann weg. »Entschuldigung. Meine Nichte. Sie wissen ja, die Pubertät.«

»Was soll das heißen, ›die Pubertät‹?«, fauchte die Unsterbliche. »Ich bin durchaus noch Frau meiner Sinne!«

Chris hakte sich bei der ehemaligen Herrscherin Ägyptens unter, was sie teilweise besänftigte. So ließen sie den Fremdenführer mitsamt der Touristengruppe hinter sich.

Ich werde sie höchstpersönlich mumifizieren, beschloss Chloe. »Du redest mit einem Nimag über Magie, Schattenkrieger und Mumien?«

Kleopatra machte sich frei, ordnete ihr Haar und zuckte mit den Schultern. »Das glauben die mir doch sowieso nicht. Aber es hilft, meine Aggressionen abzubauen. Wesley Mandeville hat gesagt, dass Stimmungsschwankungen zur Pubertät dazugehören. Da ich heutzutage keine Sklaven mehr habe, muss ich meine Energie anders kanalisieren.«

»Indem du Nimags anbrüllst?«

»Das und natürlich Sex. Es ist schon viel zu lange her.« Sie schenkte Chris ein Lächeln. »Aber reden wir doch nach der Mission darüber.«

Aggressionen rauslassen, das ist eine tolle Idee. Chloe ließ ihre Fingergelenke knacken. »Dann bringen wir es am besten ganz schnell zu Ende.«

Während Kleopatra lächelte und Chris völlig verzückt grinste, stapfte Chloe voraus.

8. Der geheime Zugang

Rechteckige Bereiche im Boden waren freigelegt worden und wirkten wie kleine Gärten. Holzstäbe ragten an allen vier Ecken empor, Plastikfolie spannte sich dazwischen. Über fragile Areale hatte man Holzgestelle aufgebaut, die vor Wind und Wetter schützten.

Überall waren Archäologen am Werk – und solche, die es werden wollten. Sie trugen Pinsel bei sich, mit denen sie Sand und Erde vorsichtig abtrugen. Tonscherben lugten hervor. Hüte oder Schirmmützen bedeckten die Köpfe der Arbeitenden, manche waren dick mit Sonnencreme eingeschmiert, andere trugen längst Anzeichen von Sonnenbrand.

»Bestimmt liegen hier irgendwo noch Römer herum«, kommentierte Kleopatra. »Vielleicht sollten wir ein wenig Erde verschieben, damit sie einen finden.«

»Da freuen sie sich vermutlich ganz dolle«, erwiderte Chloe trocken. »Andererseits, lassen wir doch einfach alle ihre Arbeit machen.«

»Was ist nur mit euch Lichtkämpfern los?« Kleopatra schaute kopfschüttelnd herüber. »Immer diese Regeln und alles muss konform ablaufen. Ich erinnere mich noch genau an die wilden Zeiten. In den 1960ern war ich in Deutschland Teil einer Kommune, herrlich. Das war Kraft, Leidenschaft und Freiheit. Heute ist es so zwanghaft. Du bist doch ein Punk, oder?«

Chloe nickte nur. Sie wollte dem Ganzen nicht noch mit einem Kommentar Vorschub leisten.

»Stehst du nicht für Anarchie?«

»Nein. Ich gehe meine eigenen Wege. Hör auf, mich in irgendeine Schublade zu stecken.«

»Dito.«

»Du machst es einem aber auch leicht«, fauchte Chloe.

Kleopatra kicherte. »Stimmt.« Sie beugte sich hinüber und kniff Chloe in die Wange. »Du bist wirklich süß, Kleine.«

Chloe kochte.

Vermutlich rettete einzig der auftauchende Student das Leben der Unsterblichen. Er kam herbeigeeilt und hatte sofort jenen hilfsbereiten Gesichtsausdruck auf dem Gesicht, den so ziemlich jeder bei Kleopatras Anblick aufsetzte. Chris maß er aus den Augenwinkeln mit dem typischen ›Ist er ihr Freund oder ein Konkurrent?‹-Blick.

»Kann ich euch helfen?«

»Aber ja«, säuselte die Unsterbliche. »Und du bist?«

»Jeff.« Schwarze Locken schauten unter dem Hut hervor, auf seiner Nase saß eine Brille. Ein Sonnenschutzmittel bildete einen Film auf der bleichen Haut. »Seid ihr neue Studenten?«

»Wir? Himmel, nein.« Kleopatra lachte. »Da müssten wir ja im Dreck wühlen. Aber eine kleine Führung wäre nett.« Sie hakte sich bei Jeff unter. »Wir sind sozusagen VIP-Touristen.«

»Aha.«

Der verdutzte Student wurde einfach fortgezogen.

»Ich komme mir gerade so doof vor«, raunte Chris.

»Sie hat einen gesunden Appetit«, erwiderte Chloe. »Das werfe ich ihr auch gar nicht vor. Aber diese Arroganz lässt mich kochen.«

»Sie war einmal eine Königin.«

»Das ist verdammt lange her«, gab Chloe zurück. »Wenn das hier vorbei ist, will ich nie wieder eine Mission mit ihr. Dann schon lieber mit Edison. Der motzt zwar ständig und nichts ist ihm gut genug, aber er baggert niemanden nonstop an.«

»Kein Wunder, da müsste man eine Glühbirne sein.«

Sie kicherten beide und schlossen zu Kleopatra auf. Jeff war gerade dabei, die Ausgrabungsstätte zu beschreiben.

»… hoffen natürlich auf die große Entdeckung. Vielleicht liegt hier ja noch ein toter Pharao.«

»Oder ein Römer«, warf Kleopatra hilfreich ein.

Der Student wirkte irritiert, fuhr aber fort. Er berichtete von der Unterbringung in Zelten, die weiter abseits standen. Eine kleine Gruppe bewachte allnächtlich die Ausgrabungsstätte, damit keine Grabräuber kostbare Scherben ausbuddelten oder etwas zerstörten. Die Universität hatte einen Sicherheitsdienst angestellt, doch der sollte vor allem Anschläge verhindern. Die politische Situation war angespannt.

Sie sahen einer Gruppe dabei zu, wie sie die Fragmente einer alten Vase freilegten, und betrachteten bereits hervorgeholte Gegenstände. Kleopatras Blick wurde traurig. Es waren Artefakte aus ihrer Zeit, ihrer Kultur, ihrem Leben. Es musste schmerzen, Jahrtausende später dabei zuzusehen, wie die Scherben einer vergangenen Welt ausgegraben wurden.

Unweigerlich bekam Chloe Mitleid.

Chris drehte sich von den Anwesenden weg, malte ein magisches Symbol in die Luft und murmelte: »Agnosco.«

Seine karmesinrote Essenz zerfaserte, der Indikatorzauber wurde aktiv.

Chloe blickte sich aufmerksam um. Falls irgendwo Magie wirkte, würde sie nun sichtbar werden. Zuerst geschah nichts. Sie war schon bereit davon auszugehen, dass Sunita sich geirrt hatte, als in der Ferne etwas aufleuchtete. Der Zugang lag noch in Sichtweite, am Rand eines Hügels.

»Das war ja ganz ausgezeichnet, Jeff.« Kleopatra schenkte ihm einen glühenden Blick. »Jetzt müssen wir aber weiter. Viel Spaß beim Buddeln.«

»Meinst du ... also, vielleicht möchtest du ja ... einen Drink?«

»Wie bitte?« Die Unsterbliche zog Chris ruckartig heran. »Hast du das gehört, Schatz?«

Jeff wurde rot. »Oh, ihr beiden ... Das wusste ich nicht. Sorry.«

Er stolperte zurück zu seinen Kommilitonen.

»Irgendwie hat er was Tapsiges«, sagte Kleopatra. Ihre Hand lag auf Chris' Oberarm. »Du hast aber Muskeln. Trainierst du viel?«

Ich werde niemals Kinder bekommen, beschloss Chloe. *Wenn das die Pubertät ist, wäre es mein Ende. Das fällt unter Amoklauf.*

Chris erzählte von Hanteln, Eiweißnahrung und Sportdiät.

Sie stapfte zu dem Hügel, während die beiden ihr gemächlich hinterherspazierten. Eine Ansammlung von Geröll, mehr war es nicht. Der Agnosco hatte eine Illusionierung gekennzeichnet, die Chloe mit einem »Evanescet Mirage« erlöschen ließ. Dahinter kamen Stufen zum Vorschein, die in die Tiefe führten. Nach drei Metern endeten sie vor einem Steinquader.

An der Seite waren die Glyphen eingemeißelt, von denen Sunita berichtet hatte.

Kleopatra beugte sich neugierig darüber. »Interessant.«

»Was steht da?«, fragte Chloe.

»Ich habe keine Ahnung. Deshalb ist es ja interessant. Hier wurden manifeste Zauber verwendet, die eine Verbindung zur Natur herstellen. Vermutlich gibt es irgendwo eine Bernsteinquelle. Diese Glyphen enthüllen ihre wahre Bedeutung im Mondlicht.«

»Wir könnten uns einfach Zugang verschaffen«, schlug Chris vor.

»Keine gute Idee«, stoppte ihn die Unsterbliche. »Meine Magier haben damals jede Pyramide und jeden Tempel von Bedeutung gesichert. Wir können davon ausgehen, dass das hier ebenso der Fall ist.

Die Sigilsplitter waren bisher nicht einfach zu erbeuten. Was uns dort drinnen auch erwarten mag, ich möchte die Glyphen vorher lesen.«

»Dann müssen wir wohl irgendwie die Zeit totschlagen«, sagte Chris. »Denn es wird noch dauern, bis es dunkel wird.«

Kleopatra lächelte unschuldig. »Da fällt uns bestimmt etwas ein.«

9. Baguette und Eclairs

Brest war eine kleine Hafenstadt in der Bretagne. Das war auch schon alles, was Alex vor ihrer Ankunft wusste. Gemeinsam mit Jen und Kevin verließ er das Sprungtor im sicheren Haus.

Mittlerweile hielten sich bei ihm nach einer Passage nur noch einige Minuten lang Schwindel und Übelkeit. Trotzdem vermisste er Nikki.

»Schaut mal.« Kevin stand am Fenster des spartanisch eingerichteten Raumes.

Das Portal verschwand mit einem schwappenden Geräusch.

Alex atmete noch zweimal tief ein und wieder aus, was die Übelkeit ein wenig zurückdrängte. Mit vorsichtigen Schritten trat er zu Kevin ans Fenster.

In der Ferne war der Hafen von Brest zu erkennen. Einfache Segelboote lagen neben Luxusjachten. Dahinter tummelten sich Menschen an der Promenade, Touristen wie Einheimische. Die Sonne schien herab und tauchte den gesamten Bereich in ein Spiel aus Licht und Schatten.

»Malerisch.« Jen schaute mit einem Lächeln hinaus.

»Du bist heute wirklich komisch«, sagte Alex. »Hast du was geraucht?«

Sie verpasste ihm einen Rippenstoß. »Nur, weil ich entspannt bin?«

»Hm.« Er musterte sie von oben bis unten. »Fast könnte man meinen, du bist verliebt.«

»Quatsch!« Jen funkelte ihn an. »Aber ich habe gehört, dass du und Kleopatra euch blendend versteht.«

»Oh, das. Nur so Gerede.«

»Also dann, packen wir es«, unterbrach Kevin das Gespräch. »Je früher wir diese Waffe finden, desto besser. Immerhin hat keiner eine Ahnung, welcher Glockenschlag gemeint ist. Könnte ja heute sein.«

Gemeinsam stiegen sie die Stufen des im ersten Stockwerk gelegenen Raumes hinab. Alex fragte sich unweigerlich, was geschehen würde, wenn ein sicheres Haus einstürzte. Wie kam man wieder an das Tor heran? Mussten sie dann nach oben schweben oder fiel das Portal herab. War es in der Luft verankert? Einmal mehr wurde ihm bewusst, wie wenig er über die Welt der Magie bisher wusste.

Die Vorlesungen fanden glücklicherweise noch statt. Nach einer kurzen Pause sollte es in der kommenden Woche verstärkt weitergehen. Der Unterricht würde speziell auf alle zugeschnitten sein, die nicht im Bernstein eingelagert waren.

»Früher war es Lila Pause, heute ist es die Bernstein Pause.« Er kicherte.

»Ich könnte dir den ganzen Tag auf den Hinterkopf schlagen und es wäre immer gerechtfertigt«, sagte Jen.

Doch er sah das Funkeln in ihren Augen. Sie hatte es auch lustig gefunden, wollte es nur nicht zugeben.

Sie traten auf den Gehsteig vor dem Haus.

Der Sommer kam zwar beständig näher, doch es war noch immer recht kühl. Da die Stadt am Meer lag, wehte eine ordentliche Brise heran. Es roch nach Salz und Tang. Moderne Bauten wuchsen neben historischen in die Höhe, die breite Straße bot einer Tram Platz. Überhaupt wirkte die Stadt hell und modern, mit einem Touch Historie. Sie gefiel Alex. Nichts im Vergleich zu London, aber doch ganz nett.

»Gibt es hier irgendwo einen Baguette-Stand?«

»Bitte was?«, fragte Jen.

»Na ja, ich dachte, so etwas wie einen Fish & Chips-Truck, nur eben für … Du musst gar nicht kichern.«

»Sorry.« Sie lachte weiter.

Kevin grinste ebenfalls. »Wie oft warst du schon in Frankreich? Von dem kaputten Eiffelturm in Dark London mal abgesehen.«

»Noch nie.«

»Es ist hier anders als in Amerika oder London«, erklärte Jen.

»Wie jetzt, die essen gar keine Frösche? Boah, schaut nicht so, das war ein Witz. Aber soll das heißen, hier gibt es kein Baguette?«

»Doch. Aber in Bäckereien«, sagte Kevin.

»Vielleicht finden wir ja eine auf dem Weg. Ich habe Hunger.«

»Du hast immer Hunger«, behauptete Jen.

»Das ist nicht wahr.«

»Oh, doch.«

»Nein. Ich bin nur noch im Wachstum. Also meine Muskeln.«

Kevin schwieg und grinste in sich hinein.

»Wenn etwas an dir wächst, dann höchstens du in die Breite«, erklärte Jen.

»Also, da gäbe es noch etwas, was regelmäßig gigantisch in die Höhe wächst …«, begann Alex.

»Kent!« Jen warf ihm einen Blick zu, der davon kündete, was gleich geschehen würde, falls er den Satz beendete.

»Ja?«, fragte er unschuldig.

»Millimeter sind nicht gigantische Höhen.«

Kevin prustete los. Jen lächelte unschuldig und Alex wollte gerade eine wirklich schmutzige Erwiderung zum Besten geben, als eine Bäckerei vor ihnen auftauchte. Vergessen war der Schlagabtausch. Kurzerhand kaufte er ein belegtes Baguette – sie waren alle vor ihrem Aufbruch mit Euros ausgerüstet worden – und trottete friedlich neben Jen und Kevin zu ihrem Ziel.

Sie betraten die Rue de la Résistance. In der Nähe eines kleinen Grünstreifens bogen sie ab und erreichten schließlich eine Gegend, in der historische Häuschen nebeneinander emporwuchsen. Vor einem dreistöckigen Gebäude blieben sie stehen.

Hinter einem von Unkraut überwucherten schmiedeeisernen Zaun standen verrottete Gartenmöbel. Die Scheiben waren stellenweise mit Zeitungspapier ausgekleidet und Ranken von Efeu und Wildem Wein wucherten über die Fassade.

»Heimelig«, kommentierte Kevin.

»Hat Edison nicht gesagt, dass die Nachfahren des Sehers alles in Schuss halten würden?«, fragte Alex.

»Ich glaube, er bezog das nur darauf, dass die Linie über Generationen weitergeführt wurde«, erwiderte Jen. »Es sieht allerdings nicht danach aus, als sei ihnen viel am Erhalt des Hauses gelegen.«

Sie betraten den Garten.

Die Haustür wurde geöffnet und ein Junge streckte den Kopf heraus. Er war um die sechzehn, hatte blondgelockte Haare und winkte ihnen lächelnd zu. »Seid ihr die Studenten?«

»Genau«, sagte Alex gedankenschnell.

»Ihr habt echt Glück, dass ich gerade hier war, als Mister Powers angerufen hat.«

»Mister Powers?«, rutschte es Alex heraus.

Der Junge runzelte die Stirn. »Thomas Powers?«

Edison, begriff er. Nachdem sie ihn über ihren nächsten Schritt informiert hatten, hatte er wohl Kontakt zum aktuellen Bewohner des Hauses aufgenommen. »Oh, du meinst *Thomas*! Wir nennen ihn nur bei seinem Vornamen. Oder dem Spitznamen. Birne.«

Jen verpasste ihm einen Rippenstoß. »Das ist natürlich freundlich gemeint. Birne wie Glühbirne, nicht das Fallobst.«

»Darüber kann man streiten«, murmelte Alex aus den Mundwinkeln, nachdem er Kevin zwischen sich und Jen positioniert hatte. »Und du bist?«

»Louis Blanc.« Sie schüttelten einander die Hand. »Ihr wollt also einen Artikel über meinen Vorfahren schreiben? Ehrlich gesagt kann ich euch dabei nicht helfen. Familiengeschichte ist nicht so meins. Aber ihr dürft euch gerne hier umsehen.«

»Das ist wirklich nett«, sagte Jen.

Sie betraten das Haus.

Die Möbel in der Eingangshalle waren mit Tüchern bedeckt, um sie gegen Staub zu schützen. Genau der lag über fast allem. Durch seitliche Buntglasfenster fiel ein rötlicher Schimmer herein. Der Teppichboden war ausgetreten.

»Willkommen in der Bruchbude«, rief Louis mit einem Grinsen. »Das Arbeitszimmer meines Papas ist im ersten Stock. Dort befinden sich auch ein Lesezimmer, ein Schlafzimmer und eine Abstellkammer. Vielleicht findet ihr noch ein paar alte Fotos auf dem Speicher, keine Ahnung.«

»Na dann.« Alex klatschte in die Hände. »Packen wir es an.«

10. Kreatives Chaos

Und das alles hier gehört dir?«, fragte Jen.

Louis nickte, wobei sein gelocktes Haar auf und ab wippte. »Mein Vater ist vor einigen Monaten gestorben. Deshalb bin ich auch gerade in Frankreich. Normalerweise besuche ich ein Internat in Deutschland. Papa wollte, dass ich zweisprachig aufwachse. Mittlerweile wurde ich überall als Erbe eingetragen und übermorgen kehre ich zurück nach München.«

»Mein Beileid zum Verlust deines Vaters«, sagte Alex.

»Merci.«

Jen stieg neben Louis die Treppe hinauf.

Alex und Kevin folgten schweigend.

»In den letzten Jahren hatten wir kaum Kontakt. Ich glaube, Papa war insgeheim froh darüber, mich auf ein Internat abschieben zu können. Er war sehr eigenbrötlerisch. Hatte nichts im Kopf außer seinen Schriften.«

»Worum ging es denn da genau?«

»Solltet ihr das nicht eher mir sagen?«, stellte Louis die Gegenfrage. »Dieser Mister Powers hat erzählt, dass ihr einen Artikel über meinen Vorfahren schreiben wollt. Papa war besessen von unserer Ahnenlinie.«

»Das ist richtig.« Jen ließ sich nicht aus der Ruhe bringen. Sie hatte es schon öfter mit störrischen Nimags zu tun bekommen. »Einer deiner Vorfahren war ein angeblicher Seher. Unser Journalistik-Kurs hat ein Gemeinschaftsprojekt mit den Historikern. Daher kümmern wir uns darum. Du hast eine sehr interessante Familienlinie.«

»Das stimmt. Irgendwie haben sie alle diesen Mystik-Quatsch sehr ernst genommen«, gab Louis zu. »Vermutlich muss ich Papa dankbar sein, dass er mich auf ein Internat geschickt hat. Andernfalls wäre ich wohl mehr nach ihm geraten.«

Sie erreichten das erste Stockwerk.

Auch hier waren die Möbel verhängt und Staub wallte bei jedem ihrer Schritte auf. Kevin musste mehrmals niesen.

Die Gemälde an den Wänden waren größtenteils verblichen. Sie alle zeigten alte Männer in der Kleidung verschiedener Jahrzehnte.

»Die ganze Familienlinie«, verkündete Louis. »Das dort war Papa.« Er deutete auf einen verkniffen dreinschauenden Mann in den Achtzigern. Auf seinem Kopf sprossen nur noch wenige Haare. »Das gibt ihn ziemlich gut wieder.«

»Sympathisches Kerlchen«, kommentierte Kevin.

»Das hier ist Agnús Blanc.« Louis zeigte auf das erste Bild in der Reihe.

Der Seher wirkte wie ein mürrischer Mönch, mit einem kalten Funkeln in den Augen. Jen war froh, dass mit der Erschaffung des Walls die Fähigkeit des Sehens verschwunden war. Aus Menschen mit derartigen Anlagen waren einfache Nimags geworden. Nur wenige – jene, die bereits Magier gewesen waren – blieben Teil der magischen Gesellschaft. Alle anderen vergaßen.

»Das Arbeitszimmer ist dort vorne.«

Die Bodenbretter quietschten, als sie den Flur entlanggingen. Der Teppichboden war hier so dünn, dass Jen die Rillen zwischen den Brettern spüren konnte.

Der Raum entpuppte sich als gelebtes Chaos. Auf dem Schreibtisch stapelten sich Magazine, Bücher und Fotokopien. Ein altersschwacher PC stand an der Seite, vermutlich war er seit den Neunzigern nicht mehr eingeschaltet worden. Eine Wand wurde von einem Regal eingenommen, in dem allerlei Nimag-Bücher über Esoterik standen. Der Lesetisch war kaum noch als solcher zu erkennen.

»Recherchematerial findet ihr hier auf jeden Fall genug«, kommentierte Louis.

»Ach, du Sch…«, entfuhr es Alex.

»Ich bin mir nicht sicher, ob das noch unter ›kreatives Chaos‹ fällt«, murmelte Kevin.

»Nur ›Chaos‹, nicht ›kreativ‹«, sagte Louis grinsend. »Wollt ihr einen Tee oder Kaffee? Ich habe das Nötigste eingekauft, weil ich hier Ordnung schaffen muss. Das meiste wird in den nächsten Tagen von einem Gutachter geprüft. Was er als unwichtig erachtet, wandert auf den Sperrmüll. Der Rest wird einem Museum gestiftet. Papa hat Museen geliebt.«

Wir haben also doch manchmal Glück, dachte Jen erleichtert.

Wären sie nur wenig später gekommen, wäre all das hier fort gewesen. Trotzdem war es fraglich, ob sie in all diesem Durcheinander einen Hinweis auf eine uralte Prophezeiung finden würden. Hatte Agnús Blanc überhaupt etwas an seine Nachfahren weitergegeben?

»Ich verschwinde in die Küche«, verkündete Louis. »Irgendwelche Sonderwünsche?«

»Tee«, sagte Alex.
»Kaffee«, baten Kevin und Jen.
Kurz darauf waren sie allein.
»Suchzauber?«, überlegte Kevin.
»Starten wir doch mit einem Agnosco.« Alex zeichnete das Symbol in die Luft und sprach die Worte. Seine Bernsteinessenz waberte durch den Raum, rieselte herab und markierte … nichts.
»Keine Magie weit und breit«, kommentierte Kevin. »Das wundert mich aber nicht. Edison hat ja angekündigt, dass es eine reine Nimag-Linie ist. Auch Agnús war nach dem Verlust seiner Gabe kein Magier mehr. Er konnte also keine Artefakte oder Ähnliches hinterlassen. Nur Prophezeiungen.«
Jen stöhnte auf. »Mir reicht der Foliant völlig. Noch mehr brauchen wir gar nicht. Aber wir können hier sowieso nicht in normalen Bahnen denken. Stellt euch das doch mal vor. Der Kerl war ein Seher und verliert sowohl seine Gabe als auch jede Erinnerung an die magische Welt. Wie sollte hier noch etwas zu finden sein?«
Kevin schnippte mit den Fingern. »Direkt nach der Erschaffung des Walls wurden die Cleaner-Teams gebildet. Sie sollten Hinterlassenschaften beseitigen, die im Lauf der Jahrzehnte in Nimag-Hände gelangt waren. Natürlich, vor allem Artefakte. Plötzlich wussten die Nimags nichts mehr damit anzufangen, hielten alles für gewöhnliche Gegenstände.«
»In den Anfangszeiten herrschte Chaos«, erinnerte sich Jen an die Vorlesung. »Es musste erst einmal aufgeräumt werden. Deshalb befinden sich noch heute zahlreiche magische Gegenstände im Besitz von Nimag-Familien.«
»Die Seher kamen erst ganz am Ende, weil sie keine Priorität genossen«, erklärte Kevin. »Falls Agnús Blanc also Aufzeichnungen besaß, Artefakte oder Mentigloben, könnten sie sich noch hier befinden.«
»Der Speicher?«, überlegte Alex. »Dort würde man unnützes Zeug doch abladen, oder?«
»Und wenn der Wall für eines gesorgt hat, dann, dass Nimags Artefakte als unnütz ansehen.«
Sie verließen das Arbeitszimmer. »Louis!«, rief Jen in die Tiefe.
Aus der Küche erklang Geklimper, gefolgt vom Geräusch eines Wasserkochers, der den Inhalt erhitzte.

»Ja?!«

»Wir schauen uns auf dem Speicher um, ist das okay?«

»Klar!«

Gemeinsam stiegen sie die Treppe empor. Jens Finger begannen zu kribbeln. Sie konnte spüren, dass etwas darauf wartete, von ihnen entdeckt zu werden. Möglicherweise war es auch reine Einbildung, doch sie mochte es, in alten Unterlagen zu stöbern. Es war wie ein Blick in die Vergangenheit. Und die hielt stets Überraschungen bereit.

Die Treppenstufen knarzten.

Alex öffnete die Speichertür.

11. Die fehlenden Kinder

Die Tür war nicht verschlossen.

Das Quietschen der Scharniere hallte durch das gesamte Haus. Alex hätte es nicht gewundert, wenn sie aus den Angeln gekippt wäre. Doch nichts dergleichen geschah.

Sie betraten den Speicher.

Der Geruch von Staub und Mottenkugeln durchdrang die Luft. In den Ecken erspähten sie Spinnweben von der Größe eines Autoreifens.

Der Raum entpuppte sich als überdimensionaler Schrottplatz, vollgestopft mit Möbeln, Kleidung, Büchern und Krimskrams. Zwischen dem Gerümpel gab es Gässchen, die ein Vorankommen ermöglichten.

»Das ist ein Labyrinth.« Kevin hielt seinen Essenzstab erhoben. »So schlimm sah nicht mal Chris' Kinderzimmer aus, und das will was heißen.«

Alex hatte seinen Stab ebenfalls gezogen, mittlerweile ein Reflex.

Jen ließ ihren verstaut, da er sowieso nicht einsetzbar war. Doch ihre Finger zuckten, als stehe sie kurz davor, ein Symbol zu erschaffen.

Sie drangen tiefer in die Schatten ein.

Zwar gab es auf zwei Seiten des Raumes Fenster, doch das Gerümpel bildete ein lichtschluckendes Sammelsurium. An einzelnen Stellen kam die Sonne durch, andere Bereiche lagen im Zwielicht.

Alex hob seinen Essenzstab. »Fiat Lux!« Aus der Spitze schoss eine Leuchtkugel hervor. »Bevor wir hier eine Lawine auslösen …«

»Das ist riskant«, gab Jen zu bedenken. »Wenn Louis hier heraufkommt, könnte ihn das zusätzliche Licht stutzig machen. Keine Ahnung, wie der Wall das maskiert.«

»Wenn ich ihn kommen höre, lass ich die Leuchtkugel erlöschen«, versprach Alex. »Oh, schau mal.« Er schnappte sich eine Pelzstola und warf sie sich um den Hals. »Voll flauschig.«

»Da vorne stehen die dazu passenden Pumps«, kommentierte Jen trocken.

Kevin kicherte.

Alex bedachte sie mit einem »Pfff« und hängte die Stola wieder zurück. »Hier scheint jede Generation abgeladen zu haben, aber niemand hat aufgeräumt.«

Kevin ging neben einem Berg alter Bücher in die Knie, zwischen denen kleine Actionfiguren lagen. »Oh, das ist He-Man. Ich mochte die 2000er-Serie. Und da vorne liegen ein paar Schlümpfe.«

»Ich habe immer gehofft, dass Gargamel endlich gewinnt«, sagte Jen.

»Was?!« Alex schaute sie grimmig an. »Nichts gegen die armen kleinen Blaulinge. Du hattest wirklich eine furchtbare Kindheit.« Er tätschelte ihr den Arm.

Kevin erhob sich. Sie teilten sich auf, um die Suchzeit zu verkürzen. Ein Agnosco ergab, dass auf dem Speicher nichts magisch aktiv war.

Alex fand einen Berg, bestehend aus gruseligen Puppen, die er schnell hinter sich ließ. Alte Bettgestelle folgten auf ausrangierte Küchenutensilien. Eine lustige Rührmaschine mit einem Hebel an der Seite stand neben einem ominösen Gerät, das an ein Bügeleisen erinnerte.

»Wie froh ich bin, in der heutigen Zeit zu leben.«

Hier und da besah er sich das Gerümpel genauer. Auf einem alten Schreibtisch hatte jemand Sätze auf Französisch eingeritzt. Sein Kontaktstein wandelte es sofort um. Es waren Sätze, wie sie Jugendliche überall hinterließen – meist an den Wänden von Toiletten. Dazu ein paar Smileys. Die Schubladen waren größtenteils leer. In einer fand er ein Mäppchen, auf dem eine überdimensionierte Maus zu sehen war.

»Ich habe was gefunden!«, rief Jen.

An einer Stelle des Speichers erschien ein roter Punkt in der Luft. Sie erzeugte eine Markierung. Nun musste er nur noch den Weg dorthin finden. Ein paar Sackgassen und Umwege später kam er an.

Kevin war schon da.

»Ein Artefakt?«, fragte Alex.

»So könnte man das wohl nennen«, erwiderte Jen. »Fotoalben.«

In einem Regal an der Wand waren sie aufgereiht. Blaue, rote und grüne Einbände. Andere waren braun. Die Farbe war ebenso verblichen wie die gelbstichigen Seiten. Es begann mit Schwarz-Weiß-Aufnahmen. Sie bildeten das Innere des Hauses ab. Die Bilder zeigten stets einen Mann und eine Frau, offensichtlich ein Ehepaar. Beide wirkten verkniffen.

Sie blätterten nacheinander die Alben durch.

»Wirkt nicht gerade wie eine glückliche Familie«, sagte Kevin.

»Irgendwie haben die Leute auf alten Bildern immer total grimmig dreingeschaut«, sagte Alex. »Andererseits«, er öffnete das letzte Fotoalbum, »sah Louis' Vater auch nicht viel besser aus.«

»Die Kids waren wohl in jeder Generation auf dem Internat«, überlegte Jen. »In keinem der Fotoalben finden sich Bilder mit Kindern drauf. Erst, als sie das Teenageralter erreicht hatten, wurden Fotos gemacht. Danach erst im nächsten Album wieder, als sie bereits erwachsen waren und ihr eigenes bekamen.«

»Das stimmt«, realisierte Alex. »Ab einem Alter von etwa dreißig.«

»Sobald sie geheiratet hatten«, stellte Jen fest.

»War das früher Brauch?«, fragte Kevin. »Dass unverheiratete Männer kein Fotoalbum hatten?«

»Keine Ahnung«, erwiderte Alex. »Damals gab es seltsame Rituale. Das wurde erst ab den Zweitausendern besser.« Er grinste. »Aber verrate meiner Mum nicht, dass ich das gesagt hab. Sie schwört auf die Achtziger.«

Jen stand mit verschränkten Armen vor dem Regal, den Blick ins Leere gerichtet.

»Was denkst du?«, fragte Alex.

»Wir könnten einen Tempus-Revelio anwenden«, erwiderte sie. »Wenn wir ihn ein wenig anpassen, wird er nicht den letzten Zauber enthüllen, sondern die letzte Person, die den Gegenstand – die Fotoalben – berührt hat.«

»Das kostet uns ziemlich viel Essenz«, gab Kevin zu bedenken. »Je weiter der Kontakt zurückliegt, umso mehr. Falls Louis tatsächlich das Zeug noch nicht gefunden hat, ist es lange her.«

Alex zog das Album von Louis' Papa heraus. »Auf dem letzten Bild ist der um die sechzig.«

»Was ist mit seiner Mama?«, fragte Kevin.

»Die ist etwa vierzig«, erwiderte Alex. »Danach nichts mehr.«

Sie überprüften die übrigen Alben. In jedem endeten die Bilder im gleichen Alter der jeweiligen Personen.

»Entweder hatte da jemand einen Ordnungszwang, den er weitervererbt hat – oder da stimmt etwas nicht«, sagte Jen. »Ich kann es nicht benennen, aber …«

»Sehe ich auch so«, erklärte Alex. »Das alles wirkt reichlich seltsam. Louis macht auf mich keinen so verkniffenen Eindruck, eher locker. Vielleicht ist er nicht der leibliche Sohn von«, er warf einen Blick auf den Namen des Vaters, »Charles Blanc«.

»Wenn wir den Zauber gemeinsam ausführen, können wir uns alle Personen, die das Fotoalbum jeweils zuletzt berührt haben, anschauen.«

»Es wird uns schwächen«, gab Kevin erneut zu bedenken. »Vielleicht sollten wir …«

Von unten erklang ein Schrei.

»Louis!«, rief Jen.

Alex rannte zur Speichertür. Er nahm zwei Stufen auf einmal.

Am unteren Ende der Treppe stand der Nimag-Junge. Ein Messer lag an seiner Kehle. Hinter ihm stand ein Mann in einer Kutte. Auf seiner Stirn waren die Umrisse eines Auges zu sehen, das jemand in die Haut geritzt hatte.

»Shit«, entfuhr es Alex.

12. Fünf Mönche, drei Magier und ein Nimag

Innerhalb von Sekunden stürzte die Erinnerung auf Alex ein. Der Bund des Sehenden Auges hatte ihn direkt nach seiner Wahl zum Erben entführt. In einer unterirdischen Zitadelle hatte ihr Anführer – Huan – Alex töten wollen. Ohne die Hilfe von Kevin und Jen wäre es böse für ihn ausgegangen. Bei dieser Gelegenheit hatte Huan ihm auch zugeflüstert, dass er als Nimag niemals zu einem Magier hätte werden dürfen.

Seit den Ereignissen war viel geschehen. Der Bund hatte nichts mehr von sich hören lassen. Gleichzeitig wusste Alex nun, dass er durch ein wildes Sigil erwählt worden war, was die Abneigung des Bundes möglicherweise erklärte.

»Kutten sind so was von out«, sagte er.

Hinter ihm trat Jen auf die Treppe.

Kevin blieb verschwunden.

»Es gibt keinen Grund, den Jungen zu verletzen.« Alex hob beschwörend die Hand. »Wenn ihr mich wollt, lasst uns das untereinander ausmachen.«

»Blanc«, knurrte der Mönch.

Louis zitterte. Die Spitze des Messers bohrte sich in seine Haut, ein Blutstropfen löste sich. »Bitte, Papa ist tot. Was immer er auch getan hat, ich kann nichts dafür.«

Weitere Kampfmönche tauchten auf, verteilten sich über den Flur. Fünf an der Zahl. Alex konnte die Magie spüren, die von ihnen ausging. Keiner zog einen Essenzstab. Damals war ihm das nicht aufgefallen. Stattdessen hoben sie gebogene Säbel, einer davon Sais, ein anderer Nunchakus.

»Das bedeutet wohl, dass wir nicht in Ruhe darüber sprechen können, hm?«, fragte Alex.

Jen flüsterte. »Duck dich. Jetzt.«

Er sackte in die Hocke. Ein Kraftschlag surrte an ihm vorbei und traf den Mönch, der Louis bedrohte, gegen die Stirn. Er kippte um.

»In Deckung!«, brüllte Alex.

Glücklicherweise war der Junge ein pfiffiger Nimag und flüchtete in das Büro seines Vaters. Die Tür war massiv. Der Sai-Mönch setzte zur Verfolgung an. Ein Schwappen erklang und Kevin sackte durch die Decke, kam direkt vor der Bürotür auf.

»Da musst du an mir vorbei«, sagte der Freund.

Die Sais wurden mit Schwung geführt, prallten auf den Essenzstab. Funken sprühten.

Alex sprang nach unten, holte aus und führte den Essenzstab gegen einen der Mönche. Dieser parierte mit seinem Säbel.

Der Nunchaku-Mönch griff Jen an. Er schleuderte eine seiner Waffen. Die Kette umschlang ihren Knöchel, sie stürzte.

Alex wich einem Angriff aus, erschuf ein Symbol und rief: »Contego.« Er warf die Schutzsphäre. Die manifestierte Essenz umfing Jen.

Der Schlag ihres Angreifers prallte ab.

Der Säbel-Mönch sah seine Chance gekommen und schlug zu. Obwohl Alex ausweichen konnte, durchdrang die Spitze des Säbels sein Shirt und hinterließ einen blutigen Streifen. Er taumelte zurück. Der Essenzstab fiel zu Boden.

Kevins Contego-Sphäre zerbarst unter einem Schlag der Sais seines Angreifers. Die Waffen waren mit Glyphen bedeckt und offensichtlich dazu gedacht, manifestierte Essenz zu zerstören.

»Aportate Essenzstab!« Das magische Artefakt sauste zurück in Alex' Hand. Er parierte den Schlag. »Potesta!« Der Kraftschlag raste auf den Mönch zu, der ihn mit der Klinge aus der Luft schlug.

Alex wich zurück, stand Rücken an Rücken mit Jen.

»Die sind gut«, fluchte Alex.

»Zu gut.« Jen hatte eine weitere Contego-Sphäre manifestiert, besaß jedoch keinen Essenzstab, mit dem sie hätte kämpfen können.

Die Mönche drangen weiter auf sie ein, führten ihre Waffen nicht, um zu verletztzen. Sie wollten töten. Dabei lag kein Hass in ihrem Blick, einzig kalte Effizienz. Sie würden kämpfen bis zum letzten Mann.

Alex wollte gerade einen maximalen Kraftschlag ausschicken, als die drei kurzerhand den Kampf einstellten. Sie wichen zurück zur Wand. Symbole leuchteten auf dem Boden auf, brannten sich durch den Teppich in das Holz.

Der vierte Mönch tauchte auf, schnappte seinen bewusstlosen Kumpan und folgte den anderen drei in das von Glyphen umschlossene Pentagramm.

Erneut leuchteten die Symbole auf. Eine Energielohe wuchs empor und verschlang alle fünf.

Sie waren fort.

»Was war denn das?« Jen ging ächzend in die Knie.

»Kev, bist du okay?«, fragte Alex.

»Gib mir ein paar Minuten, dann habe ich die Schnitte und Wunden geheilt«, erwiderte der Freund.

»Wieso sind sie abgehauen?«, überlegte Jen. »Sie hätten uns doch locker erledigen können. Und wie? So ein Pentagramm habe ich nie zuvor gesehen.«

»Gute Frage.« Alex sah sich um. »Und wo war der Fünfte während des Kampfes?«

»Wir sollten nach Louis sehen«, sagte Kevin.

Das war der Moment, in dem alles gleichzeitig geschah. Überall um sie herum flammten Symbole auf, die von den Mönchen auf dem Boden angebracht worden waren. Zauber, die in das Material des Hauses eindrangen.

Ein Summen lag in der Luft.

Einen derartig komplexen, miteinander verwobenen Zauber hatte Alex noch nie zuvor gesehen. Er umfasste das gesamte Stockwerk. *Nein*, korrigierte er sich, *das ganze Haus.*

Vor dem Fenster waberte eine Sphäre.

Wir kommen nicht mehr hinaus.

Flammen manifestierten sich in der Luft. Loderndes Feuer, heiß genug, Metall innerhalb kürzester Zeit schmelzen zu lassen. Es tanzte, züngelte, wuchs.

»Das ist ein Ignis-Zauber«, flüsterte Jen. Ihre Augen waren in Panik geweitet.

»Wir müssen hier raus!«, rief Kevin.

»Wie denn?« Alex deutete auf die Sphäre. »Die haben uns eingesperrt.«

»Toller Plan.« Jen fluchte lauthals. »Wir müssen das Netz durchbrechen, bevor die Zauber sich verweben. Sonst wird das schlimmer als bei einer Bombe.« Sie wollte ihren Essenzstab ziehen, besann sich dann aber eines Besseren. »Kev, schaffst du den Separate?«

»Ich müsste ihn erst anpassen.«

Die Flammen wuchsen schneller, magische Linien verbanden die Symbole. Das gesamte Zimmer sah aus wie von einem riesigen Spinnennetz aus goldenen Fäden durchzogen. Leuchtende Essenz sauste hin und her, balancierte den Zauber aus.

»Diese blöden Mönche«, fluchte Alex.

»Louis!«, rief Kevin.

Es rumorte, ein Schlüssel wurde gedreht. Die Bürotür öffnete sich. Der Junge hielt ein Taschentuch an seinen Hals, um das Blut abzutupfen.

»Es wird zu knapp«, sagte Kevin.

Die letzten Glyphen verschmolzen.

»Ins Büro!«, brüllte Jen.

Flammen loderten explosiv in die Luft, eine Feuerwalze raste heran …

… und verzehrte alles und jeden.

13. Stufen ins Gestern

Sie setzten sich in ein Café, tranken gezuckerten Tee und hörten Kleopatra dabei zu, wie sie darüber motzte, was aus ihrem einstigen Königreich geworden war.

Chloe fragte sich ein ums andere Mal, wie die anderen Unsterblichen diese Frau – oder eher: das Mädchen – ertrugen.

Sie musste automatisch an Nikki denken. Die Sprungmagierin befand sich in einem ähnlichen Alter, war aber lieb und goldig. Die Pubertät war also keine Entschuldigung für die Allüren dieser Diva.

Schließlich dämmerte es. Sie kehrten zur Ausgrabungsstätte zurück. Abgesehen von ein paar Nimag-Studenten war niemand mehr anwesend. Ein einfacher Zauber erschuf eine Illusionierung, die Chloe, Chris und Kleopatra unsichtbar machte. Derart geschützt, ließen sie den Bereich hinter sich. Im Mondlicht schälte sich der Berg aus der Dunkelheit.

Geräusche drangen an ihre Ohren.

»Entweder wir haben ein brunftiges Kamel übersehen«, sagte Chris trocken, »oder da vergnügt sich jemand.«

Sie schlichen näher.

Tatsächlich lagen zwei Studenten und eine Studentin eng umschlungen auf einer Decke hinter dem Gebüsch.

»Das erinnert mich an damals«, seufzte Kleopatra. »Das waren Zeiten.«

Chloe gönnte es den Nimags zwar, ihren Spaß zu haben, doch in der momentanen Situation konnten sie die drei hier nicht gebrauchen. Sie sah das Funkeln in Chris' Augen. Vermutlich hätte er am liebsten mitgemacht. Er ließ nur selten etwas anbrennen, ganz anders als Kevin.

»Wir schicken sie für die gesamte Nacht schlafen«, entschied Kleopatra. Sie zog ihren Essenzstab und erschuf das Symbol. »Noctis Somnum.«

Die drei sackten zusammen.

Chloe und Chris zogen ihnen die Kleidung wieder an und manifestierten einen leichten Schutz, damit den Nimags nichts passieren konnte.

Sie stiegen die Stufen hinab.

Im Schein des Mondlichts lag ein silbriger Glanz über den Glyphen.

Kleopatra fuhr mit der Hand über den Sandstein, befühlte die raue

Oberfläche. »Verborgen ruht entfernt, das könnte auch ›weit ab‹ bedeuten. Einmal in zehn, um auf ewig zu bewahren ... Asche aus der Unterwelt, der Atem ... Das ist wieder so ein schwurbeliger Unsinn. Diesem Steinmetz hätte ich seinen Meißel in den Hi...«

»Gehen wir doch einfach rein«, unterbrach sie Chloe. »Kannst du die Tür öffnen?«

Kleopatra betrachtete den Steinquader von oben bis unten. »Er ist nicht dazu gemacht, geöffnet zu werden. Wir müssen durch ihn hindurchgehen.«

»Toll«, kommentierte Chris. »Ich hasse das. Elementtransformation schön und gut, aber durch Stein zu laufen macht keinen Spaß.«

Kleopatra nutzte bereits ihren Essenzstab, um die notwendigen Symbole auf dem Stein zu erschaffen und einsickern zu lassen. Das würde dafür sorgen, dass das Material für einen Magier passierbar wurde. Solange die Essenz der Unsterblichen den Zauber speiste, konnte ihnen nichts geschehen. Sollte sie jedoch aufgebraucht sein, würde das Material sich wieder verfestigen.

Ohne ein weiteres Wort machte Kleopatra einen Schritt nach vorne. Lautlos glitt sie in den Stein.

»Diese Frau hat das Wort ›Teamwork‹ noch nie zuvor gehört«, kommentierte Chloe.

Sie folgte ihr.

Die Umgebung wurde zu einem einheitlichen Grau. Sie hatte nie verstanden, wie es ihr überhaupt möglich war, noch zu atmen, doch es funktionierte. Als gehe sie durch Luft, die leichten Widerstand bot. Im Stillen zählte Chloe die Schritte mit.

Neun. Zehn.

Sie trat aus dem Stein hervor.

Kleopatra ließ soeben den Essenzstab sinken. Alle paar Meter hingen Fackeln an der Wand, deren lodernder Schein die Dunkelheit vertrieb. »Das ist seltsam.«

»Was denn?«, fragte Chloe.

Hinter ihr betrat Chris den Gang. Seine Stirn glänzte feucht. Da er lediglich ein Muskelshirt und Jeans trug, konnte sie sehen, dass er seine Arme anspannte. Er mochte Enge nicht. Es war zwar keine Klaustrophobie, doch nahe dran.

»Diese Pyramide wurde anscheinend extra für Magier errichtet«, erklärte Kleopatra. »Die Glyphen am Eingang weisen darauf hin. Ein

Zauber schützt den Zugang, der Quader lässt sich nicht ohne Gewalt entfernen. Aber wo sind die Schutzzauber?«

»Du meinst, wenn es hier etwas Wichtiges gäbe, müsste auch ein Schutz vor Schattenkriegern bestehen?«

»Oder Lichtkämpfern«, ergänzte die Unsterbliche. »Je nachdem, wer das alles hier erschaffen hat. Bisher finde ich keinen Hinweis. Die Glyphen deuten darauf hin, dass die Pyramide noch zu meinen Lebzeiten erbaut worden ist, möglicherweise etwas später. Heimlich. Danach hat man sie im Boden versinken lassen.«

Obgleich Chloe schon lange als Lichtkämpferin tätig war, vergaß sie immer wieder, dass die Menschheitsgeschichte sich vor dem Wall eben nicht so abgespielt hatte, wie man es in der Schule oder dem Studium lernte. Stattdessen hatten Magier und Nimags zusammengearbeitet.

Seit Jen durch Claras Erinnerungen ein wenig mehr aus der Zeit von Iria Kon erfahren hatte, war das sogar noch präsenter. Das erklärte auch, dass in zahlreichen Artefakten und Bauwerken der damaligen Zeit Bernstein verbaut worden war. Es waren simple Essenzbatterien.

»Falls irgendwelche Halunken mit den Römern zusammengearbeitet haben …«

Chloe verdrehte die Augen. Das Einzige, was sie an Kleopatra noch mehr nervte als ihre Arroganz, war ihre Abneigung gegen die alten Römer. Gut, man konnte es bis zu einem gewissen Grad nachvollziehen, immerhin hatten die ihr Königreich zerstört und sie – angeblich – in den Selbstmord getrieben.

»Was das hier auch ist, wir werden uns die Antworten suchen müssen«, sagte Chloe. »Sollte sich der dritte Sigilsplitter jedoch in der Pyramide befinden, tickt die Uhr.«

»Du glaubst, dass die Schattenfrau auftauchen wird?«, fragte Kleopatra. »Ich bin mir da nicht so sicher. Falls sie von diesem Ort hier wüsste, hätte sie sich den Splitter doch längst geholt.«

»In Dark London und Indien ist sie auch erst später aufgetaucht«, gab Chloe zu bedenken.

»Aber da wusste sie auch, was passiert«, erwiderte Kleopatra. »Sie konnte die Splitter gar nicht vorher holen, weil sie sonst die Geschichte verändert hätte. Doch nachdem Clara im Zeitkreis verschwunden ist, wurde auch für die Schattenfrau alles neu. Sie weiß nicht mehr, was erst noch geschehen wird. Wo sich der dritte Splitter befindet, muss sie recherchieren, wie wir alle.«

Chloe nickte widerwillig. »Das stimmt. Ihr Wissen über die Zukunft ist weg und der Wechselbalg schon lange enttarnt. Damit hat sie keinen Vorteil mehr. Trotzdem würde es mich nicht wundern, wenn sie hier plötzlich auftaucht.«

»Wir werden wachsam sein.« Kleopatra ging voraus. »Aber nicht überängstlich. Das hier ist meine Domäne. Heutzutage sagt man wohl ›Heimvorteil‹.«

Aufschreiend sprang sie zurück, als die Wände aufbrachen und sich gierige Finger nach ihr ausstreckten.

14. Heimvorteil

Ignis«, brüllte Chloe.

Flammen umfingen die Mumie und verbrannten sie in Sekunden. Ascheflocken rieselten zu Boden.

Kleopatra stand keuchend an der Wand. Zwar hatte sie ihren Essenzstab gezogen, doch ihr Zauber wäre niemals rechtzeitig erfolgt. »Meine Nerven.«

»Heimvorteil, hm?«, konnte Chloe sich nicht verkneifen.

»Ich war schon immer dagegen, Mumien wieder zu erwecken«, nörgelte Kleopatra. »Irgendein Idiot von Magier kam zwei Generationen vor meiner Zeit auf die Idee, Tote im Kampf einzusetzen. Immerhin kann niemand sie umbringen. Außerdem verspüren sie keinen Schmerz und sind ausdauernd.«

»Wo er recht hat«, warf Chris ein.

»Sie geraten nur so leicht außer Kontrolle.« Kleopatra deutete auf die Überreste der Mumie. »Zudem kann ein Magier sie mit Leichtigkeit besiegen. Dazu gehört nicht viel.«

»Danke«, sagte Chloe.

»Gerne«, erwiderte die Unsterbliche, der die Ironie in Chloes Dank nicht auffiel.

Vorsichtig drangen sie tiefer in die Katakomben vor. Kleopatra hielt sich hinter den beiden.

Die Fackeln brannten überall. Zuckende Schatten tanzten über die Wände, Spinnen krochen in ihre Ecken, bei jedem Schritt wirbelten sie Sandstaub auf. Die Luft roch abgestanden, modrig.

Der schmale Gang wuchs in die Breite.

Wo zuvor Sand einfachen Steinboden bedeckt hatte, gingen sie nun über kunstvoll gefertigte Terrazzoböden mit eingearbeiteten Mosaiken. Alle paar Schritte stützten stuckverzierte Säulen die Decke.

»Das ist aber nicht authentisch«, murmelte Kleopatra. »Der damalige Baustil war völlig anders.«

»Vielleicht hat jemand Änderungen vorgenommen«, sagte Chris.

»Definitiv sogar«, stimmte die Unsterbliche zu. »Die Frage ist lediglich: wer und wann.«

»Und mit welchem Ziel«, gab Chris zu bedenken.

Sie drangen weiter vor.

Hinter jeder Säule vermutete Chloe einen Schattenkrieger, doch letztlich waren es tatsächlich nur Schatten. Kleine Ableitungen liefen über den Boden an den Wänden entlang.

»Die sind für Öl«, erklärte Kleopatra, die ihren Blick bemerkt hatte. »Auf diese Art können von einem zentralen Raum aus weit entfernte Feuerstellen versorgt werden. Ja, wir waren damals schon sehr fortschrittlich.« Sie wandte sich ab und ergänzte leiser: »Bis die Römer kamen.«

Chloe wechselte einen kurzen Blick mit Chris, der so viel besagte wie »Nie wieder!«.

Während sie weitergingen, fiel ihr etwas auf. »Wenn die Pyramide zu einer Zeit vor dem Wall erbaut wurde, wo sind dann die magischen Gegenstände? Ich glaube kaum, dass die Cleaner bis hierher vorgedrungen sind. Müsste es dann nicht noch welche geben?«

»Der Bernstein ist in den Wänden oder Stuckverzierungen verbaut«, erklärte Kleopatra. »Aber so, dass er nicht gesehen wird. Es war damals in Mode, dass die Essenzspeicher unsichtbar blieben. Das gab dem jeweiligen Nimag, der darauf zugriff, noch mehr das Gefühl, magisch begabt zu sein.«

»Lass mich raten«, sagte Chris grinsend, »das hast du so veranlasst.«

Sie räusperte sich. »Nun, möglich. Immerhin war ich Zeit meines Lebens zwar eine Königin, aber auch Nimag. Erst durch meine Wiedergeburt als Unsterbliche erhielt ich ein Sigil.«

Beinahe wäre Chloe die Frage herausgerutscht, was Kleopatra denn so Wichtiges für die Seite des Lichts getan hatte, dass sie nach ihrem Tod wiedererweckt worden war. Doch das wäre wohl unfair gewesen. Sie hatte Großes vollbracht, das musste sie ihr zugestehen. Niemand kannte die genauen Voraussetzungen, die erfüllt sein mussten, um in den Rat berufen zu werden. Altruistisch war die Herrscherin aber nie gewesen, so viel stand fest.

»Wir gehen zum Thronsaal«, entschied Kleopatra. »Dort werden wir am ehesten Informationen finden. Was das hier auch ist: Gewisse Dinge bleiben immer gleich.«

Sie gingen weiter, ihre Essenzstäbe gezückt.

Nach einiger Zeit erklang das Schaben von Stein, der auf Stein rieb. Die Flammen der Fackeln zuckten.

»Was ist das?«, flüsterte Chloe.

»Es scheint flexible Elemente zu geben«, erwiderte Kleopatra gelassen. »Vermutlich haben wir verborgene Mechanismen ausgelöst. Das Feuer flackert, weil ein Luftstrom die Fackeln umhüllt.«

Chloe gefiel das gar nicht. Sie tapsten durch ein bewegliches Labyrinth. Wahrscheinlich hatte sie einmal zu oft Indiana Jones gesehen. Zuerst kamen Fallen aus dem Hinterhalt, dann brach alles zusammen. Dass ihr Ausflug mit einer zum Leben erwachten Mumie begonnen hatte, beruhigte sie keineswegs.

Kleopatra führte sie zielstrebig durch die Gänge. Einmal wirkte sie verwirrt, entschied sich jedoch schnell für einen Weg. Dass etwas nicht stimmte, merkte Chloe, als die Wände wieder näher zusammenrückten.

»Das sieht nicht so aus, als wäre es der Weg zum Thronsaal«, kommentierte Chris.

Die Unsterbliche ging einfach weiter.

Die Wände veränderten sich zusehends. Malereien waren darauf angebracht. Stilisierte Ereignisse.

Kleopatra blieb stehen und besah sich das alles genauer.

Aufgebahrte Ägypter lagen in oben offenen Sarkophagen. Gekleidet in weiße Gewänder, blickten sie in den Himmel. Über ihnen schwebte der Mond, gehalten von einem Skelett.

»Das ist sehr untypisch«, erklärte die Unsterbliche. »Die Darstellung der toten Männer und Frauen in den Sarkophagen ist korrekt, doch der Mond als Symbol ungewöhnlich. Ein Skelett abzubilden ist völliger Unsinn. Der Tod wurde normalerweise durch den Gott Anubis dargestellt. Hier hat jemand eine bestehende Wandmalerei angepasst oder viel später angebracht. Das ist nicht zu meiner Zeit als Nimag geschehen, das steht fest.«

Chloe betrachtete fasziniert das Bild. Ein Skelett hielt den Mond umklammert. Was konnte das bedeuten? Und weshalb waren all die Menschen tot? Es war offensichtlich, dass sie in der Nacht gestorben waren. Die Verbindung zu den Glyphen am Eingang kam ihr in den Sinn. Auch diese hatten sich erst im Mondlicht offenbart. Das verbindende Element war also die Sichel am Himmel.

Was konnte das bedeuten?

Sie kniff die Augen zusammen. Wenn sie ganz genau hinsah, schien das Skelett silbern zu schimmern. Hatte jemand Magie in die Malerei eingewoben?

Kleopatra ging bereits weiter. Chris blieb noch einen Moment bei Chloe stehen, dann folgte er der Unsterblichen.

»Die Sache wird immer mysteriöser«, flüsterte sie und rannte den anderen hinterher.

Sie stiegen Stufen hinab, gingen einen Gang entlang und erreichten einen weiteren Raum. Schon das Gitter vor dem Zugang machte deutlich, dass es keinesfalls der Thronsaal sein konnte. Als sie näherkamen, fuhr es nach oben in die Decke. Es knirschte, Sand rieselte zu Boden.

Ganz langsam traten sie vor den Eingang.

»Oh Gott«, hauchte Chris.

»Nicht der Thronsaal«, presste Kleopatra hervor.

»Nein«, flüsterte Chloe entsetzt. »Garantiert nicht.«

15. Hier riecht es verbrannt

Intuition.

Anders konnte Alex es sich nicht erklären. Ohne eine Absprache getroffen zu haben, erschuf Jen im Lauf eine Contego-Sphäre, in die sie auch Kevin einschloss. Gleichzeitig warf Alex eine Barriere vor die Bürotür, wodurch die Flammen davon abgehalten wurden, in den Raum vorzudringen.

Louis taumelte zurück und stürzte zu Boden.

Sie sprangen in das Büro und schlugen die Tür zu. Das Feuer war vorerst ausgesperrt, würde es aber nicht lange bleiben. Rauchfäden schlängelten sich durch das Schlüsselloch und den Spalt unter der Eingangstür.

Während Alex und Jen sich vor Louis aufbauten, versiegelte Kevin die Schlitze und imprägnierte Tür und Wände gegen das Feuer. Magische Flammen dieser Stärke würden sich nicht lange abhalten lassen, doch immerhin hatten sie Zeit gewonnen.

»Ich verstehe das nicht.« Louis zerrte am Fenster. »Ich krieg es nicht auf.«

Er konnte die Barriere nicht sehen, die der Bund des Sehenden Auges um das Haus gelegt hatte. Der Wall maskierte Magie durch die Illusion eines klemmenden Fensters.

»Was tun wir denn jetzt?« Der Junge wirkte panisch. »Ich will nicht verbrennen! Was waren das überhaupt für Kerle? Und wieso hast du diese kleine Taschenlampe gezogen?« Er deutete auf Kevin.

Kurz bevor die Tür zum Büro zugefallen war, musste er noch den Essenzstab wahrgenommen haben.

Der Wall bewies kein gutes Händchen, wenn es um die Maskierung von Magie ging, fand Alex. Es wäre einfacher zu erklären gewesen, dass jemand sein Smartphone hervorzog.

»Wir mussten uns ja irgendwie verteidigen«, erklärte Kevin.

»Das ist doch jetzt egal«, stoppte Jen die Diskussion. »Es ist viel wichtiger, wie wir hier herauskommen. Das Fenster scheidet wohl aus.«

»Werfen wir etwas dagegen«, schlug Louis vor. Bevor Alex ihn aufhalten konnte, hatte er bereits den Briefbeschwerer ergriffen und schleuderte ihn gegen das Glas. Als treffe ein Gummiball auf festes Material, prallte der Stein ab und kam zurück. Der Junge wich aus. »Irgendwie ist mir heute nicht gut. Das Glas mag ja dick sein, aber wenn ich vernünftig geworfen hätte, wäre es doch zerbrochen.«

»Eindeutig Panzerglas«, kommentierte Jen schnell.

Louis griff in seine Tasche und zog eine Brille hervor, die er auf die Nase setzte. »Meine Eitelkeit bringt mich noch um. Ich sehe nicht so gut ohne das Ding, aber es ist echt hässlich.«

So was von. »Ach was«, winkte Alex ab. »Das ist retro. Biedermeierstil.«

Jen ging in die Knie und befühlte den Boden. »Das ganze Haus brennt. Die Flammen werden ihren Weg hierherfinden.«

Kevin trat an die Wand. »Schon verdammt heiß. Wir haben höchstens zwei Minuten.«

»Durch die Decke?«, überlegte Alex. »Wenn das Feuer noch nicht auf dem Speicher ist, kämen wir bis hinauf auf das Dach.«

»Die Barriere umschließt das Haus.« Jen deutete aus dem Fenster. »Wir kämen auf den Speicher, aber nicht mehr raus.«

»Also können wir nur innerhalb des Hauses flüchten, wo jedoch alles brennt«, konstatierte Alex.

»Was ist mit einer Schutzsphäre, die einer von uns manifestiert und ein anderer am Schweben hält?«, fragte Kevin.

»Wir könnten etwas Schwereres gegen das Fenster werfen«, murmelte Louis. »Oder schlagen.« Er griff nach dem herumstehenden Besen und drosch damit auf das Glas ein.

»Das schaffen wir nicht.« Alex ignorierte den Nimag. »Die Barriere fällt vermutlich erst zusammen, wenn hier alles in Trümmern liegt. Das dauert aber. So ein Feuer frisst sich langsam durch das Material. Gut so, Louis, fester.«

»Ein gemeinsamer Kraftschlag gegen die Barriere?«, überlegte Kevin.

»Schau sie dir an.« Jen deutete hinaus. »Sie ist gewaltig. Vermutlich wird sie von mehreren Mönchen aufrechterhalten, die dort draußen irgendwo stehen.«

»Wir rufen einen Sprungmagier via Kontaktstein!«, rief Alex.

»Schon versucht.« Jen tippte gegen den magentafarbenen Stein, der an einem Lederband um ihren Hals hing. »Dämpfungsfeld.«

»Die haben das vorbereitet«, sagte Kevin. »Versteht ihr nicht? Die müssen genau gewusst haben, wie viele Personen sie hier hereinschicken und wie viel sie benötigen, um eine geschlossene Sphäre von dieser Größe zu erzeugen.«

Louis gab auf. »Wie schwer kann es sein, ein Fenster zu zerschlagen?« Er blieb keuchend stehen, Schweiß lief über seine Stirn. »Es ist so verdammt heiß. Vielleicht könnten wir es mit dem Regal einschlagen.«

»Das ist ein verdammt großes Regal«, erwiderte Alex. »Fang doch schon mal an.« Er wandte sich wieder seinen Freunden zu. »Was, wenn wir uns in eine Sphäre hüllen, sie schweben lassen und das Haus selbst zum Einsturz bringen. Das würde das Feuer ersticken.«

»Die Idee ist nicht schlecht«, sagte Kevin.

Jen nickte. »Aber wir müssen uns beeilen.« Sie deutete auf Louis. »Ein kleiner Schlafzauber?«

Der Nimag zerrte am Regal, das sich jedoch kein Stück bewegte. »Hat er das an der Wand festgeschraubt? Oder eingepasst?«

Er rüttelte.

»Ich werfe die Bücher raus. Helft ihr mir?«

Mit zitternden Fingern riss Louis die Werke heraus, die auf den Boden purzelten.

»Willst du das übernehmen?«, fragte Alex an Jen gewandt. »Deine Schlafzauber haben einen sanfteren Touch. Bei der letzten Übung konnte ich so toll schlafen. Ich habe die ganze Zeit von Sandwiches geträumt.«

»Was man umgekehrt nicht behaupten kann.« Jen ließ ihre Finger knacken. »Deine Schlafzauber haben mich total schwindelig durch den Raum taumeln lassen. Am Ende bin ich zwar umgekippt, habe aber total wirr geträumt. Eine Horde grölender Idioten rief ständig ›Tooor, Tooooor‹.«

»Ähhhh, das waren Chris und ich«, gab Alex zu. »Da lief gerade ein Fußballspiel. Und weil du das nicht magst, haben wir dich nach der Übung einfach schlafen lassen. Hat wohl nicht so richtig funktioniert.«

Wäre Edison in diesem Augenblick anwesend gewesen, hätte er Jens Blick wohl als neuen Todeszauber patentiert.

»Wir beide werden im Castillo ein langes Gespräch führen.« Sie stieß ihm den Zeigefinger gegen die Brust. »Aber zuerst …«

Ein lautes Knarzen hallte durch den Raum.

Sie wandten sich synchron dem Regal zu.

Louis hatte eines der Bücher herausziehen wollen, doch es hing fest. An einem Mechanismus. Das Regal schwang zur Seite und gab den Zugang zu einer Treppe frei.

»Wow!«, entfuhr es dem Nimag. »Ein Geheimgang.«

Hinter Kevin zuckten Flammen aus der Wand, leckten über die Tapete und verbreiteten sich innerhalb von Sekunden. Der Imprägnierungszauber kollabierte.

»Los, rein!«, brüllte Alex.

Sie stürmten durch den geheimen Zugang und polterten die Treppe hinab. Hinter ihnen glitt das Regal wieder an die ursprüngliche Stelle und sperrte das Feuer aus.

16. In tiefsten Tiefen

Jen achtete darauf, dass die Geheimtür fugenlos abschloss. Während Alex und Kevin mit Louis in der Mitte nach unten stiegen, legte sie eine feuerabweisende Sphäre über diese Seite der Wand. So konnten die Flammen sich nicht durch das Material fressen.

Erst danach folgte sie den anderen.

Die steinernen Stufen waren uneben. Zwar gab es über ihnen an der Decke Spinnweben, doch die Treppe war staubfrei. Allzu lange konnte es nicht her sein, dass jemand hier heruntergekommen war.

»Wow!«, hallte Alex' Stimme an ihr Ohr.

Sie beeilte sich, aufzuschließen.

Die Treppe endete abrupt, ging über in eine Höhle. Sie schien natürlichen Ursprungs zu sein, obgleich zahlreiche von Menschenhand geschaffene Gegenstände hereingeschafft worden waren. Zwischen Stalagmiten und Stalaktiten standen heruntergekommene Möbelstücke. Ein Regal war einigermaßen in die Umgebung eingepasst worden, ein Schreibtisch stand an der Seite; ringsum seltsame Apparaturen. Ein Gittertor grenzte einen Gang ab, der in der Dunkelheit verschwand.

»Eine Bat-Höhle«, freute sich Alex. »So eine wollte ich als Kind auch immer haben.«

»Du meinst: bis heute«, stichelte Jen.

Die Neckereien ließen sie die Anspannung für einen Moment vergessen. Jedoch nur so lange, bis Kevin sagte: »In die meisten Artefakte ist Bernstein eingebaut.«

Louis stand mit großen Augen vor dem Regal. »Ich verstehe das nicht. War Papa Mitglied einer Sekte? Hier stehen überall Bücher über okkulte Themen.« Er schob mit dem Zeigefinger die Brille wieder korrekt auf die Nase. »Und was sind das für Apparate?«

»Es wird wohl Zeit, dass wir dir die Wahrheit sagen.« Alex legte Louis mitfühlend die Hand auf die Schultern.

»Ich glaube nicht …«, wollte Jen ihn aufhalten.

»Dein Papa war den Mitgliedern einer Sekte auf der Spur.«

»Genau«, bestätigte Jen.

Kevin nickte zustimmend.

»Er hat hier unten geforscht«, sprach Alex weiter. »Er wollte uns über seine Ergebnisse informieren, damit wir …« Hilfesuchend sah er zu Jen.

»… einen Enthüllungsartikel schreiben können«, warf sie ein.

»Genau das. Aber dann kam ihm etwas dazwischen«, sponn Alex den Faden weiter.

»Er ist gestorben«, sagte Louis.

»Das meinte ich«, sprach Alex heftig nickend weiter. »Das kam ihm dazwischen. Der Tod.«

Jen verdrehte die Augen.

»Auf jeden Fall sind wir in Wahrheit hier, um seine Rechercheergebnisse zu finden. Vermutlich wollten die Kampfmönche dort oben alles vernichten.«

Louis nickte langsam, die Geschichte schien für ihn zu passen. »Der Brandbeschleuniger war ja krass. Von so einem Zeug habe ich noch nie gehört.«

»Fast magisch«, witzelte Alex.

Jen stand kurz davor, ihn mit seinem eigenen Essenzstab zu verprügeln.

»Aber wie kommt es, dass er an euch herangetreten ist?«, fragte Louis. »Ich meine … Studenten?«

»Wir sind keine«, sagte Kevin. »Mein Studium liegt schon etwas länger zurück. Ich bin Journalist.«

»Ich ebenso«, erklärte Jen. »Nur Alex ist ein Neuerw… Neuangestellter unserer Zeitung.«

»Ach so. Ja, also ich weiß so viel wie ihr.« Er machte eine ausladende Armbewegung, die die Höhle einschloss. »Ihr könnt euch gerne umschauen.«

Jen log nur widerwillig, doch in ihrer Eigenschaft als Lichtkämpferin blieb ihr oft keine Wahl. Einem Nimag die Wahrheit über den Bund des Sehenden Auges, Schattenkrieger und Magie zu erklären, kam keinesfalls infrage. Da mussten okkulte Sekten sowie Brandbeschleuniger herhalten.

Alex trat an das Regal. »Hier stehen Bücher über hellseherische Fähigkeiten, Astralreisen und Magie. Hexenkraft, Mondanbetung, lauter sinnloses Zeug.«

»Mein Papa war schon immer ein wenig eigen«, erklärte Louis. »Aber ich wusste nicht, dass es so schlimm ist. Hat er mich deshalb ins Internat gesteckt? Damit ich von alldem nichts mitbekomme. Und wie hat er die Höhle eingerichtet?«

»Gute Frage.« Jen ging zu einem der Apparate, der einem alten

Plattenspieler ähnelte. Die Nadel am Arm bestand jedoch aus Bernstein. Vorsichtig ließ sie den Essenzstab darübergleiten. »Kevin, kannst du mal kommen?«

»Was gibt es?«

Leise, damit Louis es nicht mitbekam, erwiderte sie: »Prüfst du bitte mal den Bernstein? Mein Stab arbeitet unzuverlässig.«

»Klar.« Er führte eine kreisende Bewegung über dem Plattenspieler aus. »In einigen davon befinden sich noch Essenzreste, aber nicht mehr viel. Wenn ich mir diese Sachen so anschaue, glaube ich nicht, dass Louis' Vater sie konstruiert hat.«

»Du meinst, das war früher?«

Er nickte. »Schau, dort vorne steht ein Grammophon. Und das da ist ein altmodisches Abhörgerät, ich schätze aus den Sechzigern.«

»Aber sein Vater muss davon gewusst haben.«

Kevin neigte den Kopf von der einen zur anderen Seite. »Vermutlich ja, aber sicher sein können wir nicht. Diese Geheimtür war verdammt gut versteckt.«

»Der Orden des Sehenden Auges war im Haus«, bekräftigte Jen. »Wir wissen zwar wenig über ihn, aber wenn ich zugrunde lege, dass sie Chris und Alex entführt haben und ihre Kräfte vollständig bannen konnten, geben sie sich nicht mit Kleinigkeiten ab. Mir gefällt das nicht. Welcher Vorfahr von Louis hier auch geforscht hat, es muss wichtig gewesen sein.«

»Viel beunruhigender finde ich, dass es in seiner Ahnenlinie keine Magier gab«, sagte Kevin. »Wie also hat diese Person all das zustandegebracht?«

Louis durchwühlte die Schreibtischschubladen. »Hier ist etwas!«

Sie eilten zu ihm hinüber.

»Ein Tagebuch«, erklärte der Junge. »Oder genauer: ein ganzer Stapel. Das hier ist von meinem Papa.« Er schlug es auf. »Ja, eindeutig seine Schrift.«

Jen linste über die eine Schulter, Alex über die andere.

»Das ist ja furchtbar«, flüsterte Louis. »Er hatte Wahnvorstellungen.«

»Visionen«, murmelte Kevin.

»... sah ich den Wall, der alles umschlingt«, las Louis laut vor. »Bernstein, Himmelsglas und Hexenholz, wenn man sie verbindet, erhält man machtvolle Gegenstände. Doch woher bekomme ich Essenz ...«

Der Junge warf das Buch auf den Tisch. »Er war wahnsinnig.«

Jen schnappte sich das Tagebuch und überflog die Seiten. Charles Blanc, Louis' Vater, war keinesfalls verrückt gewesen. Aus irgendeinem Grund hatte er einen Teil der Fähigkeiten seines Vorfahren behalten. Diese Visionen hatten ihm Einblicke in die magische Welt gewährt. Fortan hatte er damit begonnen, Apparaturen herzustellen. Sie fand außerdem aufgezeichnete Symbole in dem Tagebuch. Es handelte sich um echte Zauber. »Das ist der Gravitate Negum«, flüsterte sie.

Alex, der still mitgelesen hatte, nickte. »Und hier der Wurzelzauber, den ich in Indien benutzt habe, um in den Tempel durchzubrechen. Wie ist das möglich?«

»Ich habe keine Ahnung. Er war ein Nimag. Vor dem Wall wurden seherische Fähigkeiten durchaus vererbt, aber nach der Errichtung nicht mehr.«

Jen blätterte hastig an den Anfang zurück. Ihr Blick erfasste die erste Zeile. »Es begann nach dem Besuch des Museums«, las sie vor. »Ich hätte diesen verfluchten Ort nie aufsuchen dürfen. Nun kommen die Bilder jede Nacht.«

»Louis«, rief Alex.

»Oui?«

»Gibt es hier in Brest ein Museum? Eines, das dein Vater gerne aufgesucht hat? Du hast vorhin so was erwähnt.«

Der Junge nickte eifrig. »Sicher. Warum?«

»Ich hätte nie gedacht, dass ich das mal sage«, erklärte Alex trocken, »aber ich bekomme gerade Lust auf Kultur.«

17. Du Banause

Sie strebten durch die Gassen, dem Museum entgegen.

»Hättest du nicht Kevin mitnehmen können?«, maulte Alex.

»Hast du nicht behauptet, dass du unbedingt ein wenig Kultur abbekommen möchtest?«, fragte Jen.

»Das war doch nur, um eine Antwort zu bekommen. Quasi ein Witz. Kevin hätte bestimmt viel mehr Lust darauf gehabt.«

Sie hatten ihn mit Louis in dem geheimen Studierzimmer zurückgelassen. Er sollte die Tagebücher weiter nach Informationen erforschen, während sie und Alex das Museum durchsuchten. Der Gang hinter dem Gitter führte zu einem zweiten Ausgang in einer Unterführung.

»Jetzt stell dich nicht so an«, sagte Jen. »Du Kulturbanause.«

»Pfff«, erwiderte er. »Du willst mich nur wegen meinem Essenzstab dabeihaben. Weil deiner nicht mehr funktioniert. Ich werde reduziert auf meinen …«

»Sag es nicht!« Jen seufzte. »Ich hätte wirklich Kevin mitnehmen sollen.«

»Siehst du, sag ich doch … Was ist das?«

Jen blieb ruckartig stehen, riss die Arme in die Höhe und machte sich dazu bereit, eine Contego-Sphäre zu erschaffen. »Was? Wo?«

»Da, an deinem Hals?«

Erst jetzt wurde Jen bewusst, dass durch den Kampf mit den Mönchen ihr Shirt hinten eingerissen war. »Was ist da?«

»Ein Knutschfleck.«

»Oh.«

»Wo kommt der denn her?«, fragte Alex.

»Na ja, wo die halt in der Regel so herkommen.«

»Aha. Und wie heißt er?«

»Dylan. Eine … Auszeit-Affäre.«

»Also nichts Ernstes?«

»Hör auf, mich hier auszufragen! Da geht es lang.« Jen stapfte drauflos.

In der Ferne konnte sie das Musée National de la Marine bereits erkennen. Es war in einer Festung untergebracht, die am Hafen lag. Längst war es dunkel geworden. Mit ihrem Weitblick prüfte sie die Umgebung. Der Parkplatz lag leer da. Die Schiffe, die am Kai angelegt hatten, schaukelten leicht in der Dünung.

»Nette Hütte«, sagte Alex.

»Ein hässlicher grauer Kasten würde ich sagen.« Jen überprüfte die Zinnen. »Keine Wachmänner. Das scheint alles über Kameras zu funktionieren. Das wird ein Kinderspiel.«

»Uh, wir sind die Ocean's Two.«

»Du schaust zu viel Fernsehen.«

»Was macht dieser Dylan denn so beruflich?«, fragte Alex unschuldig.

»Warum willst du das wissen?«

»Ich interessiere mich eben für dich. Also dein Leben, meine ich. Was du so treibst, wie es dir geht.« Er zuckte mit den Schultern. »Aber wenn du nicht willst …«

»Nein, schon gut.« Jen winkte ab. »Du hast ja recht. Er ist Chirurg.«

»Haben die nicht alle einen Gottkomplex?«

»Alex!«

»Sorry. Ich hör schon auf. Und wo wohnt er?«

»In London.« Sie erzählte vom ersten Zusammentreffen mit Dylan. »Und die nächsten Tage haben wir sein Penthouse dann nur selten verlassen. Ich konnte alles einfach vergessen, verstehst du? Ein Nimag--Leben erscheint mir mittlerweile so simpel und unkompliziert.«

Alex lachte auf. »Ich versichere dir, dass es das nicht ist. Meines liegt noch nicht lange zurück und es bestand aus ständigen Herausforderungen und Rückschlägen. Ohne Magie ist man zwar nicht täglich in Lebensgefahr, aber es ist auch alles viel schwerer zu bewerkstelligen.«

»Da hast du wohl recht. Machst du die Illusionierung?«

»Beide?«

»Die funktionieren wegen ihrer Komplexität mit einem Essenzstab besser«, erwiderte Jen. »Ich habe gestern eine ausprobiert. Eigentlich wollte ich zu einem Baum werden.«

»Und?«

»Straßenlaterne. Ein Wunder, dass kein Hund vorbeikam.«

Alex kicherte. »Okay. Das kriegen wir hin. Was sollen andere denn bei unserem Anblick sehen?«

»Erst mal zwei Hunde. Das würde nicht auffallen.«

Er zeichnete mit dem Essenzstab ein Symbol vor Jen in die Luft, ein zweites vor sich selbst. Die bernsteinfarbene Essenz erinnerte Jen ein wenig an Johannas Feuerspur.

»Generate Mirage!«

Ein Wabern manifestierte sich und verschwand.

Von nun an würde jeder Spaziergänger, der sie sah, zwei Hunde sehen. Auch die Kameras bekamen ein solches Bild vorgegaukelt. Sie mussten möglichst schnell in das Museum, damit Alex nicht beständig Essenz verlor.

Das Tor war wuchtig, aus Holz und absolut verschlossen.

»Kein Problem.« Alex hob die Hand.

»Moment«, stoppte ihn Jen. »Dahinter warten nicht nur weitere Türen und Kameras. Falls irgendwo ein Wachmann sitzt und in dem Augenblick auf den Monitor schaut, in dem die Tür sich öffnet, haben wir ein Problem.«

»Hast du eine bessere Idee?«

»Du veränderst die Illusionierung und machst uns zu Eulen. Ich lasse uns an der Außenwand hinaufschweben. Wenn jemand uns sieht, denkt er, zwei Vögel haben sich auf den Zinnen niedergelassen. Von dort aus sehen wir weiter.«

Alex veränderte die Illusionierung, während Jen den Gravitate Negum ausführte. Langsam glitten sie an der Außenwand empor, über die Zinnen hinweg und landeten.

»Wir könnten einfach durch die Wand gehen«, schlug Alex vor.

Sie sah ihm an, dass er an ihr Erlebnis im Verlorenen Castillo zurückdachte. Damals waren sie durch meterdickes Gestein gewandert.

»Das ist eine gute Idee. Und die Wand ist nur dünn.« Jen schaute durch eines der Fenster hinein. »Aber auf der anderen Seite hätten wir dann ein Problem. Die Kameras würden zwei Vögel wahrnehmen, die durch festes Gestein in den Raum hüpfen.«

Alex hielt die Illusionierung aufrecht. »Wir könnten einen Absturz der Überwachungsgeräte verursachen. Bodensensoren, Kameras, Mikrofone und Laserschranken.«

»So gut ist das hier alles gar nicht gesichert, glaube ich.« Jen schaute noch immer durch das Fenster. »Eine Alarmanlage, die beim Öffnen der Tür oder Fenster aktiviert wird. Ich kann die Kabel sehen. Aber keine Laserschranken.« Sie nutzte ihren Weitblick, um die Wände abzusuchen. »Wir können es wohl wagen, einfach die Kameras abzuschalten. Aber nur die.«

»Das übernehme ich.« Alex wirkte wie ein Schuljunge, der ein neues Spielzeug bekommen hatte.

»Manchmal frage ich mich, ob du überhaupt alterst«, sagte Jen.

»Aber klar. Ich altere in Würde und du in Panik.« Er kicherte.

»Kaum zu glauben, dass deine Mutter zwei Kents großziehen konnte, ohne durchzudrehen.«

»Sie ist eine starke Frau.« Alex hatte drei Symbole erschaffen und verbunden. »Industria Silentium.«

Im Inneren des Gebäudes erloschen die Lichter und Kameras. Alex ließ einen Zauber in die Wand einsickern. Gemeinsam durchschritten sie das Material.

Das Erste, was sie entdeckten, war ein toter Mönch.

18. Was ist hier passiert?

Es war das Verlies, das wurde auf den ersten Blick ersichtlich. Chloe hatte im Verlauf des Kampfes gegen die Schattenkrieger bereits viele Tote gesehen. Erst kürzlich, nach dem Sturm auf das Castillo, hatten sie Freunde betrauert. Doch das hier war etwas völlig Anderes.

Schmiedeeiserne Ketten waren an der Wand angebracht, die rostigen Glieder dunkel angelaufen. Beim genaueren Hinsehen erkannte Chloe, dass verkrustetes Blut an dem Eisen haftete.

In den Ketten hingen Tote in verschiedenen Stadien der Verwesung. Sie hatten im Moment ihres Ablebens Kleidung getragen, die sich ebenfalls in unterschiedlichen Stadien des Zerfalls befand.

»Wie viele sind das?«, hauchte Chloe.

»Einhundertsechsundsechzig«, erwiderte Chris. »Ich habe sie gezählt.«

Die Summe ließ bei Chloe alle Alarmglocken schrillen. »Für jedes Jahr seit der Erschaffung des Walls ein Opfer.«

Kleopatra ließ den Essenzstab bereits über dem nächstgelegenen Toten kreisen. Einem Mann, der vor weniger als einem Jahr gestorben war, und sich noch in einem vergleichsweise frühen Stadium der Verwesung befand. »Ein Nimag. Ich wette, das sind alles Nimags. Der Kleidung nach zu urteilen starb jedes Jahr einer. Hier vorne, die ersten tragen die aktuelle Mode.«

»Aber nicht ausschließlich lokal«, stellte Chris fest. »Sieht für mich aus, als lägen hier Menschen aus allen Teilen der Welt. Das ist ein Massengrab.«

»Ich kann keine Gewalteinwirkung erkennen«, konstatierte Chloe. »Und der Revelio zeigt auch keinerlei Magie an. Wie sind sie hierhergelangt? Und warum hat niemand sie vermisst?«

»Alles gute Fragen«, sagte Chris. »Was sagt unsere Spezialistin für Ägyptologie dazu?«

Kleopatra ging zwischen den Toten hindurch in den rückwärtigen Teil, wo nur noch Skelette lagen. »Ich mag unsterblich und fast allwissend sein, aber das hier ergibt für mich trotzdem keinen Sinn. Die Pyramide muss zu meinen Zeiten errichtet worden sein, möglicherweise etwas später. Aber wenn hier seit Erschaffung des Walls jährlich ein Opfer dargebracht wurde, muss sich jemand immer wieder aufs Neue Zutritt verschafft haben.«

»Könnte er nach wie vor … ich meine … eine Mumie vielleicht?«, fragte Chris zaghaft.

Kleopatra lachte auf. »Es mag ja sein, dass die Nimags ständig Filme über Untote produzieren und darin auch ab und an eine Mumie vorkommt, doch in Wahrheit sind die zu nichts zu gebrauchen. Tumbe Gestalten, die durch Gänge wanken und Grunzlaute ausstoßen. In großer Zahl werden sie gefährlich, aber da bräuchte es schon ein uraltes Massengrab.«

»Unwahrscheinlich«, kommentierte Chloe, »dass eine solche Kreatur dafür verantwortlich ist. Menschen zu entführen und zu töten erfordert Finesse.«

»Könnte es der letzte Splitter sein?«, überlegte Chris laut. »Immerhin hat das Teil in Indien auch Untote erweckt und von Dark London haben Jen, Alex und Clara ebenfalls nur Schlechtes berichtet.«

»Falls ja, ist unser Gegner eine mächtige Entität«, realisierte Kleopatra. »Wir müssen uns in Acht nehmen. Andererseits scheinen die Splitter auf die eine oder andere Art ihren Weg zu starken Magiern zu finden. Da ich hier bin, steigen also unsere Chancen.«

Chloe seufzte. »Wir sind so glücklich darüber. Also, unbesiegbare Kleopatra, wohin jetzt?«

»Der Thronsaal«, erwiderte sie, die Ironie ignorierend. »Wir müssen ihn nur finden. Dort sollte es einen Hinweis darauf geben, was hier vorgeht. Mir nach.«

Wie Lemminge trotteten sie hinter der Unsterblichen her.

Chloes Gedanken waren bei den Toten. Jedes Jahr war ein Mensch verschwunden, einfach so. Vermutlich Zahlen in einer Statistik, die niemals jemand in Zusammenhang gebracht hatte. Seit der Erschaffung des Walls. Zeitlich passte es also zusammen. Natürlich hatte es vor langer Zeit in der Magie auch Menschenopfer gegeben, vor allem bei den Vertretern der heutigen Schattenkrieger. Zwar basierten Zauber auf Essenz, doch durch den Tod eines Nimag wurde im Augenblick seines Dahinscheidens auch eine Art Energie frei. Keine echte Essenz, nein. Todesessenz wurde sie genannt, war jedoch in Wahrheit etwas anderes, Fremdes. Die Vorlesungen im Castillo beschäftigten sich nur am Rande damit. Schließlich sollten die Lichtkämpfer zwar wissen, was es damit auf sich hatte, jedoch nicht auf dumme Gedanken kommen. Glücklicherweise tötete heute niemand mehr Nimags. Der Wall maskierte nicht nur Magie, er verhinderte auch, dass die beim Tod eines Menschen entstehende Energie abgeschöpft werden konnte. Es war also sinnlos.

Der Wall hat wirklich einiges verbessert.

Doch jemand schien an alten Traditionen festzuhalten. Mit etwas Glück würden sie bald wissen, wer.

Kleopatra führte sie kreuz und quer durch die Pyramide. Nach oben, nach unten, einige Gänge durchquerten sie mehrfach. Die Unsterbliche wurde immer unleidlicher.

»Gibt es im Thronsaal viele Feuerstellen?«, fragte Chris.

»Natürlich, wieso fragst du?« Kleopatra schaute nach links und nach rechts, überlegte offenbar, welchen Weg sie als Nächstes gehen sollten.

»Ich dachte nur, dass wir dann auch einfach den Ölrillen folgen könnten. Die führen uns zu dieser zentralen Kammer. Von dort müsste es ein Leichtes sein, den Thronsaal zu finden.« Chris blickte abwechselnd zu Chloe und Kleopatra. »Oder nicht?«

»Jaaaa, also, das wäre eine Möglichkeit«, bestätigte die Unsterbliche. »Nette Idee.«

Chloe verkniff sich jede Bemerkung.

Sie folgten den Rillen, die in diesem Abschnitt nicht mit Öl befüllt waren. Einen Augenblick lang fragte sie sich, wieso es hier überhaupt welche gab, wo doch überall Fackeln loderten.

Kleopatra legte einen ordentlichen Schritt an den Tag. So fanden sie den zentralen Verteilraum für das Öl zügig. Im Zentrum gab es ein erhöhtes kreisrundes Becken, aus dem ein durchdringender Geruch in Chloes Nase stieg. Ringsum lagen weitere, die über kleine Rohre verbunden waren. Von diesen gingen abschüssige Rillen im Boden ab, die das Öl zu ihrem jeweiligen Ziel leiteten. Da der Raum relativ weit oben in der Pyramide lag, wurden nach unten hin alle anderen Räume mit dem Öl versorgt.

»Ein ziemlich ausgeklügeltes System«, gab Chloe zu.

»Nicht wahr«, sagte Kleopatra stolz. »In einigen Räumen gibt es verborgene Schalter im Boden. Wenn jemand den Raum betritt, wird automatisch Öl zugeleitet. Ein Feuerstein erzeugt dann Funken, die es entzünden.«

»Wieso habt ihr das nicht mit Magie erledigt?«, fragte Chris. »Damals war der Wall noch nicht mal als theoretische Idee vorhanden.«

»Vergiss nicht, dass ich selbst ein Nimag war«, erwiderte Kleopatra. »Der Wert essenzbefüllten Bernsteins stieg zu dieser Zeit sprunghaft an. Man konnte ihn kaum bezahlen und die Magier wurden immer arroganter. Daher haben wir versucht, ohne Magie auszukommen.« Sie wedelte mit der Hand. »Außerdem haben mir persönlich Gold und Diamanten schon immer besser gefallen. Ich hatte einiges davon für schlechte Zeiten zurückgelegt. Glücklicherweise kam dann der Wall und die Nimags haben dahingehend Geschmack bewiesen. Die Goldpreise sind explodiert. Nicht zu vergessen – Diamanten. Keiner weiß mehr, dass das Zeug vor dem Wall völlig wertlos war. Alle wollten den blöden Bernstein.«

Das leuchtete Chloe sogar ein. Vor dem Wall war essenzbefüllter Bernstein die universelle Währung gewesen. Komfortabel für Magier, da sie so Essenz produzieren konnten. Nimags, die wichtige Waren anboten, konnten ebenfalls gut damit handeln. Über die Jahrzehnte war jedoch ein Ungleichgewicht entstanden.

Einstein hatte davon erzählt, dass es nicht wenige Nimags gegeben hatte, die sich – wie auch Kleopatra – von dieser Abhängigkeit frei machen wollten. Natürlich intervenierten die Magier hier stets, beeinflussten Fürsten und Staatsoberhäupter.

Politik und Lobbyismus. Manche Dinge ändern sich nie.

Sie ließen den Raum mit den Ölbecken hinter sich und folgten einem breiten Aquädukt. Es verlief steil nach oben und in der Seite waren tatsächlich kleine Bernsteinkugeln eingepasst.

Kleopatra bemerkte Chloes Blick. »Wir waren nicht vollständig unabhängig. Aber doch fast.«

Sie stiegen die Stufen empor.

Und dann lag er vor ihnen. Der Thronsaal. Sie traten ein. Chloe begriff auf den ersten Blick, dass etwas ganz und gar nicht stimmte.

19. Ich plädiere auf Verjährung

Der Thronsaal sah aus, als hätte ein Berserker darin gewütet. Im Zentrum stand ein Thron aus Gold, dessen Armlehnen in Katzenköpfe übergingen. Dahinter gab es ein Fenster, vor dem Erdreich zu sehen war.

Dort saß … etwas.

»Das sieht aus wie ein lebender Hund«, flüsterte Chris.

Der Rest des Raumes war zerstört. Zerschlagene Altäre, zerpulverte Steine, heruntergerissene Wandbehänge.

Um den Thron hatte jemand einen Bannkreis gezogen.

Chloe ging direkt darauf zu und überprüfte die Symbole. »Sauber ausgeführt und ziemlich stark. Da verstand einer sein Handwerk. Die Kreatur ist vollständig außer Gefecht gesetzt, solange der Kreis intakt bleibt.«

»Und stell dir vor, wir wissen sogar, wer das war«, rief Chris.

Chloe erhob sich.

Als sie sich umblickte, sah sie die Schrift an der Wand. In gewaltigen Lettern stand dort: »Ihr seid zu spät. Wie immer.« Dahinter prangte ein Smiley.

Die Schrift konnte Chloe sofort zuordnen. »Die Schattenfrau. So viel zu: Wir haben Zeit.«

»Sie muss sich einen Kampf mit der Kreatur geliefert haben.« Chris schritt zwischen den Trümmerteilen hindurch. »Am Ende konnte sie den Bannkreis erschaffen. Aber bedeutet das, sie hat den Splitter?«

»Das glaube ich kaum«, erklärte Kleopatra. »Wäre das so, hätte sie es uns zweifellos wissen lassen. Ihre Arroganz und Überheblichkeit sind grenzenlos.«

Chloe unterdrückte die Bemerkung, dass die Schattenfrau und Kleopatra sich wunderbar verstehen müssten. In diesem Fall stimmte sie der Unsterblichen zu. Das hier war kein Aufenthaltsort eines Splitters. Clara hatte etwas gesucht, doch was? Einen Hinweis auf den letzten Sigilsplitter vermutlich.

Im Thronsaal gab es weder die typische Präsenz, die jeder in Gegenwart eines Splitters sofort spürte, noch einen Nachhall davon.

Nur die Kreatur.

»Da hat wohl jemand zu viel Papyri über Anubis gelesen«, sagte Kleopatra. »Das scheint mir das Ergebnis eines Wandeltranks zu sein.«

Definitiv einer der Zweige der Magie, die Chloe niemals ausprobieren wollte. Die Verwandlung in ein Tier war völlig unberechenbar. Die Rückwandlung geschah je nach Stärke des Sigils und ließ dem Magier nur wenige Sekunden, um darauf zu reagieren. Allerdings hatte sie noch nie davon gehört, dass ein solcher Zauber permanent sein konnte.

»Möglicherweise hat etwas die Transformation unterbrochen und er hängt nun in dieser Gestalt fest.« Chris umrundete den Thron. »Ziemlich ausgeprägte Muskeln. Dazu vermutlich ein kräftiges Magie-Potenzial. Ich würde wetten, er hat die Masse seines Körpers prozentual verändert. Also die Transformation genutzt, um Fett in Muskeln zu wandeln. Dazu gehört schon was.«

»Auf jeden Fall muss es ein heftiger Kampf gewesen sein«, stellte Kleopatra fest. »Das ist allerdings eigenartig. Wir wissen, dass die Schattenfrau einen der Sigilsplitter besitzt. Müsste sie nicht unbesiegbar sein?«

»Alex hat erzählt, dass der Sigilsplitter ziemlich mächtig ist, also ja. Anscheinend konnte ihm unser Anubis hier trotzdem etwas entgegensetzen«, sagte Chris. »Das finde ich allerdings eher beunruhigend.«

»Was uns bezüglich der Toten im Verlies nicht weiterbringt«, schloss Chloe.

»Und auch keine Spur zum letzten Splitter ist«, warf Kleopatra ein. »Wenn die Schattenfrau hier war, muss es jedoch einen Hinweis darauf geben. Wie hat sie das nur wieder gemacht?«

Sie schwärmten aus, um ebenfalls nach Indizien zu suchen. Chloe behielt Anubis dabei im Auge, schließlich konnte man nie sagen, ob so ein Bannkreis dauerhaft stark genug blieb. Da verschob sich mal eine Mondphase und zack … Vermutlich würde er in einer ziemlich miesen Laune sein, wenn er erwachte.

Die Suche ergab anfangs nur Trümmer. Der Kampf musste heftig getobt haben.

Schließlich stieß Chris auf etwas. »Hierher!«

Chloe eilte hinüber.

Kleopatra kam mit wiegender Hüfte herbeigeschlendert. »Was ist das?«

»Eine Sammlung Papyri«, erwiderte der Freund. »Oder es waren mal welche.«

Es handelte sich um eine Bündelung, die an einer Stelle aufgerollt und zu Stein transformiert worden war. Auf das oberste Blatt hatte jemand geschrieben: »Tja, wenn ihr nur wüsstet, was ich weiß.«

Offensichtlich enthielt die Sammlung die gesuchte Information, doch die Schattenfrau hatte Vorkehrungen getroffen, dass sie nicht darin lesen konnten. Und natürlich provozierte sie gerne.

»Ich will das Bücherwürmchen zurück«, murmelte Chloe.

Chris erwiderte ihren Blick bedrückt.

»Wenn ihr in unserer Feindin weiterhin Clara Ashwell seht, wird das euer Verhängnis«, warnte Kleopatra. »Dieser Trank des ersten Stabmachers hat den guten Teil ihrer Seele zerstört. Es ist nur das Böse zurückgeblieben. Sie will Rache, sät Misstrauen und bereitet gewaltige Dinge vor. Vergesst nicht, dass sie in Iria Kon weilt. Die Stadt beherbergt unermessliches Wissen.«

»Und wie kommen wir jetzt an die Information heran?«, fragte Chris. »Es wird schwierig, in versteinerten Papyri zu lesen. Wir müssten sie rücktransformieren. Aber so einfach wird das nicht gehen.«

»Nein«, bestätigte Kleopatra. »Sie hat den Zauber in den Stein einsickern lassen und ihn dann gegen Magie imprägniert. Das wieder herauszufiltern, wird eine Weile dauern. Erst danach können wir den Stein erneut zu Papyrus transformieren.« Die Unsterbliche sank in einer fließenden Bewegung in den Schneidersitz, legte das Bündel in ihren Schoß und zeichnete mit dem Essenzstab Symbole auf die Seiten.

»Mir gefällt das gar nicht«, murmelte Chris. Er ging mit Chloe ein paar Schritte zur Seite, damit Kleopatra in Ruhe arbeiten konnte. »Die Illusionierung dieser Mumie war noch immer am Eingang aktiv. Wie ist Clara … Ich meine, die Schattenfrau, hier hereingekommen?«

»In Form von Puffwölkchen, nehme ich an«, erwiderte Chloe. »Sprungzauber.«

»Das ganze Bauwerk ist abgeschirmt. Sie hätte exakt wissen müssen, wohin sie springt. Dafür muss sie zuvor einen Hinweis gehabt haben.«

»Sie hatte Jahrhunderte Zeit, einen zu finden«, gab Chloe zu bedenken. »Und was für ein Hinweis in dem Buch auch enthalten ist: Sie hat schon wieder einen Vorsprung. Wir können nicht zulassen, dass sie den dritten Splitter bekommt. Damit hätte sie die Mehrheit der Macht auf sich vereint.«

Chris kickte einen Stein davon. »Was glaubst du, wie hat Jen es verarbeitet? Ich meine: wirklich.«

Chloe seufzte. »Sie geht mit ihren Gefühlen nicht unbedingt hausieren. Aber die Auszeit hat ihr gutgetan. Irgendwie wirkt sie gelöster als zuvor. Wenn ich es nicht besser wüsste …«

»Was?«

Sie winkte ab. »Vergiss es. Jen wird es schon verdauen. Aber ich habe ein wenig Angst davor, was passiert, wenn sie sich noch mal gegenüberstehen.«

»Das frage ich mich nicht nur bei Jen. Wir werden alle gegen sie kämpfen müssen.«

»Obwohl ich lieber nach einem Weg suchen würde, ihre zerstörte Seele wiederherzustellen.«

Chris ließ seinen Essenzstab durch die Finger gleiten. »Laut Johanna ist es unmöglich, eine zerstörte Seele zu heilen.«

»Auch die Unsterblichen sind nicht allwissend.«

»Es funktioniert«, rief Kleopatra erfreut.

Ein Wabern glitt über das steinerne Buch. Die Seiten wurden wieder zu Papier. Im selben Augenblick schoss ein Rauchkringel zwischen den Seiten hervor, fegte durch den Raum und zerstörte den Bannkreis.

»Sie hat uns reingelegt«, fluchte Chloe.

Das Röhren der Kreatur erklang.

Ihre Augen öffneten sich.

20. Ein toter Mönch auf Französisch

Das Grau wich zurück.

Jen erreichte die andere Seite. Alex warf einen Blick hinter sich und erschauderte. Er mochte es überhaupt nicht, feste Materie zu durchwandern. Sie selbst war auch kein Fan davon, aber es gab unangenehmere Dinge magischer Natur, die sie weitaus mehr störten.

Vor ihnen lag ein weiter Saal, der vollgestellt war mit Vitrinen und von roten Kordeln eingezäunten Ausstellungsstücken. Letzteres in Form von Panzern und Haubitzen. Ein Teil des Kriegsgerätes stammte aus dem Ersten, ein anderer aus dem Zweiten Weltkrieg. Schiffsteile befanden sich ebenfalls darunter. Generell war die Ausstellung an der maritimen Seite des Zweiten Weltkrieges orientiert. In Schaukästen informierten Texte über die Größe der französischen Streitkräfte hier in Brest, das noch heute Sitz der französischen Atlantikflotte war.

Da das Mondlicht kaum ausreichend Licht in den Saal warf, erschuf Jen eine Leuchtsphäre, die sie unter der Decke positionierte. Sie lauschte, doch nirgendwo erklangen eilige Schritte oder Stimmengemurmel. Falls es wider Erwarten einen Wachmann gab, der dem Stromausfall mehr Bedeutung beimaß, würden sie ihn sanft schlafen legen.

»Irgendetwas in diesem Gebäude hat bei dem Vater von Louis, Charles Blanc, die Visionen seines Vorfahren getriggert«, sagte Jen.

»Die Gabe, meinst du«, ergänzte Alex. »Es muss wie bei dir gewesen sein. Du hattest auch keine Ahnung, dass du die Erbin von Joshua bist, aber als du den Folianten berührt hast, wurdest du zur silbernen Schwebemaid.«

»Kannst du diese Bezeichnung bitte lassen?«

»Ist dir Magenta lieber?« Alex grinste.

Jen verzichtete auf eine Antwort. »Vermutlich benötigt es immer einen Auslöser, um so ein schlummerndes Erbe zu aktivieren. Allerdings habe ich noch nie gehört, dass es bei einem Nimag geschehen ist. Außerdem, selbst wenn Agnús Blanc ein Seher war – nach dem Wall dürfte die Gabe gar nicht mehr funktioniert haben. Und die Apparaturen im Raum können nicht nur von ihm entwickelt worden sein. Es muss weitere Vorfahren gegeben haben, die das taten. Vielleicht hat Agnús Aufzeichnungen hinterlassen, die seine Nachfahren zum Museum lenkten. Auf diese Art bekamen sie die Visionen.«

»Bei dir war es ja ähnlich. Du hast den Folianten berührt, und schwupp …«

»Eben nicht«, unterbrach ihn Jen. »Ich habe keine Visionen, keine neuen Kräfte. Lediglich der Foliant reagiert auf mich und gibt Informationen preis. Darauf habe ich jedoch keinerlei Einfluss.«

»Hm. Könnte es sein, dass es hier ein Artefakt gibt, das solche Kräfte selbst besitzt und Charles war schlicht durch Zufall in der Nähe?«, überlegte Alex.

»Das wäre aber ein großer Zufall«, gab Jen zu bedenken. »Der Nachfahre eines Sehers wird durch ein Artefakt – obwohl er ein Nimag ist – selbst zu einem Seher?«

»Auch wieder wahr.«

Sie streiften zwischen den Schaukästen umher.

»Können wir nicht einfach einen Agnosco ausführen?«, fragte Alex.

»Das wird hier schwierig.« Jen hatte bereits darüber nachgedacht, den Gedanken aber verworfen. »All diese Gegenstände hier sind Originale, die in einem der Weltkriege eingesetzt wurden. An ihnen haften die Echos der Geschichte in konzentrierter Form. Vielfacher Tod. Es könnte den Agnosco reflektieren, kopieren oder bündeln.«

»Also einzeln?«

Sie nickte. »Vitrine für Vitrine.«

Alex zog einen Schokoriegel aus der Tasche und begann zu mampfen, während er die Schaukästen betrachtete.

»Woher hast du den denn?«

»Sicher ist sicher«, erwiderte er. »Seit wir im Verlorenen Castillo festsaßen, habe ich immer einen Notvorrat dabei. Bevor ich verhungere.«

»Ja, genau.« Sie betrachtete ihn von oben bis unten. »Futtert die ganze Zeit und hat nur Muskeln. Die Welt ist ungerecht.«

»Magst du auch einen?«

»Danke, aber momentan achte ich auf meine Linie.«

»Verstehe. Dylan.« Alex verzog das Gesicht.

»Was soll das denn heißen?«

»Nichts, nichts. Ist ja deine Sache, mit wem du dich einlässt.«

»Exakt.« Damit war das Thema für sie beendet.

Sie kamen an Vitrinen vorbei, die menschengroß waren. Im Inneren hingen Kleidungsstücke von Soldaten auf hölzernen Gestellen. Bajonette und Pistolen waren ebenfalls dabei.

Jen schüttelte nur den Kopf. Natürlich war es wichtig, historische

Stücke zu erhalten und die Erinnerung an das zu bewahren, was als die zwei bisher furchtbarsten Kriege in die Nimag-Geschichte eingegangen war. Es verdeutlichte aber auch den Erfindungsreichtum aller Menschen, wenn es darum ging, einander zu töten. Leider war das in der magischen Welt nicht anders.

»Waaah.« Alex stieß einen Schrei aus und fiel zu Boden. »Ich bin über etwas gestolpert.«

Das »Etwas« entpuppte sich als Mönch. Einer der toten Sorte.

Jen beugte sich über ihn. »Er hat das eingeritzte Auge auf der Stirn.«

»Der Bund des Sehenden Auges war also hier.« Alex rappelte sich auf. »Vermutlich haben sie das Gleiche gesucht wie wir. Aber wie haben sie davon erfahren?«

»Nicht nur davon«, sagte Jen. »Wie konnten sie Charles' Haus finden? Möglicherweise sind sie für seinen Tod verantwortlich.«

»Louis klang eher, als seien es natürliche Umstände gewesen.«

»So etwas kann man maskieren.« Jen untersuchte den Toten. »Er wurde von einem Gegenstand durchbohrt, hier, direkt durchs Herz.«

»Die Wunde hat aber nicht geblutet«, stellte Alex fest. »Das kann noch nicht lange her sein, andernfalls hätte man ihn gefunden. Das Museum hatte heute geöffnet.« Er hielt seinen Essenzstab über die Wunde. »Agnosco.«

Ein Glimmen ging von der Verletzung aus. »Magie«, sagte Jen.

Der Mönch des Ordens musste von einer materiellen Waffe durchbohrt worden sein, die Wundränder deuteten darauf hin. Jemand hatte diese allerdings mit Magie verändert. Deshalb war kein Blut zu sehen.

»Ein weiterer Mitspieler?«, überlegte Alex. »Schattenkrieger?« Er sah sich um. »Madison, komm raus! Jetzt wäre der perfekte Moment für deinen Auftritt.«

Nichts geschah.

»War einen Versuch wert.«

Jen wirkte Zauber, wodurch der Mönch verschwand. Eine Illusionierung verbarg ihn. In den nächsten Stunden würde ein Cleaner-Team ihn abholen und bestatten.

Sie suchten weiter.

Die Vitrinen enthielten verrostete, manchmal halb zerstörte Stücke, aber nichts Magisches war darunter. Jen glaubte bereits, dass sie auf einer falschen Fährte waren, als sie plötzlich fündig wurde.

»Alex!«, rief sie.

Er hatte wie gebannt auf einen Orden gestarrt, der ausgestellt worden war. »Was ist?«

»Schau, hier.«

Vor ihnen lag eine Reihe von Stücken, die angeblich einmal einem Soldaten gehört hatten, der im Ersten Weltkrieg gefallen war.

»Das sieht aus wie Leonardos Permit-Armband. Aber der Stein ist bernsteinfarben.«

Jen hatte die Hand vor den Mund geschlagen. Langsam ließ sie diese nun sinken. »Das ist tatsächlich ein Permit. Eines, das Nimags erhalten.«

»Was?!«

»Wenn ein Magier und ein Nimag eine Beziehung eingehen, heiraten und Kinder bekommen, wird der oder die Angetraute einer Prüfung unterzogen. Ein Sicherheitscheck. Gegebenenfalls wird dann ein Permit verliehen, wodurch der Nimag Magie sehen kann. Der Wall verliert seine Wirkung für die jeweilige Person. Aber da ist noch etwas. In dem Leder.«

Sie kniff die Augen zusammen und versuchte es mit dem Weitblick, doch das Glas der Vitrine stellte alles verschwommen dar. »Wir müssen es herausholen.«

Alex sagte etwas, doch Jen konnte die Worte nicht länger verstehen. Ein Röhren erklang, ein Motor brummte. Der ausgestellte Panzer rollte von seinem Podest.

Die Exponate, beseelt von Magie, erwachten zum Leben.

21. Mon Dieu

Jen warf sich nach hinten.

Sie kam auf dem Boden auf und trat Alex die Füße weg.

Die Pistolenkugel schlug dort ein, wo er zuvor noch gestanden hatte. Gedankenschnell erschuf er eine Contego-Sphäre, die sie beide einhüllte. Kugeln prasselten auf sie ein, Bajonette kamen herangeflogen und stachen gegen das Hindernis. Der Panzer richtete sein Rohr auf sie aus.

»Potesta«, brüllte Alex.

Der Kraftschlag schoss aus seinem Essenzstab und hämmerte gegen das Kriegsgerät. Der Schuss aus dem Panzerrohr sauste nach oben in die Decke und schlug dort ein. Putz rieselte herab.

Haubitzen rollten über die roten Kordeln hinweg, stellten sich auf und zielten auf Jen und Alex.

»Damit dürfte klar sein, wie unser Freund in Kutte erledigt wurde«, sagte Jen.

»Ein Bajonett.«

Sie sprangen beide auf.

Alex rannte nach rechts, Jen nach links.

Ihr Plan ging auf. Das Kriegsgerät wurde von einem Zauber gesteuert, der hinterlegt worden war, nicht von einem anwesenden Magier. Nun wussten die Bajonette, Haubitzen und der Panzer nicht, welches Ziel sie zuerst auswählen sollten. Eine Verwirrung, die sich zweifellos schnell legen würde.

Jen fluchte lautlos. »Alex! Du musst dich um den Panzer kümmern.« Ohne Essenzstab konnte sie ihren Plan nicht umsetzen.

Alex kam glücklicherweise auf das Naheliegende. Er ließ den Boden flüssig werden. Der Panzer sackte nach unten durch. Vom Plan des Museums wusste sie, dass sich dort ebenfalls ein Ausstellungsraum befand. Die Vitrinen würden von dem schweren Gefährt zermalmt werden.

»Wenn das so weitergeht, bekommen wir einen wirklich miesen Ruf«, murmelte Jen. »Wohin wir auch kommen, es gehen ständig Gebäude kaputt.«

»Ignis Aemulatio!« Jen war kein Freund des magischen Feuers. Doch als sie es nun einsetzte, tat es seine Wirkung. Die Munition detonierte in den Magazinen der Pistolen und Haubitzen. Explosionen zerrissen das Kriegsgerät.

Die Bajonette nahmen Formation an und schossen auf Jen zu. Wie von Bogenschützen abgefeuert, rauschten die Spitzen heran, dazu bereit, sie zu durchbohren.

Mittlerweile hatte sie eine eigene Contego-Sphäre errichtet. Die Bajonette prallten daran ab, ließen sich jedoch nicht beirren. Immer wieder stachen sie zu. Zu Jens Entsetzen bildeten sich Risse in dem Schutz.

Da sie noch über ausreichend Essenz verfügte, ließ sie frische nachfließen, doch das spornte die Bajonette nur weiter an. Härter und schneller stießen sie zu, erzeugten immer mehr sich verästelnde Durchbrüche. Die erste Spitze drang zur Hälfte ein.

Sie blickte zu Alex hinüber, der …

… im letzten Augenblick vor einer Granate in Deckung sprang. Sie detonierte direkt neben ihm, Splitter prasselten gegen seine Schutzsphäre.

»Ihr blöden Dinger!«, fluchte er.

In dem ganzen Chaos hatte er Jen aus den Augen verloren. Hoffentlich ging es ihr gut. Leider blieb ihm keine Zeit, sich davon zu überzeugen.

Zwei der Uniformen ordneten sich so an, als würden sie von unsichtbaren Nimags getragen werden. Ihre Gewehre geschultert, brachen sie aus der Vitrine aus. Noch während die Scherben herabregneten, legten sie an.

Mittlerweile glich der Ausstellungsraum purem Chaos. Die Schaukästen lagen in Scherben, Kordeln hingen heruntergerissen an den Waffen oder lagen auf dem Boden. In der Decke klafften Löcher, einige von großer Munition, andere von Pistolenkugeln geschossen. Putzbröckchen lagen herum. Der Panzer hatte auf der kurzen Fahrt durch sein Gewicht die Bodenplatten zersplittern lassen und die Bajonette hatten Vorhänge zerschlitzt.

Wer auch immer morgen die Tür öffnete, würde eine böse Überraschung erleben. Blieb nur die Frage, ob sich zwei tote Magier zu besagter Überraschung dazugesellten.

Alex stellte sich wütend einer Uniform in den Weg. »Nur über meine Leiche! Äh. Du weißt, wie ich das meine.«

Das Gewehr schoss.

»Potesta!« Die Waffe flog davon. »Ulcerus!« Schnitte durchtrennten den Stoff. »Ignis Aemulatio.« Feuer verbrannte die Fetzen zu Asche. »Na also, geht doch.«

Die übrigen Uniformen und Waffen hatten sich vereint.

Kugeln prasselten auf Alex' Sphäre ein und zerstörten sie binnen Sekunden. Er kam nicht mehr dazu, sie wieder zu verstärken. Ein Schlag traf seinen Essenzstab und ließ ihn davonwirbeln. Bevor er ihn zurückrufen konnte, umschlang ein Uniformärmel seinen Hals. Wie ein Strick. Er wurde in die Höhe gerissen, bis unter die Decke.

Mit beiden Händen versuchte er, den Druck von seiner Luftröhre zu nehmen. Es war aussichtslos. Immer fester zog sich der Stoff zusammen, sauste in die Höhe und sackte wieder ab. Wenn Alex losließ, würde der Ruck sein Genick brechen. Tat er es nicht, konnte er keinen Zauber anwenden.

Schon wurde ihm die Luft knapp.

Rote Schlieren tanzten in seinem Gesichtsfeld. Die Schwärze der Bewusstlosigkeit drang unaufhaltsam auf ihn ein. Er stemmte sich dagegen. Alex begriff: Wenn er diesen Kampf verlor, war es sein letzter.

Wo war …

… Jen rutschte zurück an die Wand. Die Bajonettspitze sauste näher heran, berührte bereits die Haut ihrer Kehle. Noch ein weiterer Stoß und die Sphäre würde bersten, worauf alle Klingen gleichzeitig zustoßen würden.

»Denk nach, Danvers!«

Ohne funktionierenden Essenzstab konnte sie nicht auf den Boden oder die Wände einwirken. Natürlich konnte sie einen Kraftschlag erschaffen, aber der würde höchstens Putz und Steine lösen.

Zwei lebendige Uniformen kamen auf sie zu, eine Verstärkung für die Bajonette, die weiter ihrem Kurs folgten und auf sie zustießen.

Einige Meter entfernt wurde Alex von einem Stück Stoff, das seinen Hals umwickelt hielt, in die Höhe gezogen. Eine perfide Falle, die verhinderte, dass er einen Zauber aussprechen oder ihn zeichnen konnte. Sie erkannte mit ihrem Weitblick, dass sein Gesicht sich verfärbte. Er würde gleich das Bewusstsein verlieren.

Nein, nein, nein! Tu mir das nicht an, Kent! Kämpfe! Sie überlegte fieberhaft, wie sie ihm helfen konnte.

»Nutzt die Taktik eurer Feinde gegen sie«, erinnerte sie sich an eine Bemerkung von Edison in der Vorlesung zur Kampfmagie.

Ich bin so dumm. Flink zeichnete sie ein Symbol. Als die Waffen das nächste Mal ausholten, rief sie: »Gravitate Negum.«

Abrupt veränderte sich die Gravitation. Die Bajonette wollten auf sie zufliegen, doch ihr Kurs änderte sich. Jen wirkte darauf ein und lenkte die Waffen über eine weitere Veränderung. Sie sausten auf das Stück Stoff zu, das Alex in der Höhe hielt.

»Jetzt heißt es zielen, Danvers«, murmelte Jen.

Die Klingen fuhren haarscharf an Alex' Hals vorbei und durchtrennten den Stoff. Er fiel herab. Sie wollte seinen Sturz noch bremsen, doch die Uniformen waren heran.

Gewehrläufe richteten sich auf Jens Brust und Stirn aus. Schüsse hallten, die Kugeln wurden abgefeuert und rasten auf sie zu. Ihr letzter Gedanke galt …

… Alex krachte auf den Boden.

Ein stechender Schmerz schoss durch seinen linken Knöchel, sein Fuß stand in unnatürlichem Winkel ab. Er achtete nicht darauf.

Die Bajonette waren ihrem Kurs gefolgt und steckten nun in der Wand. Er beschwerte sie künstlich, sie krachten zu Boden und die Spitzen brachen ab.

Damit schien der Zauber zerstört zu sein.

Blieben nur die Uniformen. Ein Feuerzauber ließ jene über ihm verbrennen, doch zwei waren noch übrig. Gerade schwebten sie vor Jen, die Gewehrläufe auf sie ausgerichtet.

Alex erschuf einen Wirbel, der vor ihr rotierte und die Kugeln einsaugte wie ein Tornado. Ein Feuer ließ die Uniformen zu Asche werden.

Schwer atmend humpelte er hinüber zu Jen. »Alles in Ordnung?«

»Klar. Und bei dir?«

»Das blühende Leben.« Er setzte sich auf eine Vitrine. »Sanitatum.« Der Heilzauber umwaberte seinen Knöchel, sickerte in Haut und Knochen ein.

»Ich hole das Permit.«

Es dauerte eine gute Minute, dann war seine Wunde verheilt. Jen kam mit dem Armband herbeigeeilt.

»Ich habe einen Agnosco gewirkt«, sagte sie.

»Und?«

»Das erzähle ich dir auf dem Weg. Wir müssen zurück zum Haus.«

»Warum die plötzliche Eile?«

Jen ließ ihren Blick über das Armband wandern. »Wir haben einen schrecklichen Fehler gemacht.«

22. Das Kleingedruckte

Anubis öffnete die Augen. Er wollte sich erheben, doch die Luft um ihn herum wirkte zäh, schien zu vibrieren und ihn davon abzuhalten.

Chloe wich zurück. »Okay, das ist nicht gut.«

Kleopatra blätterte eifrig durch die Papyri und begann zu lesen.

»Steht etwas Brauchbares darin?!«, rief Chloe.

»Oh.«

»Was?!«

»Das ist jetzt ärgerlich.« Sie räusperte sich. »Ich hätte damals das Kleingedruckte lesen sollen. Ich plädiere auf Verjährung.« Sie hüstelte.

Chloe warf der Unsterblichen einen bösen Blick zu. »Geht das etwas genauer?!«

Die Luft um Anubis herum vibrierte so stark, dass die Kreatur kaum noch zu erkennen war.

»Möglicherweise – und ich spreche hier rein theoretisch – gab es einst eine kluge, gutaussehende, vorausschauende Königin, die kurz vor ihrem Tod einen Plan umsetzte.«

»Ach?« Chris deutete mit dem Essenzstab auf das vibrierende Etwas. »Und auf welchen genialen Plan kam besagte Königin?!«

»Kein Grund zu schreien.« Sie winkte ab. »Anubis wird mir nichts tun. Genau genommen heißt er Aaron. Er war mein Hohepriester. Ein sehr zuverlässiger übrigens. Gutes Personal …«

»Welcher Plan?!«, brüllte Chloe.

»Er war ein Magier und mit meiner Hilfe fertigte er ein Artefakt an, das aus der Lebenskraft eines toten Nimags magische Kraft generieren kann. Ihr wisst schon, Todesessenz. Damals taten das viele. Wisst ihr, im Verlauf des Mumifizierungsprozesses konnte man leicht einen kleinen Extraktionszauber unterbringen. Keine große Sache.«

»Todesessenz?!« Chloe stand kurz davor, sich die Haare zu raufen. »Selbst vor der Existenz des Walls war das höchst unmoralisch.«

»Moral wurde damals von der Königin definiert. Und das war ich.« Sie deutete auf eine der Zeilen. »Auf jeden Fall gab ich ihm den Auftrag, dafür zu sorgen, nach meinem Tod alle Ungläubigen zu töten.« Sie seufzte. »Damit meinte ich natürlich die Römer, wen sonst. Er hat das offensichtlich etwas freier interpretiert.«

»Wie frei?«, hakte Chloe nach.

»Sehr. Er möchte wohl alle umbringen.«
»Alle Menschen?«, fragte Chris schockiert.
»Jeden in Ägypten. Das ist tatsächlich etwas radikal.« Kleopatra schüttelte den Kopf. »Gutes Personal ist *wirklich* schwer zu finden. Aber hartnäckig ist er. Anscheinend sammelte er all die Jahre über Todesessenz.«
Chloe benötigte einen Moment, um sich in Erinnerung zu rufen, was sie darüber wusste. Es gab zwei Arten von Essenz: einmal die gewöhnliche, die jeder Magier mit seinem Sigil produzierte; dann die Todesessenz, die ein Nimag generierte, sobald er starb. Seit der Wall existierte, konnte diese jedoch nicht mehr abgeschöpft werden, sie verschwand umgehend. Zumindest sollte es so sein.
»Deshalb die Toten«, begriff sie. »Er hat Todesessenz gesammelt. Was hat er damit vor?«
»Oh.«
»Was?!«, brüllte Chloe.
»Er möchte wohl ein wenig Chaos in die Nekropole bringen. Indem er die Toten aufweckt. Alle. Und sie auf die Lebenden hetzt.«
Chloes Fantasie beschwor grauenhafte Bilder von Untoten herauf, die durch die Straßen jagten und Nimags zerfetzten. »Wie halten wir ihn auf?«
Kleopatra entrollte hektisch die Seiten. »Wenn das Artefakt einmal aktiviert ist, gar nicht. Man muss es vorher zerstören. Es sieht so aus, als wäre es mittlerweile vollständig befüllt. Wo ist es?« Sie blätterte und entrollte. »In der Pyramidenspitze. Hm, logisch. Hätte ich mir auch denken können.«
Sie rannte in Richtung Ausgang, die Papyri unter den Arm geklemmt.
»Halt! Wie sollen wir ihn denn aufhalten?«, rief Chloe ihr hinterher.
»Keine Ahnung, ihr schafft das. Aber vorsichtig, er ist irgendwie mit dem Artefakt verbunden und daher seeehr mächtig.« Damit flitzte sie aus dem Raum.
»Diese elende Kröte«, fluchte Chloe. »Ich kann nicht fassen, dass sie mal ein Weltreich regiert hat.«
»Auf ewig ein Teenager, das hat was«, sagte Chris. »Sie wird das schon schaffen.«
»Das glaubst du aber auch nur, weil du ein bisschen zu lang auf ihre Brüste gestarrt hast.« Chloe schüttelte den Kopf. »Männer.«

»Das ist jetzt wirklich nicht der richtige Augenblick! Jeden Moment kann Anubis erwachen.«

»Er heißt Aaron«, erwiderte Chloe. Wenigstens einmal an diesem Tag wollte sie das letzte Wort haben!

Ein Grollen erklang. Das Vibrieren erlosch. Geschmeidig wie eine Raubkatze wandte die Kreatur sich ihnen zu. Ihre Muskeln bewegten sich, zwei Reihen nadelspitzer Zähne wurden gefletscht, gelbe Augen taxierten zuerst Chris, dann Chloe.

»Unwürdige«, zischte Anubis.

Mit einem *Twing* fuhr er die Krallen aus. Sie waren so lang wie Chloes Zeigefinger und gebogen. Verkrustetes Blut klebte daran.

»Verdammt«, fluchte Chris.

Im gleichen Augenblick sprang die Kreatur los. Ein Berg aus Muskeln glitt durch die Luft, Geifer traf Chloe an der Wange. Fauliger Atem stieg ihr in die Nase.

Sie führte instinktiv eine Gravitationsänderung aus, die sie einen Meter nach hinten trug. Anubis' Klauen sausten auf sie zu. Ein einziger Hieb hätte sie zerfetzt. Doch Chloe konnte keinen Atem schöpfen. Die Kreatur war wendig und schnell, warf sich voran und war erneut über ihr. Ein weiterer Hieb folgte.

Es gelang ihr nicht, Anubis zu stoppen. Er schlug zu, sie blockte seinen Arm mit dem Stab ab. Es zischte. Dampf stieg an jener Stelle auf, an der der Essenzstab auf Fell traf. Anubis warf sich zurück und stieß einen markerschütternden Schrei aus.

»Potesta!«, brüllte Chris.

Der Kraftschlag sauste durch die Luft.

Dann geschah etwas, was Chloe noch nie zuvor gesehen hatte. Die Magie wurde von der Kreatur auf Chris zurückreflektiert. Dieser wurde frontal getroffen, flog durch die Luft und krachte gegen die Wand. Dort blieb er bewusstlos liegen.

Chloe begriff schlagartig, wie gefährlich die Kreatur war. Aaron hatte sich nicht einfach mit einer Transformation in einen Tiermenschen verwandelt. In den Trank musste etwas eingeflossen sein, das ihn in eine Mischung aus Magier und Riesenhund umgewandelt hatte. Obendrein schien er Zauber zu spiegeln.

Seine gelben Augen fixierten Chloe. »Ungläubige.« Er stapfte heran.

»Ich bin gläubig, ich bin total gläubig«, erwiderte sie langsam zurückweichend. »Ich glaube an eine Mischung aus Anarchie, Selbstbestimmung und Volksbefragungen. Potesta!«

Sie zielte auf den Boden vor der Kreatur. Der Kraftschlag zerschmetterte einen Teil des Steins und ließ Anubis zurücktaumeln.

Sie konnte ihn also nicht direkt angreifen, lediglich durch Einwirken auf die Umgebung. Schnell zog sie eine Contego-Sphäre in die Höhe.

Wieder sauste eine Klaue heran.

Sie drang durch die Schutzsphäre, als bestünde diese lediglich aus Luft. Krallen gruben sich in Chloes Brust, fetzten Blut und Fleisch heraus und schleuderten sie durch die Luft.

23. Sightseeing mal auf andere Art

Kleopatra rannte.

Sie war wütend. Wie hatte das alles nur derart schiefgehen können? Sie erinnerte sich noch genau an die Ereignisse, die ihr erstes Leben beendet hatten.

Sie hatte auf ihrem Diwan gelegen und ein paar Weintrauben gegessen. Der süßliche Geschmack lag ihr sofort wieder auf der Zunge. Weniger schön war die Schlange gewesen, die bei ihrem Ableben eine Rolle gespielt hatte. Von wegen Selbstmord. Ein Schattenkrieger hatte die Schlange eingeschleust, um ihren vorbereiteten Widerstand gegen die Römer zu stoppen.

Es war eine schwere Zeit gewesen, damals. Kaisar, ihr erstgeborener Sohn, war niedergemetzelt worden. Ihre Geliebten, getötet. Von Helios, Selene und Philadelphos – ihren Kindern mit Marcus Antonius – hatte nur ihre Tochter überlebt. Kleopatra war nach ihrer Wiederauferstehung nach Mauretanien gereist, wo sie ihre Tochter beobachtet hatte. Inkognito natürlich.

Ihren eigenen Tod vergaß sie niemals. Gefangen im eigenen Heim, sollte sie als Trophäe nach Rom gebracht werden, um die Überlegenheit des Römischen Reiches zu demonstrieren. Niemals hätte sie etwas Derartiges zulassen können. Sie hatte fliehen wollen. Doch dann war es anders gekommen.

Da sie keine Magierin war, konnte sie selbst nicht viel tun. Allerdings gab es Dinge, die sie in Gang zu setzen vermochte, um sich zu rächen; was gar nicht als *posthume* Rache geplant gewesen war. Ein Teil davon war Aaron gewesen. Sie erinnerte sich noch gut an den niedlichen glatzköpfigen Hohepriester, der ihr so ergeben war.

»Diese verdammten Römer«, fluchte sie.

Beinahe wäre sie frontal gegen die Wand geknallt. Mit rudernden Armen warf sie sich herum und rannte den linken Gang entlang, die Treppe hinauf und durch drei Torbögen. Man mochte kaum glauben, wie groß so eine Pyramide tatsächlich war. Das erfüllte sie mit Stolz und Wehmut gleichermaßen.

»Was haben wir damals nur alles geleistet«, seufzte sie.

Sie erreichte einen verschlossenen Durchgang. Auf beiden Torbögen waren Glyphen eingemeißelt, die bei ihrem Näherkommen von innen heraus glühten. Sie konnte die abwehrende Präsenz spüren, die hier im Gestein manifestiert worden war. Hinter diesem Tor lag das Artefakt. Um es zu öffnen, musste sie Essenz hineinleiten. Kleopatra legte ihre Hände auf die Wand. Silberne Essenz mit Goldsprenkeln floss in die Glyphen.

Ein Rumpeln erklang.

Langsam hob sich das Tor. Sand rieselte zu Boden.

Sie rannte geduckt in den Raum.

Fünf Sarkophage waren im Kreis um das Artefakt angeordnet. Kleopatra erkannte sofort, dass er es ihr zu Ehren aus Gold, Lapislazuli und anderen wertvollen Steinen erschaffen hatte. Wäre er noch menschlich gewesen, hätte sie Aaron schlicht und ergreifend befohlen, das Ganze zu stoppen. Doch irgendwie war es ihm gelungen, seine Transformation dauerhaft zu festigen. Er war nicht viel mehr als ein instinktgetriebenes Wesen, das alle Anstrengungen auf ein Ziel fixierte.

Das Artefakt bestand aus drei Ebenen, die mit Streben verbunden worden waren. An den Knotenpunkten saßen die Edelsteine. Die Spitze bildete ein Diamant. Wenn er aus der Fassung geschlagen wurde, würde das die gesammelte Essenz freisetzen.

Sie hob ihren Essenzstab. »P…«

Eine Druckwelle fegte Kleopatra von den Füßen. Die Deckel der Sarkophage sprangen auf und fünf Anubise glitten hervor. Sie waren etwas kleiner als Aaron nach seiner Verwandlung, doch nicht minder muskulös. In ihren Händen hielten sie lange Speere.

»Halt!«, befahl sie.

Tatsächlich stoppten die Tierkreaturen ihren Angriff.

»Wisst ihr denn nicht, wer ich bin? Vor meiner Macht erzitterten ganze Reiche. Von meiner Schönheit wurden selbst die Römer gebannt. Ich war Herrin über Leben und Tod. Wagt ihr es, euch gegen eure Herrin zu stellen, die große Kleopatra?! Königin von Ägypten!«

Ein Speer sauste nur wenige Zentimeter an ihrem Gesicht vorbei und blieb in der Wand stecken.

»Verstehe.«

Die Tierkreaturen drangen auf sie ein. Glücklicherweise war sie jung und gelenkig. Andernfalls hätte sie niemals schnell genug auf die Klaue reagiert, die ihre Contego-Sphäre durchdrang und sie aufschlitzen wollte. Irgendwie hatte Aaron es geschafft, seine Kreaturen gegen Zauber zu immunisieren.

In der momentanen Situation hielt sich ihr Stolz über seine Tat jedoch in Grenzen.

Kleopatra glitt unter einem Hieb zur Seite. Mit einem über die Jahrzehnte eingeübten Individualzauber verlängerte sie ihren Essenzstab und machte ihn so zu einem langen Kampfstab. Mehrmals hieben zwei der Kreaturen auf sie ein, doch sie konnte die Schläge parieren.

Ein Anubis sprang an die Decke und warf sich auf sie herab. Kleopatra glitt beiseite, doch eine seiner Krallen riss ihr den Oberschenkel auf. Blut spritzte. Es schien ihre Gegner noch weiter anzustacheln, ihre animalischen Triebe zu entfesseln.

»Potesta Maxima!«, brüllte sie.

Der Kraftschlag zeigte keinerlei Wirkung.

Dieser elende Halunke hatte sie tatsächlich vollständig gegen Magie geschützt. Natürlich! Sie steckten inmitten einer Transmutation, waren also magische Geschöpfe. Das hatte er ausgenutzt.

Einer ihrer Gegner stand breitbeinig auf seinem Sarkophag, reckte die Schnauze gen Himmel und brüllte.

»Gravitate Negum!« Sie ließ den Sarkophag erzittern, worauf der Anubis rücklings hineinfiel. Einen Zauber später war der Deckel verschlossen und derart beschwert, dass er aus eigener Kraft nicht mehr herauskommen würde.

»Da waren es nur noch vier.«

Sie preschten nach vorne. Speere wurden geschleudert und kehrten zurück in die Tatzen ihrer Besitzer, Schläge wurden ausgeführt. Von allen Seiten kamen sie.

Kleopatra wusste, dass sie auf diese Art nicht gegen sie bestehen konnte. Langsam ging sie rückwärts zum Eingang. Aaron hatte die Tierwesen zur Bewachung des Artefaktes zurückgelassen. Mit ein wenig Glück würden sie ihr nicht folgen, sobald sie den Raum verließ.

Sie übertrat die Schwelle, wich weiter zurück.

Die Wesen folgten ihr.

»Verdammt!«

Sie fächerten aus, einer sprang wieder hinauf zur Decke, hielt sich mit seinen Klauen zwischen den Steinrillen fest. Doch etwas irritierte Kleopatra. Sie musterte ihre Gegner, beobachtete deren Bewegungen und begriff: Sie besaßen eine Achillesferse. Eine, die sie hier allerdings nicht ausnutzen konnte.

»Wie lenke ich euch ab, hm?«

Die Antwort war ein Brüllen. Sie wollte gar nicht daran denken, was Aaron mit Chris und Chloe tun würde. Sie mussten das Artefakt zerstören und ihn besiegen. Zumindest für Ersteres hatte sie nun einen Plan.

Es mochte für eine Königin niveaulos sein, doch ihr blieb keine Wahl. Sie warf sich herum und rannte davon. Was aussah wie eine Flucht, war eine wohlüberlegte Taktik.

Die Krallen der Tierkreaturen schabten auf dem Stein, ihr Hecheln kam näher. Schon spürte Kleopatra ihren Atem im Nacken.

24. Offenbarungen

Es roch nach Blut.

Etwas Nasses rann über seine Stirn, lief über die Wange und seinen Hals. Er lag.

Kevin blinzelte.

»Tut mir leid«, erklang Louis' Stimme. »Aber ich muss mich ein wenig beeilen.«

»Du hast mich niedergeschlagen.« Kevin wollte sich aufrichten, doch es ging nicht. Er war mit Lederbändern auf eine Pritsche gefesselt.

»Wo sind wir?«

»Ein weiterer Raum. Er war hinter diesem Regal versteckt.« Louis grinste lausbubenhaft. »Toll, oder? Niemand rechnet damit, dass hinter dem Regal im versteckten Raum noch ein versteckter Raum zu finden ist. Das habe ich perfekt hinbekommen.«

»Du?«

Kevin bemerkte, dass Louis ihm Lederhandschuhe übergezogen hatte, die seine Finger fest aneinandergedrückt hielten. Damit war es ihm unmöglich, Zauber zu wirken. Sein Essenzstab war ebenfalls fort.

Er sah sich um und stellte erschrocken fest, dass er in einem weiß gekachelten Raum lag. An den Wänden zogen sich metallene Ablageflächen entlang. Neonleuchten baumelten an der Decke. Der Geruch von Blut hing in der Luft.

»Ja, ich.« Louis trat direkt neben die Pritsche. »Vielleicht sollte ich mich vorstellen. Mein Name ist Agnús Blanc. Und Charles Blanc. Kurz gesagt, trug ich in jeder Generation einen anderen Namen.«

Kevin erbleichte. »Du bist einer der Unsterblichen.«

»Ha. Nein. Das ist das Brillante daran.«

Er musste es mit einem verwirrten Nimag zu tun haben, anders konnte Kevin sich all das nicht erklären.

»Ich war einer der größten Seher der damaligen Zeit, musst du wissen.« Louis blickte sinnierend zur Decke. »Größer als Nostradamus, auch wenn der alte Zausel das niemals zugeben würde. Aber dann kam der Wall. Natürlich sah ich das voraus und entwickelte ein Artefakt, das meine Erinnerungen speicherte. Ich vergaß nichts.«

Kevin begriff. »Während die übrigen Nimags nichts von Magie wussten, konntest du dich noch an alles erinnern.«

»So ist es. Famos, nicht wahr? Durch eine Verbesserung des Artefaktes erhielt ich meine Visionen zurück. Damit war ich der einzige Seher.« Er breitete die Arme aus wie ein Theaterzauberer vor seinem Publikum. »Die Visionen waren viel klarer als zuvor. In meinen Träumen nahm ich an Vorlesungen im Castillo teil. So erfuhr ich alles über die Welt der Magier.«

Kevin schluckte. »Aber du bist ein Nimag. Du konntest die Zauber gar nicht anwenden.«

»Natürlich bin ich ein Nimag! Doch mit ein wenig Raffinesse erbaute ich ein Permit. Eines, über das ich in der Lage war, Magie wahrzunehmen.«

»Ein künstliches Permit?«

»Das ist gar nicht so schwer. Es fehlte nur die Essenz. Dafür musste ich, zugegeben, einen Magier fangen und foltern, bis er mir ein paar Brocken Bernstein befüllt hatte.«

Immer mehr Puzzleteile fielen an ihren Platz und ergaben ein grauenvolles Bild. Agnús Blanc hatte einen Weg gefunden, seine Macht zu erhalten, ja, sie sogar zu vergrößern. Niemand hatte je geahnt, dass er mit seinen Visionen spionierte und lernte. Was er mit dem essenzbefüllten Bernstein getan hatte, konnte Kevin sich bereits denken. »So warst du in der Lage, weitere Artefakte zu erschaffen. Mit der gewonnenen Essenz stand dir auch Magie zur Verfügung.«

»Korrekt.« Louis klatschte in die Hände und erweckte erneut den Eindruck eines euphorischen Teenagers. »Natürlich benötigte ich viel Essenz, weshalb ich immer öfter auf die Jagd nach Magiern gehen musste. So erschuf ich spezielle Geräte und Fallen, mit denen ich Wesen deiner Art aufspüren konnte. Meine Brille beispielsweise ist ein neues Modell.« Er tippte auf das Metallgestell. »Damit kann ich Essenz und Magie wahrnehmen.«

Kevin überlegte fieberhaft. Nach Jahrhunderten konnte Blanc nun also mit seinem Wissen protzen. Er *wollte* reden. Sollte er. So gewann Kevin Zeit. Auf einer der Ablageflächen sah er seinen Essenzstab und den Kontaktstein. »Aber du bist kein Unsterblicher.«

»Ja und nein. Mir kam der Gedanke, dass es doch eine Möglichkeit geben muss, das Leben zu verlängern. An Unsterblichkeit dachte ich damals nicht. Aber ich fand tatsächlich einen Weg. Es ist recht simpel.« Er kicherte. »Ich nahm zwei Bernsteine. Einer davon aufgeladen mit der Essenz eines Magiers. Ein weiterer mit Todesessenz. Das war einfach, immerhin musste ich mir – um der gesellschaftlichen Norm zu entsprechen und einen angeblichen Nachfahren in die Welt setzen zu können – eine Frau nehmen. Ich tötete sie mit einem speziellen von mir entwickelten Artefakt, das die Todesessenz noch aufnehmen konnte. Diese leitete ich in einen zweiten Bernstein. Das Ganze wurde dann von mir zu Pulver zerstoßen und als Trank eingenommen.« Er legte die Hände an die Brust. »Mein ganzer Körper ist voller Bernsteinpartikel, die langsam Essenz und Todesessenz abgeben. Nach der Einnahme werde ich abrupt jung, bevor ich langsam wieder altere. In den ersten Tagen bin ich immer etwas verwirrt, aber das gibt sich. Sobald ich etwa achtzig Jahre alt bin, nehme ich den Trank erneut ein.«

Diese Enthüllung schockierte Kevin auf mehreren Ebenen. »Du hattest nie Kinder?«

»Nein. Wozu sich mit Bälgern belasten? Meine jeweiligen Frauen hielt ich mithilfe von Magie auf Linie. Der Mann auf den Bildern in den Fotoalben bin immer ich selbst gewesen. Deshalb gibt es auch keine Bilder von meinen angeblichen Kindern. Nach außen hin arbeitete ich Besuchern gegenüber mit Illusionierungen. So ging jeder davon aus, dass es immer einen Erben gab. Das war ich letztlich natürlich selbst, nach der jeweiligen Verjüngung.«

Ein unsterblicher Nimag. Kevin konnte es nicht fassen. Er hatte gnadenlos gemordet, sich Ehefrauen für die Opferung gehalten und in jeder Generation als Erbe den Platz seines angeblich toten Vaters eingenommen.

Er wollte nicht wissen, wie viele Magier Blanc getötet hatte. »Du wurdest nie entdeckt.« Es war eine Feststellung, keine Frage.

Trotzdem antwortete Agnús Blanc. »Nicht von euch Lichtkämpfern, nein. Ich stellte es jedes Mal so dar, als sei der jeweilige Magier von den Schattenkriegern getötet worden. Und umgekehrt. Das ging gut, bis der Bund des Sehenden Auges auf mich aufmerksam wurde. Irgendwie müssen sie bemerkt haben, dass Todesessenz erzeugt wurde. Sie fanden mich. Damit ist es wohl vorbei. Ich werde an einem anderen Ort der Welt untertauchen. Ein, zwei Generationen – und niemand wird mich mehr finden.«

Kevin durchfuhr ein heißer Schreck. »Wieso hast du Jen und Alex zu dem Museum geschickt?«

»Oh.« Louis winkte ab. »Das ist eine Falle. Vermutlich sind sie bereits tot, genau wie dieser lustige kleine Kampfmönch, der dort nach Informationen gesucht hat. Jede Partei wird glauben, dass die andere es war. Deine Leiche lege ich auch dort ab, sobald wir beide hier fertig sind.«

Louis griff nach zwei Einweghandschuhen, wie sie Chirurgen im Operationssaal benutzten, und streifte sie über. »Weißt du, Todesessenz habe ich noch. Aber die andere geht mir langsam aus.«

Kevin lachte auf. »Falls du glaubst, ich werde dir helfen, irrst du dich gewaltig.«

»Darauf habe ich gehofft.« Louis zog ein Skalpell hervor und hielt es ins Licht. Es war aus einem grün schimmernden Metall gefertigt. Glyphen waren in die Klinge eingebrannt. »Ich habe es entwickelt, damit ich Magier nicht immer erst foltern muss. Es sollte die Essenz aus dem Blut herausziehen. Schauen wir mal, ob es funktioniert.«

»Du bist wahnsinnig.«

»Mitnichten. Ich bin nur ein Pragmatiker.« Er seufzte. »Weißt du, ich habe auch heute noch Visionen. Eine davon habt ihr gefunden, deshalb seid ihr hier. In wenigen Tagen wird sie sich erfüllen. Und es ist nicht die einzige. Der Schatten streckt seine Hand aus nach dem Ascheatem, die Silberknochen weisen den Weg. Aus der Mitte heraus erstarkt die Waffe. Die Zwillingsmacht vollendet es.«

Das Neonlicht brach sich in der Klinge des Skalpells.

»Wenn es soweit ist«, sprach Louis weiter, »möchte ich nicht mehr hier sein. Alles wird sich ändern. Ihr glaubt, dass ihr genug Informationen besitzt, um *sie* aufzuhalten. Ihr täuscht euch. Ihr kratzt nur an der Oberfläche.« Seine Stimme wurde zu einem Flüstern. »Ihr wisst nicht einmal, was sie wirklich will.«

Die Klinge senkte sich herab, durchstieß Kevins Haut.

Sein Sigil wand sich in Agonie, Schmerzwellen pulsierten durch seinen Körper. Er brüllte.

Schnitt folgte auf Schnitt.

Blut floss aus seinem Körper, lief als dünnes Rinnsaal auf die Metallpritsche, wo es über Rillen absickerte.

Karmesinrote Essenz stieg als Nebel über seinem Körper auf.

Agnús Blanc lachte.

25. Die Geister, die ich rief

Das Haus war eine rauchende Ruine.

Alex blickte verdutzt auf vorbeieilende Nimags, die keine Notiz davon nahmen. »Anscheinend hat der Orden vorgesorgt, damit uns niemand zu Hilfe kommt.«

Das Feuer hatte furchtbar gewütet und am Ende das Haus zum Einsturz gebracht. Der verborgene Raum konnte nur noch durch den Zweitzugang betreten werden. Sie eilten auf die Parkanlage zu, die in Sichtweite lag.

»Ich verstehe das trotzdem nicht ganz«, sagte Alex. »Wenn Louis der Letzte war, der dieses künstliche Permit angefasst hat, wieso hat er so getan, als wüsste er nichts von Magie?«

»Keine Ahnung«, erwiderte Jen. »Aber er hat uns etwas verheimlicht. Er wusste von dem Ding, war im Museum und hat es dort berührt. Folglich war ihm klar, dass wir in eine Falle laufen.«

»Genau wie der Mönch«, konstatierte Alex. »Ziemlich gerissen, dieser kleine Mistkerl. Was das mit seinem Vater zu tun hat, verstehe ich trotzdem nicht.«

»Vielleicht hat er ihn umgebracht«, überlegte Jen. »Fragen wir ihn am besten.«

Sie erreichten den Park.

Hier gab es eine Anhöhe, über die ein Bahnsteig ging. Die Unterführung war lang und dunkel. In der Seite klaffte ein Spalt, in dem ein Hebel verborgen war. Sie zog daran. Mit einem Rumpeln fuhr der Stein beiseite.

»Okay, wie besprochen.«

Alex hatte die Worte in Gedanken bereits eingeübt. Illusionierung war eine Sache. Doch einen Zauber zu weben, der sie für andere so erscheinen ließ wie Luft – also unsichtbar machte –, war eine andere Hausnummer. Ihm durfte kein Fehler unterlaufen.

Er begann zweimal von Neuem, bis die Worte der Macht endlich fehlerfrei in der Luft waberten. »Generate Mirage.« Ein Schleier legte sich über Jen und ihn.

Sie nahmen die Umgebung leicht diffus wahr, als blickten sie durch einen Wasserfall. Gleichzeitig würde kein Nimag etwas erkennen.

Sie mussten sich jedoch beeilen, da der Zauber immens viel Essenz verbrauchte. Länger als zehn Minuten konnte Alex ihn nicht aufrechterhalten.

Im Hauptraum erwartete sie allerdings eine Überraschung. Hinter dem Bücherregal lag ein weiterer Raum. Kevin war auf eine Liege gefesselt. Louis stand über ihm und ließ ein Skalpell heruntersausen.

Der Oberkörper des Freundes war mit Schnitten übersät, aus ihnen quoll Blut und Essenz. Ersteres floss über Rillen ab, Letztere stieg als Rauch in die Luft und wurde von der Klinge absorbiert.

Bei jedem Schnitt schrie Kevin gepeinigt auf.

Louis stoppte. »Es dauert nun nicht mehr lange. Die Klinge ist fast gesättigt. Danach werde ich dir mit einem sauberen Schnitt die Kehle durchtrennen.«

»Damit wirst du niemals durchkommen«, krächzte Kevin.

Seine Stimme war heiser, die Augen waren trüb.

»Eigentlich bin ich schon verdammt lange damit durchgekommen.« Louis kicherte. »Mal ehrlich, ich bin gut darin, anderen vorzutäuschen, ich sei ein Teenager. Das ist gar nicht so simpel, wie man glaubt. Ausgestattet mit der Erfahrung von Jahrhunderten wieder so zu tun, als sei man ein gewöhnlicher junger Nimag … Es ist eine Herausforderung.«

Alex starrte verdutzt auf Louis, dazu bereit, einen weiteren Schnitt jederzeit zu stoppen. Er würde Kevin keiner Gefahr aussetzen. In Gedanken formulierte er einen leichten Heilzauber, den Jen später vollenden konnte. Diese schlich sich seitlich an den Jungen heran.

Junge?

Alex wurde aus dem Gerede nicht schlau. Gab es so etwas wie unsterbliche Nimags denn überhaupt? In den Vorlesungen hatte er noch nichts dazu gehört. Allerdings gab es eine Menge, von dem er noch nichts wusste. Vermutlich würde er noch viele Jahre neue Dinge entdecken und erfahren.

»Alex und Jen werden dich aufhalten«, brachte Kevin hervor.

»Das glaube ich kaum«, erwiderte Louis.

Er warf sich herum, holte aus und zog Jen das Skalpell über die Brust. Aufschreiend sprang sie zurück, taumelte und brach in die Knie. Magentafarbener Rauch stieg vor ihr in die Luft. Essenz.

Alex wich einer gegen ihn geführten Attacke knapp aus. Louis konnte sie trotz seiner Illusionierung sehen. Er ließ den Zauber erlöschen.

»Tja, das hättet ihr nicht gedacht, was?« Er lachte. »Ich kann euch und eure Zauber problemlos erkennen.« Er tippte sich gegen die Brille.

Kevin riss an seinen Lederfesseln, konnte sie jedoch nicht abstreifen. Jen kauerte krächzend am Boden. Der magentafarbene Rauchfaden wurde dünner. Mit zitternden Fingern versuchte sie, das Heilsymbol zu erschaffen. Es wollte nicht gelingen.

»Da muss ich dich enttäuschen«, sagte Louis. »Der Schnitt kann nicht geheilt werden. Und solange er da ist, fließt deine Essenz beständig ab. Du kannst keine Zauber mehr weben. Du bist nun quasi eine Nimag. Du bist ebenso einer, Kevin.« Er wandte sich Alex zu. »Bleibt nur noch einer übrig.«

Mit kaltem Blick kam er näher.

Alex verfluchte sich dafür, den Wahnsinn hinter der Maske des angeblichen Teenagers nicht früher erkannt zu haben. Seine Bewegungen waren zielgerichtet, geschmeidig und gnadenlos. Das Skalpell zischte durch die Luft, stach zu, fuhr nur Millimeter an Alex' Arm, Bauch und Brust vorbei.

Er wich aus, so gut er konnte. Da er blitzschnell reagieren musste, kam er jedoch nicht dazu, einen Zauber einzusetzen.

So trieb Louis ihn zurück in den Hauptraum.

Alex schnappte sich das Grammophon und warf es nach ihm. Sein Angreifer wich aus, das Gerät krachte gegen die Wand und zerschellte.

»Vielen Dank auch, es war verdammt schwer, das Ding zu konstruieren!«, rief Louis erbost. »Damit konnte ich weit entfernte Gespräche abhören. Nein, nicht den Plattenspieler, damit kann man sie aufzeichnen.«

Es krachte.

»Damit zögerst du das Unvermeidliche nur hinaus!«, brüllte Louis. »All das kann ich reparieren! Und ich habe Essenz. Mein Leben wird ewig währen.«

Alex schnappte sich etwas, das wie ein Bügeleisen aussah, und warf es. Oder wollte es werfen. Doch er hatte das Gewicht falsch eingeschätzt. Der Schwung trug ihn nach vorne. Louis holte mit dem Skalpell aus.

Bevor Alex etwas tun konnte, durchstieß die Klinge seine Haut. Beide Hände gegen die Wunde pressend, taumelte er zurück. Der Essenzstab prallte auf den Boden und rollte davon.

Bernsteinfarbene Essenz quoll in dicken Rauchwolken hervor, Blut spritzte. Alex stürzte gegen die Wand, rutschte daran herab. Schwer atmend versuchte er, den Blutfluss zu stoppen, doch es wollte ihm nicht gelingen. Die Wunde ging tief, er konnte es spüren.

Viel schlimmer jedoch war die Reaktion seines Sigils. Es wand sich, tobte. Essenz floss nutzlos ab, eine Wunde war geschlagen.

Adrenalin schoss durch Alex' Adern, Panik kam auf. Er würde verbluten. Oder im Aurafeuer verbrennen.

»So mag ich das«, höhnte Louis. »Nun seht ihr, wie es ist, ein machtloser Nimag zu sein und dem Tod entgegenzugehen.

Als ob ich das nicht wüsste, dachte Alex.

Er wollte aufstehen, sich dem Mistkerl entgegenstellen. Doch seine Beine versagten.

Er konnte nichts mehr tun.

26. Gottheiten, flambiert

Kleopatra spürte den fauligen Atem der Hundekreatur in ihrem Nacken. Sie sprang, rollte sich ab, kam wieder auf die Beine und rannte weiter. Wo ihr Genick bis eben gewesen war, schnappte das Maul der Kreatur zu. Mit einem Klacken knallten die Zähne aufeinander, ein wütendes Heulen folgte.

Sie wurde zur Kriegerin.

Zu Beginn ihrer Unsterblichkeit hatte sie begriffen, dass nichts von Dauer war. Ihr Reich zerfiel, das römische ebenso. Die Schwachen gingen unter, die Gewinner nahmen sich alles. Sie selbst hatte mit der ewigen Jugend ein Geschenk erhalten, doch das machte sie keinesfalls unverwundbar. Wie die übrigen Unsterblichen auch nahm sie Unterricht bei Tomoe. Es folgten Jahre, in denen sie Kampfkunst erlernte, mythologische Zauber erschuf und sich stählte.

Zugegeben, in der heutigen Zeit genoss sie die Annehmlichkeiten ihres jungen Körpers. Sie flirtete, hatte ausschweifenden Sex und genoss das Leben. Warum auch nicht? Man lebte nur einmal ewig.

Nun besann sie sich auf ihre Kampfkunst, ihre Magie, ihre Finesse. Denn der Wille zu überleben war allumfassend. Sie würde sich nicht von vier verlausten Hundekreaturen zum Frühstück verspeisen lassen.

An einer Empore angelangt, warf sie sich nach rechts. Zwei der Kreaturen rasten über das Geländer und fielen einen Schacht hinab. Das würde sie ein paar Minuten aufhalten. Die übrigen griffen sie an.

»Hol das Stöckchen!« Sie warf ihren Essenzstab, auch wenn es innerlich wehtat.

Eine der Hundekreaturen schnappte danach, biss darauf und stellte verblüfft fest, dass er so einfach nicht zu zerbrechen war.

Damit schnellte nur noch einer auf sie zu.

Kleopatra sprang, umschlang seinen Hals mit den Oberschenkeln und ließ sich zurückfallen. Bedauerlicherweise war das Ding derart muskulös und groß, dass sie einfach an ihm hängenblieb, es aber nicht umkippte.

Blitzschnell erschuf sie das Symbol, das ihr Gewicht verfünffachte. Die Kreatur fiel zu Boden. Kleopatra sprang zur Seite, kam auf dem Körper ihres Gegners auf, umgriff seinen Kopf und drehte ihn mit einem Ruck zur Seite.

Nichts geschah.

Sie war zu schwach. Das menschliche Genick war robust, das der Kreatur noch mehr.

»So ein verdammter …«

Sie rief den Essenzstab herbei, holte aus und rammte ihn rücklings durch das Herz der Kreatur. Wie eine Klinge in Butter durchdrang das Artefakt Muskeln, Haut und Knochen und beendete die magische Existenz des Mutierten.

Er blieb tot am Boden liegen.

Ein wütendes Röhren machte sie auf die verbliebenen drei Kreaturen aufmerksam.

Kleopatra riss den Stab aus dem Kadaver, wich einem Schlag aus und rannte weiter. Das Glück würde nicht ewig auf ihrer Seite sein. Sie musste diese Sache beenden und zwar schnell.

Vor ihr erschienen die Treppen.

Sie sprang hinauf. Eine Klaue schloss sich um ihren Knöchel, sie wurde herumgewirbelt und knallte gegen die Wand. Der Schmerz des Aufpralls presste ihr die Luft aus der Lunge, vor ihren Augen tanzten Sterne.

Eine der Kreaturen schlug zu, zog ihre Klauen über ihren Rücken. Es brannte höllisch.

Mini-Anubis stieß ein triumphierendes Brüllen aus. Die zwei anderen trabten heran. Kleopatra rappelte sich auf und katapultierte sich die Treppenstufen empor.

Der Raum des Öls lag vor ihr.

In den Becken schimmerte die Flüssigkeit.

»Spielen wir ein Spiel.«

Sie konnte die Kreaturen nicht angreifen, doch die Umgebung war manipulierbar. Mit einem bösen Grinsen im Gesicht erschuf sie eine komplexe Folge aus Vektorumkehrzaubern. Das Öl erhob sich aus den Becken, bildete Rinnsale in der Luft und plätscherte durch komprimierte Gravitation – ein unsichtbares Röhrengebilde entstand, das den gesamten Raum durchzog.

Wie ein Dirigent konnte sie es lenken und erschuf ein gewaltiges Netz.

Die drei Kreaturen schossen herein.

Sie sahen sich der Flüssigkeit gegenüber, verstanden jedoch nicht die von ihr ausgehende Gefahr. Oh ja, sie hatte bemerkt, dass sie einen großen Bogen um Fackeln machten. Die Hundekreaturen hatten Angst vor Feuer. Und das zu Recht. Doch sie verstanden nicht den Zusammenhang zwischen Öl und Flammen.

Knurrend kamen sie auf Kleopatra zu.

Zwei schritten voran, gingen einfach durch das schwebende Öl und wurden davon benetzt. Der dritte war vorsichtiger, er wand sich um die Tropfen, die auf ihn zuflogen, blieb ständig hinter seinen Artgenossen. Er musste allerdings befeuchtet sein, bevor sie das Öl entzünden konnte. Andernfalls würde er das drohende Unheil realisieren.

»Ganz ehrlich, ich mochte Katzen schon immer viel mehr«, spie sie ihnen entgegen.

Der Klang ihrer Stimme allein machte die Kreaturen wütend.

Weiter und weiter wich Kleopatra zurück. Schließlich erreichte sie das größte, nach wie vor gefüllte Ölbecken. Da der Gravitationszauber noch wirkte, ging sie einfach auf der Oberfläche weiter.

»Ja, ich kann tatsächlich auf dem Wasser gehen«, rief sie den Kreaturen entgegen. »Oder eben auf dem Öl.«

Die zwei Vorderen wandten sich nach rechts und links, um sie einzukreisen. Der Dritte trat über den Rand. Es platschte. Verblüfft jaulte er auf.

»Was, du dachtest, du kannst das auch? Ha. Ich bin eine Königin. Und jetzt habe ich Lust auf flambierte Gottheiten.« Mit einem bösen Lächeln ergänzte sie: »Ignis Aemulatio!«

Das Feuer kam.

Blitzschnell erschuf sie eine Schutzsphäre, damit die Glut sie nicht erreichen konnte und ihr genug Luft blieb. Die Hundekreaturen hatten weniger Glück. Von Öl getränkt, verwandelten sie sich in lebende Fackeln. Ihr Brüllen hallte durch die Pyramide.

Feuerspuren loderten in der Luft, Fell brannte, Fleisch verkohlte.

Kleopatra rannte zum Ausgang.

Hinter ihr fiel der Zauber in sich zusammen, die Flammen peitschten durch die Luft, Öl spritzte. Eine der Kreaturen fiel zur Seite.

Direkt auf Kleopatra.

Und wie zuvor durchdrang der Anubis mühelos die Contego-Sphäre. Feuer tanzte, fand neue Nahrung. Kleopatra schrie.

27. Darauf hast du doch die ganze Zeit gewartet

Chris flog durch die Luft.

Er krachte erneut gegen eine der Fackeln und fiel zu Boden. Chloe rechnete ihm hoch an, dass er nach seiner Bewusstlosigkeit direkt erneut zum Angriff übergegangen war.

Sein Shirt stand in Flammen. Keuchend kam er in die Höhe, zerriss den Stoff und schleuderte es davon. Der Fackelschein ließ die Schatten auf seiner Haut tanzen, aufgrund der Hitze glänzte sein Waschbrettbauch feucht.

»Darauf hast du doch die ganze Zeit gewartet, gib es zu, Muskelbirne«, rief Chloe. »Nur schade, dass Kleopatra nicht da ist.«

»Vorsicht!«, brüllte Chris.

Sie tauchte im letzten Moment unter Anubis' Pranke hinweg.

Die vergangenen Minuten hatten sie damit zugebracht, vor der Kreatur zurückzuweichen. Zauber prallten ab, Schutzsphären waren durchlässig, in der Umgebung bot sich keine vernünftige Manipulationsmöglichkeit. Es wurde eng. Anscheinend war es doch nicht so einfach, das Artefakt zu zerstören. Kleopatra war schon lange fort.

Chloe machte sich schwerelos und stieg in die Höhe. Unter der Decke bezog sie Position, direkt neben einem Gebilde aus Edelsteinen. Sie erkannte Amethyst, Unakit, Saphir, Türkis und Karneol.

Chris verlegte sich auf eine neue Taktik. Er nutzte seinen Essenzstab, um auf den eigenen Körper Symbole zu zeichnen. »Corpus transformere. Corpus physicorum.«

Der Zauber machte Knochen unbrechbar, verankerte Gelenke und ließ die Haut unpenetrierbar werden. Doch er kam mit einem Preis. Sobald er nachließ, überfiel Schwäche den Magier. Wurde der Zauber zu lange aufrechterhalten, konnte die folgende Erschöpfung tödlich enden. Nach Chloes Schätzung blieben Chris fünf Minuten. Höchstens.

Der Anubis-Koloss krachte gegen Chris. Fäuste flogen. Chris wurde getroffen, kam jedoch ohne Wunde davon. Überhaupt schien er keinen Schmerz zu spüren, der Zauber wirkte. Sein Gegner knurrte zwar bei jedem Treffer, den er abbekam, zeigte aber keinerlei Ermüdung.

»Wo bleibt Kleopatra?«, fluchte Chloe.

Es konnte doch nicht so schwer sein, ein Artefakt zu zerstören.

Chloe trieb ab. Die Edelsteine an dem lampenähnlichen Konstrukt klirrten. Plötzlich kam ihr ein Gedanke. Hatte Kleopatra nicht erwähnt, dass sie die Steine als Ersatz für Bernstein benutzt hatten? Bedeutete das, man konnte sie mit Essenz befüllen?

Sie ließ einen kleinen Teil ihrer neongrünen Kraft in die Edelsteine fließen. Es funktionierte, wenn auch mit immensem Widerstand. Ohne zu überlegen, befüllte sie weitere. Sieben Stück lösten sich aus der Verankerung und stoben glühend davon, verwandelten sich in Geschosse. Sie prasselten gegen Anubis' Leib, drängten ihn zurück.

»Das Fenster!«, brüllte Chris.

Im ersten Augenblick verstand Chloe nicht, was er bezweckte. Da draußen war nur Erde. Dann begriff sie. Sie sprang herab, direkt an das Fenster. Mit dem Essenzstab ließ sie magische Symbole in das Geröll einsickern.

Hinter ihr warf sich Chris Fäuste schwingend auf Anubis. Die Edelsteine prasselten wie die Faustschläge eines Boxers auf die Kreatur, verloren jedoch zunehmend an Kraft.

»Okay!«, rief sie.

Chris wich tänzelnd zurück, trieb seinen Gegner so immer näher an das Fenster heran.

Die Edelsteine kullerten nutzlos zu Boden.

Anubis stand direkt vor dem Erdwall.

»Transformere Elementum!«, aktivierte Chloe den Zauber.

Chris warf sich zur Seite. Das Erdreich wurde zu Nebel, schoss auf Anubis zu und hüllte ihn ein. Sie verfestigte es wieder. Ein Hügel aus Erde wuchs im Thronsaal empor.

»Tadaaaa.« Sie grinste.

Chris lächelte. Ein Blutfaden rann aus seiner Nase.

»Lösch den Zauber!«, forderte Chloe.

Er kam der Aufforderung nach, verdrehte die Augen und sank zu Boden.

Sie rannte zu ihm, fühlte seinen Puls. Er lebte. Doch sein Atem ging schwach. Er war so erschöpft wie nach einem Marathon. »Das war wirklich dumm.« Sie fuhr ihm sanft über die Stirn.

Der Hügel explodierte.

Mit einem Grölen trat Anubis daraus hervor.

»Das ist jetzt nicht wahr!« Chloe sprang auf. »Du elendes Ding, kann dich denn gar nichts erledigen?«

Kleopatra betrat den Raum.

Langsam, die Nase stolz in die Höhe gereckt, das Artefakt in der Hand, schritt sie heran. Die Tatsache, dass ihr Haar angekokelt und ihr Gesicht von Ruß geschwärzt war, tat ihrer Schönheit keinen Abbruch.

»Es reicht!« Gebieterisch hob sie die Hand. »Es ist vorbei.«

Mit diesen Worten riss sie einen Diamant aus dem Artefakt heraus. Gleißendes Licht erstrahlte, der Edelstein stieg in die Höhe. Anubis brüllte auf. Chloe konnte spüren, wie die Todesessenz der geopferten Nimags abgestrahlt wurde.

Dann detonierte der Diamant.

Splitter fegten durch die Luft.

Chloe zog eine Schutzsphäre um sich und den bewusstlosen Chris, Kleopatra sprang hinter einen umgeworfenen Altar in Deckung.

Einzig Anubis rührte sich nicht.

Die winzigen Splitter durchstießen seinen Körper. Er kippte zurück. Noch im Fallen lief ein Wabern über seine Muskeln, wurde Fell zu Haut. Als er auf den Platten aufschlug, war er ein Mensch.

Kleopatra eilte an seine Seite, Chloe folgte ihr.

»Aaron.« Die Unsterbliche lächelte sanft auf ihren ehemaligen Hohepriester herab.

»Ihr seid es wirklich?«, flüsterte er.

»Ich bin zurückgekehrt«, erwiderte sie. »Um meinem treuesten Untertan das letzte Geleit zu geben.«

Tränen rannen aus den Augen des Mannes wie ein steter Strom. »Ich habe versagt. Die Ungläubigen …«

»Die Römer sind vertrieben«, erklärte Kleopatra. »Du kannst nun ruhen.«

Seine Augen weiteten sich. »Aber … Sie hat gesagt …«

»Wer?« Die Unsterbliche legte ihm sanft die Handfläche auf die Wange.

»Die Frau hinter dem Schattenschleier«, erwiderte er mit zittriger Stimme. Unter seinem Körper breitete sich die Blutlache aus. Lange würde er nicht mehr leben. »Sie bot mir den Trank. Einen Zaubertrank von solcher Perfektion. Er ließ mich zu einem Abbild von Anubis werden. Stark, schnell und geschmeidig. Nichts vermochte mich aufzuhalten. Sie sagte, dass die Römer noch immer herrschen.«

»Eine Lüge«, erklärte Kleopatra. »Was war ihr Preis?«

»Sie wollte die Wahrheit über die Schlafenden wissen.«

»Die Schlafenden?«, hakte die Unsterbliche nach.

Chloe stöhnte auf. »Das Wandbild. Jenes mit den Toten. Sie sind gar nicht tot.«

»Nein«, bestätigte der Sterbende. »Es sind jene, die in den Schlaf gegangen sind, um die Götter zu sehen.«

Kleopatra ächzte. Mit geweiteten Augen wich sie von Aaron zurück. »Nein. Das ist unmöglich.« Ihre Hand zitterte. »Es ist kein Symbol für den Tod. Es sind …«

»Die Silberknochen weisen den Weg«, vollendete Aaron. »Sie bewachen, was nie wieder zugänglich gemacht werden darf. Die Frau im Schatten sucht etwas und sie glaubt, es dort zu finden. Nachdem sie die Information erhalten hat, hat sie mich in einen Bannkreis eingeschlossen.«

»Der dritte Splitter«, hauchte Chloe.

Sie hatte noch nie von den Silberknochen gehört, doch was Clara suchte, war jedem klar.

»Lebt wohl, Herrin.« Er stieß einen letzten Seufzer aus.

»Leb wohl.« Sie ging neben ihm in die Hocke, strich erneut sanft über seine Stirn. »Was hast du ihr erzählt? Oh, Aaron. Wir haben beide schreckliche Fehler gemacht. Doch deiner könnte die Welt alles kosten.«

»Was hat das zu bedeuten?«, fragte Chloe.

»Wir müssen zurück ins Castillo.« Kleopatras Stimme war nicht mehr als ein Flüstern, sie wirkte zutiefst erschüttert. »So schnell wie nur möglich.«

28. Die gnadenlose Klinge

Agnús Blanc schritt langsam auf Alex zu.

Kevin zerrte an den Lederbändern. Jen hielt sich ihre Wunde und kauerte an der Seite. Die Kraft floss immer schneller aus ihr heraus. Seltsamerweise spürte Kevin keinerlei Schwäche. Seine Essenz verflüchtigte sich, doch körperlich war er fit.

»Jen«, flüsterte er. »Dort drüben.«

Agnús hatte ein Etui auf der Ablagefläche entrollt, in dem sich Folterinstrumente befanden.

Jen verstand. Sie griff nach einem gezackten Stern, kroch zu ihm herüber und durchschlug das Lederband, das seinen rechten Arm hielt. Innerhalb kürzester Zeit konnte Kevin sich befreien.

Agnús holte aus, um Alex die Kehle durchzuschneiden.

»Hey!« Kevin sprang zu Boden.

Für einen Augenblick wurde ihm schwindelig. Er glaubte, Feuer zu riechen und Öl. Ein Brüllen erklang, da waren Licht und … Kleopatra? Die Bilder verschwanden. Verwirrt schüttelte er den Kopf.

»Ich zittere vor Angst«, kommentierte Agnús. »Willst du noch ein bisschen herumtaumeln?«

Kevin straffte sich. »Da hatte ich an etwas anderes gedacht.«

Der Nimag blinzelte. »Faszinierend. Normalerweise schwächt eine Entnahme der Essenz den jeweiligen Magier massiv. Er kann kaum noch den Arm heben.«

So schien es Alex und Jen zu gehen. Alex versuchte es zwar, doch außer einem Zittern der Muskeln geschah nichts. Jen kippte in diesem Augenblick zu Boden und blieb regungslos liegen. Unaufhörlich stiegen Rauchkringel empor, wurden von der Klinge angezogen und absorbiert. Auch aus Kevins Wunden drang karmesinroter Essenzrauch, jedoch deutlich weniger als bei den Freunden.

»Möglicherweise sollte ich mich noch näher mit dir befassen«, überlegte Agnús laut. »Die Zeit für eine Sezierung kann ich mir nehmen. Vielleicht ist dein Blut der Schlüssel. Oder die Gene sind es. Bist du Magier durch Erbe oder Geburt? Hast du Geschwister?«

Kevin ließ sich nichts anmerken, obgleich ihn ein heißer Schreck durchfuhr. Hatte er deshalb kurz Kleopatra gesehen? Chris war mit ihr und Chloe unterwegs. Sein Bruder und er teilten sich ein Sigil, das jedoch mehr Essenz produzierte als ein gewöhnliches. Das brachte natürlich auch Nachteile mit sich.

Ging einer von ihnen ans Limit, war für den anderen nichts mehr übrig. Die Schnitte schwächten also nicht nur Kevin, sie zogen auch Essenz von Chris ab. Wenn er es nicht stoppen konnte, würden sie beide in einem Aurafeuer vergehen. Ihre Magie war aneinandergebunden.

Trotzdem war es noch nie zuvor zu einer solchen geistigen Verbindung gekommen.

Normalerweise hätte er noch problemlos genug Essenz besitzen müssen, doch Chris musste einen gewaltigen Zauber ausgeführt haben. Das Sigil wand sich bereits, würde bald damit beginnen, von der Aura zu zehren.

Er war so in Gedanken vertieft, dass er den Angriff von Agnús beinahe zu spät bemerkte. Die grünliche Klinge sauste durch die Luft, wurde geworfen wie ein Dolch. Sie schrammte über Kevins Arm und hinterließ eine weitere Wunde.

Der Nimag rannte zu dem Bereich, in dem die Artefakte aufgestellt waren.

Kevin zögerte nicht länger. Er stürzte sich auf ihn.

Agnús riss eine Messingschlange in die Höhe und warf sie auf Kevin. Mitten in der Luft wurde sie lebendig, schnappte nach ihm.

»Sie wird durch die Anwesenheit eines Sigils aktiviert.« Agnús kicherte. »Ich sage ja, hier gibt es allerlei feine Dinge, mit denen Magier ausgeschaltet werden können.«

Kevin wich dem zuschnappenden Schlangenmaul aus, packte sie am Schwanz und warf sie in Richtung Treppe. Sie wurde wieder zu Messing.

Doch Agnús war noch nicht fertig. Er griff nach einer Peitsche und schlug zu. Das lange Ende wickelte sich um Kevins Hals, wurde fester. Obgleich der Nimag das andere Ende losließ, würgte ihn das Ding weiter.

»Eine selbstwürgende Peitsche«, folgte die Erklärung. »Sehr praktisch, wenn man die Hände freihaben muss.«

Agnús nahm einen Gürtel auf, in den Bernsteinklumpen eingenäht waren. »Ein Sprunggürtel. Damit kann der Benutzer einmalig an einen beliebigen Punkt auf der Welt springen. Praktisch, wenn man von einem Ort fliehen möchte. Weißt du, ich habe für einen solchen Fall vorgesorgt. Bankkonten in der Schweiz, verschiedene sichere Häuser in aller Welt, ausgelagerte Artefakte. Man kann nie vorsichtig genug sein.«

Kevin konnte nicht antworten. Die Luft wurde ihm knapp, er röchelte.

»Erwürgen ist eine hässliche Todesart.« Agnús schloss seinen Gürtel. »Andererseits musst du nicht auf die langsame Art sterben wie deine Freunde.«

Alex bewegte sich nicht mehr. Sein Gesicht war kreidebleich, seine Lider flatterten.

Jen hatte das Bewusstsein verloren. Noch immer floss magentafarbene Essenz aus ihr heraus.

In Kürze würde das Aurafeuer sie beide verschlingen.

Nein!

Es durfte nicht so enden. Nicht nach allem, was geschehen war. Mark, Gryff, Clara, Leonardo in Gefangenschaft, Max gefoltert … Kevin brüllte. Mit letzter Kraft kam er in die Höhe und taumelte zum Tisch. Er wollte nach etwas Nützlichem greifen, doch da gab es nichts. Keinen scharfen Gegenstand, keine Schere.

Agnús verpasste ihm einen Tritt in die Seite.

Kevin taumelte und krachte zu Boden. Die Peitsche zog sich fester zu. Die Blutzufuhr zu seinem Gehirn wurde unterbrochen. In wenigen Sekunden kam die Bewusstlosigkeit, dann der Tod.

Er konnte nichts mehr tun.

Da!

Nur wenige Meter entfernt lag die Klinge.

Agnús war beschäftigt, kümmerte sich nicht mehr um Kevin. Er brabbelte etwas, durchwühlte den Artefaktstapel.

Kevin robbte zur Klinge. Jede Bewegung schmerzte, seine Lunge gierte nach Sauerstoff. Sein Gesichtsfeld implodierte, er sah nichts mehr.

Mit einem letzten Aufbäumen riss er die Klinge an sich und durchtrennte die Peitsche.

Keuchend sog er frische Luft ein.

»Na, so was«, kommentierte Agnús. »Ein richtiger kleiner Kämpfer. Womit probieren wir es als Nächstes? Hmmm.«

Kevin kam in die Höhe. Er hielt die Klinge in seiner Hand.

»Damit kannst du mir nichts tun.« Agnús lächelte überheblich. »Ich bin kein Magier.«

»Das mag sein.« Kevin fletschte die Zähne. »Aber wie du ja gesagt hast, ist dein ganzer Körper voll mit Bernsteinpartikeln. Und die sind mit Essenz aufgeladen. Wie genau funktioniert diese Unsterblichkeit doch gleich?«

Agnús riss entsetzt die Augen auf, als er begriff.

Kevin ließ ihm keine Chance. Er schleuderte die Klinge, lenkte sie durch die Luft und stieß sie direkt in die Brust des unsterblichen Nimags.

Ein gleißender Lichtstrahl brach aus ihm hervor, als sich die Bernsteinpartikel alle gleichzeitig entluden. Der Teenager alterte im Zeitraffer. Seine Haare dünnten aus, wurden grau und fielen ab. Die Haut wurde runzelig, alt und fleckig, die Finger von Gicht gekrümmt.

»Ich habe meine Sterblichkeit schon lange akzeptiert«, sagte Kevin. »Wie steht es mit dir?«

Agnús stieß ein Lachen aus. Er mochte um die siebzig sein. »Ihr werdet mich nicht lange überleben.«

»Das haben schon viele gesagt.«

Er erreichte die achtzig. »Ihr wisst gar nichts. Alles wird sich ändern und ihr könnt nichts dagegen tun.«

Kevin seufzte. »Es interessiert mich nicht, was irgendeine kranke Vision in deinem noch kränkeren Hirn ankündigt. Ich kämpfe bis zum Ende. Egal, wie das aussehen wird.«

Agnús presste sich die Hand gegen die Wunde. Er taumelte. Von seiner Jugend war nichts mehr geblieben. Seine Stimme klang wie aufeinanderreibendes Schmirgelpapier. »Der, den du am meisten liebst, wird sterben.«

Kevin zuckte zusammen. »Was?!«

Agnús wurde zu Haut und Knochen. Er stürzte zu Boden. Noch in der Luft wurde er zu einem brüchigen Skelett.

Die Klinge schien genug zu haben.

Sicherheitshalber transformierte Kevin einen Teil des Bodens und schuf damit einen Alkoven, in dem er sie verbarg. Mit dem Sanitatem Corpus verschloss er seine Wunden, danach kümmerte er sich um Jen und Alex. Es funktionierte problemlos, da die Klinge in den Stein eingeschlossen war.

Ein Windhauch trieb durch die natürlich gewachsenen Schächte des Geheimgangs heran.

Von Agnús Blanc war nicht mehr geblieben als Asche und Staub.

29. Silberknochen

Sie waren in der Küche zusammengekommen.

Alex hatte mit Freude festgestellt, dass Tilda eine Sitzecke eingerichtet hatte: ein Sofa, ein Sessel und ein kleiner Tisch mit Stühlen.

Kurz nach Jen, Kevin und ihm waren auch Chloe und Chris eingetroffen. Kaffee und Kekse wurden verteilt, während Tilda an einem Gericht mit unaussprechlichem Namen arbeitete, das verlockend duftete.

Sie brachten sich gegenseitig auf den neuesten Stand.

»Dieser Aaron hat der Schattenfrau also irgendeinen Hinweis auf diese ominösen Silberknochen gegeben?«, fragte Kevin, worauf Chris nickte. »Agnús Blanc hat auch davon gesprochen.«

Während Jen bewusstlos gewesen war, hatte Alex durchaus mitbekommen, was der unsterbliche Nimag Kevin am Ende zugeflüstert hatte. *Der, den du am meisten liebst, wird sterben.* Kevin hatte ihn gebeten, diesen letzten Teil für sich zu behalten. Beunruhigende Prophezeiungen waren wirklich genug im Umlauf.

»Wir wussten ja bereits, dass die Bezeichnung ›Ascheatem‹ etwas mit dem dritten Splitter zu tun hat«, warf Jen ein. »Das stand im Folianten. Aber die Sache mit den Silberknochen verstehe ich nicht.«

»Kleopatra war ziemlich geschockt.« Chloe saß auf der Couch und hatte ihre Boots auf dem Tisch geparkt. Gedankenverloren knabberte sie an einem Keks. »Sie weiß definitiv, was damit gemeint ist.«

»Wenn sie schon erschrocken ist, muss es etwas wirklich Schreckliches sein«, sagte Alex mit großen Augen. »So leicht lässt sich eine Frau wie sie bestimmt nicht aus der Fassung bringen.«

»Hast du mal ihr Haar berührt?«, fragte Chris leise. »Das ist total seidig.«

»Hab ich nicht. Du etwa?« Alex blickte grimmig zu dem Freund.

»Eher zufällig.«

»Wie macht sie das?«, stieß Jen aus. »Ihr seid diesem arroganten Weib total verfallen.«

»Du musst gerade was sagen«, erwiderte Alex. »Wie geht es denn unserem blauäugigen Superchirurgen Dylilein?«

»Er ist auf jeden Fall nicht so überheblich.«

»Klar, weil Chirurgen *keinen* Gottkomplex haben.«

»Den hat Kleopatra aber im Dutzend«, konterte Jen.

Eine Pfanne klapperte. Während Tilda Kräuter in einen Topf gab, wanderte ihr Blick über Alex und Jen. Sie sagte etwas, das er nicht verstand. Nur »… wie Ross und Rachel …« konnte er heraushören. Was auch immer sie damit meinte.

»Dylan?«, hakte Chloe nach. »Wovon redet ihr?«

Fairerweise weihte Alex die anderen in Jens neue Liebschaft ein, immerhin sollte es keine Geheimnisse geben. Die anderen konnten ihr dann klarmachen, dass eine Beziehung mit einem Nimag totaler Unsinn war.

»Das freut mich für dich«, sagte Chloe.

Nicht gerade das, worauf Alex gehofft hatte. »Sollten wir uns nicht wieder wichtigen Themen zuwenden? Hat Kleopatra denn nicht gesagt, was mit den Silberknochen gemeint ist? Immerhin hat die Schattenfrau nun einen Vorsprung. Wie sollen wir den denn aufholen?«

Chris zuckte mit den Schultern. »Kein Wort war ihr zu entlocken. Seit unserer Rückkehr beraten Einstein, Edison, Johanna und sie.«

»Das müssen ja ganz besondere Knochen sein.«

Chris nickte. »Was ist denn mit den Artefakten von diesem Agnús?«

»Ein Team holt sie alle ab, sobald Zeit ist«, erwiderte Jen. »Einstweilen haben wir den geheimen Raum versiegelt, damit niemand durch Zufall draufstößt. In unseren Katakomben ist ja genug Platz.« Sie nippte an ihrem Tee. Eine Kräutermischung, die Tilda zubereitet hatte. »Der Mönch vom Bund des Sehenden Auges war wohl bereits weg. Jemand muss nach uns dort gewesen sein.«

»Wie gelangte dieses Permit eigentlich ins Museum?«, fragte Chris.

»So genau wissen wir das nicht«, erwiderte Alex. »Aber im Index ist verzeichnet, dass es 1921 aufgenommen wurde und aus dem Nachlass eines gefallenen Soldaten stammt. Vermutlich hat Blanc in einer seiner Identitäten nicht sauber den Übergang geplant. Dadurch wurde das Band aus dem Nachlass dem Museum gestiftet.«

»Unglaublich«, sagte Kevin erneut. »Er muss für den Tod unzähliger Magier verantwortlich gewesen sein. Wir können das gar nicht mehr rekonstruieren. Mit dieser verdammten Klinge hat er Essenz geraubt und davor durch Folter.«

»Aaron-Anubis war auch nicht viel besser«, warf Chris ein. »Er hat sich Nimags geschnappt und irgendwie Todesessenz erzeugt.«

»Ich wusste bisher noch nicht einmal, dass es unterschiedliche Arten von Essenz gibt«, gab Alex zu und nahm einen weiteren Keks.

Jen winkte ab. »Dir fehlen einfach noch Vorlesungen. Und wenn man es genau nimmt, gibt es Todesessenz nicht mehr. Ich gehe jede Wette ein, dass die Schattenfrau es eurem Aaron-Anubis ermöglicht hat, diese Sicherung des Walls zu umgehen. Immerhin hat sie eine riesige Bibliothek für sich allein. Ich will gar nicht wissen, was da alles für Zauber begraben liegen.«

»Das wäre eine Möglichkeit«, gab Chris zu. »Damit trägt sie ebenfalls die Schuld am Tod der Nimags. Kleopatra hat die Pyramide auch erst mal versiegelt. Sobald wir wieder mit mehr Lichtkämpfern ausgerüstet sind, wird ein Team die Leichen bergen, die Identitäten klären und die Angehörigen informieren. Das dürfte wohl ein paar Cold Cases der Polizei abschließen.«

»Bleibt noch eine letzte Sache.« Alex blickte in die Runde. »Was es mit der Waffe auf sich hat, die in der Prophezeiung erwähnt wird, wissen wir nicht. Dazu hat Agnús nichts gesagt, oder?«

»Nur, dass es bald geschieht«, warf Kevin ein. »Womit Nostradamus recht behält. Das hilft uns leider null weiter.«

»Ich habe bereits Kontakt mit ihm aufgenommen«, erklärte Jen. »Weitere Spuren hat er nicht. Es bleibt uns nur übrig, abzuwarten.«

»Vielleicht konzentrieren wir uns einfach auf den Sigilsplitter.« Leise ergänzte er: »Und die Suche nach einem gewissen Schlüssel, der in eine gewisse Schatulle gehört.«

Für Alex hatte die Suche nach Marks Hinterlassenschaft eine persönliche Priorität. Bedauerlicherweise hatten sie nicht den Hauch einer Spur.

Tilda rief: »Kann bitte jemand decken, das Essen ist fertig.«

Chloe schwenkte den Essenzstab, worauf Teller und Besteck sich niederließen. Die Köchin verteilte eine Suppe, in der Fleisch und Gemüse schwammen. Dazu frisch gebackenes Brot, das mit einer Pflanzenpaste bestrichen war. Sie schlugen sich die Bäuche voll.

Irgendwann während des Essens beugte Jen sich zu Alex herüber. »Kennst du zwei Lichtkämpfer, die Ross und Rachel heißen?«

Er schüttelte den Kopf. »Nie gehört. Du?«

»Nein.«

Jen aß weiter. Alex musste sich beeilen, damit sie ihm nicht alles wegfutterte. Alfie machte das auch ständig und behauptete dann, weil er ja noch im Wachstum war und obendrein Sport trieb, bräuchte er mehr. Kein Wunder also, dass Alex ständig Hunger hatte.

Sie unterhielten sich bis tief in die Nacht.

Erst spät kehrte Alex nach London zurück. Der Gedanke an die ominösen Silberknochen ließ ihn nicht los.

30. Das leere Fach

P*lopp.*

»Cool.« Staunend betrachtete Nikki den Raum.

Chloe war auf der einen Seite fasziniert von der jugendlichen Unschuld der Sprungmagierin. Im Kampf gegen Crowley, Madison und die Schattenfrau hatte die 16-Jährige Neuseeländerin auf der anderen Seite allen gezeigt, was noch so in ihr steckte. Dass sie mehr war, als ein goldiges kleines Bambi.

»Okay, das ist jetzt eklig«, ergänzte Nikki. Sie stand vor der Metallpritsche, auf der Agnús Blanc Kevin den Körper aufgeschlitzt hatte. Überall klebte eingetrocknetes Blut.

»Wenn ich diesen Kerl erwischt hätte, hätte er meine Boots jetzt in seinem Darm hängen.«

Nikki kicherte. »Hast du wirklich mal mit Edison darüber diskutiert, ob das geht?«

Chloe nickte. »Die Idee war, einen meiner Stiefel zu verkleinern und so einer neunmalklugen Tussi in den Arsch zu schieben. Danach hätte ich ihn wieder vergrößert. Edison war dagegen.«

»Schade, dass ich nicht mit dir in den Vorlesungen war. Aber mit Alex ist es auch ganz lustig. Er streitet sich oft mit René.«

»Ich wusste gar nicht, dass du mit ihm Vorlesungen besuchst.«

»Er wurde kurz nach mir als Erbe erwählt«, erklärte Nikki. »Aber ich sitze in der Vorlesung immer ganz hinten. In der Ecke. Da hat er mich wohl nie gesehen. Aber er ist echt nett.«

Chloe ließ ihren Essenzstab über die Artefakte kreisen, die Agnús Blanc erschaffen hatte. Der unsterbliche Nimag hatte über viele Jahrhunderte im Verborgenen gewaltet und durch einen magischen Verjüngungstrunk ständig die Identität seines eigenen Erben angenommen.

Chloe überprüfte den Gürtel, von dem Alex berichtet hatte. »Krass. Er hat zwanzig Bernsteinwürfel in das Leder eingepasst.« Mit gerunzelter Stirn ging sie näher. »Und Glyphen sind eingebrannt. Angeblich kann man, wenn die Bernsteine aufgeladen sind, einen Sprung damit machen.«

»Toll«, kommentierte Nikki trocken. »Jetzt werde ich wegrationalisiert.«

»Wäre ein bisschen Entlastung nicht schön?«

»Ach, mir macht das eigentlich Spaß. Meinst du, ich werde demnächst wieder euch zugeteilt?«

»Wenn ich mir überlege, dass Kleopatra, Johanna, Edison und Einstein wie die Verrückten hinter verschlossener Tür wegen dieser Silberknochen beraten, würde mich das nicht wundern.«

»Was wird mit all dem Zeug hier?«, fragte Nikki.

»Ich erstelle heute Abend eine Liste und fertige eine Mentiglobus-Aufzeichnung an. Einstein prüft alles. Das nächste freie Team wird dann hierhergeschickt, um alles in die Katakomben zu bringen. Tomoe wird wohl, sobald sie aus dem Bernstein erwacht, alle Konten und Bankschließfächer suchen, die Agnús Blanc im Laufe der Zeit angelegt hat. Vermutlich ist es ein riesiges Netzwerk.«

Nikki streifte weiter durch das geheime Gewölbe tief unter den Ruinen, die einst das Geburtshaus von Agnús Blanc gewesen waren.

Chloe führte erneut den Agnosco-Zauber aus, um die Magie in den Artefakten einzuschätzen. Sie schienen, bis auf einige Restspuren von Essenz, alle entladen zu sein. Das sigilfressende Skalpell lag nach wie vor in dem Steinkokon, den Kevin geschaffen hatte, um es zu deaktivieren. Er hatte einen Schutzzauber eingewoben, den Chloe sicherheitshalber noch verstärkte. Einer der Unsterblichen musste die Klinge herausholen.

»Evanescet Mirage!«, rief Nikki.

Ein silberblaues Wabern breitete sich aus. Es erinnerte Chloe an unzählige, im Sonnenlicht flirrende Wassertropfen, die von der Decke herabregneten. Selbst Nikkis Spur passte farblich zu Neuseeland. Der Gedanke wurde weggewischt, als tatsächlich eine Illusionierung verschwand. Dutzende von Fächern wurden in der Steinwand sichtbar. In ihnen lagen weitere Artefakte. Zumindest in einigen.

Chloe eilte zu einer der Aussparungen. Im Inneren lag ein Ei aus Himmelsglas, umgeben von einem Gitter aus Hexenholz. Sie entrollte das beiliegende Pergament. »Vie de la Mortalité« stand darauf.

Nikki schaute ihr über die Schulter. »Was bedeutet das?«

Unter der Bezeichnung stand eine Zahl. Eine ziemlich hohe Zahl mit einem Währungszeichen dahinter. »Er hat gehandelt«, flüsterte Chloe. »Dieser Mistkerl hat Artefakte gebaut und verkauft. Irgendwie ist ihm das gelungen, ohne dass jemand auf ihn aufmerksam wurde.«

»Andernfalls hätten die Schattenkrieger ihn sofort erledigt«, ergänzte Nikki. »Sie mögen Nimags nicht.«

Chloe eilte zu einem der beiden leeren Fächer. Im Gegensatz zu dem anderen, in dem gar nichts lag, gab es in diesem hier ein Pergament. Auch darauf stand eine ziemlich große Zahl in der Währung Euro.

»Er hat etwas verkauft«, begriff sie. »Etwas Wertvolles. Vermutlich hier in Europa.«

»Oder an jemanden, der sein Geld in Euro anlegt«, warf Nikki ein. »Er musst nicht zwangsläufig in Europa leben.« Sie runzelte die Stirn. »Da steht ›M.‹« Sie wiederholte den Buchstaben mehrmals. »Kennen wir einen Schattenkrieger, dessen Name mit einem M beginnt?«

Chloe lachte auf. »Edison hat die Liste aller bekannten Gegner, aber ich wette, es gibt verdammt viele, deren Namen mit dem Buchstaben beginnt. Matthias, Martin, Markus ... Davon abgesehen könnte es sowohl ein Schattenkrieger als auch ein Nimag sein. Vergessen wir nicht, dass Agnús Blanc Möglichkeiten entwickelt hat, wodurch Nimags Magie sehen können. Himmel, wenn er künstliche Essenzstäbe entwickelt hat und noch mehr von diesen Brillen, könnten Nimags so tun, als seien sie Magier.«

»Ist das nicht etwas weit hergeholt?«, fragte Nikki. »Der- oder diejenige bräuchte doch ständig frische Essenz.«

»Zugegeben, das wäre ein Worst Case. Außerdem glaube ich, dass der Onyxquader uns darauf aufmerksam machen würde«, erwiderte Chloe. »Immerhin wäre damit die Sicherung des Walls zu umgehen.«

»Wir sollten Ordnungsmagier holen«, schlug Nikki vor. »Die können schauen, ob sie einen Hinweis auf die Identität des Unbekannten finden. Vielleicht ein Zeitschattenzauber?«

Chloe erschuf das Symbol und sagte: »Tempus Revelio.«

Außer einem grünlichen Flimmern geschah jedoch nichts. Die Wahrscheinlichkeit, dass der unbekannte M. seine Ware selbst abgeholt hatte, war gering.

»Okay, übergeben wir das Ganze an Eliot Sarin.« Chloe sah sich ein letztes Mal um. »Hoffentlich finden die Ordnungsmagier etwas.«

Agnús Blanc mochte besiegt sein, doch seine Hinterlassenschaft, sein Erbe – das spürte Chloe – würde noch zu einem Problem werden.

»Verschwinden wir.«

Nikki ergriff ihren Arm. »Yes, Ma'am.«

Plopp.

31. Sushi?

W*arum bin ich aufgeregt?*

Jen schüttelte den Kopf und vertrieb das unsinnige Gefühl. Nach Tagen mit Dylan im Bett gab es keinen Grund für feuchte Hände.

Die Tür zum Loft wurde geöffnet.

»Jen.« Er klang überrascht. Das dunkle Haar war leicht verstrubbelt. Trübe Augen schauten ihr entgegen.

»Sushi?« Sie hob grinsend die weiße Plastiktüte mit den vielen kleinen Behältern darin in die Höhe.

Dylan winkte sie herein. Er trug ein einfaches graues Shirt, dazu verschlissene blaue Jeans. An einem anderen hätte es wie ein schmuddeliger Sonntagslook gewirkt, doch ihm stand sogar das.

Das Licht brannte. Vor dem Fenster hatte sich Dunkelheit über die Stadt ausgebreitet. Soweit das in einer Großstadt wie London überhaupt möglich war.

»Mein Geschäftsmeeting ging länger«, sagte Jen. »Störe ich?«

Er schüttelte den Kopf. »Nie. Es war nur ein langer Tag.«

Sie stellte das Sushi in den Kühlschrank. Dass etwas nicht stimmte, erkannte selbst ein Blinder. »Was ist los?«

Dylan saß am Esstisch. Vor ihm stand eine ungeöffnete Flasche Rotwein, daneben ein bauchiges Weinglas.

»Ich bin auch gerade erst heimgekommen.« Er starrte auf die Flasche.

»Hast du noch nichts gegessen?«

Er schüttelte den Kopf.

»Was ist passiert?«

Dylan schwieg. Nur das leise Ticken der Uhr durchbrach die Stille. Vor dem Fenster bewegten sich die Zeiger der Außenuhr wie dunkle Finger, die nach ihnen griffen und jede gute Stimmung zerstörten.

»Ich habe jemanden verloren«, presste Dylan hervor. »Normalerweise … Es ist nicht das erste Mal.« Seine Finger umspielten das Weinglas, schoben es hin und her. »Ich habe eine gute Quote. Es passiert nur selten, dass mir jemand wegstirbt.«

Jen saß schweigend neben ihm.

Sie war so gefangen gewesen in ihrer eigenen Welt der Magie, dem Kampf Licht gegen Schatten, dass sie die Herausforderungen der normalen Welt völlig vergessen hatte. Dylan rettete Leben. Doch genau wie in ihrem Kampf, wo das Gute nicht immer gewinnen konnte, verlor auch er. Und es war nicht weniger schmerzhaft.

»Es gab einen Unfall. Betrunkener Fahrer. Der Klassiker. Im anderen Wagen saß eine Familie.«

Jens Magen zog sich zusammen.

»Wir konnten das Kind retten, den Vater auch. Aber …« Seine Stimme brach.

»Die Mutter?«

Er nickte. »Tot. Meine Kollegen konnten den Unfallfahrer retten. Als Ärzte retten wir Leben, machen keinen Unterschied zwischen … böse und gut, Verursacher und Unfallopfer. Es geht um das Leben selbst. Aber in einem solchen Fall … Das Kind wird ohne Mutter aufwachsen. Das Leben des Vaters ist zerstört. Es fällt mir schwer, professionelle Distanz zu wahren, weißt du.«

Sie nickte.

»Als meine Eltern damals bei dem Hauseinsturz starben, habe ich mir auch lange die Schuld gegeben.« Ihre Stimme klang heiser und brüchig. »Vor Kurzem ist eine Freundin von mir umgekommen, das weißt du ja. Sie war liebenswürdig und gut, ein toller Mensch.« Etwas in Jen löste sich. Tränen rannen über ihre Wangen, obwohl sie es gar nicht gewollt hatte. Es geschah einfach. »Sie war wie eine Schwester. Wir saßen oft bis tief in die Nacht zusammen und haben geplaudert. Über Bücher, Filme, das Leben. Vor einigen Wochen starb der Mann, den sie geliebt hatte. Das Schicksal ist manchmal … Es fällt mir schwer, einen Sinn in allem zu erkennen.«

Dylan ergriff ihre Hand. »Dann sind wir wohl gerade zwei Ertrinkende.«

Jen lachte auf. »Schwer, einander auf diese Art Halt zu geben, oder?«

Er nahm sie in die Arme. »Was soll's? Gehen wir einfach gemeinsam unter.«

Sie saßen schweigend im Loft. Das warme Licht der gedimmten Lampen schien der letzte Hort der Sicherheit in einer dunklen Welt zu sein. Die Lichter der Stadt waren fern, die Dunkelheit nahe.

Irgendwann standen sie wie auf ein geheimes Kommando auf, gingen hinüber zum Bett und sanken eng umschlungen auf die Matratze. Jeder hing seinen Gedanken nach, zehrte von der Nähe des anderen.

An diesem Abend hatten sie keinen Sex.

Es war eine andere Art der Nähe. Eine Verbindung, geschaffen von Verlust, Anziehungskraft und einer gemeinsamen Basis.

Etwas in Jen begriff, dass die leidenschaftliche Affäre ohne tiefere Bindung sich gerade in etwas Anderes verwandelte. Was? Das wusste sie noch nicht. Diesem Gedanken würde sie sich an einem anderen Tag widmen. Vermutlich mit zahlreichen Kommentaren von Alex gespickt. Was er wohl tat? Wahrscheinlich befand er sich in London, saß neben seiner Mutter auf der Couch und sie sahen gemeinsam einen Film. Ob er wieder mit Alfie stritt?

Sie vertrieb den Gedanken.

Diese Zeit gehörte Dylan. Sie genoss seine Nähe. Gleichzeitig spürte sie seinen Schmerz. Er gab sich die Schuld. Glaubte, versagt zu haben. Hinter der professionellen Schale lag ein menschlicher Kern. Ein liebenswerter. Sie wollte mehr über ihn erfahren. Woher er kam, wie seine Kindheit gewesen war, was ihn ausmachte.

Jens Gedanken lösten sich von der Schattenfrau, den Silberknochen, den Sigilsplittern, der ominösen Waffe und dem Folianten. Sie drängte Alex, Chris, Kevin, Max und Chloe beiseite.

An diesem Ort, mit diesem Mann an ihrer Seite, war kein Platz für Magie. Für die Erinnerung an Kämpfe und Verluste, an eine Welt, die in den Schatten existierte.

Dylans Brust hob und senkte sich gleichmäßig.

Er schlief.

Sanft strich sie ihm über die Wange. Morgen würde er zurückkehren in die Klinik, das Skalpell in die Hand nehmen und erneut Leben retten. Er kämpfte um jeden einzelnen Nimag. Genau wie sie.

Jeder versuchte auf seine Art, die Welt zu retten.

Er mit dem Skalpell im OP, sie mit dem Essenzstab im Kampf gegen das Böse.

»Schlaf gut.« Sie hauchte ihm einen Kuss auf die Lippen.

Er lächelte.

Mit einem Gefühl der Geborgenheit schlief Jen ein.

32. Ein ganz normaler Abend

»Wo ist Alfie?«, fragte Alex.

Seine Mum zog die Strickweste enger um den Oberkörper. »Vermutlich wieder in der Sporthalle.«

Er nahm eine Decke vom Sessel und legte sie ihr um die Schultern. »Geht es dir gut?«

»Es war eine anstrengende Schicht.«

Alex schaltete den Ton des TVs auf stumm. Natürlich lief dort wieder Downtown Abbey, seine Mum liebte diese Serie auch in der x-ten Wiederholung abgöttisch. »Du weißt aber schon, dass du deine Schichten zurückfahren kannst. Ich verdiene jetzt genug.«

Sie lächelte, strich ihm sanft über die Wange. »Ich bin so stolz auf dich. Gefällt es dir in der Holding?«

Er nickte, wenn auch mit einer Spur schlechten Gewissens. Offiziell war er Angestellter der Lichtkämpfer-Holding, die überall auf der Welt Niederlassungen unterhielt und von Tomoe geführt wurde. »Es ist echt toll. Die Kollegen sind sympathisch.«

»Vor allem diese Jen, hm?«

Seine Wangen wurden heiß. »Sie ist nett.«

Das Grinsen seiner Mum verwandelte Alex' Wangen in ein Flammenmeer. »Hör damit auf.«

»Womit denn?«, fragte sie unschuldig.

»Das weißt du genau.«

»Eine Mutter darf sich doch noch freuen, wenn der Sohn …«

»Lalala.« Alex steckte sich die Finger in die Ohren. »Ich kann dich nicht hören.«

Nun lachte sie laut. »Du bist noch genau so ein Kindskopf wie früher.«

»Und du hast wunderbar das Thema gewechselt. Wann fährst du deine Schichten zurück?«

Er nahm die Kanne mit dem kalten Tee und brachte sie in die kleine Küche, in der kaum genug Platz für mehr als eine Person war.

»Es ist lieb, dass du uns unterstützt, aber meine Eigenständigkeit werde ich trotzdem nicht aufgeben«, erklang die Stimme seiner Mum.

Alex schaute sicherheitshalber zur Tür, bevor er schnell ein magisches Symbol in die Luft zeichnete. Sein Finger hinterließ eine bernsteinfarbene Essenzspur. Leise flüsterte er: »Calor.«

Der Tee wurde wieder warm.

»Das ging ja schnell«, staunte seine Mum, als er ins Wohnzimmer zurückkehrte.

»Ich habe heißes Wasser nachgegossen.«

»Der Wasserkocher hat gar nicht geblubbert.«

»Jetzt lenk nicht ab.« Sie war so verdammt aufmerksam.

»Tue ich doch gar nicht. Jetzt, wo du für dich selbst sorgst, habe ich mehr Geld. Alles ist gut.«

»Aber du bist ständig müde.«

»Das gehört zum Muttersein dazu.«

»Die Sache mit dem schlechten Gewissen hast du noch immer gut drauf.«

»Die Allzweckwaffe einer Mum.« Sie knuffte ihm in die Seite. »Alfie macht mir Sorgen. Seit Kurzem ist er ...«

»Voll in der Pubertät?«

»Verschlossen und aggressiv«, beendete seine Mum den Satz. »Ich glaube, er ist eifersüchtig.«

»Auf mich?«

»Du verdienst jetzt dein eigenes Geld, bist unabhängig und nur noch selten hier.«

»Ich habe ja versucht, mit ihm zu reden, aber er blockt ab.«

»Die Sache mit dem Turnier hat ihn getroffen.«

Alex stöhnte auf. Er hatte seinem kleinen Bruder versprochen, zu einem Boxmatch zu erscheinen und ihn vom Zuschauerraum aus anzufeuern. Leider waren ein Zeitportal, ein Kraftschlagdurchschuss und ein Kampf ums Überleben in Irland dazwischengekommen. Die Heiler hatten Alex gerettet, doch er hatte das Match verpasst. Das hatte dazu geführt, dass Alfie demoralisiert eben jenes Match verloren hatte und am Abend alleine mit dem Nachtbus heimgekommen war. Seit diesem Zeitpunkt war er wütend. Oder verletzt. Was auch immer.

Leider konnte Alex sich nicht einmal entschuldigen. Sein einziges Argument, Überstunden, kam mittlerweile ziemlich blöd an.

»Was soll ich denn tun?«, fragte er.

»Ausziehen«, erwiderte seine Mum.

Das Wort war wie ein Schlag in den Magen.

Sie legte ihm beruhigend die Hand auf den Arm. »Er benötigt Freiraum. Ihr beiden lebt seit Jahren auf engstem Raum, das geht so nicht weiter. Nimm dir eine nette kleine Wohnung in der Nähe. Das entspannt die Lage.«

Alex nagte an seiner Unterlippe. Er hatte schon oft darüber nachgedacht, ein Zimmer im Castillo zu nehmen. Andererseits wäre ihm etwas Abstand am Ende des Tages lieber. Eine eigene Wohnung war gar keine schlechte Idee.

»Aber was wird aus d...«

»Ich bin erwachsen«, fiel seine Mum ihm ins Wort. »Du musst mich nicht beschützen. Du hast so lange auf Alfie aufgepasst und mich unterstützt, es wird Zeit, dass du selbst ein wenig lebst. Tue es für mich. Und für deinen Bruder. Ihr beiden gehört zusammen und liebt euch, aber wenn das so weitergeht, werdet ihr euch irgendwann gegenseitig verprügeln.«

An der Stelle verzichtete Alex wohlweislich darauf, seine Mum daran zu erinnern, dass sie sich bis vor einigen Jahren ständig geprügelt hatten. Na ja, raufen war wohl das passendere Wort. So was gehörte einfach dazu. Und Alfie war so verdammt frech. Ganz anders als er selbst.

»Hm. Na ja, vielleicht ist das keine schlechte Idee.«

»Außerdem kannst du dann Jen mit nach Hause bringen.«

Alex nahm kurzerhand ein Kissen und warf es ihr ins Gesicht.

Lachend legte sie es zur Seite. »Jetzt bereust du wohl, mir von ihr erzählt zu haben, was?«, neckte sie.

»Jen ... wir sind nur Freunde. Außerdem hat sie da jemanden kennengelernt.«

»Oh.« Das Lachen seiner Mum verschwand wie weggewischt. »Das tut mir leid.« Sie zog ihn auf die Couch. »Nimm dir einen Tee. Wir schauen zusammen die neueste Folge von Downtown Abbey.«

»Mum.«

»Ja?«

»Die Serie ist längst vorbei. ›Neu‹ gibt es da nicht mehr.«

»Pssst.«

»Mum.«

»Ja?«

»Ich hab dich lieb.« Er hauchte ihr einen Kuss auf die Wange.

Sie reichte ihm lächelnd seine Teetasse.

33. Ich wandle im Schatten

Die Sonne versank langsam am Horizont. Die grüne Landschaft war in blutiges Rot getaucht. Der Tiber plätscherte in der Ferne, in der Luft lag der Geruch nach Spätsommerabend.

Magie hielt das Klima das gesamte Jahr über konstant.

Auf dem Tisch der Terrasse standen zwei Weingläser, gefüllt mit einem Spätburgunder.

Saint Germain saß, die Beine übereinandergeschlagen, auf einem Holzstuhl und wartete. Er gab sich nach außen hin gelassen, konnte sein aufgewühltes Inneres jedoch nur schwer bändigen.

Dunkle Rauchwolken erschienen in der Luft, verwehten und gaben den Blick auf eine hochgewachsene schlanke Gestalt frei. Sie besaß samtene Haut und schwarzes, schulterlanges Haar. Ein Lächeln lag auf ihren Lippen, als die Schattenfrau gänzlich materialisierte. »Das Versteckspiel ist wohl nicht mehr nötig. Sie haben es längst gehört, mein lieber Graf.«

Er war darauf vorbereitet gewesen, doch das minderte den Schock keineswegs. Clara Ashwell stand vor ihm. Endlich wusste er, wer die Schattenfrau war. Zuerst hatten es ihm Spione zugetragen, dann, nachdem er Aleister zur Rede gestellt hatte, gab dieser es zu. Aufgrund eines Zeitkreises, den er aktiviert hatte, war Clara Ashwell in die Vergangenheit geschleudert worden. »Ich muss schon sagen, meine Verblüffung war erheblich.«

»Sie und Ihr ewiges Untertreiben.« Hüfte schwingend sank sie auf den zweiten Stuhl und griff nach dem Weinglas. »Ah, herrlich. Sie wissen ja gar nicht, wie gut es tut, endlich ohne Schattenschleier zu sein. Es spielt keine Rolle mehr, wer meine Identität kennt.«

»Augenscheinlich.« Germain begriff nun, während er sie ansah, dass diese Frau keinerlei Ähnlichkeit mehr mit Clara Ashwell besaß. Innerlich war sie eine völlig andere. Wie hatte das geschehen können? »Vielleicht erzählen Sie mir ein wenig über Ihren Werdegang.«

Sie schürzte die Lippen. »Warum nicht? Immerhin sind wir beide uns mehr als einmal begegnet. Oh ja, schauen Sie nicht so verblüfft. Ich hatte Jahrhunderte Zeit, mich auf alles vorzubereiten. Sie standen mit ganz oben auf meiner Liste, Graf.«

Etwas Ähnliches hatte er befürchtet. Die Schattenfrau war um so viel gefährlicher, als er je gedacht hatte. Mochte sie den Wall auch zerstören wollen, so war sie doch mitnichten eine natürliche Verbündete. Er musste Vorbereitungen treffen. Wenn es dazu nicht schon zu spät war. »Ihr Bruder ist tot.«

»Sie haben gute Arbeit geleistet«, sagte die Schattenfrau. »Martin hat es nicht anders verdient. Was ist mit dem Artefakt?«

»Wir haben die Verbotene Kaverne ausgeräumt und dabei auch das Stück in unseren Besitz gebracht, das Sie haben wollten. Es steht in meinem Salon.« Er seufzte. »Bedauerlicherweise hatten wir Max Manning unterschätzt.«

Clara schmunzelte. »In uns ruhigen Magiern steckt oft so viel mehr, als jeder ahnt. Dieser Fehlschlag ist wohl Crowley zuzuschreiben. Sobald ich mit meiner Mutter fertig bin, ist auch er an der Reihe. Das wissen Sie hoffentlich.«

»Allianzen entstehen, Allianzen vergehen.«

Dass er damit eher auf sie anspielte als auf Aleister, verschwieg er.

»Gut. Das führt uns zur großen Frage: Was ist mit Leonardo?«

»Einstweilen kümmert sich Rasputin um ihn«, erklärte Germain. »Bisher schweigt da Vinci eisern. Es ist unwahrscheinlich, dass er uns den Aufenthaltsort der Silberknochen enthüllt, falls er überhaupt weiß, wo sie sind.«

»Er weiß es«, beschied die Schattenfrau.

»Waren Sie damals dabei, Miss Ashwell?«

»Nein. Bedauerlicherweise hielt ich mich zu diesem Zeitpunkt weit entfernt auf. Zudem ist über die Ereignisse nur wenig bekannt.«

»Kaum zu glauben, nicht wahr? Eine der größten Katastrophen der magischen Gesellschaft wurde fast vollständig aus der geschichtlichen Bildung gestrichen.« Germain ließ einen Schluck Wein auf der Zunge tanzen.

»Verständlich«, erwiderte die Schattenfrau. »Es soll vermieden werden, dass jemand nach den Silberknochen sucht, das Siegel löst und sich alles wiederholt.«

»Wollen Sie nicht genau das tun?«

Die Schattenfrau schaute sinnierend über die weite Landschaft. Das Rot des Weines benetzte ihre vollen Lippen. Sie war attraktiv. »Absolut. Der dritte Splitter befindet sich … Sie wissen, wo.«

»Ich fürchte, ja. Wer hätte gedacht, dass es uns so schwer gemacht wird, den letzten der drei zu bergen.«

»Was den ersten angeht, waren Sie auch nicht erfolgreich«, sagte die Schattenfrau kalt. »Sie hielten ihn schon in Händen.«

»Er hat sich gewehrt. Etwas Derartiges habe ich noch nie zuvor gespürt. Es gibt eine Verbindung zwischen dem Feuerblut-Splitter und Alexander Kent.«

Einen Augenblick lang war Germain überzeugt davon, dass die Schattenfrau beim Erwähnen des Neuerweckten zusammengezuckt war.

»Umso wichtiger, dass ich den dritten Splitter zuerst finde«, stellte sie klar. »Er wird sich meiner Macht beugen. Und mit zwei davon in meiner Hand kann ich den dritten in den Verbund eingliedern. Auch ein Alexander Kent wird das nicht verhindern.«

»Was uns zu unserem Problem zurückführt«, konstatierte Germain. »Wie finden wir die Silberknochen?«

Die Schattenfrau leerte den Rest ihres Weins in einem Zug. »Foltern Sie Leonardo noch ein wenig. Falls wir nichts erfahren, auch gut. Ich habe da ein, zwei andere Spuren. Eine davon wird sich als die richtige erweisen.«

»Nun, Sie werden wissen, was Sie tun. Wofür ist das Artefakt?« Er erhob sich.

Die Schattenfrau hakte sich unter. »Das habe ich mir für zwei ganz besondere Freunde aufgespart. Es wird gerecht aufgeteilt. Immerhin soll man bei Zwillingen keinen von beiden übervorteilen.« Sie lächelte.

Mit einer Gänsehaut auf den Armen führte Germain die Schattenfrau in den Salon.

34. Die Waffe

Johanna betrachtete das Pergament. Es war eine Abschrift der Prophezeiung aus Claras Unterlagen. Nostradamus hatte sie angefertigt und ins Castillo geschickt.

Hundertsechsundsechzig ziehen ins Land.
Aus der Mitte heraus,
der Waffe Macht erwächst.
Wenn die Turmuhr schlägt zur Stunde Mitternacht,
Licht wandelt im Schatten.
Beim Schlag der Glocken,
das Böse triumphiert.

Man konnte den Einsatz von Alex, Jen und Kevin nicht als gänzlichen Fehlschlag bezeichnen. Sie hatten einem irren Nimag das Handwerk gelegt, der Magier getötet und sich die ewige Jugend erhalten hatte. Eine der zahlreichen Facetten menschlicher Abgründe war offenbar geworden und beinahe hätte es drei Lichtkämpfer das Leben gekostet. Die Gefahr war gebannt, doch die Prophezeiung blieb ungedeutet.

Schlimmer waren die Nachrichten, die Kleopatra gebracht hatte. Es ging also um die Silberknochen.

Im Laufe ihres Jahrhunderte währenden Lebens war Johanna mit zahlreichen Herausforderungen konfrontiert worden. Das Böse hatte oftmals Wege gefunden, furchtbare Dinge zu tun. Jene Ereignisse aus der damaligen Zeit hatten das Potenzial in sich getragen, alle Lichtkämpfer und Schattenkrieger gleichermaßen zu bedrohen. Im letzten Augenblick war die Katastrophe abgewendet worden.

»Und das alles wegen diesem verdammten Mistkerl«, murmelte Johanna.

Sie war in sich gegangen und hatte die Ereignisse analysiert. Letztlich trug der erste Stabmacher die Schuld an den Geschehnissen. Das hatte sie für sich beschlossen. Das machte keinesfalls all die Toten gut, die die Schattenfrau auf dem Gewissen hatte. Doch es war wenigstens nachvollziehbar.

Ein Zupfen am Rande ihres Bewusstseins erregte Johannas Aufmerksamkeit.

Seit Leonardo sich in Gefangenschaft befand, hatte sie versucht, einen Teil seiner Aufgaben zu übernehmen. Damit konnten Edison und Albert sich ganz auf den Versuch konzentrieren, die Eingelagerten wieder aus dem Bernstein zu befreien.

Zu ihren Aufgaben gehörte es nun auch, die Unversehrtheit der Kristalle zu überprüfen und auf gesandte Bilder der Beobachter zu reagieren. Leonardo hatte Vögel aus Holz geschnitzt, sie zum Leben erweckt und in die Lüfte über das Castillo geschickt. Seit den Ereignissen um den Wechselbalg war er sehr vorsichtig geworden.

Johanna gähnte.

Mit einer Bewegung ihres Essenzstabes aktivierte sie eines der Permanentsymbole auf der Wand. Ein an den Rändern waberndes Fenster erschien.

Sie blickte hinüber zur Uhr. Es war fast zwölf. Mitternacht stand bevor und ihr Bett rief überlaut.

»Ich werde alt.«

Sie musste grinsen. Der Witz hatte einen Bart wie Methusalem und doch ließ er sie immer schmunzeln.

»Also, was willst du mir zeigen, Vögelchen?«

Das Tier ließ sich zwischen den Felsen außerhalb des Castillos nieder und schaute in die Richtung, in der es etwas Ungewöhnliches wahrgenommen hatte.

Am Rand einer Straße, direkt außerhalb des Kristallschirms, stand eine Bank. Ein Mann saß darauf, neben ihm hatte sich ein Hund auf der Erde zusammengerollt. Durch die Augen des Beobachters konnte sie die Aura erkennen.

»Ein Schattenkrieger, hier?!«

Erst bei genauerem Hinschauen erkannte sie Max Manning. Er saß neben dem Mann und plauderte zwanglos. Im ersten Augenblick wollte sie aufspringen, um ihm zu helfen. War er in eine Falle geraten?

Dann sah sie, dass am Gürtel des Unbekannten ein Essenzstab baumelte. Max musste ihn sehen. Er wusste also, dass es ein Schattenkrieger war.

»Was geht hier vor?«

Der fremde Mann erhob sich. Er zog Max in eine kurze Umarmung, dann ging er davon. Johanna konnte nicht fassen, was sie sah. Mit geweiteten Augen starrte sie auf die Szene. Der Unbekannte schritt gemächlich davon, war irgendwann nicht mehr zu sehen.

Max stand einfach da und schaute auf das nächtliche Alicante.

Minuten vergingen.

Hoch über ihm, in der alten Kathedrale, läutete eine Glocke. Johannas Blick wanderte zu dem Zettel mit der Prophezeiung.

Und sie begriff.

Die Turmuhr schlug zwölf.

Ende

.

IX

Silberknochen

Prolog

Der Nebel war überall.

Sie rannte durch die Gassen, den Hall ihrer Absätze in den Ohren, die auf dem Kopfsteinpflaster klackten. Ihr Atem kondensierte in der Luft, wurde eins mit dem allgegenwärtigen Dunst ringsum.

»Hilfe!«

Ihre eigene Stimme klang schrill und überlaut, von der einstigen Stärke war nichts geblieben.

Den Essenzstab fest umklammert stürzte sie zur nächstbesten Tür und hämmerte dagegen. »Aufmachen!« Doch niemand antwortete. Sie war allein. Dem Nebel ausgeliefert. Und dem, was in seinem Schutz heranglitt.

Schwarze Wolken bildeten sich, zerstoben und manifestierten sich neu. Ihr Essenzstab war nutzlos.

Das war es also.

Diese kleine verlauste Stadt am Ende der Welt würde ihr Grab werden. Und niemand anderes als ihre missratene Tochter würde ihr den Todesstoß versetzen.

»Komm nur!« Angst wurde zu Trotz. »Ich habe keine Angst vor dir, Clara! Du magst ja verdorben sein bis ins Mark, aber ich bin immer noch deine Mutter!«

Patricia Ashwell versuchte, den Nebel mit ihrem Weitblick zu durchdringen, doch es wollte ihr nicht gelingen. Es war Magie, manifestiert in Schwaden, die sie zusätzlich zermürben sollten. Ein guter Plan, das musste sie bedauerlicherweise eingestehen. Sie hätte es nicht anders gemacht.

»Du warst schon immer schwach«, spie sie ihrer Tochter entgegen.

Ein Wirbel entstand, eine Silhouette manifestierte. »So, war ich das?«

Claras Stimme besaß den Klang von Samt, der über Haut glitt; geschmeidig, sanft und weich. Ihre Gesichtszüge verliehen ihr das Antlitz eines Engels. Zeit ihres Lebens war sie eher die schüchterne Büchermaus gewesen, doch die Jahrhunderte hatten sie reifen lassen. Sie wusste sich zu kleiden, zu sprechen, elegant dahinzuschreiten.

»Du hast es mir nicht leicht gemacht, Mutter.« Clara lächelte, doch in ihren Augen lag Bosheit.

Der Trank des ersten Stabmachers hatte alles ausgelöscht, was je an Gutem in ihr gewesen war. Patricia begriff, dass sie nicht auf Gnade hoffen durfte.

Clara kam vor ihr zum Stehen. »Noch irgendwelche letzten Worte?« Sie griff nach vorne und strich Patricia sanft eine Haarsträhne aus der Stirn.

»Ich bin deine Mutter.«

»Das fällt dir ein paar Jahrhunderte zu spät ein«, gab Clara milde lächelnd zurück. »Aber mach dir keine Sorgen. Auch Dad wird sterben. Ebenso meine Brüder. Ich werde so lange weitermachen, bis ich die letzte Ashwell bin.«

»Du bist wahnsinnig.« Aus Patricias rechtem Auge löste sich eine Träne. Sie hasste sich für dieses Eingeständnis der Schwäche.

»Sei stolz, Mum«, sprach Clara weiter. »Am Ende werde ich über sie alle herrschen. Die Allmacht liegt zum Greifen nahe.«

Mit diesen Worten riss Clara Patricias Essenzstab an sich und rammte ihn ihr ins Herz.

Clara genoss den Augenblick.

Mittlerweile musste man es wohl ›Modus operandi‹ nennen, wenn sie das Herz ihrer Opfer mit dem Essenzstab durchstieß. Gleich würde das Aurafeuer einsetzen.

»Sterbe wohl«, flüsterte sie.

Doch ihre Mutter lachte. »Du dummes Gör. Glaubst du denn, dass dir niemand einen Schritt voraus sein kann?«

Ihre Haut wurde zu Lehm, zerbröckelte und fiel zu Boden. Der Essenzstab entflammte, verbrannte zu Asche.

Clara ballte die Fäuste in unbändiger Wut. Es war nur eine Kopie gewesen, die sie vom Original hatte ablenken sollen. Ein Lehmgolem, wie sie ihn selbst einst benutzt hatte, um Martin zu täuschen.

Clara lachte.

»Gut gemacht, Mum. Aber sei dir versichert, deine dich liebende Tochter wird dich finden. Du kannst nicht ewig vor mir davonlaufen.«

Sie rief den Nebel herbei und verschwand.

1. Ein viel zu großer Schuhkarton

Fabelhaft, nicht wahr?«, flötete der Makler.

Sein Haar war mit Gel nach hinten gelegt, er kam eindeutig frisch vom Coiffeur. Er grinste ständig, seine Augen wirkten jedoch müde. Der schwarze Anzug betonte die dünne, beinahe gerippenhafte Statur des Mannes.

»Es ist ein wenig groß.«

»Wie bitte?«

Alex schaute sich erneut um. Das Loft lag in Marylebone, einem Stadtviertel in der City of Westminster. Der Unterschied zu Angell Town in Brixton hätte nicht gravierender ausfallen können. Als ob man den Himmel mit der Hölle verglich. Mit einem Mal kam er sich vor wie ein Snob. Dass die Wohnung mit ihren 85 Quadratmetern obendrein viel größer war, als die Dreizimmerwohnung daheim, machte es nicht besser.

»Er meint die Fenster«, sprang ihm Chloe zur Seite.

Jack, Spitzname »Wir sind doch unter uns, da reichen Vornamen völlig«, maß sie erneut von oben bis unten. Beinahe hätte Alex gegrinst.

Als er den Makler aufgesucht und ihm gesagt hatte, woher er stammte, hätte dieser ihm beinahe die Tür vor der Nase zugeschlagen. Seine ablehnende Haltung verschwand in dem Augenblick, als Alex seinen Arbeitgeber erwähnte. Die Holding der Lichtkämpfer war ein weltweites Konglomerat aus Firmen. Dass »Wir sind doch unter uns«-Jack ihm danach keinen roten Teppich ausgerollt hatte, glich einem Wunder.

Bei Chloe sah das anders aus. Sie trug ihre typischen Boots, die fingerlosen Lederhandschuhe und weder ihr Handgelenk-Tattoo noch ihr Piercing waren zu übersehen. Natürlich wurde sie als Freundin toleriert, wenn auch nur gerade so.

»Die hohen Fenster sind bei einem Loft üblich«, erklärte Jack. »Es ist frisch renoviert, liegt in einer guten Nachbarschaft und bietet ausgezeichnete Lichtverhältnisse. Durch die Klimaanlage haben Sie auch im Sommer humane Temperaturen.«

Alex hätte dem Schnösel gerne erklärt, dass er als Magier problemlos einen Eisberg manifestieren konnte. Gut, problemlos war übertrieben. Sein letzter Versuch hatte einen Schneesturm ausgelöst, der das Fleisch in der Küche eingefroren hatte. Tilda war ein paar Stunden lang nicht gut auf ihn zu sprechen gewesen. Dabei hatte es zu Beginn nur ein kleiner Scherz sein sollen.

Chloe zog Alex beiseite. »Hör mal, 85 Quadratmeter für ein Loft ist nicht viel.«

»Es kommt mir verschwenderisch vor.«

»Du hast dein ganzes Leben in einem Schuhkarton gelebt, zusammen mit deinem Bruder in einem Zimmer. Ich hätte da längst Platzangst bekommen.«

Alex schaute skeptisch über die freigelegten Natursteine der Wand, den edlen Parkettboden und die neuen Fenster, die von Streben in kleine Rechtecke aufgeteilt wurden. Drei Stufen hoben die Fläche vor dem Fenster ab. Ein gemütlicher Stuhl stand dort neben einer Stehlampe aus dunklem Metall.

Auf der Hauptfläche gab es eine offene Küche nach amerikanischem Vorbild, die in ein Wohnzimmer mit gewaltigem Plasma-TV und ausladender Couch überging. Eine Treppe führte hinauf zu einer zweiten Ebene, wo das Schlafzimmer untergebracht war.

Vor dem Fenster ragte das dichte Grün eines kleinen Stadtparks in die Höhe.

»Natürlich ist es schön«, gab er zu. »Aber es kostet so viel.«

Chloe starrte ihn sekundenlang schweigend an. Dann kniff sie ihm in die Backe. »Du bist so süß.«

»Das ist nicht witzig«, grummelte er.

Doch Punki – wie Chloe oft liebevoll genannt wurde – schüttelte den Kopf. »Das war mein Ernst. Aber schau, du stehst jetzt auf eigenen Beinen. Du brauchst ein Zuhause. Jeden Tag trittst du den Schattenkriegern entgegen, was dich nur allzu leicht das Leben kosten könnte. Du hast dir einen angemessenen Ausgleich verdient.«

So hatte Alex es noch nie gesehen. Die letzten Tage waren eher geprägt gewesen von Schuldgefühlen. Seit er ein wichtiges Boxmatch seines kleinen Bruders Alfie nicht hatte besuchen können, war dieser wütend auf ihn. Verständlich, immerhin hatte er mitten in der Nacht stundenlang an einer Bushaltestelle sitzen müssen, um überhaupt wieder nach Hause kommen zu können. Bei dem Gedanken fühlte sich Alex sofort wieder elend.

Sie stritten ständig. Was er auch sagte, es war falsch. Seine Mum war der Meinung, dass es bei Alfie eine Mischung aus Pubertät und Trotz war und hatte vorgeschlagen, dass Alex nun ausziehen sollte. Er konnte sich schließlich eine Wohnung leisten.

So verhalf er Alfie zu mehr Freiraum, was die Situation hoffentlich entspannte.

Jack hatte Alex in den letzten zwei Tagen acht Wohnungen gezeigt, eine luxuriöser als die andere. Alles war dabei gewesen, auch Häuser. Das Loft war das erste Objekt, das ihn irgendwie ansprach und in dem er eine gewisse Wärme spürte. Nicht den typischen kalten Stahl, Glas und Stein.

»Wie kommt es, dass so etwas hier in der Innenstadt entstanden ist?«, fragte er.

»Der vorherige Bewohner hat die Renovierung eingeleitet, verstarb dann jedoch«, erklärte Jack. »Die Erben wollen erst mal vermieten, auf lange Sicht aber verkaufen.«

»Er nimmt es.«

»He!«

Chloe legte ihm kameradschaftlich den Arm um die Schulter. »Du fühlst dich hier doch wohl.«

»Ja, aber ...«

»Dylan hat ein Penthouse.«

»Ich nehme es.« Die Worte entschlüpften ihm wie von selbst. »Meinst du, Jen gefällt es auch?«

Chloe grinste. »Das werden wir bei deiner Einweihungsparty feststellen. Die werde übrigens ich organisieren.« Etwas leiser fügte sie hinzu. »Inklusive Band.«

»Ausgezeichnet.« Jack lächelte sein Zahnpasta-Lächeln, das bei Alex immer den abrupten Drang auslöste, seine eigenen Zähne zu putzen. »Ich mache die Unterlagen fertig.«

Alex seufzte. So schnell ging es. Er würde nicht viel aus seiner alten Wohnung mitbringen, lediglich einen einzigen Karton. Darüber hinaus würde er die Einrichtung hier übernehmen, was immerhin praktisch war, Chloe aber nur ein »typisch faule Jungs« entlockt hatte.

Er schlenderte hinüber in Richtung Bad, betrachtete noch einmal die Badewanne, die Dusche und die Glasfront, die von außen verspiegelt war. Seine weiteren Schritte führten ihn zum Ankleidezimmer.

»Ich habe ein Ankleidezimmer«, sagte er grinsend und öffnete die Schranktür.

Plopp.

Nikki materialisierte aus dem Nichts. »Hi.« Sie strahlte über das ganze Gesicht.

»Haben Sie was gesagt?« Jack kam herbeigeeilt.

Alex knallte die Tür zu. »Ich? Neeeeiiin. Manchmal rede ich mit mir selbst. Oder mit Schränken.«

»Sie reden mit Möbelstücken?«

Innerlich seufzte Alex. *Na ja, ist auch nicht schlimmer als einer hübschen Frau zu sagen, dass ihr die Milch gut steht.*

Chloe stieß ein schrilles, künstliches Kichern aus. »Tun wir das nicht alle irgendwann mal?«

»Aber ...«

Sie zog genervt ihren Essenzstab, erschuf aus neongrüner Essenz ein Symbol der Macht und sagte: »Noctis Somnum.«

Jacks Augenlider flatterten. Er schlief im Stehen ein und konnte von Alex gerade noch aufgefangen und zur Couch geschleift werden.

»Du kannst rauskommen!«, rief er in Richtung Schrank.

Nikki streckte ihre Stupsnase hervor, sah sich vorsichtig um und sprang schließlich heraus. »Chloe!!«

Die beiden fielen einander in die Arme.

»Was machst du hier?«, fragte Alex. »Das ist übrigens mein neues Loft.«

»Wow.« Mit offenem Mund schaute Nikki sich um. »Ich bin zwar kein Fan des Londoner Wetters, aber das hier ist voll gemütlich. Vielleicht fehlen noch ein paar persönliche Gegenstände.«

»Was habt ihr nur immer damit?« Alex ging hinüber zum Fenster. »Hier steht eine Topfpflanze. Die gehört jetzt mir. So, ist doch persönlich.«

Chloe und Nikki sahen sich beide an und sagten gleichzeitig: »Jungs.«

Jack begann zu schnarchen.

»Warum genau bist du noch mal hier?«, fragte Alex etwas brummelig.

»Oh, ich soll euch holen. Es gibt eine große Versammlung im Castillo. Sie wird über die Kontaktsteine in alle großen Häuser weltweit übertragen. Jeder aus dem Mutterhaus soll anwesend sein.«

»›Mutterhaus‹, wie das klingt«, kommentierte Chloe.

»So wurde mir das gesagt. Damit ist das Castillo gemeint.«

»Das dachten wir uns schon.« Alex lächelte.

Er mochte Nikki. Jeder mochte Nikki. Sie war schüchtern, ein bisschen frech und strahlte eine Lebensfreude aus, die ihresgleichen suchte.

»Also gut.« Chloe wandte sich Jack zu. »Ich kümmere mich darum, dass er tolle Erinnerungen hat und so schnell wie möglich die Unterlagen ausstellt. Schließlich will ich, dass Alfie und du nicht mehr streitet.«

Kurz darauf verließ ein glücklich grinsender Makler das Loft. Alex ergriff Nikkis rechte, Chloe ihre linke Hand. Er war gespannt, was die Unsterblichen ihnen mitteilen wollten.

Plopp.

2. Man muss sie einfach lieb haben

Jen betrat die Eingangshalle des Castillos.

Das Sprungtor hatte sie hierherbefördert. Nach einer gemütlichen Nacht mit Dylan in dessen Penthouse hatten sie in Ruhe gefrühstückt. Offiziell flog sie heute wieder zurück in die Staaten, um ihre Galerie aufzusuchen. Bedauerlicherweise hatte Dylan angekündigt, sie dort demnächst besuchen zu wollen. Sie musste also langsam Vorbereitungen treffen.

»Ein altes Geschäft anmieten, Illusionierungen aufbauen ...« Da wartete Arbeit.

Die Halle war erfüllt von Stimmengewirr. An einer Seite erhob sich eine neu errichtete Tribüne, die bisher noch leer war.

Alex winkte ihr zu.

Sie schob sich durch die Menge. »Hey. Wie war die Besichtigung?«

»Ich werde unterschreiben. Letztendlich habe ich mich für ein Loft entschieden. Und es ist groß.«

»Wow, toll.« Jen freute sich ehrlich für ihn. Zudem wusste mittlerweile so ziemlich jeder um den Streit, den er mit seinem Bruder Alfie austrug. Das gehörte damit hoffentlich der Vergangenheit an.

»Du kommst doch zur Einweihungsparty, oder?«

»Aber klar.«

Jen begrüßte Chloe, Kevin, Chris, Nikki und Max. Sie standen gemeinsam als kleine Gruppe an der Seite.

»Ich meine ja nur, nicht, dass Dylan da irgendwas geplant hat.« Alex starrte stur zur Tribüne.

»Das ist kein Problem«, gab Jen zuckersüß zurück. »Ich bringe ihn einfach mit.«

»Ich weiß nicht, ob der Platz für so viele Gäste reicht.«

»Sagtest du nicht, es ist groß?«

»Groß ist relativ.«

Chloe räusperte sich vernehmlich. »Seid ihr auch so gespannt wie ich?«

Das war Jen tatsächlich.

Normalerweise hätte die Eingangshalle des Castillos niemals alle Bewohner aufnehmen können. Doch da ein Großteil der Magier sowie einige Unsterbliche im Bernstein darauf warteten, befreit zu werden, war es dieses Mal möglich.

»Wisst ihr, worum es geht?«, fragte Jen.

»Keine Ahnung«, erwiderte Alex. »Vielleicht um die Silberknochen? Immerhin diskutieren sie seit Tagen hinter verschlossener Tür. So langsam müssen wir etwas tun.«

Das Gemurmel verstummte, als Johanna die Halle betrat. An ihrer Seite stand Thomas Edison, das Gesicht eine Maske, die Augen voll lodernder Wut. Das Schlusslicht bildete ...

»Patricia Ashwell«, hauchte Alex.

Jen stand kurz davor, selbst auf die Bühne zu springen und die Rabenmutter von Clara durchzuschütteln. Das verdammte Miststück war verantwortlich für den Mordversuch an Clara durch Martin, ihren Bruder. Er hatte ihr seinen Essenzstab ins Herz gerammt, nicht wissend, dass es nur eine Lehmkopie war, die vor seinen Augen starb. Jen vermutete, dass Patricia durchaus ihre Finger beim Wiederauftauchen des Marquis Egmont Dupont im Spiel gehabt haben könnte. Martin war nur das Bauernopfer gewesen.

Nachdem ihr Sohn im Castillo vom Grafen Saint Germain getötet worden war, hatte sie bei den einflussreichen Familien gegen die Unsterblichen gehetzt.

»Ich grüße alle Anwesenden und schicke die besten Wünsche hinaus in die Welt, zu allen Häusern, die uns über die Kontaktsteine beiwohnen«, begann Johanna mit klarer Stimme zu sprechen. »Wie ihr alle wisst, sehen wir uns großen Herausforderungen gegenüber. Die Schattenfrau greift nach der Macht, die Schattenkrieger lauern auf ihre Chance, wir stehen an einem Scheideweg. Zusammen mit den großen Familien haben wir daher eine Entscheidung getroffen.«

Es waren diplomatische Worte, doch sie konnten nicht darüber hinwegtäuschen, dass auch Johanna Patricia am liebsten von der Bühne geschubst hätte.

»Da Leonardo in Gefangenschaft weilt und Tomoe im Bernstein gefangen ist, wird ab sofort Patricia Ashwell den Rat ergänzen.«

»Hat sie das gerade wirklich gesagt?«, flüsterte Alex entsetzt neben Jen.

Ihr Blick richtete sich einem Fadenkreuz gleich auf Patricia, ihr ganzer Körper verkrampfte. Wie war es dieser verfluchten Frau gelungen, einen solchen Coup zu bewerkstelligen? Ihr Einfluss musste weit größer sein, als bisher angenommen.

»In den kommenden Tagen werden wir weiter versuchen, Leonardos

Aufenthaltsort ausfindig zu machen. Außerdem geht die Suche nach dem dritten Sigilsplitter weiter.«

Was lange ein wohlgehütetes Geheimnis gewesen war, war mittlerweile castilloweit bekannt.

»Wir verlassen uns darauf, dass jeder von euch weiterhin sein Bestes gibt«, fuhr Johanna fort. »Das bedeutet auch, mit der neuen Rätin zusammenzuarbeiten.«

Damit trat sie einen Schritt zurück und überließ Patricia Ashwell das Wort. Deren eiskalte Augen glitten über die Menge, ihr schulterlanges schwarzes Haar glänzte. Sie trug ihren Essenzstab sichtbar am Gürtel.

»Ich freue mich, heute hier zu sein. In den letzten Monaten musste unsere Gesellschaft zahlreiche Rückschläge einstecken.« Sie ließ ihre Worte einige Sekunden wirken. »Das darf sich nicht wiederholen. Wir müssen führen durch Stärke, um die Schattenkrieger in Schach zu halten und natürlich, um die Nimags zu beschützen. Ich selbst habe in diesem Kampf mein Wichtigstes verloren. Meine Kinder.«

Ich kotze gleich. Jen schüttelte den Kopf über so viel Chuzpe. Patricia benutzte ihre Kinder als ein Mittel zum Zweck.

»Clara wurde von Crowley durch die Zeit geschleudert und vom ersten Stabmacher in ein Monster verwandelt. Sie ist ein Opfer, genau wie Martin. Ich gab ihn in die Obhut dieser Mauern, damit er bestraft wird – allerdings auf faire Art, wie es unser Rechtssystem vorsieht. Doch die Schattenkrieger fanden einen Weg. Wir reagieren schwach, langsam und wankelmütig. Das darf nicht länger der Fall sein. Ich bin hier, um zu unterstützen, meinen Rat zu gewähren und zu helfen. Nicht mehr, aber auch nicht weniger. In diesen Zeiten benötigen wir Mut zur Stärke. Denn nur so kann das Licht wieder führen. Ich danke euch allen.«

Jen musste mit Entsetzen feststellen, dass viele der Lichtkämpfer der neuen Rätin zujubelten. Sie beherrschte die Klaviatur der Worte. Stärke. Mut. Handeln. Führen. Wem gefiel derlei nicht? Dass unter dieser äußeren Schicht etwas ganz anderes lauerte, bemerkte nur, wer genau hinsah.

»Ich konnte Politik ja noch nie ausstehen«, flüsterte Alex neben ihr, »jetzt weiß ich wieder, weshalb.«

Die Räte zogen sich zurück.

Am Rand der Tribüne lösten sich die ersten Elemente des Holzes auf. Die magische Form des Abbaus begann.

»Sie hat ihren Fuß in der Tür«, meldete sich Kevin zu Wort.

»Unsere Eltern haben uns gewarnt, dass etwas bevorsteht«, ergänzte Chris, »aber dass Patricia es bis in den Rat geschafft hat, haben sie vergessen zu erwähnen«.

»Machen wir uns nichts vor, die Frau wird gnadenlos jede Schwäche ausnutzen, um sich selbst innerhalb des Rates gut zu positionieren.« Chloe betrachtete die Tribüne, von der fast nichts mehr übrig war. »Wie hat sie es nur hinbekommen, in den Rat aufzusteigen?«

»Die Familien haben lange gestritten«, erklärte Kevin.

Die Grants gehörten zu den einflussreichen magischen Dynastien, wodurch die Zwillinge Einblick in alles hatten, was hinter den Kulissen vorging.

Jen beneidete sie nicht darum. Die beiden standen dadurch automatisch, wie auch ihre Eltern, im Blick der Öffentlichkeit. Bisher wusste niemand, dass sie das Ergebnis eines verbotenen magischen Tranks waren, den ihre Mum, Ava Grant, einst eingenommen hatte.

»Ich habe Hunger«, sagte Alex.

»Du hast immer Hunger«, erwiderte Jen.

»Ich bin im Wachstum.«

Sie tat gespielt genervt. »Von mir aus, gehen wir in die Küche.«

Das Grinsen auf den Gesichtern der anderen erschien wie angeknipst.

3. Essenzfeuer

Ich verstehe das nicht.«

Tilda stand vornübergebeugt über einem Kochbuch und schüttelte den Kopf. »Setzt euch, Sandwiches liegen im Kühlschrank.«

Verblüfft warfen sie einander Blicke zu.

Jen schlich sich näher heran und warf einen Blick in das Kochbuch. Es war ein recht modernes. Normalerweise bevorzugte Tilda ihre eigenen Rezepte, die etwas über einhundert Jahre alt waren. Eingeschlossen im Verlorenen Castillo, hatte sie von der außerhalb vergangenen Zeit wenig mitbekommen.

Alex steuerte den Kühlschrank an und holte sich – natürlich – erst mal sein Sandwich. Zufrieden kauend setzte er sich neben Chloe und Kevin auf die Couch. Chris sank in den Sessel. Max quetschte sich irgendwie noch neben Kevin, was Jen innerlich aufatmen ließ. Anscheinend rückten die beiden wieder näher zusammen.

»Tilda«, sagte Jen.

»Hm?«

»Was ist los?«

Die Köchin sah auf. »Ich finde die fehlenden Vitamine einfach nicht.«

Für einige Sekunden hätte man einen Essenzstab fallen hören können.

»Wie genau meinst du das?«

»Damals gab es diese ›Vitamine‹ noch nicht.« Sie schnaubte. »Wisst ihr, ich wollte für Leonardo einen Energydrink kreieren. Sobald er frei ist, kann er ihn dann genießen. Und den anderen davon erzählen.«

Jen hätte beinahe gekichert, überspielte es jedoch mit einem Husten. Tilda tat alles, um Einsteins Aufmerksamkeit zu erregen. Wenn Leonardo also positiv über den Drink sprach, würde das auch dem alten Wissenschaftler zu Ohren kommen.

»Ich habe endlich eine vernünftige Mischung zusammen«, erklärte sie. »Aber nun müssen auch noch diese Vitamine rein. Weil die ja gesund sind. Ich habe einige gefunden. A, B, C, D, E und noch ein paar.«

»Welche fehlen denn noch?«

»Nun ja, mehr als das halbe Alphabet. O, Y, W.«

Jen brach in einen Hustenanfall aus.

Auf der Couch kicherte Alex. Ein Schlag war zu hören – ein Blick verriet, dass Chloe ihm einen auf den Hinterkopf verpasst hatte –, dann hustete auch er.

»Tilda.«

»Hm?«

»Nicht jeder Buchstabe im Alphabet gehört zu einem Vitamin.«

»Nein?«

Jen schüttelte den Kopf. »Und du musst sowieso nicht alle da reintun.«

»Oh.« Ein breites Lächeln erwärmte die Küche. »Das ist ja wunderbar. Dann wäre ich soweit. Wer will testen?«

Da Alex noch hustete, ergriff Jen die Chance. »Alex. Er liebt Energy-Drinks.«

»Was?« Verdutzt sah er auf.

Chris, Chloe, Kevin und Max nickten synchron.

»Verräter«, zischte Alex aus dem Mundwinkel. »Aber klar, ich probiere es.«

Alex stand auf und kam herüber. Tilda drückte ihm eine Phiole in die Hand, in die sie eine neongrüne Probe gefüllt hatte. »Lass ihn ein wenig auf der Zunge gehen, damit der Geschmack sich entfalten kann.«

Er roch daran. »Riecht wie normaler Energy-Drink. Hat er dir denn geschmeckt?«

Tilda winkte ab. »Ich habe nicht probiert. Mir schmeckt das Zeug nicht. Und ganz ehrlich ...« Sie senkte die Stimme zu einem Flüstern: »Meiner Meinung nach hat Leonardo ein paar Flugversuche zu viel absolviert. Wie kann man das Zeug nur trinken?« Sie nickte Alex Mut machend zu. »Los, los.«

»Vielleicht sollten wir alle ...«

»Nein.« Jen lächelte ihn unschuldig an. »Dieser Moment gehört ganz allein dir.«

Er nahm sich die Zeit, ihr einen Blick zuzuwerfen, der auch ein maximaler Kraftschlag hätte sein können. »Danke, Jen. Ich denke das nächste Mal an dich.«

Sie ließ sich davon nicht beeindrucken. »Bitte doch.«

Alex atmete ein letztes Mal tief durch. Dann stürzte er das Gebräu, das Tilda liebevoll *Essenzfeuer* getauft hatte, hinunter.

Im ersten Augenblick geschah nichts.

Jen wollte schon enttäuscht aufseufzen, als Alex' Augen sich plötzlich weiteten. Sein Mund öffnete sich. Ein Schrei erklang, der vermutlich im gesamten Castillo zu hören war. Seine Aura wurde sichtbar, lodernde Essenzflammen von goldener Farbe schossen empor.

Jen sprang zurück.

Die Flammen erloschen. Ohne ein Wort kippte Alex rückwärts um und knallte auf die Bodenfliesen.

»Oh«, sagte Tilda. »Da muss ich noch mal an die Mischung.«

Jen beugte sich neben Alex und tätschelte seine Wange. »Aufwachen.«

Seine Lider flatterten. »Jen?«

»Ja?«

»Ich hasse dich.«

»Das weiß ich doch.« Sie half ihm auf die Beine.

»Du solltest den Trank lieber *Aurafeuer* nennen«, erklärte Alex. »Denn wenn Leonardo eine Dose davon trinkt, wird er auf grauenvolle Weise sterben. Mir ist übel.«

Nun wirkte Tilda geknickt. Sie gab Alex einen Tee, den dieser – nach einem skeptischen Blick in die Tasse – dann doch trank. Die Übelkeit schien daraufhin nachzulassen.

Dass es ihm wieder gut ging, realisierte Jen kurz darauf.

»Wollen wir den anderen ein paar Tropfen davon ins Trinken mischen?«, schmiedete er Pläne. »Dann leuchtet und flammt es überall im Castillo auf.«

»Bei dir flammt es auch gleich«, erwiderte Jen. »Kommt nicht infrage.

»Nicht mal bei Patricia?«

Darüber musste Jen nachdenken.

Ihre Gedanken wurden unterbrochen, als all ihre Kontaktsteine - mit Ausnahme dem von Max – simultan aufleuchteten.

»Kommt bitte in mein Büro«, erklang die Stimme von Edison. »Es geht um die Silberknochen.«

4. Worte aus Träumen, Knochen aus Silber

Es war das zweite Mal, dass sie das Turmbüro des Unsterblichen aufsuchten.

Edison stand vor dem Fenster, wie immer aufrecht, mit durchgestrecktem Rücken. Das schwarze Haar trug er akkurat geschnitten, die Augen blitzten energiegeladen. Eine Aura unterdrückter Wut umgab das hochgewachsene Ratsmitglied.

Er kam Alex stets vor wie ein geladener Essenzstab, der nur darauf wartete, endlich einen Kraftschlag verschießen zu dürfen. Äußerlich war er in den Vierzigern.

»Kommt herein.«

Sie verteilten sich auf die Stühle vor dem Schreibtisch, die exakt ihrer Anzahl entsprachen.

Edison sank in seinen Sessel. »Nachdem wir die unerfreulichen Verkündungen des heutigen Tages hinter uns haben, kommen wir zu einem positiven Thema.«

»Ihr habt die Silberknochen gefunden«, entfuhr es Alex. Der Blick, den Edison ihm zuwarf, ließ ihn tiefer in den Stuhl rutschen. »War nur so eine Idee.«

»Ich möchte euch hier etwas deutlich machen. Die Silberknochen gehören zu einem dunklen Kapitel unserer Geschichte. Es gab Diskussionen darüber, ob wir lieber gar nichts tun sollten. Denn ihr müsst wissen, dass Unsterbliche sich den Knochen nicht nähern können. Daher vermuten einige, dass die Schattenfrau gar nicht bis zu ihnen gelangen kann oder bei dem Versuch stirbt. Andererseits ist sie eigentlich eine Sterbliche. Mit einer Stimme Mehrheit hat der Rat beschlossen, euch auszuschicken.«

»Was genau sind die Silberknochen denn überhaupt?«, fragte Jen. »Ich habe in den wenigen noch erhaltenen Schriften nichts dazu gefunden. Und das Archiv ist nach wie vor nicht wieder angeschlossen.«

»Letzteres wird sich in Kürze ändern«, erklärte Edison. »Der Zauber wurde bereinigt. Trotzdem wären euch Informationen zu dem Thema nicht zugänglich.« Er räusperte sich. »Vor vielen Jahrhunderten, lange vor meiner Zeit, entdeckten Magier aus Iria Kon die Traumebene.«

»Die was?«, entfuhr es Alex.

»Ihr alle kennt den magischen Erhaltungssatz. Alles, was existiert, kann die Form ändern, doch es wird niemals zu nichts, sondern immer zu etwas. Magier begannen damit, die Träume der Menschen zu erkunden und fanden eine Ebene, auf der sich diese manifestieren. Ein chaotisches Sammelsurium aus Albträumen, Chaos und Charakterfragmenten.«

Er nahm seine Teetasse auf und nippte daran. »Nur den Charakterstärksten unter ihnen war es möglich, einen manifesten Bereich zu etablieren. Von dort aus konnten sie in die Träume anderer eindringen und beobachten.«

»Wie gemein«, entfuhr es Chloe.

»Die moralischen Aspekte der damaligen Zeit ließen bedauerlicherweise zu wünschen übrig«, stimmte Edison ihr zu. »Viele Magier verloren sich in den chaotischen Träumen, manche fanden niemals den Weg zurück. Doch wer es schaffte, einen manifesten Bereich zu erschaffen, konnte beobachten und manipulieren. Und genau das taten irgendwann alle Fraktionen. Schlaf wurde dadurch zur Gefahr.«

Alex schüttelte nur fassungslos den Kopf.

Jen lauschte gebannt Edisons Worten und war gleichzeitig einmal mehr entsetzt darüber, was Menschen einander antun konnten.

»Magier begannen Tränke zu kreieren, damit sie ohne Schlaf auskamen. Viele wurden wahnsinnig.« Edison stützte das Kinn auf die rechte Handfläche. »Bevor das Chaos gänzlich ausufern konnte, taten sich zwei Unsterbliche zusammen. Einer der beiden fand eine Möglichkeit, die Traumebene zu versiegeln und an sich selbst zu koppeln. Dafür opferte er sein Leben.«

Jen bekam eine Gänsehaut.

»Er wurde zu den Silberknochen«, flüsterte Alex.

Edison nickte. »Unzerstörbare, von eingeritzten magischen Zeichen bedeckte Knochen aus Silber, an die das Traumsiegel gebunden ist. Der andere Unsterbliche brachte die Knochen an einen geheimen Ort, wo niemand sie bisher fand. Er verkündete der Welt, dass kein Unsterblicher sich den Knochen nähern kann, ohne dass er stirbt. Kein normaler Magier ist in der Lage, die Sicherungen zu überwinden. Ein absoluter Schutz.«

»Ein Weg in die Träume der Menschen«, flüsterte Chloe. »Das ist so perfide. Niemand kontrolliert, was er denkt. Das Unterbewusstsein verhindert das.«

»Das ist nicht ganz richtig«, korrigierte Edison. »Es gibt eine Technik, die jeder Mensch erlernen kann. Sie nennt sich ›luzides Träumen‹. Ich empfehle, dass ihr euch damit vertraut macht. Denn falls ihr die Silberknochen erreicht, müsst ihr auf die Traumebene vordringen.«

»Ich verstehe.« Jen nickte. »Der letzte Splitter hat sich in die Träume geflüchtet. Ein perfektes Versteck.«

»So ist es«, bestätigte Edison. »Unerreichbar für jeden. Es sei denn, man findet die Silberknochen. Ich hege keinen Zweifel daran, dass die Schattenfrau bereits auf dem Weg dorthin ist und alles versucht, auf die Traumebene vorzudringen.«

»Wo lebt der Unsterbliche?«, fragte Kevin.

»Ihr werdet mit allen notwendigen Unterlagen ausgestattet und bekommt ergänzende Materialien an die Hand. Einstein hat ein paar Zaubertränke vorbereitet, ich habe mir die Freiheit genommen, euch Lehrmaterial zum luziden Träumen aus der Bibliothek zu suchen, und Johanna hat ein paar neue Offensivzauber für euch kreiert. Wir schicken euch dieses Mal gemeinsam auf die Reise, mit einer Ausnahme.« Sein Blick richtete sich auf Kevin. »Du bleibst hier.«

»Ich?« Sein Gesicht verzog sich vor Wut. »Das habe ich Patricia zu verdanken, richtig? Weil ich ein Grant bin.«

»Mitnichten«, beschwichtigte Edison. »Glaub mir, auch ich bin kein Fan dieser Frau. Du musst aus anderen Gründen hierbleiben, auf die ich in Kürze näher eingehen werde.« Er wandte sich Jen zu. »Ihr bekommt Nikki zur Seite gestellt«, er deutete auf die Sprungmagierin. »Und nicht nur sie.«

»Volles Programm«, kommentierte Alex.

»Es gab damals Gerüchte ...« Edison überlegte sichtlich, wie er die nächsten Worte diplomatisch verpacken konnte. »Viele glaubten, dass das Traumsiegel durch Magie aus der Zeit vor dem Anbeginn entstanden ist.«

Jen sog scharf die Luft ein.

Natürlich wusste niemand, was in der Zeit vor dem Anbeginn tatsächlich gewesen war. In alten Schriften wurde von dunklen Ebenen und uralten Wesen berichtet. Ihre Hinterlassenschaften waren noch heute überall auf der Welt zu finden, obgleich in geringer Stückzahl. Artefakte, die Bösartigkeit und Fäulnis ausstrahlten. Portale aus flüssigem Wolfram, die an einen unbekannten Ort führten, von dem niemals jemand zurückkehrte. Der erste Stabmacher hatte versucht, ein Portal in die Zeit vor dem Anbeginn zu öffnen, was ihm jedoch misslungen war. Bei ihrem Besuch im Verlorenen Castillo war Alex mit einem Artefakt konfrontiert worden, das mittlerweile der Hinterlassenschaft jener Zeit zugeordnet worden war.

»Es wäre also möglich, dass wir auf Artefakte aus der Zeit vor dem Anbeginn stoßen?«, hakte Jen nach.

Edison nickte. »Und aus genau diesem Grund werdet ihr von Sunita Singh Khalsa begleitet.«

Jen verdrehte die Augen, als sie Alex' Blick bemerkte. Ob Kleopatra oder Suni, wenn eine hübsche Frau in der Nähe war, sah man es ihm sofort an.

»Warum ausgerechnet Sunita?«, fragte Jen.

Edison seufzte. »Das soll sie euch selbst erzählen.« Er nickte. »Packt eure Sachen. Ich erwarte euch in zwei Stunden hier. Nikki wird euch zum Ziel transportieren.«

Damit waren sie entlassen.

Nur Kevin blieb zurück, als sie den Raum verließen. Jen fragte sich, welche Aufgabe ihm wohl bevorstand.

5. Ende eines Kaffeeplauschs

Ein weiterer Kraftschlag sauste an ihm vorbei und schlug gegen die Wand des Trainingsraums. Max fühlte Triumph, der die Wut für einen Augenblick zurückdrängte.

Mittlerweile lag das letzte Gespräch mit Marcus einige Tage zurück. Nach dem Kampf im Castillo trafen sie sich an der üblichen Stelle. Die Regeln waren klar. Niemand versuchte, den jeweils anderen zu manipulieren, anzugreifen oder magisch mit einer Wanze zu versehen. Normalerweise sprachen sie auch eher über Privates. Eine unausgesprochene Regel, die Max dieses Mal brach.

Zu viele Freunde waren beim Angriff der Schattenkrieger auf das Castillo verletzt oder gar getötet worden. Wie sollte er da so tun, als sei sein Gegenüber ein gewöhnlicher Nimag in den Vierzigern oder Fünfzigern. Da konnte er tausend Mal wie ein gutmütiger Großvater wirken. Umgekehrt schien Marcus ihm seine Tat nicht übel zu nehmen. In der Eingangshalle des Refugiums der Schatten – wie sie das Domizil der Schattenkrieger nannten –, hatte Max versteinerte Gegner im Dutzend getötet. Eine massive Schwächung des Widersachers.

»Das ist der ewige Kampf«, hatte Marcus nur gesagt. »Magier sterben, Neuerweckte nehmen ihren Platz ein. Das ist traurig, lässt sich aber nicht ändern. Oder schlägst du vor, dass ihr aufgebt?«

Zuerst hatte Max die Bemerkung für einen Witz gehalten, dann aber verstanden, was Marcus hatte sagen wollen. Keine Seite würde von ihrer Position abrücken. »Wir können uns nicht mehr treffen.«

Die Worte hingen, einmal ausgesprochen, in der Luft zwischen ihnen, wurden zu einer unüberbrückbaren Barriere.

»Ich verstehe deine Wut«, sagte Marcus. »Es ist traurig, dass wir nicht einmal mehr miteinander reden können, aber wenn das deine Entscheidung ist, werde ich sie respektieren.«

»Es käme mir vor wie Verrat.«

Sein Gegenüber lächelte bitter. »Max, du magst die Natur der Menschen noch nicht durchschaut haben, ich jedoch habe das getan. Deine Freunde jubeln dir zu, weil du das Castillo gerettet hast, doch das wird sich ändern. Sie sehen in dir das von der Gefangenschaft zerstörte Opfer. Sobald etwas geschieht, die kleinste Kleinigkeit, durch die sie an dir zweifeln, werden sie dir ihr Vertrauen entziehen. Zudem unterstellen sie dir, dass du unter posttraumatischem Stress leidest, für den

Einsatz nicht geeignet bist. Du wirst das Castillo kaum noch verlassen und ständig unter Beobachtung stehen.«

»So sind sie nicht.«

Marcus nickte. »Das hoffe ich für dich. Doch falls du dich irrst ...«, er reichte ihm einen fingerlangen Holzstab, »... zerbrich diesen Stab und einer unserer Springer kommt dich holen.«

Max starrte ungläubig auf das winzige magifizierte Objekt. »Wir hatten eine Abmachung. Niemand versucht, den anderen auf seine Seite zu ziehen. Hältst du mich für so dumm?«

»Nein, aber ich halte deine Freunde für dumm«, erwiderte Marcus. »Oder nennen wir es kalkulierbar. Du wirst noch an meine Worte denken.«

Er legte das Holzstäbchen auf die Bank.

Sein Blick wanderte in die Höhe. Marcus betrachtete die Umgebung. Das Geröll des nahen Berges, auf dem die Kapelle thronte, die untergehende Sonne, die Skyline von Alicante. Vögel zwitscherten, über ihnen flog gerade einer vorbei.

Impulsiv zog Marcus Max in eine Umarmung.

Im ersten Augenblick glaubte Max an einen Angriff, doch schließlich erwiderte er die Abschiedsgeste.

Der Schattenkrieger wandte sich um und ging davon – gemeinsam mit seinem Hund.

Max blieb zurück und schaute in die heraufziehende Dunkelheit. Seine Gedanken wirbelten durcheinander. Er dachte zurück an seine Gefangenschaft durch den Wechselbalg, an Kevin, dem er langsam wieder näherkam, und an seine anderen Freunde.

Schließlich schlug die Turmuhr über ihm zwölf.

Er kehrte zurück ins Castillo.

Seine Gedanken kehrten gerade noch rechtzeitig zurück in die Gegenwart.

Ein weiterer Kraftschlag surrte so knapp an ihm vorbei, dass er beinahe getroffen worden wäre. Ihm gelang es, seinen Flug zu stabilisieren.

Die heutige Übung bezog sich auf das Fliegen. Von einem Punkt in gerader Linie zu einem anderen zu schweben war leicht. Doch Geschwindigkeit und Richtung anzupassen erforderte Fingerspitzengefühl. Mehrere Ringe waren im Raum verteilt. Max musste sie in einer bestimmten Reihenfolge durchfliegen, wodurch ständige Vektorumkehrzauber notwendig wurden. Darüber hinaus waren überall im Raum

Bernsteine positioniert, die an ein Metronom angeschlossen waren. Bei jedem Takt schossen Kraftschläge hervor.

Er musste ausweichen und durfte gleichzeitig die Ringe nicht verfehlen.

»So muss sich ein Schnatz fühlen«, murmelte er in Gedanken an eine seiner Lieblingsbuchreihen.

Ihm gelang es, durch den nächsten Ring zu tauchen. Da Contego-Sphären verboten waren, musste er tatsächlich jedem Schlag ausweichen. Wurde er getroffen, gab das einen Punktabzug. Und es tat weh.

Sperrfeuer ließ ihn innehalten.

Seine Gedanken kreisten um die letzten Tage.

Seit seinem letzten Gespräch mit Marcus verhielten die Unsterblichen sich seltsam. Sogar Thomas Edison, der ihn zum Agenten ausbildete, schien verschlossen. Seine Außeneinsätze waren vollständig gestrichen worden. Er bekam auch keinen Einblick mehr in die Fallakten der anderen Agenten – angeblich aus Zeitgründen.

»Was ist nur los?«

Kurz hatte er Angst gehabt, dass jemand ihn und Marcus beobachtet hatte. In dem Fall hätte sich jedoch längst Eliot Sarin mit ihm unterhalten oder direkt einer der Unsterblichen.

Max hatte mit Thomas sprechen wollen, doch seit Patricia Ashwell hier im Castillo den Ton mit angab, musste er vorsichtig sein. Diese Frau war gefährlich. Zweifellos hatte sie auch die Gemeinheiten nicht vergessen, mit der Thomas sie bedacht hatte.

Der Gedanke versetzte ihm einen Stich.

Er und Clara hatten sich immer fantastisch verstanden. Im letzten Sommer waren sie heimlich gemeinsam auf das Dach geschwebt, hatten dort auf einer Steinplatte eine Decke ausgebreitet und ein Picknick abgehalten. Die Sonne stieg höher, der Duft vom nahen Wald lag in der Luft, die Vögel zwitscherten.

Nun war Clara zum Opfer des ersten Stabmachers geworden, und ihre Mutter, die nie ein nettes Wort für sie übrig gehabt hatte, nutzte die Situation und die Gunst der Stunde.

»Aber da ist noch nicht das letzte Wort gesprochen«, flüsterte Max. »Wenn ich schon nicht mehr im Außeneinsatz bin, kann ich ja hier ein wenig die Ohren offenhalten.«

Er schoss durch eine Lücke im Sperrfeuer, wich einem weiteren

Kraftschlag aus und glitt durch den letzten Ring. In der Luft erschien ein goldenes Pokalsymbol.

»Herzlichen Glückwunsch!«

Max schaute nach unten. »Kev. Solltest du nicht mit den anderen unterwegs sein?«

»Eine Planänderung.«

Er schwebte nach unten.

»Was ist passiert?«, fragte Max.

»Keine Ahnung. Edison will, dass ich hierbleibe und an ein paar Trainingskursen teilnehme. Keine Ahnung warum. Ich dachte, wir können etwas gemeinsam unternehmen.«

Max fühlte sich sofort besser. Und seltsamerweise verlegen. »Gute Idee.«

Gemeinsam verließen sie den Trainingsraum.

6. Ein Erfolg in Pink

Ich werde Captain Nemo treffen«, wiederholte Alex freudig.

»Denk weiter schöne Gedanken, Kent«, hatte Jen daraufhin gesagt. »So kommst du nicht auf dumme Ideen.«

Dank Nikki war es nur ein Sprung nach Noworossijsk gewesen. Die russische Hafenstadt lag am Schwarzen Meer. Einstein hatte dafür gesorgt, dass all ihre Reiseutensilien über ein Sprungtor in das sichere Haus der Stadt gebracht worden waren. Ein altmodischer Klappkoffer, in dem allerlei Zaubertränke enthalten waren. Ein Set mit Bernsteinen verschiedener Größe, aufgeladen mit Essenz. Dazu funktionale Kleidung.

Vom Haus aus waren sie zum Hafen geeilt, wo das Schiff bereits auf sie wartete. Es hörte auf den Namen *Spirit of Enderby* und war ein Explorationsschiff. Das Seegefährt war

1984 vom Stapel gelaufen. Die Kabinen waren klein, aber gemütlich.

An Bord wartete bereits Sunita.

Das Schiff legte ab.

Nun saßen sie gemeinsam in einer Kabine und tranken Tee. An Deck herrschte Kälte, die auf ihrem weiteren Weg noch eisiger werden würde. Da Captain Nemos Unterwasserbasis nicht angesprungen werden konnte und es auch kein Sprungtor gab, mussten sie auf See bis zum Ziel fahren und dort abtauchen. Auf Kontaktanfragen hatte er nicht reagiert, was laut Edison nicht ungewöhnlich war.

»Also«, lenkte Jen nun das Augenmerk auf das aktuelle Thema. »Was ist passiert?«

Eine Frage, die auch Alex auf der Seele brannte. Suni verströmte den typischen Zimtgeruch, den er so sehr mochte. Ihre Eltern besaßen eine Zimt-Plantage. Sie trug Jeans, eine Bluse und einen Kopfschal aus brauner Wolle. An ihren Ohren baumelten Creolen.

Doch in ihrem Gesicht hatte sich etwas verändert. Ein Symbol der Macht war in ihre Haut gestochen worden. Ein Tattoo. Es begann über ihrer linken Braue und zog sich über die Wange bis zum Kinn.

Sunita nippte an ihrem Tee, den Blick in ihre Erinnerungen gerichtet. »Ich habe Wochen und Monate damit zugebracht, eine Sekte zu verfolgen. Bei uns in Indien tendieren Schattenkrieger dazu, sich in solchen zu organisieren. Dabei bin ich auf einen Kult gestoßen, der die Zeit vor dem Anbeginn anbetet.«

Eine Gänsehaut entstand auf Alex' Armen. Für seinen Geschmack war er schon jetzt einmal zu oft mit den Hinterlassenschaften aus dieser Zeit konfrontiert worden. »Was ist passiert?«

»Ich entdeckte einen unterirdischen Tempel. Magier hatten sich dort geopfert. Ich habe zu spät begriffen, dass mein Eintreffen und der Einsatz meiner Magie den Zauber vollendeten.«

»Ein Artefakt?«, fragte Chloe heiser.

»Ein Portal.«

»Verdammt.« Jen stellte ihre Tasse ab. »Ich bin noch nie auf eines gestoßen. Sind sie wirklich aus flüssigem Wolfram?«

Suni nickte. »Etwas war auf der anderen Seite und wollte überwechseln. Ich konnte es verhindern, indem ich den Siegelspruch einleitete, doch bevor das Wolfram aushärten konnte, fuhr eine Klinge daraus hervor.«

»Du wurdest von einer Waffe des Anbeginns verletzt?!«, entfuhr es Chris. »Ein Wunder, dass du noch lebst.«

»Unsere Heiler haben schnell reagiert«, erzählte Suni weiter. »Sie tätowierten mir ein Siegel auf die verwundete Stelle. Dadurch kann die Schwärze sich nicht ausbreiten.«

Alex lächelte Suni zaghaft zu. »Dir geht es also gut.«

»Sieht man von gelegentlichen Albträumen ab«, bestätigte Suni.

Auch davon konnte Alex ein Lied singen. Seit Crowley ihn im Refugium des ersten Stabmachers beinahe getötet hatte, überfielen ihn fast jede Nacht Albträume. Seltsamerweise konnte er sich nach dem Aufwachen nicht mehr daran erinnern. Was er auch tat, die Gedanken verwehten in der Sekunde seines Erwachens.

»Es scheint, dass ich eine gewisse Sensibilität gegenüber Gegenständen aus der Zeit vor dem Anbeginn entwickelt habe«, erklärte sie. »Als einer meiner Gefährten ein Artefakt in meine Nähe brachte, konnte ich die Dunkelheit darin spüren. Das Siegel flammte auf und bändigte den Schmerz, die Gier, die fremden Emotionen.«

»Du bist eine Wünschelrute«, platzte Alex heraus, bevor er sich bremsen konnte.

Suni lachte. »Du bist noch immer so lustig wie damals.«

Er war sich nicht sicher, ob das ein Kompliment war, beschloss aber, es erst einmal so zu interpretieren.

Sie plauderten eine Weile, bevor schließlich jeder schlafen ging. Da die *Spirit of Enderby* auf 48 Passagiere ausgelegt war, gab es mehr als genug Platz für alle.

Letztlich beschlossen Alex und Chris jedoch, dass keiner alleine einen Raum beziehen wollte. So übernahmen sie kurzerhand ein Zweibettzimmer. Jen und Chloe taten es ihnen gleich, Nikki schloss sich kurz darauf an. Nur Suni wollte ein Zimmer alleine für sich haben.

Am nächsten Tag begann das Training.

Sie hatten einen großen Bottich an Deck aufgestellt und Eiswasser hineingetan. Eine Sphäre hielt die Temperatur außerhalb auf sommerlichem Niveau, weshalb sie alle Badehosen und Badeanzüge tragen konnten. Es wirkte ein wenig seltsam, wenn ein Besatzungsmitglied in funktionaler dicker Kleidung mit kondensierendem Atem an ihnen vorbeistapfte. Da es sich durch die Bank um Magier handelte, wunderte sich natürlich niemand.

»Also gut.« Jen holte eine Phiole mit integriertem Pipettendeckel hervor, in dem sich ein Zaubertrank befand. »Einstein hat ihn extra für uns kreiert. Die Transformation schützt vor Druck, Kälte und lässt uns Kiemen wachsen. Nein, Alex, halt die Klappe.«

Er schmollte ein wenig, da ihm so ein toller Witz dazu eingefallen war.

»Ihr nehmt drei Tropfen auf die Zunge. Danach muss der Zauber manifestiert und mit einem Wort der Macht vollendet werden.«

Jen tropfte sich die Tinktur auf die Zunge. Mit ihrem Finger erschuf sie ein magentafarbenes Symbol in der Luft. »Transformere Corpus.«

Schlitze entstanden seitlich an ihrem Hals, wurden zu Kiemen.

»Nun müsste ich, wenn alles geklappt hat, unter Wasser atmen sowie dem Druck standhalten können und die Kälte im Bottich macht mir nichts aus.« Sie streckte einen Zeh hinein. »Sehr gut.«

Die Phiole wanderte zu Chris.

Jen sprang in den Bottich und testete ihre Transformation. Augenscheinlich war alles in Ordnung.

Chris' Kiemen waren ein wenig schief und so ganz schien die Temperaturresistenz nicht funktioniert zu haben. Trotzdem war er zufrieden.

Bei Chloe und Nikki klappte es auf Anhieb.

Nun war Alex an der Reihe. Er tropfte sich die Tinktur auf die Zunge. »Waren das jetzt drei oder vier?« Er hatte sich von Suni ablenken lassen, die in ihrem Badeanzug atemberaubend aussah.

»Kent«, kam es von Jen. »Ich hatte ja immer den Verdacht, dass du nicht bis drei zählen kannst, aber das ist der ungünstigste Moment, das zu bestätigen.«

Er ignorierte ihre Antwort großmütig.

Mit gepfeffertem Schwung erschuf er das Symbol und sprach die Worte. Es kitzelte ein wenig. »Ha, siehst du.« Er streckte Jen die Zunge heraus.

Im Bottich fühlte es sich warm an. Und als er hinabtauchte, konnte er ohne Probleme durch die Kiemen den Sauerstoff aus dem Wasser filtern.

Er tauchte wieder auf.

Alle starrten ihn an.

»Was?«

»Alter, du bist rosa«, erklärte Chris.

Alex fuhr zusammen, als er an sich hinabblickte. Seine Haut war knallpink. »Ist das nicht die Farbe des Sommers oder so?«

Jen enthielt sich jeden Kommentares.

7. In Nemos Reich

Am dritten Tag ihrer Reise erreichten sie die Koordinaten. Die *Spirit of Enderby* warf ihren Anker aus und hielt Position.

Gemeinsam mit Jen, Chloe, Chris und Suni nahm Alex an der Steuerbordreling Aufstellung. Ein wenig hatte er das Gefühl, gleich über die Planke geschickt zu werden. Was grundsätzlich gar nicht so falsch war.

Sie magifizierten ihre Kleidung gegen Wasser, damit diese trocken blieb. Jeder nahm drei Tropfen und vollführte den Transformere-Corpus-Zauber.

Alex hatte in den letzten Stunden mehrfach geübt. Mittlerweile nahm seine Haut nur noch einen zarten Pinkton an. Leider hatten seine Kiemen die Angewohnheit, in bestimmten Intervallen einen hohen Ton auszustoßen. Zweimal waren bereits alle Gläser in der Umgebung zersprungen, was Jen dazu animiert hatte, ihn eine »Operndiva« zu nennen.

Aus Rache hatte er bei ihrer nächsten Übung die Flüssigkeit im Trank erschwert, wodurch Jen fünf Tropfen auf die Zunge gefallen waren. Ihr ganzer Körper hatte plötzlich neongrün geleuchtet, was Chloe in Entzücken versetzt hatte. Chris hatte laut darüber nachgedacht, ob Haie sich von neongrünen Ködern anlocken ließen.

Alex hatte sich vor Lachen gekringelt.

Bis Jen so getan hatte, als habe Nikki soeben mit einem Sprung Kleopatra hierhergebracht. Er war zusammengezuckt und herumgefahren, worauf Jen kommentierte: »Nicht so hektisch, Kent, sonst verschüttest du noch die Biomilch.«

Danach hatten sie ein hitziges Streitgespräch begonnen, in dem auch das Wort Dylan mehrfach fiel.

Die Zauber funktionierten einwandfrei und so sprangen sie gemeinsam ins Meer. Ein unbedarfter Beobachter hätte sie vermutlich für Mitglieder einer suizidgefährdeten Sekte gehalten. Ihre Körper gewannen durch einen ergänzenden Zauber an Gewicht und so sanken sie immer tiefer hinab.

Eine leichte Contego-Sphäre schützte vor potenziellen Raubtieren der Meere. Eine Luxkugel spendete Licht. Sie glitten durch das Wasser, immer tiefer hinab.

Nemos Basis lag im Europäischen Nordmeer, bei einer Tiefe von 1300 Metern. Hier unten gab es kein natürliches Licht. Sie kamen trotzdem an Steinkorallen, Fischschwärmen und Plankton vorbei. Alex entdeckte gewaltige Korallenformationen und Riffe. Es war wunderschön.

Nemo musste auf die Umgebung eingewirkt haben, dass auch jene Lebewesen, die auf natürliches Licht angewiesen waren, hier existieren konnten. Jetzt, wo Alex bewusst darauf achtete, bemerkte er den Hauch eines Schimmers, der über allem lag.

Das waren die Momente, in denen Magie ihm dazu verhalf, die Schönheit der Erde aus der Nähe zu betrachten. Auch die anderen bestaunten mit großen Augen die Vielfalt des Ozeans, den Frieden in dieser Tiefe.

Schräg unter ihnen tauchte eine gewaltige Kuppel aus Metall auf. Mehrere Schleusentunnel lagen an den Seiten und liefen einige Meter am Meeresboden entlang. An einer Seite lag ein längliches Schiff vor Anker, dessen Anblick Alex an ein Schwert erinnerte.

Langsam näherten sie sich einer der Schleusen.

Jen griff nach ihrem Kontaktstein.

»Wir kommen als Gesandte des Castillos in Alicante, um mit Captain Nemo zu sprechen. Die Lichtkämpfer sind in Not und benötigen deine Hilfe«, hallte es in Alex' Gedanken, aufgefangen von seinem eigenen Kontaktstein, wider.

Johanna hatte ihnen versichert, dass Nemo – mochte er auch zurückgezogen leben und sich nur noch für die Meere interessieren – sie zumindest anhören würde. Ob daraus am Ende Hilfe wurde, ließ sie dahingestellt.

Sie kamen auf dem sandigen Boden auf. Das Meer bestand in dieser Tiefe aus festem Gestein, wurde aber von einer allgegenwärtigen Sandschicht bedeckt. Jeder Schritt wirbelte die feinen Körner auf, ließ sie als Wolke in die Höhe steigen und wieder herabsinken.

Jen setzte sich an die Spitze. Sie war von Johanna zur offiziellen Gesandten des Rates ernannt worden.

Vor der Schleuse hielten sie inne. Das Metall bildete eine Iris, ein Hebel saß an der Seite.

»Betretet die Schleuse nicht ohne Aufforderung«, hatte Edison vor ihrem Aufbruch noch einmal verdeutlicht.

Sie warteten.

»Captain Nemo, wir bitten dich, uns anzuhören«, versuchte Jen es erneut.

Es kam keine Antwort.

Stattdessen war es Suni, die reagierte. Das Tattoo auf ihrem Gesicht flammte auf. Sie sog abrupt den Sauerstoff durch die Kiemen aus dem Wasser. *»Ich spüre etwas Uraltes.«*

Der Kontaktstein übertrug ihre Stimme, vermengt mit einem Hauch von Angst.

Alex und Jen wechselten einen Blick.

»Da stimmt etwas nicht«, sagte er.

Jen trat an den Hebel und zog ihn herab. Die Irisblende öffnete sich. Gemeinsam begaben sie sich in die dahinterliegende Kammer. Suni musste gestützt werden. Ein weiterer Hebel verschloss die Iris wieder. Wasser wurde abgepumpt, der Druck ausgeglichen, dann öffnete sich die Innenschleuse.

Sie betraten Nemos Reich.

Die Luft roch abgestanden, durchzogen von einem Fäulnisgeruch. Rote Glühbirnen, die an Konsolen aus Metall angeschraubt waren, leuchteten im Takt eines Herzschlags.

»Das ist Notbeleuchtung.« Alex freute sich darüber, seine Stimme wieder laut und deutlich zu vernehmen und nicht länger nur über den Kontaktstein sprechen zu können, wie es unter Wasser unvermeidbar war. »Was ist hier passiert?«

Der Boden bestand aus Metall, ebenso die Wände. Alle paar Meter waren Holzelemente in die Wand eingepasst, Regale mit Büchern darin, Stühle oder Bänke. Auf einem Lesetisch stand eine halb leere Tasse, daneben lag ein aufgeschlagenes Buch.

Wandleuchten ragten in den Gang, bauchige Glühbirnen verströmten einen warmen Schein. Ja, sogar Teppichboden war stellenweise ausgelegt.

Sie fanden eine Wand, an der eine Karte angebracht war. Auf gelbstichigem Papier hatte jemand mit Tusche die Umrisse der Basis aufgezeichnet. Der Gang, in dem sie sich befanden, führte ringförmig durch die Kuppel. Es gab gewaltige Gärten, in denen Pflanzen Sauerstoff produzierten. Lux-Kugeln lieferten das notwendige Licht, gespeist aus Bernsteinspeichern. Hydroponische Anlagen schlossen sich an, in denen Nahrung gezüchtet wurde. Eine Luftumwälzungsanlage recycelte das Atemgemisch mehr schlecht als recht.

Zusätzlich gab es noch zwei weitere Stockwerke unter dem Meeresboden, wo Mannschaftsquartiere, Büros und ein Kontrollraum zu finden waren.

Captain Nemos Büro lag im untersten Bereich.

Rings um die Kuppel gab es Türme mit Kristallaufsätzen, die aus dem Boden hervorragten. Da eine Illusionierung darüberlag, hatten sie sie bei ihrem Marsch nicht entdeckt.

»Ein Kristallnetz«, erklärte Jen. »Aber es ist nicht aktiv. Jemand muss es abgeschaltet haben.«

»Das gefällt mir gar nicht«, kommentierte Alex. »Das müsste dann ja jemand von Nemos Mannschaft gewesen sein.«

»Ich hoffe, du irrst dich«, flüsterte Jen. »Denn was immer hier geschehen ist, hat hoffentlich nichts mit den Schattenkriegern zu tun. Andernfalls steht uns ein sehr gefährlicher Kampf bevor. Wenn die Kuppel zerbricht, stirbt jeder hier drinnen.«

»Nikki kann doch mit uns rausspringen«, warf Chris ein.

»Nur, wenn wir vorher wieder die Transformation einleiten«, erklärte die Sprungmagierin.

Mittlerweile hatten sich die Kiemen zurückgebildet. Der Trank hielt nicht allzu lange an, die Wirkung konnte allerdings jederzeit erneuert werden.

»Wenn ich einfach so mit euch nach oben springe, zerfetzt uns der abrupte Druckwechsel«, erklärte sie. »Die Transformation macht uns zwar robuster, aber da würde ich kein Risiko eingehen.«

Alex nickte verstehend. Das machte eine schnelle Flucht unmöglich.

Sein Blick wanderte zu Suni, die kreidebleich wirkte. Ihr Siegeltattoo leuchtete nur noch schwach, war jedoch noch immer nicht vollständig zur Ruhe gekommen.

Was war hier unten geschehen?

Sie drangen tiefer in die Basis vor.

8. Atemlos durch den Bernstein

Ah, wurde auch Zeit.« Edison nickte ihm kurz zu, widmete sich dann aber sofort wieder dem Bernsteinquader.

Verblüfft sah Max sich um. Johanna, Einstein und Kleopatra waren ebenfalls anwesend. Patricia Ashwell stand mit verschränkten Armen an der Seite und beobachtete die Szene.

Eliot Sarin, nach dem Tod von Gryff Hunter der oberste Ordnungsmagier, trat auf Max zu. »Wir werden gleich ein Experiment durchführen. Einen Zauber, bei dem die Essenz von allen vereint wird, die anwesend waren, als der Bernsteinzauber ausgeführt wurde.«

Eine interessante Idee, fand Max. Möglicherweise ließ sich damit das Problem umgehen, dass alle Unsterblichen zugegen sein mussten, die den Zauber ursprünglich gewirkt hatten.

»Ein verzweifelter Versuch«, kommentierte Patricia, »aber wenn es hilft«.

Sie wurde weitgehend ignoriert.

Einstein hatte mit Kreide Symbole um den Bernstein herum auf den Boden gemalt. Dazu ließ er ständig eine metallene Stimmgabel von Unterarmlänge kreisen. Johanna massierte sich die Schläfen. Sie wirkte übermüdet.

Schließlich klatschte Edison in die Hände. »Wir sind soweit. Ich muss nicht erst sagen, was hiervon abhängt.«

Alle schüttelten den Kopf.

Johanna trat voran. Sie würde den Zauber führen. Die Unsterblichen und Max traten hinter sie, erhoben ihre Essenzstäbe.

Während Johanna das Symbol erschuf, leiteten sie alle mit ihren Stäben Essenz hinein. Ein funkelndes Gebilde entstand, gespeist aus der Magie aller.

Das Symbol glitt in den Bernstein, verschmolz mit dem goldenen Harz. Es irrlichterte im Inneren, schwebte an den Eingeschlossenen vorbei.

Funktionierte es?

Max hielt den Atem an. Als er keuchend auspustete, bemerkte er, dass etwas nicht stimmte. Er konnte nicht mehr einatmen, musste husten. Flüssiger Bernstein schoss aus seiner Kehle hervor, er brach in die Knie.

Den Unsterblichen erging es genauso. Niemand konnte mehr etwas sagen, überall wurde gehustet. Bernstein spritzte aus ihren Körpern, floss hinüber zum Quader und wurde eins mit dem Block.

»Beendet es!«, rief Patricia Ashwell.

Ihr schien entgangen zu sein, dass niemand mehr sprechen konnte. Auch klare Bewegungen waren nicht länger durchführbar.

Schon tanzten Funken vor Max' Augen, sein Gesichtsfeld implodierte.

Eliot Sarin sprang mit gezogenem Essenzstab voran und versuchte, das Symbol aus dem Bernstein herauszuziehen, um es zu demanifestieren. Ohne Erfolg. Seine Magie wurde von dem Block einfach absorbiert.

Patricia Ashwell zielte auf Johanna. »Potesta.« Der Schuss traf die Unsterbliche an der Schläfe und löschte ihr Bewusstsein aus. Es folgten die anderen. Max konnte spüren, wie der Zauber schwächer wurde.

Sie unterbricht die Verbindung des Zaubers zu seiner Quelle.

Der nächste Schlag traf ihn.

Er fiel in eine zähe Bewusstlosigkeit, die ihn nicht mehr loslassen wollte.

»Hey, Schlafmütze.«

»Kev?« Max blinzelte. »Was ist passiert?«

»Ihr habt ein wenig zu intensiv mit Bernstein gespielt.«

Die Erinnerung kehrte schlagartig zurück. »Was ist mit den anderen?«

»Liegen dort vorne.«

Sie befanden sich auf der Krankenstation. Theresa eilte von einem zum anderen, behandelte alle mit der üblichen Professionalität.

»Ich verstehe nicht, was da schiefgegangen ist«, flüsterte Max heiser.

Kevin beugte sich zu ihm herüber. »Ich habe gehört, wie Patricia mit Edison gesprochen hat. Er sagte, dass jemand aus dem Verbund den Zauber absichtlich innerlich blockiert hat.«

Max setzte sich vorsichtig auf. »Aber das ist doch Unsinn. Es haben nur die Unsterblichen und ich teilgenommen. Keiner von uns würde so etwas tun.«

»Patricia sieht das wohl anders.« Kevin blickte beunruhigt zu den Unsterblichen hinüber. Wie er so dasaß, mit Sorge im Gesicht und diesem sanften Blick ...

Max streifte den Gedanken ab. »Ich rede nachher mit Edison. So geht das nicht weiter. Das wird ja immer schlimmer.«

Anfangs war es Neugier gewesen, doch es kam zunehmend Wut hinzu. Was war hier los? Weshalb verhielten die Unsterblichen sich so abweisend? Und was sollte dieser lächerliche Verdacht? Selbst Edison musste wissen, was eine derart geäußerte Vermutung gegenüber Patricia Ashwell verursachen konnte.

Theresa kam herbeigeeilt. Sie trug die typische gestärkte Schwesternuniform, die sie auch all ihren unterstellten Heilmagiern aufs Auge drückte. »In letzter Zeit sehen wir uns zu oft, Max.«

Kevins Augenbraue wanderte fragend in die Höhe. »Zu oft?«

Bevor Max es verhindern konnte, erklärte Theresa: »Das kommt davon, wenn man ständig neue gefährliche Zauber ausprobiert, die Schwierigkeit im Übungsraum erhöht oder Transformationstränke bis ans Limit ausreizt.«

Kevin warf ihm einen bösen Blick zu. »Weißt du, es gibt Menschen, die machen sich Sorgen um dich.«

Max wedelte abwiegelnd mit der Hand. »Sooo schlimm ist es auch wieder nicht.«

Theresa schenkte ihm einen ironischen Blick. »Also, ...«

»Kann ich gehen?«, unterbrach er sie.

»Da ist die Tür.« Schon schritt sie hinüber zu Einstein, neben dessen Bett mittlerweile Tilda Platz genommen hatte.

Max hörte nur Bruchstücke. »... schrecklich ... Stärkung.« Sie reichte ihm ein Glas mit neongrüner Flüssigkeit.

»Oh, verdammt.« Kevin wirkte entsetzt. »Sie gibt ihm Essenzfeuer. Wir gehen besser.«

Fluchtartig verließen sie die Krankenstation.

»Meinst du, sie hat den Drink mittlerweile verbessert?«, fragte Max.

Ein langgezogener Schrei erklang, gefolgt von einem Röcheln.

»Eher nicht«, kommentierte Kevin.

Sie besorgten sich Sandwiches aus der Küche und flüchteten dann nach draußen. Hinter dem Castillo lag ein alter Spielplatz auf den Ländereien. Er war heruntergekommen, die Bänke, Reitpferde und die Holzburg standen kurz vor dem Einsturz. Die Schaukeln hatten sie jedoch gemeinsam im letzten Jahr repariert. Jeder sank auf eine davon. Sie aßen friedlich, während die Sonne ihre wärmenden Strahlen herabschickte.

Max vertrieb die Gedanken an den schiefgegangenen Zauber. Stattdessen betrachtete er Kevins Gesicht im Sonnenschein. Seine Züge waren entspannt, die Haut leicht gebräunt. Das dunkelblonde Haar trug er wie immer kurz geschnitten. Kevin war eher dünn als muskulös, im Gegensatz zu seinem Bruder Chris. Doch Max mochte es genau so.

Er spürte ein wohlbekanntes Kribbeln im Magen und musste schmunzeln.

»Warum grinst du so?«, fragte Kevin mit geschlossenen Augen.

»Woher weißt du, dass ich grinse?«

»Ich kann es hören.«

Sie lachten beide, aßen zu Ende und gingen dann gemeinsam nach oben in Kevins Zimmer.

9. Das Problem Max Manning

Es reicht.« Patricia Ashwell schritt wütend auf und ab. »Möglicherweise hätten wir diese ganze Misere endlich beenden können. Dank Max Manning stehen wir jedoch vor einem weiteren Scherbenhaufen.«

»Es ist nicht gesagt, dass er es war«, gab Kleopatra zu bedenken. Dass sie Patricia nicht leiden konnte, machte sie mit jedem Satz deutlich.

Johanna versuchte, ruhig zu bleiben.

Am Tisch hatten sich alle Unsterblichen versammelt, ergänzt durch Patricia Ashwell, die ihre Meinung sowieso ungefragt zu jedem Thema in die Welt posaunte. Noch nie zuvor hatte Johanna Leonardo so sehr vermisst. Nicht zu vergessen Tomoe, auf deren Rat sie oft zurückgegriffen hatte.

»Ich gehe nicht davon aus, dass einer der hier Anwesenden den Zauber sabotiert hat«, schmetterte Patricia Kleopatra entgegen. »Ergo bleibt nur einer übrig.«

Die ehemalige ägyptische Königin maß Claras Mutter mit einem abschätzigen Blick. »Diese Aufregung bekommt dir nicht. Du brauchst mehr Milch.«

Patricia wirkte zuerst verdattert, dann wütend. »Davon bekomme ich Sodbrennen. Können wir uns jetzt bitte wieder dem Thema widmen.«

»Ich meinte doch nicht zum Trinken. So ein Milchbad kann die furchtbarsten Falten zum Verschwinden bringen.« Kleopatra deutete auf ihr Gesicht.

Stille.

Patricia erstarrte. Dann, ganz langsam, verfärbten sich ihre Wangen rot. Sie holte tief Luft.

»Zum Thema!«, rief Johanna und unterband damit in letzter Sekunde den drohenden GAU. »Max Manning. Durch den Vogel-Beobachter wissen wir, dass er sich mit einem Schattenkrieger getroffen hat. Dessen Identität ist allerdings noch ungeklärt. Beobachtungen haben kein auffälliges Verhalten von Max erkennen lassen, auch kam es zu keiner weiteren Begegnung.«

»Er wurde umgedreht«, beharrte Patricia auf ihrer Meinung. »Zuerst die Gefangenschaft durch den Wechselbalg, das hat seinen

Geist anfällig werden lassen. Danach hat dieser unbekannte Kerl das ausgenutzt. Möglicherweise hat er sich an ihn herangespielt, vielleicht eine Affäre?«

»Langsam«, versuchte Albert die Wogen zu glätten. »Nun bewegen wir uns im Bereich der Mutmaßungen.«

»Was nicht notwendig wäre, wenn Eliot Sarin endlich eine Befragung vornehmen könnte«, giftete Patricia. »Wie lange wollt ihr noch warten?!«

»Bisher hat Max sich nichts zuschulden kommen lassen«, warf Kleopatra ein. »Außerdem ist er süß. Süßen Typen lasse ich meist ein wenig Spielraum.«

Man sah Patricia an, dass sie am Verstand der ehemaligen ägyptischen Königin zweifelte.

»*Süß?!*«, echote sie. »Bist du denn wahnsinnig?! Wollt ihr die nächste Katastrophe heraufbeschwören?«

»Er ist von allen gefährlichen Artefakten und Unterlagen abgeschnitten«, erklärte Albert. »Zudem bekommt er keinen weiteren Einsatz. Wir halten ihn unter ständiger Beobachtung.«

»Und das ist gut so«, bestätigte Patricia. »Aber nicht genug. Ihr müsst mit harter Hand durchgreifen.«

»Und damit unsere eigenen Kämpfer verprellen? Ihnen unterstellen, dass wir ihnen nicht vertrauen?« Jede gespielte Naivität war von Kleopatra abgefallen. »Auf diese Art bereiten wir uns den eigenen Sarkophag vor. Wenn Lichtkämpfer glauben, dass wir ihnen misstrauen, dass wir sie bespitzeln, werden sie nicht länger loyal sein. Das wäre natürlich perfekt für jeden, der einen vollständigen Machtwechsel einleiten möchte.«

»Unterstellst du mir das etwa?!« Patricia stemmte die Fäuste in die Hüften.

Johanna seufzte. Jeder unterstellte das Patricia. Genau genommen war es keine Unterstellung. Die Frau machte aus ihrer Kritik an den Unsterblichen keinen Hehl. Sie wartete darauf, dass ein Fehler begangen wurde, um dann Propaganda zu betreiben.

Vermutlich hoffte sie darauf, dass nichts gegen Max unternommen wurde, obgleich sie es vorschlug. Geschah dann doch etwas, waren die Unsterblichen schuld. Das Arbeiten mit einer solchen Zecke in den eigenen Reihen war zermürbend.

»Stimmen wir ab«, schlug Johanna vor.

»Eliot soll ihn verhören«, verlangte Patricia.

»Das denke ich auch«, schloss ausgerechnet Thomas sich ihr an.

»Ich bin dagegen«, kam es von Albert.

»Ebenfalls dagegen«, flankierte ihn Kleopatra.

Damit gab es ein Patt.

»Großartig«, spie Patricia aus. »Damit liegt es erneut an dir, Johanna.«

Sie atmete tief durch. Unvergessen war das Wüten des Wechselbalgs, die Entführung von Leonardo und der Einfall der Schattenkrieger im Castillo. Viele Lichtkämpfer waren gestorben, ein paar Neuerweckte tummelten sich bereits im Castillo. Doch alle anderen waren gefangen im Bernstein. Eine Katastrophe hatte die nächste ausgelöst. Die Schattenfrau hatte sie alle vor sich hergetrieben.

Aber was bedeutete das?

Ließen sie sich von der beständigen Angst vor der Schattenfrau weiterhin treiben? Veränderten sie ihr eigenes Verhalten und gaben Freiheiten auf? War es wirklich soweit, dass zuerst das Misstrauen kam und danach der Vertrauensvorschuss?

Ihr erster Gedanke war es gewesen, mit Max zu sprechen. Sollte er jedoch tatsächlich übergelaufen sein und etwas planen, würde er seine Spuren sofort verwischen. Beeinflusst war er definitiv nicht, das hatte Theresa überprüft. In seinem Zimmer befand sich auch kein schwarzmagisches Artefakt.

Bei dem Gedanken an die Sigilklinge, die Gryff getötet hatte, wurde Johanna noch heute schlecht. Sie hatte ihn gefunden und Claras Schmerz hautnah miterlebt.

Entschied Johanna sich dafür, Max befragen zu lassen, konnte das alte Wunden aufreißen. Nicht nur das, möglicherweise verlor er das Vertrauen in sie. Es hätte die Sache vereinfacht, wenn Wesley Mandeville zugegen gewesen wäre, doch der Psychologe mit den besonderen Fähigkeiten befand sich ebenfalls im Bernstein.

Tat sie aber nichts, verlegten sie sich weiter auf das Beobachten und falls etwas geschah, lag die Schuld bei ihr. Das würde sie sich niemals verzeihen und eine Frau wie Patricia Ashwell würde es auch nicht tun.

Johanna steckte in einem Schraubstock zwischen den Fronten. Ein Dilemma, dasr ihr nicht fremd war.

»Ich muss darüber nachdenken.«

»Was gibt es da ...«, setzte Patricia an.

»Ich.Werde.Darüber.Nachdenken.« Johanna warf der Mutter von Clara einen so eisigen Blick zu, dass diese tatsächlich verstummte.

»Eine solche Entscheidung ist zu wichtig. Ich habe miterlebt, wie Vertrauensverlust ganze Armeen zerstörte. So einfach mache ich es mir nicht. In den nächsten 24 Stunden werde ich Max im Auge behalten und über das weitere Vorgehen nachdenken. Danach treffe ich eine Entscheidung.«

Die übrigen Unsterblichen nickten, froh darüber, dass die nächste Eskalationsstufe noch einmal abgewendet worden war. Neben Patricia war Thomas der Einzige, der alles andere als zufrieden wirkte.

Johanna beendete die Zusammenkunft.

Während alle anderen den Raum verließen, blieb Thomas zurück. »Wir müssen uns unterhalten.«

Johanna seufzte. »Ich hatte befürchtet, dass du das sagst.«

10. Am besten trennen wir uns

Ist das dein Ernst?« Alex blickte Jen an, als habe diese ihren Verstand verloren. »Schaust du nie Horrorfilme?«

»Nein.«

»Dir fehlt es eindeutig an Kultur«, beschied er ihr. »Wir sollten mal gemeinsam *Scream* anschauen. In meinem neuen Loft.«

»Ist das nicht dieses uralte Zeug?«

»Es ist Kult.«

»Dann ist es definitiv uralt«, erklärte Jen kategorisch und mit einem unverschämten Grinsen im Gesicht. Sie wurde wieder ernst. »Dank Nikki sind wir nur einen Sprung voneinander entfernt. Über die Kontaktsteine kann jeder Hilfe herbeirufen. Wir müssen uns aufteilen.«

Sie teilte die Gruppen ein.

Alex sollte mit Chris und Suni weiter die Basis untersuchen, während Jen und Chloe die Nautilus unsicher machten. Nikki würde zwischen beiden Gruppen wechseln, wenn es notwendig wurde.

»Aber, wenn wir ...«

Plopp.

»Wieso gibst du es nicht endlich auf?«, fragte Chris. »Jen ist ein Dickschädel.«

»Aber so was von.«

»Genau wie du.«

»Exakt. Was? Stimmt doch gar nicht. Ich bin immer kompromissbereit.«

Chris feixte nur und auch Suni schmunzelte.

»Legen wir also los«, schritt die Inderin zur Tat. Ihr Zimtgeruch vermitschte sich mit dem von Stahl, Gummi und Dampf.

Sie drangen weiter in die Basis vor.

Alex bestaunte die Gemälde, die überall an den Wänden hingen. Sie bildeten Hafenstädte, Seeleute und Meere ab. Überhaupt wusste er nie, ob das hier ein riesiges Wohnzimmer war oder eine Werkstatt. Nemo hatte beides miteinander verschmolzen.

In der Ferne erklang ein Pumpgeräusch.

Alex musste sich beherrschen, nicht bei jeder Tonänderung zusammenzuzucken. Sie befanden sich in einer Station auf dem Meeresgrund, die jederzeit kollabieren konnte. Er ging jede Wette ein, dass gleich ein Monster hinter der nächsten Ecke hervorspringen würde, um sie anzugreifen.

Immerhin, diese Angst erwies sich als unbegründet.

Sie bewegten sich über die erste Ebene und blieben in den Außenbereichen.

»Schaut mal, hier.« Suni deutete auf eine runde Metallfläche, an deren Rändern Bernsteinstreifen verbaut waren.

»Haben die das vor dem Wall nicht immer so gemacht?«, fragte Alex.

»Was schaust du mich an?«, gab Chris zurück. »Ich habe in Einsteins Geschichtsvorlesungen meist gepennt.«

Der Freund trug sein übliches Outfit: eine Jeans mit künstlichen Rissen und darüber ein Muskelshirt. Seine Oberarmmuskeln, um die Alex ihn ein bisschen beneidete, traten hervor und das Tattoo auf seinem Schulterblatt erinnerte Alex an Sunis Zustand.

»Ich habe die alten Schriften studiert«, erklärte Suni.

Sie berührte den oberen Bernsteinstreifen, worauf das Metall kurz aufwaberte und transparent wurde.

Im rötlichen Schein der Station sahen sie Korallen und vorbeigleitende Tiefseefische. In der Ferne schälten sich die Ränder eines Abgrunds aus der Dunkelheit. Vor ihnen lag eine unberührte Welt. Alex konnte Captain Nemos Faszination für die Meere nachvollziehen.

Sie hoben die Transparenz wieder auf und gingen weiter. Metallstufen führten sie zu einem kleinen Maschinenraum.

Hier fanden sie den ersten Bewohner der Kuppel.

»Was ist das?!«

Der Mann trug einen Vollbart und musste um die fünfzig sein. Seine Uniform mit dem blau-weißen Muster der Seeleute wirkte wie aus einem alten Roman von Jules Verne, was jetzt nicht überraschend kam.

Das Seltsame waren die Ranken.

»Ist das Tang?« Suni ging in die Hocke.

Im gleichen Moment stieß sie einen Schrei aus und fuhr zurück. Ihr Tattoo stand in lodernden Flammen, sogar ihre linke Pupille leuchtete rot.

»Können wir dir helfen?« Alex berührte sanft ihre Schulter.

»Nein«, keuchte Suni. »Macht weiter. Es ist nur ... diese Fäulnis, der Atem alter Magie.«

Chris ließ seinen Essenzstab bereits über den Matrosen gleiten. »Agnosco.« Der Indikatorzauber tat seine Wirkung. »Eindeutig aus der Zeit vor dem Anbeginn.«

Alex fluchte.

Am liebsten wäre er aus der Basis gerannt und nie wieder zurückgekehrt. Es war pure Angst, die in jedem entstand, wenn er mit den alten Artefakten oder Hinterlassenschaften konfrontiert wurde.

»Aber seine Brust hebt und senkt sich«, stellte Alex fest. »Er lebt also.« Nun ging er ebenfalls in die Knie. »Puls ist da, sogar stabil.« Er schob die Augenlider des Unbekannten in die Höhe. »Er schläft.«

»Ein gesunder Schlaf ist es aber nicht. Schau.«

Chris deutete auf jene Stellen der Haut, an denen die Pflanzen die Poren durchstoßen hatten und innerhalb des Körpers weiter vorgedrungen waren. Die Erhebungen waren sichtbar. Die Adern des Mannes stachen an verschiedenen Stellen dunkel heraus.

»Ein Parasit«, beschied Alex. »Wie entfernt man so ein Ding?«

»Theresa hat mal eine Grundvorlesung gegeben«, antwortete Chris. »Aber da stand nichts dergleichen auf dem Plan. Ich vermute, dass niemand hier weiterwüsste. Das ist unentdecktes Land.«

Alex schaute hilfesuchend zu Suni.

Zitternd kam die Freundin näher und ließ ihre Hand über den Bewusstlosen gleiten. »Ich spüre eine starke Präsenz. Als bliese mir jemand fauligen Atem ins Gesicht und spuckte mir Schleim vor die Füße. Der Matrose wurde vergiftet. Die Pflanzen sind magisch und halten ihn gefangen. Doch ich kann nicht sehen, wozu.«

Alex griff nach seinem Kontaktstein. »Jen, schau dir das mal an.« Er übermittelte das Bild und fügte eine Erklärung hinzu.

»Bei uns sieht es genauso aus«, kam es zurück.

Vor seinen Augen erschienen die Gänge der Nautilus. Überall lagen Matrosen und Offiziere, die von ebensolchen Pflanzen bedeckt waren. Sie wirkten alle unverletzt, sah man von ihren »Accessoires« ab.

»Wir suchen weiter«, sandte Alex und beendete die Verbindung.

»Damit wissen wir auf jeden Fall, wieso niemand auf unser Auftauchen reagiert hat. Wenn jedes Besatzungsmitglied von diesen Pflanzen außer Gefecht gesetzt wurde, gibt es keine wache Person mehr in der Kuppel.«

Suni betrachtete den Matrosen von oben bis unten. »Lange kann er sich noch nicht in diesem Zustand befinden, sonst wäre er verhungert.«

»Möglicherweise schickt die Pflanze irgendwelche Nährstoffe, um ihn am Leben zu erhalten«, überlegte Chris. »Aber was nimmt sie sich?«

»So genau will ich das gar nicht wissen«, flüsterte Alex.

»Hier irgendwo muss es eine Krankenstation geben.« Suni erhob sich. »Wenn dieses Phänomen über einen längeren Zeitraum existiert, hat dort bestimmt jemand nach einer Lösung gesucht.«

Die Freunde ließen den bedauernswerten Matrosen zurück und machten sich auf die Suche nach der Krankenstation.

Sie sollten sie nie erreichen.

11. Ein vergifteter Thron

Ich mache mir Sorgen um Alex«, sagte Jen.

Chloe, die bisher mit halb zusammengekniffenen Augen und in Angriffsstellung ihren Essenzstab gegen jeden Gegenstand gerichtet hatte, wirkte völlig verblüfft. »Wie kommst du jetzt darauf?«

Nikki schwieg die meiste Zeit über, sah sich nur vorsichtig um.

»Wegen seiner Familie.«

Chloe lachte auf. »Ach?«

»Die Sache mit Alfie geht ihm echt nahe«, fasste sie zusammen. »Normalerweise sind die doch ein Herz und eine Seele. In den letzten Wochen konnte man richtig sehen, wie es an ihm zehrt.«

»Das sind Brüder.« Chloe zuckte mit den Schultern. »Die sollen sich mal wieder ordentlich prügeln. Danach geht's wieder. Ich kenne das. Meine Brüder haben sich ständig gerauft.«

Jen schürzte die Lippen. »Nicht die Lösung, die ich im Sinn hatte.«

»Sondern?«

Sie pirschten weiter durch die Gänge, vorbei an bewusstlosen Matrosen und Offizieren. Jen fühlte sich unweigerlich in einen jener alten Jules-Verne-Filme zurückversetzt, die sie als Kind im Fernsehen gesehen hatte. Überall Metall und Holz, Teppichboden, aber auch Bodenplatten. Nichts schien zu passen und trotzdem wirkte es irgendwie natürlich.

»Jetzt wohnt er ja alleine«, sponn sie den Faden weiter. »Das hat ihn bestimmt getroffen, dass seine Mum ihn zum Auszug animiert hat.«

»Die Frau wollte sich bestimmt nur ein paar graue Haare ersparen.« Chloe ließ ihren Essenzstab über einen weiteren Matrosen gleiten. »Mal ehrlich, zwei von der Sorte muss echt übel sein. Die Eltern unserer Zwillinge tun mir auch ein bisschen leid.«

»Wo *wir* doch so pflegeleicht waren.«

Sie zwinkerten einander zu und lachten alle drei.

»Aber mal ernsthaft, wir können Alex nicht allein lassen. Er mag ja stolz auf sein Loft sein, aber es ist auch leer.«

»Wie ich unseren Macho-Junior kenne, wird er viel Damenbesuch haben.«

Jen räusperte sich. »Ein Grund mehr, etwas zu tun. Sonst artet das noch aus.«

Chloes Braue wanderte in die Höhe. »Wie selbstlos von dir.«

»Sehe ich auch so. Also hilfst du mir?«

»Wobei?«

»Wir überreden Chris, eine WG mit Alex zu gründen.«

Chloe blieb wie vom Donner gerührt stehen. »Bist du irre? Damit potenzierst du die Katastrophe nur.«

»Hast du eine bessere Idee?«

Es war Nikki, die an Chloes Stelle antwortete. »Warum fragt ihr nicht Max?«

Jen war verblüfft. Doch die Idee gefiel ihr. So bestand auch nicht die Gefahr, dass Alex in einen Frauenrausch verfiel. Außerdem suchte Max momentan eher Ruhe als Chaos und Party. »Gute Idee!«

Sie erreichten ein weiteres Schott. Es faszinierte Jen, dass die Metallwände sich irisartig vor ihnen öffneten, wenn sie näherkamen. Nemos Nautilus glich eher einem Raumschiff als einem Unterseeboot. Sie wusste natürlich, dass es auch auf dem Wasser fahren konnte, nicht nur darunter.

»Das hier ist verschlossen«, merkte Chloe an.

Es war Nemos Kajüte, wie Jen sofort feststellte. Sie hatten bewusst danach gesucht und sie schließlich im Zentrum des Schiffes gefunden.

Sie zog an dem Hebel, doch das Schott blieb, wo es war. »War ja klar.«

»Ich sehe mal nach«, kam es von Nikki.

Plopp.

»Sie mag ja schüchtern sein, aber leider auch ziemlich abenteuerlustig. Was machen wir, wenn sie nicht zurückkommt? Dort drinnen kann alles lauern«, meinte Jen sorgenvoll.

»Chill mal«, forderte Chloe. »Sie ist jung, will sich die Hörner abstoßen. Und es ist doch gut, wenn sie ihre Schüchternheit ablegt. Ich will sie immer wieder schütteln, damit sie mehr aus sich herausgeht.«

Plopp.

»Okay, ich kann euch mit rübernehmen.« In Nikkis Blick lag Entsetzen.

»Was hast du gesehen?« Chloe strich sich eine Strähne aus der Stirn.

Ohne ein Wort ergriff Nikki ihre Arme und sprang mit ihnen auf die andere Seite.

Nemos Büro erinnerte an das Zimmer eines Adligen aus dem 18. Jahrhundert. Edle Holzvertäfelungen, Bronzebeschläge, Wandleuchter und ein kostbarer Teppich schufen das formvollendete Ambiente für einen wohlhabenden Mann.

Der Unsterbliche saß hinter einem weiten Mahagonitisch, der beladen war mit Papieren, Schreibutensilien und Büchern.

Jen erschauderte.

Nemo ruhte in einem prunkvollen Stuhl aus Kirschholz, der mit Korallenschnitzereien versehen war. Auf den Armlehnen waren mit rotem Samt bezogene Polster angebracht. Der Unsterbliche trug einen Vollbart, hatte einen weißen Turban auf dem Kopf und erinnerte an einen indischen Säbelkrieger.

Seine Augen waren weit geöffnet.

Die Pflanze war überall. Dicke Stränge hatten sich durch Nemos Haut gebohrt, waren in Nase, Ohren, Mund und sogar in die Augen eingedrungen.

Jen flüsterte leise: »Agnosco.«

Eine Welle verfaulter Essenz flutete den Raum.

»Uralte Magie«, flüsterte Chloe.

»Aus der Zeit vor dem Anbeginn«, ergänzte Nikki mit zitternder Stimme.

Jen schluckte. »Es ist viel schlimmer, als wir dachten.«

12. Ein Schatten vom Anbeginn

Es war reiner Instinkt.

Alex ließ sich fallen, als das Zischen erklang. Ein Dreizack aus schwarzem Metall krachte in die Wand vor ihm, durchschnitt die Oberfläche wie Butter.

Er warf sich herum. »Contego!«

Die Sphären entstanden nahezu simultan. Immerhin hatte Thomas ihnen eingebläut, die Schutzsphären immer als Erstes hochzuziehen.

Dann kam der Schreck.

Vor ihnen stand eine Kreatur.

Im ersten Augenblick ging Alex davon aus, dass es eine Abart der Schattenkreaturen war, von denen es Dutzende Varianten gab.

Dann begann Suni zu zittern. Ihr Tattoo glühte in einem stetigen Goldrot, ebenso ihr linkes Auge. Was da vor ihnen stand, war ein Wesen, wie es auf der Erde nicht länger hätte existieren dürfen. Der Atem von etwas Uraltem, Bösen umloderte den ledrig-grauen Körper. Das Gesicht war langgezogen und hatte keinen Mund, nur eine plattgedrückte Nase. Darüber funkelten vier ovale, tückische Augen.

Es war nackt, doch äußere Geschlechtsmerkmale fehlten.

Auf dem Oberkörper des Wesens gab es mehrere Wunden, die tatsächlich blubberten. Der Geruch von Eiter vermengte sich mit jenem verfaulender Haut.

Alex beugte sich zur Seite und erbrach sein Essen.

»Potesta Maxima!«, brüllte Chris.

Der Kraftschlag traf auf das Wesen und schleuderte es zurück.

Doch seine Gelenke schienen aus Gummi zu bestehen, wann immer es nötig wurde. Es sprang wieder auf und streckte den rechten Arm aus. Acht Finger mit fünf Gelenken bewegten sich, gingen in gebogene Krallen über.

Der Dreizack sauste zurück in die Hand der Kreatur.

Suni und Alex erhoben ihre Essenzstäbe ebenfalls.

Kraftschläge surrten durch die Luft.

Das Wesen ließ den Dreizack kreisen. Die Schläge verpufften wirkungslos an dem rotierenden Metall.

Alex zielte auf den Boden, erschuf das Symbol der Macht und murmelte die Wortfolge. Das Metall wurde flüssig.

Die Kreatur blieb einfach stehen, versank jedoch nicht.

»Es hasst uns aus tiefster Seele«, flüsterte Suni. »Ich spüre Gier und unbändigen Willen.«

Die Spitze des Dreizacks richtete sich gegen sie. Drei leuchtende Energieaureolen lösten sich und sausten heran. Alex sprang beiseite, Suni bückte sich. Chris versuchte noch zu entkommen, doch die Magie traf seine Contego-Sphäre. Im nächsten Augenblick existierte sie nicht mehr.

Während Alex noch den Schock darüber verdaute, dass ihr Schutz vollkommen wirkungslos war und schon von einem einzigen Treffer zerstört werden konnte, flog ein Eiterklumpen durch die Luft. Er hatte sich aus einer der Wunden der Kreatur gelöst und traf nun auf Chris. Klümpchen verteilten sich auf seinem Gesicht.

»Aaahh.« Er taumelte.

Aus dem Eiter bildeten sich winzige Samensporen, die die Poren seiner Haut durchstießen. Grüne Pflanzenstränge schlängelten sich über Haut, Muskeln, drangen tiefer vor.

»Chris!« Alex sprang an die Seite des Freundes. Wut übermannte ihn. Er hob seinen Essenzstab. »Ulcerus.« Der Zauber, der eine Wunde hinzufügte. »Potesta Maxima.« Der Kraftschlag. »Noctis Somnum.« Der Schlafzauber. »Gravitate Negum.« Der Vektorumkehrzauber. »Ignis Aemulatio.« Das magische Feuer.

Nichts hatte eine Wirkung auf die Kreatur. Sie wehrte die Zauber mit ihrem Dreizack ab oder reagierte gar nicht erst darauf.

»Fiat Lux!«, brüllte Suni.

Eine erhitzte Lichtkugel schoss auf das Wesen zu und umloderte seinen Leib.

Auch hier war keine Wirkung zu beobachten.

»Wir müssen weg!«, rief Suni.

»Aber ... Chris.«

»Er schläft, genau wie die anderen. Ihm wird nichts passieren.«

»Aber ...«

»Alex! Willst du auch so enden?« Suni warf ihm einen beschwörenden Blick zu.

»Nein. Aber warte.«

Sein Blick glitt durch den Raum. Da! Alex hob seinen Essenzstab und zielte auf die Bernsteinelemente des Metallfensters. »Contego Maxima.«

Ein Faden bernsteinfarbener Essenz schlängelte sich von dem aufgeladenen Harz herüber zu Chris. Auf diese Art wurde eine sich selbst erhaltende Contego-Sphäre erschaffen, die so lange hielt, wie Essenz im Speicher vorhanden war. War diese aufgebraucht, würde die Sphäre kollabieren, aber so besaß Chris wenigstens einen minimalen Schutz.

»Alex!«

Suni warf sich gegen ihn.

Trotzdem traf die Welle. Die Kreatur hatte es dieses Mal anders gemacht und schleuderte ihnen keine Einzelschüsse, sondern eine Front entgegen. Ihre Schutzsphären kollabierten.

Chris wurde von dem Grauling völlig ignoriert.

Sie kamen in die Höhe und wichen erneut aus.

Der Schleimklumpen sauste an Alex vorbei und traf die Wand.

Suni stolperte zum Schott.

Alex taumelte ihr hinterher.

Sie rissen förmlich an dem Hebel, damit die Irisblende sich schloss.

Suni richtete ihren Essenzstab aus, erschuf das Symbol und rief: »Sigillum.« Ihre zimtfarbene Essenz waberte auf und legte sich über das Schott. »Das Siegel wird nicht lange halten, aber so gewinnen wir etwas Zeit.«

Sie rannten durch die Gänge.

Alex griff nach seinem Kontaktstein. »Jen, wir haben hier ein Problem. Chris wurde infiziert.« Er ließ die Erinnerung hinüberfließen und übermittelte die Bilder des Kampfes.

Es kam keine Antwort.

»Jen?«

Suni versuchte es ebenfalls. »Nichts. Entweder sie befinden sich innerhalb eines Dämpfungsfeldes oder ...«

»... sie sind ebenfalls infiziert«, sprach Alex die schreckliche Möglichkeit aus. »Ohne Nikki können wir nicht mehr so einfach fliehen. Falls es noch mehr dieser Kreaturen gibt, dürfen sie die Kuppel nicht verlassen.«

In seinen Albträumen sah er ganze Horden dieser Wesen über Städte herfallen. In den Straßen lagen bewusstlose Menschen, deren Haut von den Strängen durchbohrt worden war.

»Wie sollen wir das Ding angreifen?«, fragte Suni. »Kein Zauber hat ihm Probleme bereitet. Es scheint immun gegen alles zu sein.«

Eine gute Frage.

Alex wusste keine Antwort.

Plötzlich blieb Suni stehen. Geschockt starrte sie ihn an, deutete auf seine Wange. »Du hast da was.«

Er erschuf eine Spiegelfläche in der Luft.

Alex' Magen verwandelte sich in einen Brocken aus Eis, ein Schock raste durch seine Adern.

Die Kreatur hatte ihn doch getroffen. Mitten auf seiner Wange prangte ein Eiterklecks. Erst jetzt spürte er die Hitze, die davon ausging. Wie Säure fraß es sich durch die Haut, drang in sein Blut ein.

Alex versuchte, den Fleck wegzuwischen, zuckte jedoch zurück. Er konnte die Flüssigkeit nicht berühren. Als presse man zwei gleichpolige Magneten aneinander. Er wurde weggedrückt.

»Verdammt.« Er umklammerte seinen Essenzstab fester. »Flieh. Informiere die Unsterblichen. Ich halte ihn auf, so lange ich kann.«

Er wandte sich um und machte sich bereit, der Kreatur erneut Auge in Auge gegenüberzutreten.

13. Wer bist du?

Kevin fühlte sich wohl.

Das lag vor allem daran, dass seine Kleidung über das halbe Zimmer verteilt war – und an diversen Möbelstücken hing. Max hatte wenigstens auf einen Sessel gezielt und getroffen, weshalb seine Sachen aufgetürmt auf der Sitzfläche lagen.

Sie waren übereinander hergefallen, und wenn Kevin an die letzten zwei Stunden zurückdachte, blitzten Bilder von feurigen Küssen, Berührungen und einem Gefühl der absoluten Nähe in ihm auf.

Max hob ein Augenlid. »Glaub nur nicht, dass ich dein unverschämtes Grinsen nicht sehe.«

Er kicherte. »Es war höchstens ein dezentes Lächeln.«

»Fühlte sich eher an wie ein Atomreaktor, den jemand neben mir gezündet hat.« Max rollte sich auf die Seite und stützte sich auf den Ellbogen. »Vielleicht sollten wir demnächst mal wieder Irland unsicher machen.«

»Sprichst du etwa von dem magischen Wort, das momentan einfach bei niemandem funktionieren will? Urlaub?«

Max lachte auf. »Genau von dem. Aber da ich momentan sowieso keinen Auftrag bekomme«, die Bitterkeit in seiner Stimme war nicht zu überhören, »und du auch nicht mehr bei deinem Team bist, spricht doch nichts dagegen. Wer weiß, wie lange es dauert, bis der Bernstein aufgelöst werden kann. Und das Wettrennen mit Clara geht bestimmt noch eine Weile so weiter.«

»Das klingt alles so locker.«

»Na ja, was sollen wir tun? Eine Herausforderung jagt die nächste. Wir können unser Leben ja nicht mal eben so anhalten.«

Kevin drehte sich Max zu. »Man könnte meinen, dass du doch ein paar sehr lange Stunden bei Mandeville verbracht hast.«

Max kicherte. »Es war schon ein Erlebnis. Ich hätte aber zu gerne erlebt, wie du durch deine Erinnerungen in deine Zeit als kleiner Hosenscheißer zurückkehrst und Mandeville in Windeln vor dir sitzt.«

Die Erinnerung ließ Kevin lachen, bis Tränen seine Wangen hinabliefen. »Er war ›not amused‹, um es diplomatisch zu formulieren. Aber er ist Schlimmeres gewöhnt. Ein wenig tut er mit leid. Sein Lebenswerk kennt niemand mehr. Es ist, als habe er nie existiert. Und dann so eine Gabe. Er hilft anderen, findet sich dafür aber selbst stets aufs Neue in peinlichen Situationen wieder.«

»Ich möchte nicht mit ihm tauschen«, bestätigte Max. »Wie läuft es denn bei dir?«

»Die letzte Sitzung fehlt noch«, erwiderte Kevin. »Leider ist er ja momentan unpässlich.«

Max erhob sich. »Ich gehe mal duschen. Danach ein Eis in Alicante?« Er lief nackt in Richtung Bad.

»Deal.«

Kevin sank zurück und blickte hinauf zur Decke. Zum ersten Mal seit Langem fühlte er sich wieder glücklich. Die Sonne schien durch das geöffnete Fenster in den Raum, in der Luft lag Blütenduft. Vögel sangen draußen ihr Lied. Sein Körper war eindeutig im Endorphine-Modus. »So könnte es immer sein.«

Er gähnte und erhob sich. Gemächlich klaubte er seine Shorts auf, die Hose, das Shirt. Suchend sah er sich um. Einer seiner Schuhe fehlte. Er hatte ihn weggekickt, aber wo war er gelandet?

Da!

Die Spitze schaute unter dem Bett hervor. Kevin ging in die Knie und fischte ihn heraus. Etwas fiel ihm ins Auge. Da lag etwas.

Er hob es auf.

Ein fingerlanger Holzstab, der in einen Zettel eingerollt war.

Kevin schlüpfte in seine Shorts, dann rollte er das Papier aus. Das Holzstäbchen wirkte trotz seiner Dünne robust. Magische Zeichen waren eingebrannt. Auf dem Zettel hatte jemand in schwungvollen Lettern etwas geschrieben.

Lieber Max,

ich sehe die Wut in dir. Die Unsterblichen benutzen euch und es wird nicht lange dauern, bis dir Misstrauen entgegenschlägt. Solltest du die Seiten wechseln wollen, bist du uns jederzeit willkommen. Zerbrich den Stab und ein Springer kommt dich holen.

M

Eine Schockwelle raste durch Kevins Körper. Fassungslos starrte er auf das Papier.

Schritte erklangen. »Hey!« Max sprang herbei und entriss ihm den Zettel. »Das geht dich nichts an.«

»Was hast du getan?«

Max seufzte. Sein dunkles Haar war noch feucht, hing ihm strähnig auf den Schultern. Anstelle des süßen Grinsens lag nun Skepsis in seinem Blick.

In diesem Moment fragte sich Kevin, wer da vor ihm stand. »Paktierst du etwa mit den Schattenkriegern?«

»Nein!« Max fuhr sich durch das Haar. »Nach meiner Gefangenschaft ... ich bin durch Zufall auf einen gestoßen, und wir haben geredet. Nur gequatscht.«

Kevin konnte es immer weniger fassen. »Zufällig? Einfach so. Du spazierst durch die Gegend und da steht plötzlich ein Schattenkrieger, der mit dir plaudert.«

»Also, ehrlich gesagt: ja.«

»Hältst du mich für blöd?!« Kevin wich einen Schritt zurück. »Du ... wie oft? Und worüber habt ihr geredet? Himmel, er hat dich manipuliert. Du musst das sofort Johanna erzählen!«

»Hör auf!«, fuhr Max ihn an. »Ich habe mich aus freien Stücken dazu entschieden, ein Gespräch zu führen. Und darin ging es nicht um Geheimnisse. Wir waren quasi zwei Nimags, die sich unterhalten haben.«

»So blind kannst du doch gar nicht sein!« Kevin schlüpfte in seine Jeans und die Turnschuhe, streifte sein Shirt über. »Die sind hier eingefallen. Saint Germain wollte uns alle töten. Die haben Leonardo. Und du plauderst mal eben so!« Er riss Max den Zettel aus der Hand. »*Und wenn du überlaufen willst, kannst du das jederzeit tun.* Wie nett von diesem M, dass er dir das vorschlägt.«

Seltsamerweise schlug sein Unterbewusstsein Alarm. Immer, wenn er an M dachte, glaubte Kevin, sich an etwas zu erinnern. Eine Fallbesprechung oder ein Hinweis in einer Akte, möglicherweise ein Mentiglobus.

»Wer ist dieser M überhaupt?«

»Er heißt Marcus«, kam die Antwort wie aus der Pistole geschossen. »Und wir haben den Kontakt abgebrochen.«

»Du hattest doch nichts mit ihm?«

»Nein! Jetzt hör aber mal auf. Wir haben nur gequatscht. Aber nach dem Angriff war ich sauer auf ihn und habe das auch deutlich gemacht.«

»Weshalb dann der Zettel?«

Max zuckte mit den Schultern.

»Wieso hast du ihn nicht Johanna gegeben? Genau wie diesen Holzstab. Das könnte eine Waffe sein!«

»Hab ich natürlich geprüft«, verteidigte sich Max. »Außerdem hätte ich einen gefährlichen Gegenstand nicht durch das Kristallnetz bringen können.«

Wenigstens in diesem Fall musste er ihm recht geben. Trotzdem kochte Kevin vor Wut. Er kam sich betrogen vor und vermutlich würde das allen anderen Lichtkämpfern ähnlich ergehen, sollten sie je davon erfahren.

»Kevin …«, versuchte es Max.

Doch er ließ ihn nicht ausreden. »Ich muss darüber nachdenken.«

Ohne ein weiteres Wort verließ er das Zimmer.

Erst auf dem Gang realisierte er, dass er den Zettel mitgenommen hatte.

14. Der Triumph der Patricia Ashwell

Sie waren erneut zusammengekommen.

Triumphierend deutete Patricia Ashwell auf den Zettel. »Muss ich dazu überhaupt noch etwas sagen?«

»Wie bist du da drangekommen?«, fragte Johanna Thomas. Er war es gewesen, der ihr das Schriftstück vor einer guten Stunde vorgelegt hatte. Sie kannte die Antwort bereits, wollte aber, dass er es für alle anderen wiederholte.

»Kevin Grant hat ihn gefunden und mir übergeben«, erklärte Thomas. »Er war sehr darauf bedacht zu verdeutlichen, dass Max Manning den Kontakt zu diesem Marcus mittlerweile eingestellt hat.«

»M«, sinnierte Johanna. »Kann das ein Zufall sein?«

Vor wenigen Tagen hatten Nikki und Chloe das geheime Gewölbe unter dem Haus von Agnús Blanc untersucht. Dem ehemaligen Seher war es nach Erschaffung des Walls gelungen, seine Erinnerungen zu erhalten. Er hatte Magiern Essenz entrissen und damit Artefakte erbaut. Jen, Kevin und Alex waren nur knapp mit dem Leben davongekommen.

Bei der Untersuchung des Gewölbes hatten Chloe und Nikki geheime Fächer entdeckt. Es schien, als habe der Unsterbliche mit anderen Magiern gehandelt, ihnen Artefakte verkauft. Einer der Geschäftspartner war der ominöse M, dessen Identität aber niemand kannte.

»Es ist kein Zufall«, warf Einstein ein. »Ich habe den Zettel aus dem Gewölbe untersucht. Das hier ist die gleiche Schrift. Dieser M ist definitiv der Geschäftspartner von Agnús Blanc.«

»Was dem Ganzen eine völlig neue Dimension verleiht«, ergriff Patricia Ashwell ihre Chance. »Wollt ihr weiter abwarten, bis ein weiteres Ereignis die Seele des ach so armen Max Manning erschüttert und er davonrennt? Direkt in die Arme der Schattenkrieger? Er kennt zahlreiche Geheimnisse und all unsere Schwächen.«

»Wie selbstlos du bist«, bemerkte Kleopatra. »Eine Traube?«

Sie saß mit übereinandergeschlagenen Beinen auf ihrem Stuhl, hatte einen Teller mit Trauben vor sich und daneben einen Becher mit Wein. Dass sie dabei umwerfend aussah, musste selbst Johanna zugeben. Gebräunte Haut, ein jugendlich-hübsches Gesicht, langes seidiges Haar.

Glücklicherweise ließen sich Thomas und Einstein davon nicht beeindrucken. Letzterer wirkte noch ein wenig bleich. Nachdem er Tildas Essenzfeuer getrunken hatte, blickte er skeptisch in jeden Becher, bevor er zaghaft daran nippte. Die Köchin war untröstlich.

»Danke, aber die sind mir zu süß«, erwiderte Patricia.

»Dachte ich mir schon, dass du eher der saure Typ bist.«

Johanna fühlte eine Migräneattacke heranmarschieren. »Schluss jetzt! Hier geht es um wichtige Entscheidungen. Thomas, was hat Kevin noch gesagt?«

»Er sagte, dass Max sich von diesem Marcus distanziert und die Treffen beendet hat. Und dass es ihm wieder ziemlich gut geht. Er hatte wohl nur Angst, sich damit an uns zu wenden, weil wir sonst möglicherweise überreagiert hätten.«

»Womit er nicht unrecht hat, wie man hier sieht«, warf Albert ein. »Nach allem, was passiert ist, ist es ein Wunder, dass er noch immer einen solchen Kampfgeist und eine solche Loyalität an den Tag legt. Vergessen wir nicht, dass er mit seiner Aktion Dutzende von Schattenkriegern erledigen konnte. Und nun soll er dorthin überlaufen?«

Patricia deutete auf den Zettel. »Theorien sind schön und gut und ich gestehe dir zu, dass du mit deinem $E = mc^2$ recht früh ein paar erfolgreiche aufgestellt hast. Nichtsdestotrotz geht es hier um Fakten. Max besitzt diesen Zettel. Er hätte ihn wegwerfen können.«

Johanna hatte sich mit Thomas unterhalten und wusste, worauf es hinauslaufen würde. Worauf es zwangsläufig hinauslaufen *musste*. »Ich gebe zu, dass die Fakten gegen Max sprechen. Zudem dürfen wir kein Risiko eingehen. Ich bin die Letzte, die für einen Schnellschuss zu haben ist, aber nachdem das Castillo einmal überrannt wurde ... ich denke, die Zeit ist gekommen, Max zu befragen.«

»Johanna«, ereiferte sich Kleopatra. »Warum holen wir ihn nicht einfach hierher und befragen ihn in einer freundlichen Runde?«

»Das ist keine schlechte Idee«, fiel Albert sofort ein. »Damit vermeiden wir es, allzu aggressiv dazustehen. Er kann uns seine Sicht der Dinge erläutern.«

Patricia begann mit einem unruhigen Lauf durch den Raum. »Das ist eine ausgezeichnete Idee. Vielleicht ein paar Kekse und Tee dazu? Hättet ihr den Wechselbalg so befragt, in einer freundlichen Umgebung, hätte er fraglos ebenso frei herausgeplaudert.«

Ob es den Ordnungsmagiern auffiel, wenn Johanna Patricia mit einem gezielten Kraftschlag ein paar Stunden Schlaf verpasste? Sie seufzte. Diese Frau machte nur Ärger. »Thomas, Patricia, ihr seid nach wie vor für ein Verhör von Max durch Eliot Sarin?«

Beide nickten.

»Albert?«

»Ich bin nach wie vor dagegen«, erklärte er. »Ich habe miterlebt – damals, in Deutschland – wie Angst und Paranoia um sich griffen, wie die Mächtigen ihre Macht missbrauchten. Wenn Max nicht zu uns gekommen ist, dann müssen wir etwas an unserem Führungsstil ändern. Es ist nicht damit getan, ihn zu einem Verhör zu schleppen.«

Johanna hätte Albert von ganzem Herzen zugestimmt. Normalerweise. »Kleopatra?«

Das Mädchen seufzte und schob sich lasziv eine Weintraube in den Mund. Sie kaute sie genüsslich, warf Patricia dabei einen provozierenden Blick zu. Schließlich zog sie einen Schmollmund. »Nein, ich bin dagegen. Er ist so süß. Vielleicht sollte ich mich mit ihm unterhalten.«

»Himmel, er ist schwul!«, warf sogar Thomas genervt ein.

»Wenn ich mit ihm fertig bin, ist er das nicht mehr.« Kleopatra lächelte süffisant. Eine weitere Traube verschwand zwischen ihren vollen Lippen.

Damit war klar, dass der Deadlock weiterhin bestand. Es lag an Johanna, ihn aufzulösen. Sie warf Thomas einen durchdringenden Blick zu. Dessen Augen wurden kalt. Er nickte nachdrücklich.

Sie räusperte sich.

»Wie ihr alle wisst, habe ich damals ganze Armeen in die Schlacht geführt.«

Patricia stöhnte auf. »Jetzt geht das wieder los. Geschichtsstunde.«

Johanna sprach unbeirrt weiter. »Loyalität ist das Wichtigste. Vertrauen und Loyalität. Andernfalls ist die Schlacht bereits verloren, ebenso der Krieg. Die Lichtkämpfer vertrauen darauf, dass wir sie beschützen. Mag es auch zu Rückschlägen gekommen sein, so glaube ich doch, dass wir in den letzten Jahrzehnten gute Arbeit geleistet haben.«

»Ansichtssache«, murmelte Patricia.

»Nach dem Angriff liegen die Nerven jedoch blank. Ich habe nicht vergessen, was Max durchleiden musste und was er im vergangenen Kampf geleistet hat. Er ist mittlerweile ein fähiger Agent. Doch das macht ihn nicht nur zu einem wertvollen Mitglied, es macht ihn unter Umständen auch zu einer Gefahr. Einer, der wir begegnen müssen.«

Patricia lächelte so vergnügt, dass Johanna ihr gerne eine Ohrfeige verpasst hätte.

»Ich stimme dafür, dass Max Manning von Eliot Sarin zu seinen Kontakten mit M befragt wird. Der Oberste Ordnungsmagier soll herausfinden, welche Informationen weitergegeben wurden und ob die Gefahr eines Verrats durch Max besteht.«

Sie wollte damit zum Ende kommen, doch Thomas warf ihr einen eindringlichen Blick zu.

Johanna räusperte sich.

»Dabei hat Eliot Sarin in der Wahl seiner Mittel freie Hand.«

15. Wasser, Wolfram und ein Ei

Sanft ließ Jen den Essenzstab über Captain Nemo gleiten. Der Agnosco-Zauber enthüllte, was sie längst wussten. »Diese seltsamen Ranken stammen aus der Zeit vor dem Anbeginn.«

Chloe bestrich den Raum mit einem Desillusionierungsspruch, doch es gab keine verborgenen Fallen oder Feinde, die darauf lauerten, sie anzugreifen.

Nikki war zu Alex und Suni gesprungen, um nachzuschauen, wie es den beiden ging. Wenn möglich, sollte sie zudem Chris bergen.

Jen bekam eine Gänsehaut. Die ganze Atmosphäre ging ihr an die Nieren. Ihr Team alleine und auf sich gestellt in einer verlassenen Unterwasserbasis war an sich schon genug, aber nun auch noch das. Mit einem Mal wurde ihr schmerzhaft bewusst, dass Tausende Tonnen von Wasser auf ihnen lagen. Sie waren lebendig begraben.

Ihre Brust wurde eng.

»Jen?«

»Hm?«

»Du bist so bleich. Alles okay?«

Sie nickte. »Ist nur ... alles klar.«

»Klaustrophobie?«

»Möglicherweise ein wenig«, stieß sie heiser aus.

»Ist scheiße, ich weiß.«

Verblüfft erwiderte Jen Chloes Blick. »Du?«

»Lauf mal mit Kleopatra durch eine unterirdische Pyramide mit engen Gängen. Und dann greift dich noch ein Riesenwauwau an.« Sie zuckte mit den Schultern. »Atme einfach langsam ein und wieder aus.«

Jen tat es, wobei Chloes ruhige, gleichmäßige Stimme ihr Übriges tat. Sie fühlte sich besser.

»Also«, lenkte Chloe ihre Aufmerksamkeit auf ein anderes Thema, wofür Jen dankbar war: »Was hat Zottelbart uns an Hinweisen hinterlassen?«

Jen durchwühlte die Pergamente. »Nautische Angaben, Koordinaten, Verpflegungspläne.«

Chloe beteiligte sich an der Suche und streckte kurz darauf ein ledergebundenes Buch in die Höhe. »Ein Logbuch.«

Jen umrundete den überwucherten Nemo. Chloe legte den Folianten auf den Lesetisch und zog an einer Kordel. Ein Schalter klackte, worauf der warme Schein einer Glühlampe auf die gelbstichigen Seiten fiel.

»Okay, das ist jetzt richtig blöd«, kommentierte Chloe. »Auf der ersten Seite stand es noch in einer lesbaren Schrift.«

Nemo hatte seine Logbucheinträge in einer Schriftart verfasst, die Jen wiedererkannte. Auch im Refugium des Stabmachers hatten sie ein Buch gefunden, in dem Sätze aus jenen Worten gebildet waren. »Das ist die Sprache der Unsterblichen.«

Nur Crowley war dazu in der Lage gewesen, die Aufzeichnungen zu lesen.

»Großartige Sicherung, hilft uns nur leider gar nicht.« Chloe klappte das Buch wütend zu. »Mal ehrlich, das ist total fahrlässig.«

»Es waren seine privaten Aufzeichnungen«, murmelte Jen. »Er ging wohl davon aus, dass wenn ihm etwas geschehen würde, ein Unsterblicher hierherkommen und das Logbuch finden würde.«

»Dumm gelaufen, Zottelbart.« Chloe warf ihm einen grimmigen Blick zu. »Das ist echt gruselig, man meint, dass er einen anstarrt. Stell dir nur vor, wir drehen uns um und plötzlich steht er hinter uns.«

Jen verpasste ihr einen Schlag auf den Oberarm. »Hör auf mit so was. Mir reicht schon Alex. Die ganze Zeit hat er mir mit diesem Doctor in den Ohren gelegen, der in dieser blauen Telefonbox durchs All trudelt. Also habe ich mir eine Folge davon angeschaut.« Sie schüttelte den Kopf. »Darin ging es um steinerne Engel. Und immer, wenn man sie nicht sehen konnte, kamen sie plötzlich näher. Schrecklich.«

»Wir müssen dich wirklich ein bisschen abhärten. Kennst du ›The Ring‹?«

»Nein.«

»Das ist ein seichter Unterhaltungsfilm für Einsteiger«, sagte Chloe betont gleichmütig, während sie angestrengt das Bücherregal musterte. »Quasi ein Gruselfilm für Anfänger. Vielleicht sollten wir den gemeinsam schauen.«

»Von mir aus. Solange du mich mit diesen steinernen Engeln verschonst und überhaupt aufhörst, mich hier unten zu ärgern.«

»Deal.« Chloe wirkte zufrieden.

»Bleibt die Frage, wie wir nun herausfinden, was hier geschehen ist.« Jen verschränkte die Arme.

»Was ist mit dem offiziellen Logbuch?«, überlegte Chloe. »Das kann nicht verschlüsselt sein, die Matrosen müssen es ja lesen können.«

»Das ist bestimmt auf der Brücke.« Jen wandte sich noch einmal Nemo zu. »Wir helfen dir. Irgendwie.«

Sie verließen den Raum.

Mal klackten ihre Schritte auf den Bodengittern, mal wurden sie gedämpft von Teppichen.

Bedauerlicherweise hatte Nemo jegliche EU-Norm ignoriert und kaum Beschilderungen angebracht. Dadurch wurde die Suche nach der Kommandobrücke zu einer Herausforderung.

Als sie sie endlich fanden, machte Chloe aus ihrer Frustration keinen Hehl. »Direkt neben seinem Raum! Direkt daneben! Und wir marschieren durch das halbe Schiff.«

Die Brücke entpuppte sich als langgezogener Raum. An dessen Front ragte ein gewaltiger, nach außen gewölbter Monitor auf. Da der Raum im Zentrum der Nautilus lag, gab es keine echten Fenster.

In mehreren Reihen zogen sich Arbeitspulte gestaffelt durch den Bereich, die mit allerlei Schaltern, Hebeln und kleinen Monitoren bedeckt waren.

»Das ist ja wie in Houston«, kommentierte Chloe. »Zumindest sieht das in den Filmen bei der NASA immer so aus.«

Auch hier waren die Männer und Frauen den Pflanzen zum Opfer gefallen. Jen vergewisserte sich mit einem Blick, dass alle noch atmeten und keine unmittelbare Lebensgefahr bestand.

Im rückwärtigen Teil gab es ein leicht erhöhtes Podest, auf dem der Stuhl des Captains stand. Neben seinen Armlehnen gab es weitere Schaltplatten mit Bedienelementen.

Chloe warf sich natürlich sofort in den Sitz. »Krass. Warp 9, Nummer Eins.«

»Falsche Serie«, kommentierte Jen. »Und wenn Nemo dich hier erwischt, wird er dich vermutlich Kiel holen lassen.«

Doch Chloe hörte schon nicht mehr zu. Sie hatte etwas entdeckt. »Jen. Ist das dort vorne das, was ich denke, dass es das ist?«

In einer hölzernen Fassung ruhte ein fußballgroßer Mentiglobus. Die Einfassung bildete ein Gitter, das mit Eisennieten beschlagen war. So konnte niemand das Artefakt entfernen. Erst beim genaueren Betrachten stellte Jen fest, dass die Holzbahnen beweglich waren, Zahnräder klackten, als sie es versuchte.

»Da stehen Daten drauf. Monate, Tage und Jahre.« Chloe studierte die eingeritzten Zahlen. »Schau mal, wenn du drehst, verändert sich die Farbe der Oberfläche ganz leicht.«

»Ich wusste gar nicht, dass man für Mentigloben direkte Zugriffszeiten festlegen kann«, sagte Jen verblüfft.

»Hab ich auch noch nie von gehört«, gestand Chloe. »Er muss es irgendwie geschafft haben, dass Permanentzauber die unterschiedlichen Schichten lesbar oder nicht-lesbar schalten, wenn man an dem Holz dreht. Dadurch erhält man einen exakt anvisierbaren Zugriff. Das ist echt ausgefuchst.«

»Einstein wird sich sofort darauf stürzen, wenn wir ihm das erzählen«, flüsterte Jen.

»Schau, hier.« Chloe hatte eine der Holzschienen verschoben und deutete nun auf das fixierte Datum. »Der letzte Eintrag ist fünf Tage alt.«

»Werfen wir einen Blick hinein.«

Sie legten beide ihre Hände auf den Mentiglobus. Die Oberfläche war kühl. Jen konnte die Magie im Inneren des Artefaktes spüren. Permanentzauber hielten Erinnerungen gefangen, damit Magier sie erneut durchleben konnten.

»Bereit?«, fragte sie.

»Immer«, erwiderte Chloe.

Jen wirkte den Zauber. »Memorum Excitare.«

Und die Welt verging.

16. Eine ganz neue Art der Diät

Ich verstehe das nicht.«

Sie sprangen in den nächsten Raum und verschlossen die Schleuse.

»Wieso hat es mich nicht infiziert?« Alex betastete seine Wange. »Da war dieser Schmerz. Ich konnte spüren, dass sich die Tentakel durch meine Haut fressen, und dann ...«

»... ist der Klumpen einfach von deiner Haut abgefallen«, vollendete Suni. »Ich konnte spüren, wie die alte Magie darin erloschen ist.« Sie betrachtete Alex eingehend. »Möglicherweise ist etwas an dir anders.«

Alex zuckte zusammen.

Er wusste erst seit Kurzem, dass das Sigil in seinem Inneren vor langer Zeit von der Schattenfrau erschaffen worden war. Das dritte Kind von Ava Grant war gestorben, doch sein Sigil hatte überlebt, war über die Jahre gereift und schließlich zuerst in Mark, dann in Alex gesprungen. Nur deshalb war er heute ein Magier.

Und nur deshalb leben die Zwillinge.

Vor seinem Tod hatte Mark Hinweise für Jen hinterlegt, die jedoch bis heute nicht aufgetaucht waren.

Schon in Indien hatte er bemerkt, dass es magische Kreaturen gab, die von ihm abgestoßen wurden. Sein Blut hatte die vom Feuerblut-Splitter erweckten Untoten abgewehrt.

Nun schienen auch die Parasiten nicht an ihn heranzukommen. Natürlich wollte er das keinesfalls erneut auf die Probe stellen.

»Du meinst, wie bei einem Sprungmagier?«, fragte er unschuldig.

Suni wusste nichts von seinem *wilden* Sigil, wie es genannt wurde.

»Genau. Es gibt durchaus Magier, bei denen gewisse Schwerpunkte zutage treten. Die Sprungmagier sind nur *eine* Art. Ich habe Magier kennengelernt, die lediglich einen Tropfen eines Tranks benötigen und tagelang als Tiere leben können.«

Sie rannten weiter durch die Gänge. Dank Sunis Tattoo wussten sie, dass die grau-geschuppte Kreatur ihnen folgte.

»Dann bin ich ab sofort Teflon-Alex«, grinste er. »Alles Ekelhafte prallt an mir ab.«

Suni lachte. Sie hatte eine klare, helle Stimme, und wenn sie lächelte, umrahmten Lachfalten ihre Augen. Der Geruch nach Zimt verlieh ihr stets die Aura einer Prinzessin aus dem Orient.

»Konntest du Jen erreichen?«

»Oh.« Alex versuchte es erneut. »Nichts.«

Dass es Chloe, Jen und Nikki erwischt hatte, nahm an Wahrscheinlichkeit zu. Da sie bereits Kontakt gehabt hatten, konnte es sich nicht um eine natürliche Abschirmung der Nautilus handeln.

»Dort vorne links«, wies Suni den Weg. »So kommen wir zu den Gärten. Darüber gibt es einen direkten Weg zur hinteren Schleuse. Wir wechseln auf die Nautilus.«

Alex riss an dem Hebel.

Er hatte ständig das Gefühl, dass die Kreatur im nächsten Augenblick aus der Deckung auf sie zusprang oder der Dreizack nach ihnen geworfen wurde.

Das Schott entblätterte sich viel zu langsam.

Sie betraten die weitläufigen Gewächshäuser.

Alex zog an dem Hebel und verschloss das Schott. »Sigillum.«

Das Sigil in seinem Inneren spendete weitere Essenz, doch das kraftvolle Glimmen war zu einem steten Leuchten geworden. Ewig konnte er so nicht weitermachen.

»Dadurch haben wir hoffentlich etwas Zeit gewonnen.«

Stille.

Alex fuhr herum. Suni stand starr vor den weiten Feldern, auf denen bisher Nahrung für die Matrosen produziert worden war. Davon war jedoch nichts mehr zu sehen.

Wohin er auch blickte, überall ragten graue Eier empor.

»Was ist das?«, hauchte er.

»Ich vermute, der Nachwuchs dieser Kreatur.« Sunis Tattoo leuchtete so grell, dass er sie kaum anschauen konnte. »Pure alte Macht. Verfaulte Magie.«

Obwohl sich alles in seinem Inneren dagegen sträubte, gingen sie näher.

Dampfschwaden drangen aus Befeuchtungsgeräten unter der Decke. Die Luft war feucht und warm. Schweißtropfen perlten über Alex' Stirn und Wangen.

Er konnte die zersetzende, klebrige Essenz spüren, die in den Eiern heranreifte und darauf wartete, zu schlüpfen. Wie das Ergebnis aussehen würde, hatten sie feststellen dürfen. Hier gab es Tausende Eier. Falls sie alle schlüpften und die Kreaturen bis zur Oberfläche vordrangen, war es aus.

Suni atmete schwer. Trotzdem legte sie ihre Hände auf eines der Eier. Sie schrie auf, zuckte zurück.

»Was ist los?«

»Es hat mich angesehen.«

Alex schluckte. »Wie meinst du das? Es ist doch noch gar nicht geschlüpft.«

»Unsere Gesetze haben für diese Kreaturen keinerlei Bedeutung.« Suni zitterte am ganzen Körper. »Es lebt noch nicht vollständig, doch es konnte mich sehen. Seine Augen haben mich angeblickt. Ich habe den Hass gespürt.«

»Es kommt ja selten vor«, sagte Alex, »aber in solchen Situationen beneide ich die Nimags um ihr Nichtwissen«.

»Wir müssen verhindern, dass sie schlüpfen. Die Pflanzenstränge ziehen Essenz aus den Sigilen der Bewusstlosen«, erklärte Suni. »Sie wird verdunkelt, pervertiert und dient dem Nachwuchs als Nahrung, um heranzureifen.«

»Wir könnten sie verbrennen?«, überlegte Alex.

»Magisches Feuer hat keinerlei Wirkung«, erklärte Suni kategorisch. »Wir müssen einen anderen Weg finden. Und das schnell. Die ersten Eier werden bald aufbrechen.«

Ein dumpfer Schlag erklang.

Alex fuhr herum. Im Siegel vor dem Schott bildeten sich Risse. Eine Delle zierte das Metall dahinter. Die Kreatur hatte sie also gefunden. Zweifellos würde sie ziemlich wütend darüber sein, sie hier bei den Eiern vorzufinden.

»Erst mal hier weg«, schlug er vor.

Sie rannten hinüber zu dem zweiten Schott, doch obgleich Alex den Hebel mehrfach nach unten zog, öffnete es sich nicht.

»Es sind die Eier«, bemerkte Suni. »Sie sehen uns als Nahrung und wollen verhindern, dass wir fliehen.«

Zwei Klauen durchbohrten das Metall des Schotts, als bestünde es aus Papier. Ein Riss entstand, das Eisen wurde seitlich weggebogen. Der Dreizack des Wesens durchstieß das Siegel. Die Essenz verwehte.

Suni und Alex hoben synchron ihre Essenzstäbe. Ob sie damit allerdings etwas ausrichten konnten, war fraglich. Das Wesen schien sowohl gegen direkte Zauber als auch gegen Manipulationen der Umgebung immun zu sein.

»Und jetzt?«, fragte Alex aus dem Mundwinkel.

»Ich bete zu den Göttern, dass sie uns Weisheit schenken mögen«, erwiderte Suni.

»Oh, na dann sind wir ja so gut wie gerettet.«

Die Kreatur kam näher. Jede Bewegung war ein Gleiten, Muskeln traten hervor. Es war ein Raubtier, das in ihnen seine Beute gefunden hatte. Tückisch blitzende Augen verströmten pure Mordlust.

Neben ihnen erklang ein Kratzen. Die Schale eines der kniehohen Eier platzte auf, winzige Krallen schoben sich hervor. Ein durchdringender Laut erklang, der in Alex pure Angst erzeugte. Er wollte sich zusammenkrümmen, die Welt aussperren und jeden Widerstand aufgeben.

Suni schrie.

Ihr gesamtes Gesicht schien zu pulsieren, das Tattoo loderte, ihr Auge glühte.

Die Kreatur holte aus ...

... und schleuderte den Dreizack direkt auf Suni.

17. Ein Fund in tiefsten Tiefen

Memorum Excitare

Die Umgebung veränderte sich.

Matrosen rannten an ihnen vorbei, ein Offizier schritt mit vor Stolz geschwellter Brust an den Pulten entlang, im Hintergrund saß Nemo auf dem Sitz des Kommandanten.

»Echo-Ortung bestätigt«, rief eine Matrosin.

»Maschinen drosseln, Anker werfen«, befahl ein hochgewachsener Mann mit dunklem Haar und Schnauzbart.

Jen begriff, dass sie sich in seiner Erinnerung befanden. Ein Schild an der dunklen Uniform wies ihn als Anik Kumar, Erster Offizier, aus. Sie erinnerte sich an ihn. Außerhalb der Erinnerung lag er im vorderen Bereich der Brücke.

»Haben wir ein Bild?«, fragte Nemo.

Jen betrachtete den Unsterblichen. Er hatte breite Schultern, trug einen Turban und besaß einen Vollbart. In einer Scheide an seinem Gürtel baumelte ein Krummsäbel. Im Gegensatz zur Gegenwart war seine Haut hier tiefbraun. Ihn umgab eine Aura der Stärke.

Kumar trat neben seinen Kommandanten und warf der Frau einen auffordernden Blick zu.

Sie war eindeutig für die Ortung zuständig.

Der gewölbte Monitor flimmerte. Streifen entstanden, wurden von einem Bild abgelöst.

Nemo sog scharf die Luft ein.

»Shit!«, rief Chloe. »Das ist ein Portal.«

Jen starrte auf das wabernde Wolfram-Tor, das am Grund des Meeres dunkles Licht abstrahlte. »So eines hat Suni also in Indien gefunden?«

Ihr Respekt vor der Lichtkämpferin wuchs. Der Anblick der Fläche löste eine kreatürliche Angst in Jen aus. Sie wollte weglaufen, so schnell sie konnte.

»Verdammt«, sagte Nemo emotionslos. »Die Unterlagen haben also recht behalten.«

Erst jetzt entdeckte Jen das Pergament, das er neben sich auf ein ausklappbares Pult gespannt hatte. Eine unterseeische Karte, auf der ein Koordinatenpunkt markiert worden war.

»Wir müssen es verschließen.« Im Gegensatz zu seinem Kommandanten war Kumar die Beunruhigung deutlich anzusehen.

»Doch wie?«, überlegte Nemo. »Es gibt einen Zauber für die überirdischen Portale, der Wolfram aushärtet. Hier unten funktioniert er aber nicht. Soweit ich weiß, hat Einstein daran gearbeitet, die Machtworte anzupassen, bisher ist es ihm jedoch misslungen.«

»Wurde denn bisher noch nie eines gefunden?«, fragte Kumar.

Nemo schüttelte den Kopf. »Vor vielen Jahrhunderten sind die Magier von Iria Kon auf die Überreste eines zerstörten Portals im heutigen Schwarzen Meer gestoßen. Noch niemals aber auf ein intaktes. Selbst überirdisch wurde im Verlauf der Jahrhunderte nur eine Handvoll von ihnen entdeckt und sofort versiegelt.«

»Sir«, meldete sich die Matrosin am Sensorpult. »Ich orte ein weiteres Echo.«

Eine Flut von Emotionen brandete auf Jen ein.

»Kumar hat Angst«, sprach Chloe es aus.

»Verständlich. Das ist nur eine Aufzeichnung und mir zieht es ständig die Brust zusammen.«

»Was haben Sie?«, fragte Nemo.

»Ein Objekt, ich lege es auf den Monitor.« Die Frau berührte diverse Hebel und Schalter.

Das Wolfram-Tor verschwand und machte einem grauen Ei Platz, dessen Oberfläche aus Hornhaut zu bestehen schien. Feine Muster liefen darüber.

Kumars Augen weiteten sich. »Es kommt von der anderen Seite.«

Nemo sog scharf die Luft ein. »So etwas ist noch nie vorgekommen.« Er erhob sich. »Bergung vorbereiten. Treffen Sie jede Sicherheitsmaßnahme! Danach steuern wir zurück zur Basis.«

»Aye, Sir«, bestätigte Kumar den Befehl.

»Ich ziehe mich in meine Kabine zurück und bereite eine Nachricht für das Castillo vor«, erklärte Nemo. »Sie übernehmen, Kumar. Ich beobachte alles über einen Monitor.«

Nemo verließ die Brücke.

Ein Wabern fegte die Umgebung fort.

Kumar wich zurück.

Jen begriff sofort, dass sie sich auf der Krankenstation befanden. Eine Contego-Sphäre war als Quarantänefeld aufgebaut worden. Das

Ei dahinter war aufgeplatzt. Der Schiffsarzt und seine Helfer brüllten, auf ihren Wangen, Stirnen und Armen blubberte Eiter. Winzige Stränge bohrten sich in ihre Haut.

Zwischen der zerplatzten Eierschale kauerte ein graues Wesen mit vier schwarzen Augen. Erst jetzt erkannte Jen das zweite Feld, hinter dem ein Dreizack lag. Er musste ebenfalls geborgen worden sein. Von ihm ging ein pulsierendes Leuchten aus, das die Contego-Sphären destabilisierte.

Kumar rannte aus dem Raum.

Jen und Chloe folgten automatisch.

Der Stellvertreter Nemos gab Alarm für das Schiff und aktivierte die Quarantänebestimmungen für die Krankenstation.

»Wie gut das funktioniert hat, konnten wir ja sehen«, kommentierte Chloe.

Ein weiteres Wabern und sie standen in den hydroponischen Gärten.

Kumar hielt ein Funkgerät aus Metall in den Händen.

»Ausstoßen«, befahl er.

Aus den Bestäubern an der Decke drang grünlicher Nebel hervor, der sich auf die Eier herabsenkte. Kumar hatte eine Schutzsphäre um sich herum etabliert.

»Das ist Säure«, begriff Chloe.

Die Pflanzen wurden sofort zersetzt, doch die grauen Eier, die überall aus der Erde wuchsen, blieben unversehrt.

»Stopp«, befahl Kumar.

Der grüne Nebel verschwand.

»Das war unsere letzte Option, Sir«, sprach der Offizier ins Funkgerät. »Damit bleibt nur die Zerstörung der Station und der Nautilus. Andernfalls ist die Menschheit in Gefahr.«

Keine Antwort.

»Sir?«

»Idora hier, Sir«, erklang die Stimme der Sensorspezialistin aus dem Funkgerät. »Captain Nemo wurde *ebenfalls von den Parasiten befallen. Er befindet sich in seiner Kajüte.«*

Kumar schloss die Augen. »Aktivieren sie die Bernstein-Bomben. Wir vernichten die Kuppel.«

»Das ist nicht mehr möglich, Sir«, erwiderte Idora. »Wir haben das gesamte technische Personal verloren, die Verbindung zu diesem Teil der Elektronik wurde gekappt.«

»Wir haben den Intellekt der Kreatur unterschätzt«, flüsterte Kumar.

Ein Wabern verschlang ihn.

Kumar stand auf der Brücke der Nautilus, die Hände auf den Mentiglobus gelegt.

»Wer auch immer diese Aufzeichnung findet: Zerstören Sie die Kuppel und das Schiff. Die Kreatur ist nicht zu schlagen und bald werden es Tausende sein. Ich bete zu allen Göttern, dass Sie diese Nachricht noch rechtzeitig finden. Andernfalls sind wir alle dem Untergang geweiht.«

Er zog die Hände zurück.

Die Erinnerung zerfaserte in Nebelschwaden. Jen und Chloe kehrten zurück in die Wirklichkeit.

18. Ein Fehler mit Folgen

Es ist okay«, versicherte Max.

Kevin, innerlich noch immer zerrissen vom schlechten Gewissen, starrte ihn verdutzt an. »Was hast du gesagt?«

»Ich hätte es schon viel früher tun sollen.« Sie saßen gemeinsam in Max' Zimmer. Er hatte das Holzstäbchen aufgehoben und ließ es durch seine Finger gleiten. »Ich werde Eliot das Teil geben und den Unsterblichen eine Mentiglobus-Aufzeichnung. Dann ist die Sache gegessen.«

Kevin atmete auf. Er bereute längst, dass er in einem Moment der Schwäche Edison alles erzählt hatte. Der Unsterbliche war ein harter Brocken, Kampfmagier durch und durch. Nicht umsonst bildete er die Agenten aus. »Dann gehen wir am besten direkt hin, oder?«

Max verstaute das magische Stäbchen in seiner Hosentasche. »Ist nicht gerade eine Sitzung? Ich möchte ungern Patricia Ashwell über den Weg laufen. Die würde mich doch am liebsten in den nächstbesten Kerker werfen.«

»Das möchte sie mit uns allen.«

Max kicherte. »Dann wäre es wenigstens gemütlich.« Er wurde wieder ernst. »Gehen wir.«

Die Tür wurde aufgestoßen.

Eliot Sarin betrat den Raum, hinter ihm warteten vier seiner Leute. »Max Manning, ich muss dich bitten, mit mir zu kommen.«

»Wow, was für ein Aufgebot.«

»Wir wollten sowieso gerade zu Johanna«, stellte Kevin klar. »Kein Grund, hier mit Kraftschlägen um sich zu werfen.«

Eliot schürzte abschätzig die Lippen. »Ich würde noch ganz andere Sachen tun. Ich habe sieben meiner Leute beim Angriff der Schattenkrieger verloren und jetzt erfahre ich, dass unser Held hier mit einem Schattenkrieger Kaffeepläusche führt und nicht genehmigte Artefakte ins Castillo bringt.«

»Oh, der Beamte in dir muss sich ja winden vor Schmerz«, gab Max giftig zurück. »Da hätte ich doch unbedingt ein Dutzend Formulare vorher ausfüllen sollen.«

»Du bist ein Verräter.«

»Ich habe mit einem anderen Menschen eine Unterhaltung geführt«, konterte Max. »Dabei wurden keine Geheimnisse weitergegeben.«

»Das glaube ich erst, sobald die Befragung vorüber ist.«

»Der Rat wird das niemals zulassen.« Kevin hob seine Hand, um Eliot zu stoppen, der auf Max zuging.

Der Oberste Ordnungsmagier zog eine Schriftrolle hervor. »Niemand soll behaupten, dass nicht alles rechtmäßig erfolgt ist. Das hier ist ein Befragungsbeschluss, ausgestellt vom Rat. Mit der Zustimmung einer Mehrheit.«

Kevin schnappte sich die Papierrolle. Er konnte nicht glauben, was er da las. »Aber ... das ist doch Unsinn.«

»Dein Freund hier hat mit einem *Schattenkrieger* gesprochen«, wiederholte Eliot wutschnaubend. »Das war kein Plausch unter Freunden. Oder vielleicht doch, wer weiß. Glaub nur nicht, der Rat lässt deine Gefangenschaft durch den Wechselbalg als Ausrede dafür gelten, dass du Geheimnisse weitergegeben hast.«

»Ich wollte einfach nur ein friedliches Gespräch.«

»Oh, natürlich. Nieder mit den herrschenden Mächten, wir sind gegen Gewalt«, höhnte Eliot. »Deshalb verraten wir fleißig Geheimnisse.«

»Das habe ich nicht getan!«

Eliots Ordnungsmagier fühlten sich nicht wohl in ihrer Haut, das erkannte Kevin sofort. Sie wechselten von einem Bein auf das andere und zogen bewusst grimmige Mienen. Jeder hatte gesehen, dass Max das Castillo unter Einsatz seines Lebens verteidigt hatte. Nur Eliot schien die Situation mit aller Macht als Verrat interpretieren zu wollen.

Profilierungssucht.

Durch den Tod von Gryff Hunter war Eliot auf der Leiter quasi nach oben gefallen. Er musste einen großen Sieg vorweisen, damit seine Position vom Rat nicht infrage gestellt wurde.

»Patricia Ashwell hat uns ja gewarnt«, sprach Eliot weiter. »Ich wollte es trotzdem nicht glauben. Hat Chloe dich mit ihrem Anarchie-Wahn angesteckt?«

Die Worte kamen als ätzende Provokation.

Kevin betete im Stillen, dass Max nicht ausrastete. Er wirkte äußerlich völlig ruhig, doch in seinen Augen blitzte es gefährlich.

»Du willst eine Befragung, du bekommst sie.«

»Gib mir deinen Essenzstab.« Eliot streckte die Hand aus. »Und ich will diesen anderen magischen Stab, den du hier reingeschleppt hast.«

»Lass ihm doch den Essenzstab«, bat Kevin. »Was sollte er damit denn tun?«

»Fliehen«, erwiderte Eliot. »Er wandert in eine enge, dunkle Zelle. Da lasse ich ihm doch keinen Essenzstab.«

Und damit eskalierte die Situation.

Kevin wusste es, noch bevor Max reagierte.

Der Wechselbalg hatte ihn in eine dunkle Zelle gesperrt, wochenlang misshandelt und gefoltert. Allein bei dem Gedanken an einen solchen Ort musste die Erinnerung Max überwältigen. Ihm wäre es genauso ergangen.

Max riss den Essenzstab in die Höhe, die Augen vor Schreck geweitet. »Ich gehe in keine Zelle!«

Wie konnte Eliot nur so etwas tun?

Der Oberste Ordnungsmagier zog nun seinerseits den Stab. »Du widersetzt dich den Anordnungen des Rates? Potesta!«

Ohne lange zu warten feuerte er einen Kraftschlag ab.

Nun reagierten auch die Ordnungsmagier an der Tür, zogen ihre Essenzstäbe und richteten sie auf Max.

»Hört auf!«, rief Kevin.

Er ließ den eigenen Stab im Etui, damit nicht auch er angegriffen wurde. Gegen eine solche Überzahl bestand keine Aussicht auf Erfolg. Davon abgesehen konnten sie dieses Problem nur im Dialog lösen.

»Keine Zelle!« Schweiß stand auf Max' Stirn, seine Augen funkelten ängstlich. »Nie wieder.«

»Max«, flehte Kevin. »Eliot, steck den Essenzstab weg.«

Doch der Oberste Ordnungsmagier setzte zu einem weiteren Angriff an.

Was dann geschah, konnte Kevin am Ende nicht mehr vollständig rekonstruieren. Max murmelte Worte der Macht, die Kevin noch nie zuvor gehört hatte. In dem Augenblick, in dem er sie vernahm, vergaß er sie wieder. Gleichzeitig erschuf Max das zugehörige Symbol. Die eine Hälfte mit dem Stab, die andere mit der Hand. Beide Arme bewegten sich völlig unterschiedlich und doch synchron.

Damit bestätigte sich das Gerücht, dass die Agenten in ganz besonderen Zaubern unterrichtet wurden.

Das Symbol explodierte.

Als Kevin wieder zu sich kam, stöhnte Eliot neben ihm auch gerade auf. Seine Lider flatterten. Die anderen Ordnungsmagier waren noch bewusstlos.

Max war fort.

»Was ...« Kevin richtete seinen Oberkörper mit letzter Kraft auf. »Mein Schädel.«

»Diese Ratte!« Eliot griff nach seinem Kontaktstein.

Kurz darauf hallte seine Stimme in allen Steinen des Castillos wider.

»Max Manning hat sich des Verrats schuldig gemacht. Er ist bewaffnet und gefährlich. Ich konnte seinen Angriff gerade noch abwehren, doch ein beteiligter Lichtkämpfer wurde verletzt.« Dabei betrachtete er Kevin. »Mehrer*e Ordnungsmagier sind ohne Bewusstsein und müssen umgehend behandelt werden. Hiermit löse ich eine Großfahndung aus. Nehmt Max Manning fest.«*

Stille.

»Alle Mittel sind erlaubt.«

19. Wissen aus alter Zeit

Plopp.

Nikki erschien. An ihrer Seite stand Suni. Sie hielt sich die rechte Brustseite, der Stoff ihrer Bluse war blutdurchtränkt.

»Was ist passiert?« Jen rannte zu der Freundin und stützte sie.

Nikki verschwand.

»Wir wurden angegriffen«, stieß Suni hervor. »Der Dreizack hat mich verletzt. Wenn Nikki nicht gekommen wäre ...«

»Sie sollte zuerst Chris holen, aber trotz mehrerer Versuche konnte sie die Contego-Sphäre nicht durchdringen, die Alex mit dem Bernstein gekoppelt hat. Eine verdammt pfiffige Idee.« Erst jetzt wurde Jen bewusst, dass nur Suni hier war. »Wo ist Alex?«

Plopp.

Alex brüllte. Er taumelte gegen die Wand und hielt sich das Gesicht. Überall waren Eiterklumpen zu sehen, die sich in die Haut fraßen.

»Shit«, gab Chloe erneut ihr heutiges Lieblingswort von sich.

Sie wussten, was nun geschehen würde. Bewusstlosigkeit und Pflanzenstränge. So glaubte Jen.

Stattdessen begann der Eiter zu dampfen, trocknete aus und fiel in krustigen Bröckchen zu Boden.

Alex rutschte keuchend an der Wand herab. »Überraschung.«

»Wie?«, fragte Jen nur.

»Ich bin wie ein Überraschungsei«, erwiderte Alex und bewies damit, dass es ihm nicht so schlecht gehen konnte. »Mit mir hat man Spiel, Spaß und Spannung.«

»Kent!«

»Ich habe keine Ahnung«, gestand er. »Das Zeug versucht, in mich einzudringen, wird aber irgendwie abgestoßen.«

Es wurde immer mysteriöser.

Chloe hielt den Essenzstab über Sunis Wunde. »Sanitatum.«

Neongrüne Essenz floss in die Wunde, stoppte die Blutung und beschleunigte den Heilprozess.

Jen fasste in kurzen Worten zusammen, was sie bisher herausgefunden hatten.

»Sitzen wir deshalb hier?«, fragte Alex.

Jen nickte.

Es war die Bibliothek der Nautilus. Roter Teppich lag aus, die Regale zogen sich weit in die Höhe und konnten über eine Leiter erreicht werden, die an Metallschienen entlang verschiebbar war. Kleine Lesetische standen überall herum. Intarsien aus Gold bedeckten das Holz der Wände. Wandleuchten spendeten warmes Licht.

»Fehlt nur noch der Tee«, kommentierte Alex.

Auf dem nächststehenden Lesetisch materialisierte eine Tasse aus hauchdünnem Porzellan mit dem eingeprägten Symbol der Nautilus.

»Er hat Stil.« Alex ließ sich in den Lesesessel fallen, schnappte sich die Tasse und nippte daran. »Schwarztee mit Milch.«

Chloe betrachtete den Tisch skeptisch. »Ich habe Hunger und will ein Wildschwein essen.«

Nichts geschah.

»Einen Versuch war es wert.«

Jens Magen knurrte ebenfalls, doch sie schob den Hunger beiseite. Die Zeit lief ihnen davon. Wenn tatsächlich eines der Eier aufplatzte, waren die Kreaturen bereits zu zweit. Sie würden durch das Schiff streifen und jeden suchen, der noch als Nahrungsquelle dienen konnte.

»Nemo hat zahlreiche Bücher hier stehen, die verdammt alt sind«, erklärte Jen. »Geborgen aus versunkenen Schiffen, verschollenen Katakomben und fremden Reichen. Auf seinem Tisch lag ein Pergament, auf dem er schon einige der Titel durchgestrichen hatte.«

»Er hat recherchiert.« Alex stellte die Tasse mit einem Klirren auf den Untersetzer und wirkte absolut zufrieden.

Jen hatte längst bemerkt, dass er, was Tee anging, ein typischer Engländer war. Was auch passierte, erst einmal eine Tasse Tee und alles war wieder gut. Das war irgendwie süß.

»Wir müssen also die Wälzer finden, in denen etwas zur alten Magie steht«, konstatierte Chloe. »Das kann doch nicht so schwer sein.« Sie hob den Essenzstab. »Aportate Buch zum Thema Wolfram-Tor.«

Eines der Bücher löste sich aus dem Regal, schoss haarscharf an Alex' Kopf vorbei und krachte in Chloe, die ihren Essenzstab fallen ließ und nach hinten taumelte. »Okay, das kommt jetzt überraschend.«

Ein Blick genügte, um festzustellen, dass es sich um einen Belletristik-Roman handelte.

»Wird wohl doch nicht so leicht«, kommentierte Nikki. »Was soll's, suchen wir eben ohne Zauber.«

Jen bewunderte Nikki für ihr sonniges Gemüt, aber in der Bibliothek befanden sich Hunderte von Schriften, möglicherweise mehr.

»Benutzen wir doch einfach den Katalog.« Alex stand vor einem hoch aufragenden Lesepult, auf dem ein dicker Wälzer lag.

»Du bist ein Engel«, sagte Jen.

Alex' Wangen färbten sich leicht rot, was vermutlich an der Hitze lag. »Nemo war schon ordentlich. Hier gibt es ein Stichwortverzeichnis. Ich rufe euch zu, wo die Bücher stehen.«

Sie begannen damit, die Wälzer, Folianten und Papiere zusammenzusuchen. Chloe wirkte Vektorumkehrzauber auf die Leiter, die dadurch hin- und hersauste. Nikki klammerte sich an die Streben und lachte jedes Mal laut, wenn es wieder in eine Richtung ging. Sobald sie eines der Bücher hatte, ließ sie es zu Jen schweben, die alle Fundstücke stapelte.

»Das war's«, sagte Alex schließlich. »Wir haben alles zu dem Thema.«

Sie teilten die Bücher auf und jeder begann zu lesen. Die Werke waren in den unterschiedlichsten Sprachen abgehandelt, doch dank der Kontaktsteine konnten sie sie mühelos studieren. Die Autoren hatten sich mit den Wolfram-Toren, den Hinterlassenschaften der alten Magie und insbesondere mit den Fundstücken aus Iria Kon befasst.

»Da!«, brüllte Alex.

Jen zuckte zusammen und brüllte: »Kent! Willst du, dass wir alle einen Herzinfarkt bekommen?!«

»Das Ei, hier ist das Ei.«

Sie versammelten sich um den Folianten. Der Autor hatte eine Tuschezeichnung angefertigt und dazu einen erklärenden Text geschrieben.

Jen stöhnte auf. »Wir waren so dumm.«

Alex schien im gleichen Augenblick zu begreifen. »Das Ei sieht nicht ähnlich aus, es ist exakt das Ei, das in der Nähe des Tores lag.«

Chloe und Nikki warfen sich einen ebenso kurzen wie ratlosen Blick zu.

»Iria Kon«, erklärte Jen, »ist das aktuelle Domizil der Schattenfrau. Ich gehe jede Wette ein, dass sie das Ei geborgen hat und hierherbrachte. Keine Ahnung, wie sie das Portal gefunden hat.«

»Sie hat Nemo dorthin gelockt«, sponn Alex den Faden weiter. »Ihm blieb keine andere Wahl, als das Ei zu bergen.«

Chloe stöhnte auf. »Sie wusste, dass wir hierherkommen würden.«

Alex nickte. »Das ist perfide und brillant. Captain Nemo ist der Einzige, der weiß, wo die Silberknochen versteckt sind. Wir hatten gar keine andere Wahl, als ihn aufzusuchen. Aber mit dem Ei hat sie ihn außer Gefecht gesetzt und uns die einzige Spur genommen.«

»Ich gehe jede Wette ein, dass sie längst weiß, wo die Silberknochen sind.« Jen ballte die Fäuste. »Das verdammte Miststück. Sie riskiert das Ende der Welt mit diesen blöden Eiern.«

»Sie denkt schon weiter.« Nikki nagte an ihrer Unterlippe. »Wenn sie die Splitter vereinen kann, hat sie unglaubliche Macht. Vielleicht lässt sich damit das Tor schließen und die Magie vom Anbeginn zerstören.«

»Das ist eine nette Theorie«, bescheinigte Alex. »Aber falls sie sich irrt, wäre es trotzdem das Ende. Ganz davon abgesehen, wären wir tot.«

»Was sie wohl eher als Bonus ansieht«, warf Jen ein.

Suni hatte mit einem Ohr zugehört, ihre Aufmerksamkeit darüber hinaus aber auf das Buch gerichtet. »Die Magier glaubten, dass es einen Weg gibt, die Eier zu zerstören, kamen aber nicht mehr dazu, es auszuprobieren.« Sie tippte auf den Text. »Hier steht es.«

Jen beugte sich vor und las. Schließlich griff sie Chloes Wort des Tages auf: »Shit.«

20. Alt trifft auf Neu

Alex entkorkte das Reagenzglas.

Mit zittrigen Fingern ließ er drei Tropfen auf seine Zunge fallen. Oder waren es doch vier? Hatte sich der letzte nicht eher angefühlt wie zwei?

Damit war es amtlich. Er hasste Unterwasserspaziergänge. Und wem verdankte er das? Clara! Genauer gesagt: der Schattenfrau. Vorausgesetzt natürlich, ihre Vermutung war korrekt. Der Autor des Folianten hatte das Ei jedoch so exakt beschrieben, dass es nur von dort stammen konnte. Falls also nicht einer der Wissenschaftler entkommen war und das Ei bei der Überfahrt verloren hatte, ging dieser ganze Spaß hier auf Claras Kosten.

Alex' erster Hoffnungsschimmer war sofort in Missmut umgeschlagen, als Jen die Lösung des Problems verkündet hatte.

»Unsere Magie kann den Eiern vom Anbeginn nichts anhaben«, erklärte sie. »Aber deren eigene kann es.« Auf die ratlosen Blicke ringsum ergänzte sie: »Suni.«

Mittlerweile war die Wunde der Freundin verheilt. »Du missverstehst, Jen. Ich kann das Vorhandensein der alten Magie lediglich spüren, sie jedoch nicht selbst anwenden.«

»Ha!« Jen deutete auf Sunis Tattoo. »Wenn wir die Dämpfungswirkung aufheben, würdest du dieses faulige Zeug aber abstrahlen.«

Die Inderin wirkte alles andere als froh bei diesem Gedanken. Alex hätte sie gerne getröstet, doch ihm wollten nicht die passenden Worte einfallen.

»Wäre das nicht eher ein seichtes Abstrahlen?«, warf Nikki ein.

»Deshalb musst du den Avakat-Stern anwenden«, ließ Jen die Bombe platzen.

Alex zuckte zusammen.

Der Avakat-Stern war ein komplexer, mächtiger und ebenso gefährlicher Zauber. Er wurde auch Essenzübertragung genannt. Befand ein Magier sich am Beginn eines Aurafeuers, weil er keine Essenz mehr übrig hatte, konnte ein anderer ihm die seinige übertragen. Lieferte er jedoch zu viel, verbrannten beide. Mit diesem Zauber hatte Kevin Max gerettet.

»Du willst, dass ich meine Essenz auf die Eier übertrage«, begriff Suni. »Aber es wäre keine reine Essenz.«

»Nein«, bestätigte Jen. »Das wäre sie nicht. Du leitest sie über die Wunde hinaus. Damit wäre sie verunreinigt. In Iria Kon haben sie damit experimentiert. Allerdings fürchte ich, es ist nicht genug. Wir brauchen mehr Essenz, als du produzieren kannst, wenn ich die Schriften richtig deute.«

»Ich klinke mich ein«, bot Nikki sofort an.

Jen räusperte sich. »Es müssen drei sein.«

»Schon klar.« Chloe strich sich betont lässig eine Strähne aus der Stirn. »Chloe ist da, wenn ihr sie braucht.«

Die anderen grinsten.

»Womit wir zu einem letzten Punkt kommen. Vermutlich werden die Eier einen Teil der Essenz spiegeln. Das kann zu großflächigen Zerstörungen führen. Um zu verhindern, dass die Magie auf das umliegende Meer wirkt und dort Veränderungen herbeiführt, müssen wir den Kristallschirm wieder in Gang setzen. Nur dieses Mal soll er nichts draußen halten.«

»Sondern die Magie vom Anbeginn hier drinnen«, begriff Alex. »Aber müsste dazu nicht ... Oh.«

Jen lächelte ihn mit einem so breiten Grinsen an, dass er sie am liebsten geschüttelt hätte. »Wir müssen raus. Ein kleiner Unterwasserspaziergang.«

Und damit war es beschlossen.

Er hatte noch überlegt, darauf hinzuweisen, dass seine Essenzspende möglicherweise qualitativ viel hochwertiger wäre, sich dann jedoch gefügt. Der Unterwasserspaziergang war riskanter als der Avakat-Stern. Er würde keinesfalls Chloe oder Nikki dieser Gefahr aussetzen.

Und damit stand er nun hier, vor der Schleuse.

Ein Kitzeln an seinem Hals kündete die wachsenden Kiemen an.

Er betrat die Schleuse und drückte den Hebel nach unten. Mit einem Rumpeln schloss sich das Innenschott. Wasser flutete ein. Die Logik sagte ihm, dass er durch den Zauber geschützt war, doch seine Emotionen schrien: »Du ertrinkst!«

Endlich war der Vorgang abgeschlossen.

Alex öffnete die Außenschleuse.

Stille umfing ihn. Die Stille des Ozeans, der in dieser Tiefe friedlich wirkte. Jeder seiner Schritte wirbelte den Sand ein wenig auf.

Sein Essenzstab gab ein leichtes Glimmen ab, damit er etwas sehen konnte. Jen hatte einen Bernstein aus einer Armatur herausgebrochen und mit Essenz befüllt, damit er leuchtete. Ihr eigener Essenzstab lag noch immer im Sterben. Die Vergiftung, die die Schattenfrau in den Bruch verwoben hatte, wuchs langsam, aber stetig. Nostradamus hatte einen Rettungsversuch unternommen, die Schwärze jedoch nicht beseitigen können. Jens Stab würde verenden und erst danach konnte sie einen neuen Gefährten suchen, der mit ihrem Sigil verschmolz.

Alex stapfte zum ersten Pflock. Seine Contego-Sphäre, die hauchdünn um seinen Körper lag und nur die Kiemen freiließ, schützte ihn vor der Nässe. Dank des Zaubertranks waren Dunkelheit, Temperatur, Druck und Sauerstoffmangel kein Problem.

Neben dem hüfthohen Turm ging er in die Knie. Die Ursache für das ausgefallene Kristallgitter wurde sofort ersichtlich. Jemand hatte den Turm gedreht, wodurch die Bindungsflächen nicht mehr zueinander ausgerichtet waren. Sie mussten alle in einem schrägen Winkel nach oben deuten, damit die Verbindung zum Kristall auf der Kuppel hergestellt werden konnte.

»Das lässt sich doch machen«, flüsterte er.

Langsam zeichnete er das Symbol und sprach die Worte. Seine Bernsteinspur waberte im Wasser. Er musste sich beeilen, da das Symbol zu zerfasern begann, falls er nicht schnell genug war.

Es gelang.

Doch der Pflock regte sich nicht.

Alex rief sich die Vorlesung von Thomas Edison zu Defensivmagie in Erinnerung. War da nicht irgendwann die Rede davon gewesen, dass die Kristalle Essenz absorbierten?

»Verdammt!«

Er griff nach dem Turm und zerrte daran. Langsam, Millimeter für Millimeter, hob er ihn an. Die Drehung ließ jeden Muskel in seinem Körper aufschreien. Doch es glückte. Die Spiegelfläche war neu ausgerichtet.

Damit waren fünfzig Prozent seiner Arbeit erledigt.

Irgendwo auf der anderen Seite war Jen unterwegs. Ob sie auch schon einen der Türme gedreht hatte?

Er stapfte weiter und erreichte den zweiten Turm.

Alex griff nach dem grauen Stein, verkrallte seine Finger darin. Der Kristall schien im Licht seines Essenzstabes zu funkeln.

Ächzend zog er den Block in die Höhe.

Ein stechender Schmerz ließ ihn innerlich aufschreien. Der Stein entglitt seinen Händen und sackte ab. Blut wirbelte durch das Wasser davon, bildete kleine Wölkchen, als hätte jemand rote Tinte ausgeleert.

Alex taumelte zur Seite.

Die Kreatur war gekommen, um ihn aufzuhalten. Sie schwang erneut ihren Dreizack, wollte ihn noch einmal damit verletzen oder direkt erledigen.

Alex riss seinen Essenzstab in die Höhe und blockierte den Stab.

Uralte Magie traf auf neue.

Eine Sonne ging auf.

21. Im Zentrum der Dunkelheit

Eier.

Am liebsten hätte Chloe einen großen Löffel genommen und jedes einzelne damit aufgeschlagen.

»Ich kann nie wieder ein Frühstücksei essen, ohne an das hier zu denken.«

Nikki kicherte. »Und denk nur an die plüschigen Osterhasen.«

»Der Umgang mit Alex tut dir nicht gut.«

Aus Nikkis Blick war zu schließen, dass sie das eher stolz machte.

Sie standen zu dritt zwischen den grauen Eiern und bildeten ein Dreieck. Suni würde Essenz von Nikki und ihr aufnehmen, um sie dann abzustrahlen. Sie mussten jedoch damit warten, bis der Kristallschirm wieder aktiv war.

Da überall um sie herum Risse in den Eiern erschienen und Schabgeräusche erklangen, hätte Chloe Jen und Alex gerade gerne in den Hintern getreten, damit sie einen Zahn zulegten.

»Ganz ruhig bleiben, alte Schabracke«, sprach sie sich selbst Mut zu. »Wir kriegen das hin.«

Suni vollführte die Bewegungen für den Zauber, ohne ihn aber wirklich durchzuführen. Der Avakat-Stern war komplex und konnte allzu leicht entarten. Überhaupt wandte niemand ihn gerne an.

Sie hatten einen der Monitore angeschaltet. Er zeigte lediglich das offene Meer, doch sobald Jen oder Alex Erfolg mit der Neuausrichtung der Pfeiler hatten, würde ...

»Da!« Nikki deutete aufgeregt nach draußen. »Ein Leuchten.«

Chloe atmete beruhigt auf. Trotzdem ging es viel zu langsam. Und wieso nur eines?

»Waahh!« Nikki wies erneut auf den Monitor. »Da ist eben das Ding vorbeigeschwommen. Mit dem Dreizack.«

»Shit.«

Chloe überlegte fieberhaft, ob sie nach draußen eilen sollte, um den beiden zu helfen. Wenn sie schnell genug war, konnte sie danach zurückkehren und Suni unterstützen. Die Tatsache, dass in diesem Moment ein weiteres der Eier aufplatzte, ließ sie die Idee verwerfen.

»Verdammt, verdammt, verdammt«, sagte Nikki. »Wir müssen anfangen. Da vorne ist auch ein Teil der Schale weggeplatzt.«

Im Gewächshaus war es stickig und warm. Die Luftfeuchtigkeit trieb allen den Schweiß auf die Stirn. Doch nun kam ein durchdringender Geruch nach Schwefel und verfaulendem Fleisch hinzu. Chloe musste all ihre Willenskraft aufbringen, sich nicht zu übergeben.

Sie wandte sich von dem aufplatzenden Ei in der Nähe ab.

Und erstarrte.

Nur wenige Schritte entfernt stand eine kleine Ausgabe der Kreatur. Sie besaß die Größe eines Halbwüchsigen. Auf den ersten Blick hatte sie ebenfalls keinen Mund. Doch plötzlich, als ziehe jemand einen Reißverschluss auf, teilte sich die Haut und vier Reihen nadelspitzer Zähne wurden sichtbar.

Die Kreatur grinste bösartig, die Schwärze funkelte im Widerschein des Lichts. Sie streckte eine Hand zur Seite aus. Schwarzer Nebel erschien in der Luft, als materialisierte die Schattenfrau. Stattdessen bildete sich eine Eisenstange, wuchs in die Länge und bildete Zacken aus.

Chloe griff nach ihrem Kontaktstein. »Hey, ihr da draußen, könnt ihr euch beeilen? Wir haben hier Monster junior und der wirkt noch übler als Daddy.«

Sie erschufen eine dreifach gestaffelte Schutzsphäre.

Die Kreatur stieß ein Quietschen aus, holte aus und zerschmetterte pro Hieb eine Barriere. Ihr Blick taxierte Suni. Damit war klar, dass das Wesen die Gefährlichkeit der Inderin korrekt eingeschätzt hatte.

Chloe hatte mit ihrem Essenzstab ein temporäres zweites Tattoo über das erste gelegt. Die neutralisierende Wirkung war aufgehoben. In Sunis Nähe überfiel Chloe ein Gefühl der Trostlosigkeit und Gefahr.

Zweifellos spürte die Kreatur diese Strahlung ebenfalls.

Sie wichen zurück.

Auf diese Art konnten sie den Avakat-Stern nicht erschaffen. Suni benötigte wenigstens ein paar Minuten Ruhe. Doch wie sollten sie die bekommen?

Eierschalen platzten auf, neue Krächzlaute kamen hinzu. Die Brut erwachte. Mit jeder kaputten Eierschale nahmen die Gerüche zu, wurde die bösartige Präsenz verstärkt. Chloe konnte kaum noch klar denken.

Der Dreizack flog heran.

Sie konnte Suni beiseite stoßen, wurde aber selbst von den spitzen Zacken getroffen. Eine durchstieß Chloes rechten Arm. Ihre Muskeln erschlafften, der Essenzstab glitt aus ihrer Hand und fiel in eines der Eier, das gerade geborsten war. Gierige kleine Klauen griffen danach und zogen das magische Holz in die schleimige Flüssigkeit.

Chloe brach in die Knie.

Schmerzen pulsierten in ihrem Arm, Blut lief aus der Wunde. Als wäre es nicht schon schlimm genug, streckte die Kreatur ihre Klaue aus. Der Dreizack wurde aus Chloes Arm gerissen und flog zurück.

Suni hob langsam ihre Hand. Sie wirkte wie in Trance. »Potesta Maxima.«

Ein Schwall zimtfarbener Essenz, in der schwarze Schlieren wallten, schoss auf das Wesen zu. Es wurde erfasst und zurückgeschleudert.

»Yes!« Nikki sprang in die Luft. »Damit kannst du es erledigen.«

Suni schüttelte den Kopf. »Ich brauche die Essenz für den Avakat-Stern.«

Dadurch lief es auf ein e*ntweder … oder* hinaus.

Schon kam das Geschöpf wieder in die Höhe. Wütend sprang es mit einem Satz heran, segelte durch die Luft und kam zwischen ihnen auf.

Eine Klaue fuhr durch die Luft, spitze Nägel hinterließen eine Spur auf Nikkis Gesicht. Die Sprungmagierin stürzte zu Boden und schrie.

Das stumpfe Ende des Dreizacks traf Chloe in den Magen. Sie keuchte, fiel zwischen die Eier und japste nach Luft. Plötzlich waren ihr die Hitze, der geringe Sauerstoff und ihre Wunde zu viel. Blitze zuckten in ihrem Gesichtsfeld, rote Schlieren engten es ein.

Suni tauchte unter dem Hieb weg, wich zurück. Sie erschuf weitere Worte der Macht, doch die Kreatur hackte mit ihrem Dreizack nach der Essenz, bevor die Symbole vollständig manifestiert waren. Jeder Zauber wurde im Ansatz zerstört.

Die Gefährtin ächzte panisch auf.

Chloe wollte etwas tun, doch die rettende Idee wollte nicht kommen. Sie mussten Suni schützen, doch wie? Der Kristallschirm war nicht aktiv. Was taten Jen und Alex dort draußen nur?

Direkt neben ihr platzte ein Ei auf. Ein Schwall ranziger Gärgase wehte ihr ins Gesicht, ließ sie nach hinten wegkippen und für ein paar Sekunden das Bewusstsein verlieren.

Als sie blinzelnd zu sich kam, hatte sich die Szene in einen Albtraum verwandelt. Überall krochen winzige Abbilder der Kreatur ins Freie. Auf dem Monitor ging eine zweite Sonne auf, draußen musste etwas Furchtbares geschehen sein. Der Kristallschirm war noch immer nicht erschaffen.

Nikki lag wimmernd in der Ecke.

Suni war gestürzt, lag mit ausgebreiteten Armen zwischen aufplatzenden Eiern.

Die Kreatur stand über ihr und hob den Dreizack, stieß ein lautes Quietschen aus und ließ ihn herabfahren.

22. Ruhe, Stille … Ewigkeit

Bernsteinfarbene Essenz traf auf verzehrende Dunkelheit. Eine Sonne erhellte den Meeresgrund.

Alex konnte die Augen gerade noch schließen. Eine Druckwelle erfasste ihn, katapultierte ihn fort von dem Pflock.

Für Sekunden schwebte er zwischen Wachsein und Bewusstlosigkeit, ließ sich von der Strömung treiben und wollte nur eines: loslassen. Kein Streit mehr mit Alfie, kein Auszug in ein leeres Loft, kein Kampf mehr gegen eine Frau, die einst eine Freundin gewesen war.

Ruhe, Stille.

Doch dann dachte er an seine Freunde. Die besten, die es gab. Wie würde es Chloe, Nikki und Suni ergehen? Wie schrecklich würde seine Mum weinen? Wie würde Zac – sein bester Nimag-Freund – reagieren?

Jen.

Alex riss sich zusammen, streifte die Lethargie ab.

Die Druckwelle hatte ihn von der Kuppel weggeschleudert. Eine Strömung hatte ihn erfasst und in Richtung des unterseeischen Grabens getragen. Plötzlich war der Boden fort und er schwebte im Nichts.

Einzig sein Essenzstab erhellte die Umgebung.

Oben, unten, rechts, links - es gab nur noch Weite.

Wie ein Hai schoss die Kreatur heran, den Dreizack erneut auf Alex gerichtet. Sie wussten nun beide, was eine Kollision der Artefakte anrichtete.

Die Kreatur kam ursprünglich aus dem Meer, das war eindeutig. Elegant glitt sie um Alex herum, vollführte Attacken aus unterschiedlichen Richtungen, stieß zu, um zu töten. Alex konnte sich nur aufs Ausweichen verlegen. Immer wieder zog er die Contego-Sphäre hoch, um einen Schlag zu blocken. Lange konnte das nicht mehr gutgehen.

Er spürte Müdigkeit. Seine Essenz war von einem stetigen Glimmen zu einem schwachen Flackern geworden. Er musste sich schonen.

Was konnte er noch tun?

Er richtete den Essenzstab in den Abgrund, schuf ein schnelles Symbol und rief: »Gravitate Negum.«

Sofort wurde die Anziehungskraft verstärkt. Die Kreatur sackte nach unten weg, strampelte und kämpfte sich wieder in die Höhe.

Immerhin, damit waren ihre Bewegungen verlangsamt, Alex kam aus der Defensive.

Die Kraftschläge wurden trotzdem abgeblockt und um den Schwerkraftzauber aufrechtzuerhalten, musste er mehr Essenz aufwenden.

Die Kreatur schlug erneut zu. Riss eine weitere Wunde. Blut verteilte sich im Wasser. Alex spürte, wie er schwächer wurde. Die Kraft wirbelte aus ihm heraus wie die Tintenkleckse namens Blut.

Wut überkam ihn.

Er wollte nicht tausend Meilen unter dem Meer alleine sterben. Seine Freunde zählten auf ihn. Ja, die Welt. Er schrie seine Wut hinaus.

Doch kein Wort kam über seine Lippen.

Stattdessen erklang jener schrille Ton aus seinen Kiemen, der schon mancherlei Glas auf der *Spirit of Enderby* zerstört hatte.

Der Effekt auf die Kreatur war durchschlagend.

Sie wand sich, ihr Körper zuckte, der Dreizack entglitt ihrer Klaue.

Alex reagierte instinktiv.

»Aportate Dreizack!«

Die Waffe landete in seiner Hand. Er verstaute seinen Essenzstab. Das Metall fühlte sich warm an, ja, es pulsierte. Als wäre es lebendig. Er wechselte die Waffe in seine Rechte, holte aus und schleuderte sie.

Die Spitzen durchstießen die ledrige Haut der Kreatur.

Ein Schrei ertönte, der jede Faser in Alex' Leib zum Vibrieren brachte. Er wollte sich zusammenrollen, spürte, wie pure Angst sein Denken niederdrückte.

Dann brachen die Augen der Kreatur. Sie erschlaffte. Die Schwerkraft griff nach dem Körper und zerrte ihn in die Tiefe. Sekunden später war er fort.

Alex atmete auf.

Und spürte im gleichen Augenblick, dass etwas nicht stimmte. Es fiel ihm schwer, Luft zu holen. Er betastete seinen Hals. Die Kiemen bildeten sich wieder zurück.

Er löste den Schwerkraftzauber auf und schwamm in Richtung Kuppel. Immer schwieriger wurde es für ihn, die Arme zu bewegen. Schwindel erfasste ihn, zwang seinen Geist in einen Strudel aus Orientierungslosigkeit.

Panisch stellte er fest, dass er in die falsche Richtung geschwommen war, weiter hinaus, über den Abgrund.

Er griff nach seinem Kontaktstein, wollte einen Hilferuf an die anderen schicken. Doch seine Finger glitten ab, die Konzentration zerfaserte. Die Essenz in seinem Inneren wurde zu einer kleinen Flamme. Er versuchte noch, eine Contego-Sphäre zu erschaffen, die Sauerstoff aus dem umgebenden Wasser extrahierte, doch es misslang. Weder besaß er die notwendige Konzentration noch ausreichende Essenz. Sein Sigil wehrte sich und er besaß nicht mehr die Kraft, etwas dagegen zu tun.

Alex ließ sich treiben.

Die Strömung erfasste ihn erneut, ließ ihn langsam in die Tiefe sinken. Es war seltsam, doch es stimmte, was immer gesagt wurde.

Zuerst kam die Wut, der Versuch, das Unvermeidliche hinauszuzögern oder abzuwenden. Danach die Akzeptanz. Wenn man erst einmal losließ, wurde es leichter.

Alfie würde alleine zurechtkommen.

Seine Mum hatte Freunde, die ihr halfen.

Chloe, Nikki, Chris, Kevin und Max würden sich an den nächsten Erben gewöhnen und ihn irgendwann vergessen.

Und Jen?

Sie hatte Dylan.

Alex lächelte.

Sein Körper wurde immer schwerer, sein Gesichtsfeld kleiner. Während er hinabsank, nahm er zum ersten Mal all das Leben wahr, das ringsum existierte. Tiefseefische, die durch die Dunkelheit glitten, gerade noch zu sehen im Schein des Essenzstabs, der selbst in Alex' Tasche noch einen Rest Wärme und Lichtschein in die Schwärze warf. Korallen schufen ein Bild absoluter Schönheit aus Farben und Formen. Grüne Pflanzenstränge waberten in der Strömung. Winzige Planktonpartikel flirrten im Essenzstabschein.

Wie auch immer Nemo das angestellt hatte, es hatte sich gelohnt. Eine solche Vielfalt in dieser Tiefe war ein kleines Wunder.

Es wurde kalt.

Nein, eisig.

Der Trank verlor seine Schutzfunktion gegenüber unterseeischen Temperaturen, er hielt nicht länger warm. Gleichzeitig wurde das Atmen fast unmöglich.

Vermutlich musste er dankbar dafür sein.

Sobald die Wirkung gänzlich nachließ, würde der Druck ihn von einer Sekunde zur nächsten einfach zerquetschen. Alles andere war dann bedeutungslos. Vermutlich war es daher auch diese letzte Schutzfunktion, die ganz am Ende ihre Wirkung verlor.

Mit ausgebreiteten Armen, das Haar im Wasser wallend, sank Alex in den Abgrund, eine Blutspur hinter sich herziehend.

Irgendwo dort unten lag der Leib der getöteten Kreatur, in dem der Dreizack steckte. Es war Ironie der Fügung, dass er seinen Feind besiegt hatte, nun aber dessen Bestimmung teilte.

In manchen Augenblicken wollte er das Schicksal am Kragen packen und ordentlich durchschütteln.

Er lächelte.

Und tat seinen letzten Atemzug.

23. 007 auf der Flucht

Im Schutz der Dunkelheit pirschte Kevin sich heran.

Das Haus stand verlassen zwischen laubbehangenen Bäumen. Im Hintergrund ging es steil bergauf. Der Mond warf seinen Schein auf den Schornstein, aus dem Rauch hervorquoll. Auf der Bank der Veranda hatten sie oft gesessen und gemeinsam den Sonnenuntergang bestaunt.

Kevin trat aus dem Schutz der Bäume und hielt zielstrebig auf das Haus zu. Natürlich hatte er nicht den direkten Weg genommen. Das Sprungtor in Alicante hatte ihn nach New York gebracht. Von dort ging es weiter nach Kanada. Den Rest des Weges hatte er mit einem gemieteten Jeep Cherokee zurückgelegt.

Er klopfte.

Max riss die Tür auf. »Ich dachte schon, du kommst nie.«

Ein Feuer loderte im Kamin, ein Schlafsack lag auf dem Bett.

Sie umarmten sich, tauschten einen Kuss.

»Eliot hat mich erst noch eingehend befragt«, erklärte Kevin. »Dieser Idiot. Meiner Meinung nach hätten die Unsterblichen ihn sofort aus seinem Amt entlassen müssen. Wie geht es dir?«

»Besser«, erwiderte Max.

»Das war eine ziemlich blöde Aktion«, bescheinigte Kevin ihm.

»Ich weiß.« Sein Freund wirkte zerknirscht. »Aber als er das Verlies erwähnt hat, die Enge ... alles war wieder da. Ich bin einfach ausgetickt. Keine Ahnung, ich kann es selbst nicht so richtig erklären.«

»Schon gut.« Kevin legte ihm beruhigend die Hand auf den Arm. »Es war eine Überreaktion, das ist menschlich.«

»Eliot sieht das wohl anders.«

»Frag nicht. Vermutlich hätte er mich am liebsten auch verhaftet. Ganz zu schweigen von Patricia. Sie unterstellt, dass ich eingeweiht war und man ›Die Grants‹ ab sofort auch im Auge behalten sollte.«

»Dieses ekelhafte Weib.« Max' Kopf ruckte in die Höhe. »Eine der Fallen wurde ausgelöst.«

»Was? Aber ich habe darauf geachtet, dass mich niemand verfolgt.«

Max zog seinen Essenzstab und erschuf einen Aufspürzauber. »Die haben dich mit einer versteckten Ortung belegt.«

Kevin rannte zum Fenster. Überall um die Hütte herum erschienen Lichtkämpfer aus dem Nichts. Er erkannte Cornelius, der sie nacheinander transportierte. In diesem Augenblick verfluchte er die Existenz von Sprungmagiern.

»Du musst dich ergeben.«

»Ich kann nicht.« Max wirkte bedrückt.

»Sie werden dich ...«

»In ein Verlies werfen und befragen. Patricia wird ihren Einfluss geltend machen, dass niemand mich dort herausholt, und in der Zwischenzeit sät sie Angst und Misstrauen. Möglicherweise beeinflusst sie sogar das Konzil.«

»Wir können nicht gegen alle da draußen versammelten Magier kämpfen.«

»Nein. Da hast du recht. Außerdem wäre das unfair. *Du* hast schließlich nichts getan.«

»Was?«

Max ließ seinen Essenzstab wirbeln. Ein Kraftschlag prellte Kevin den seinen aus der Hand, gleichzeitig ergriff eine bleierne Schwere seine Glieder und zwang ihn zu Boden.

»Es tut mir leid«, entschuldigte sich Max.

»Was tust du?!«

Er ging neben Kevin in die Knie und hauchte ihm einen Kuss auf die Stirn. »Ich vertraue ihnen nicht mehr. Mein Leben und meine Freiheit sind zu kostbar.«

Vor der Hütte erklangen Rufe.

»Wenn du jetzt gehst«, stieß Kevin hervor, »kannst du nie zurückkehren! Verstehst du nicht, du bist die Waffe! Die Prophezeiung hat all das vorausgesagt. Du bist in unserer Mitte herangereift, in der Familie. Tu es nicht! Sie werden dich jagen.«

Max zog das Holzstäbchen aus seiner Tasche. »Es ist der einzige Weg, der mir noch geblieben ist.«

»Tu!Es!Nicht!« Kevin kämpfte gegen die Zauber an. Er brüllte seine Wut hinaus.

Max zerbrach den Stab.

Sekunden vergingen, dann erklang ein *Plopp*.

»Crowley«, entfuhr es Kevin entsetzt.

Der dunkle Unsterbliche wirkte mürrisch. »Hat jemand ein Taxi bestellt?«

Max starrte ihn verdattert an.

»Schau nicht so, Max Manning. Dein kleiner Stunt mit dem

Zauberstab hat ein paar unserer Sprungmagier erledigt. Daher darf ich nun Taxidienst spielen. Wir sind quasi überlastet.« Er schnippte ein Staubkorn von seinem Anzug. »Du willst also die Seiten wechseln?«

Max nickte.

Crowley zog ein verkorktes Reagenzglas hervor. »Ein Wahrheitstrank. Runter damit. Auf ex, bitte, wir haben nicht viel Zeit.«

Max kam der Aufforderung nach.

»Hast du tatsächlich vor, die Seiten zu wechseln?«, fragte Crowley.

»Ja.«

Der Unsterbliche nickte zufrieden. »Hast du vor, uns auszuspionieren?«

»Nein.«

Crowley klatschte in die Hände. »Ausgezeichnet.« Er winkelte seinen Arm an. »Bitte einhaken, Gnädigste.«

Mit einem Krachen wurde die Tür aus den Angeln gesprengt. Thomas Edison stand dort, direkt neben Eliot Sarin. Ihre Blicke erfassten Kevin, Max und schließlich Crowley.

»Ich wusste es«, spie der Oberste Ordnungsmagier aus.

»Wie konntest du nur«, flüsterte Edison.

»Bei so viel Liebe geht mir das Herz auf«, kommentierte Crowley trocken. »Wir hätten unsere besten Krieger ja niemals so behandelt. Wirklich, Thomas, schämen solltet ihr euch.«

Der Unsterbliche zwinkerte seinem Gegenpart gehässig zu, was Max jedoch nicht sehen konnte, da sein Blick in den Raum gerichtet war.

»Sie werden dich töten«, prophezeite Edison an Max gewandt.

»Mitnichten«, konterte Crowley. »Wir werden ihm zeigen, wie die andere Seite aussieht. Jene, die die alte Ordnung wiederherstellen will.« Er linste zu Max. »Möglicherweise wird er ein neuer Bruce.«

Kevin warf sich gegen die unsichtbaren Fesseln. »Wage es nicht, du elendes Stück Dreck. Max bleibt hier!«

»Oho, ich zittere. Der große Kevin Grant richtet seinen Essenzstab gegen ... ich schätze, maximal … die Decke. Aber nur, wenn du dich noch ein bisschen anstrengst. Naaa? Doch nicht? Dachte ich mir. Noch irgendwelche letzten Worte an deine bisherigen Arbeitgeber?«

Max schluckte. »Ich habe euch nie verraten.« Sein Blick wurde kalt. »Bis heute.«

»My, my, besser hätte ich es nicht ausdrücken können.«

Eliot ballte die Fäuste.

Edison bewegte sanft die Finger seiner rechten Hand.

Plopp.

Crowley und Max waren fort.

Kevin starrte noch immer auf den Fleck in der Luft, als Eliot längst den Zauber aufgelöst hatte und Ordnungsmagier die Hütte ringsum sicherten.

Max war fort.

Das elende Grinsen von Crowley würde Kevin nie vergessen. Wie er den Unsterblichen hasste. Drei Lichtkämpfer waren notwendig, um Kevin von Eliot zu zerren, dem er Faustschläge ins Gesicht verpasste.

»Das ist deine Schuld!«, brüllte Kevin.

Ohne einen Blick zurück ließ er die Hütte hinter sich und verschwand zwischen den Bäumen.

24. Der lautlose Schrei

Jen trat wütend gegen den Pfeiler.

Welcher Idiot hatte die Dinger so konstruiert, dass man sie überhaupt verdrehen konnte? Sie verstand durchaus die Notwendigkeit von Flexibilität an einem Ort, wo tektonische Verschiebungen stärker zutage traten als an Land, doch das war eindeutig zu viel des Guten.

Endlich gab es einen Ruck und sie konnte den Pfeiler drehen. Er rastete neu ein.

Ein Blick hinauf zeigte ihr, dass drei Flächen des geschliffenen Zentrumskristalls leuchteten. Nur eine Seite war noch dunkel.

»Wo bleibst du, Kent?«

Jen überlegte, ob sie in die Kuppel zurückkehren sollte. Mit mehr Essenz konnte Suni zweifellos besser arbeiten. Andererseits hatte Alex vielleicht Schwierigkeiten.

Während sie noch darüber nachdachte, klang etwas in ihr an. Es war nur ein Gefühl, der Hauch einer Ahnung, doch es war unbestreitbar vorhanden. Ein lautloser Schrei.

Alex hatte Probleme.

Ohne nachzudenken, schwamm sie zu den ihm zugeteilten Pfeilern. Der erste war ausgerichtet. Der zweite nicht. Aber wo war Alex?

Suchend blickte Jen sich um.

Da! War das Blut?

Sie wirkte einen Fluoreszenzzauber. Tatsächlich begannen rötliche Schlieren zu leuchten, schufen eine Linie, die zum Abgrund führte ...

... und hinein.

Jens Blick wanderte zwischen der unterseeischen Wunde im Fels und dem Kristallnetzpfeiler hin und her. Schließlich stieß sie sich ab und folgte dem Blut. Direkt hinein in den Abgrund.

»Wenn du dich hast töten lassen, werde ich dich erwürgen«, sprach sie in die Dunkelheit.

Der Bernstein an ihrem Gürtel erhellte gerade mal einen Meter Radius um sie herum.

Da war noch mehr Blut, allerdings nicht von Alex. Es war schwarz. Jen begriff, dass die Kreatur angegriffen hatte. Immerhin war es Alex gelungen, sie zu verletzen. Doch wer hatte gewonnen?

Sie vertrieb den Gedanken, dass niemand mehr den letzten Pfeiler ausrichten konnte, wenn sie in den Abgrund tauchte und hier umkam.

Dann würden die Freunde den Avakat-Stern nicht anwenden können oder es ohne den Schirm tun. In diesem Fall konnten die Folgen katastrophal sein, ja, sogar Kettenreaktionen auslösen.

Endlich sah sie Alex.

Er trieb weit unter ihr, die Haut bleich wie Wachs. Die Kiemen an seinem Hals verschwanden in diesem Augenblick. Der Druck würde ihn jeden Moment töten.

Ein heißer Schreck durchfuhr Jen.

Sie schwamm schneller. Als sie ihn berührte, wirkte seine Haut kalt und fest, als bestünde sie aus Porzellan. Sie konnte nicht sagen, was davon auf den Trank zurückzuführen war, der auch vor dem Druck schützen musste, doch dass er nicht atmete war definitiv nicht eingeplant.

Sie erweiterte die eigene Contego-Sphäre um ihn herum, als Druckausgleich.

Kein Atem.

Sie veränderte den Schwerkraftvektor, worauf sie mit einem zügigen Aufstieg begannen. Über dem Abgrund angekommen, sanken sie auf den Boden neben der Kuppel. Sie hatte keinen funktionierenden Essenzstab, konnte also keinen Zauber in einem Körper wirken.

»Das darf doch alles nicht wahr sein!«

Sie begann mit einer Herzmassage. Wieder und wieder übte sie Druck auf Alex' Brust aus. Rippen brachen. Jen machte weiter.

»Komm schon, Kent. Tu mir das nicht an.«

Eine Träne rann über ihre Wange.

»Leb gefälligst!«, brüllte sie.

Doch Alex reagierte nicht. Keine Atmung, kein ausgespucktes Wasser. Wie lange hatte er keinen Sauerstoff mehr bekommen?

Jen stoppte mit der Herzmassage.

Sie musste zurück in die Kuppel, damit jemand einen Heilzauber anwenden konnte. Schnell. Ihr Blick fiel auf den Steinpflock, glitt hinüber zur Kuppel. Erst in diesem Augenblick realisierte sie die Gefahr, in der sie noch immer alle schwebten.

Jen katapultierte sich und Alex in der Sphäre hinüber zum Pflock. Dort griff sie zu und zog, zerrte, riss an dem Gestein. Wieder geschah nichts.

»Argh!«

Sie durfte nicht aufgeben. Zu viel hing davon ab. Hier und jetzt, aber auch in der Zukunft. Wenn sie hier scheiterten, stand niemand mehr zwischen der Schattenfrau und der Allmacht. Sie würde die Silberknochen finden und schließlich den dritten Sigilsplitter.

»Ich gebe nicht auf!«

Jen zerrte weiter. Der Stein bewegte sich ein paar Millimeter, sackte aber wieder zurück. Er war einfach zu schwer. Ohne Essenzstab konnte sie das Gewicht nicht verändern. Vermutlich würde es sowieso nicht funktionieren, da der Kristall jede Manipulation durch Magie neutralisierte.

Immer wieder huschte ihr Blick gehetzt zu Alex. Sie mussten in die Kuppel. Rasch.

Wieder griff Jen nach dem Stein, legte all ihre Kraft in ihre Bewegung. Langsam bekam sie ihn in die Höhe, konnte den Winkel Stück für Stück verändern.

Ein leichtes Beben erfasste den Boden, die Kuppel vibrierte. Nach einigen Sekunden erst begriff Jen, dass es kein echtes Beben gewesen war. Innerhalb geschah etwas, das auf die Umgebung einwirkte. Eine Veränderung im Gleichgewicht der Kräfte, ein Anstieg von Magie.

Uralte Macht drängte jene beiseite, die Äonen nach ihr entstanden war. Das Böse machte sich dazu bereit, zurückzukehren. Was kein Portal bisher hatte schaffen können, schienen die Eier nun zu übernehmen.

Jen warf sich förmlich gegen den Stein. Endlich hatte er die neue Position erreicht und rastete wieder ein. Der letzte Kristall war auf die Spitze der Kuppel ausgerichtet. Silbernes Licht floss von oben herab zu Boden, legte sich wie ein schützender Schleier über die Basis von Captain Nemo.

»Geht doch.«

Sie schwamm zurück zu Alex und mit ihm gemeinsam zur Schleuse. Viel zu langsam wurde das Wasser abgepumpt. Jen griff nach ihrem Kontaktstein. »Ist bei euch alles klar? Hat es funktioniert?«

Keiner der Freunde übermittelte eine Antwort.

Noch immer lag der Odem des Bösen über allem. Was auch innerhalb der Kuppel geschah, bisher war der Avakat-Stern nicht ausgeführt worden.

»Macht schon, Leute.«

Vor ihr lag Alex. Mit bleichem Gesicht, ohne einen Atemzug zu tun.

Er war tot.

Die Erkenntnis setzte sich nur langsam in Jens Gedanken durch.

Gleichzeitig realisierte sie aber, dass es kein Aurafeuer gegeben hatte. Das Sigil war nicht weitergewandert. Lag das daran, dass es ein wildes Sigil war? Oder hatte letztlich der Dreizack den Tod von Alex verursacht? Besaß dieser eine ähnliche Wirkung wie die Sigilklinge? War das Sigil für immer ausgelöscht?

Sie wusste es nicht.

Nur diese einzige, schrecklichste aller Wahrheiten sah sie mit eigenen Augen und wusste, dass sie zur völligen Machtlosigkeit verdammt war.

Alexander Kent war tot.

25. Ein dunkler Stern geht auf

Chloe wollte schreien, doch kein Wort verließ ihren Mund. Hilflos musste sie dabei zusehen, wie die Kreatur mit ihrem Dreizack ausholte und zustieß.

Zustoßen wollte.

Plopp.

Nikki materialisierte direkt neben dem Grauling. Erst jetzt bemerkte Chloe, dass die Sprungmagierin wieder Kiemen besaß. Sie musste den Wandelzauber eben erst eingeleitet haben. Ein weiteres *Plopp* folgte.

Beide waren fort.

Schwer atmend kroch Chloe zu Suni, ging neben ihr in die Hocke. »Bist du in Ordnung?«

Die Inderin kam in die Höhe.

Sofort überfiel Chloe wieder das Gefühl von Übelkeit. Es wurde Zeit, dass die Wirkung des Tattoos wieder aktiviert wurde.

Nikki kehrte zurück.

»Das war genial.« Chloe zerrte Bambi mit einem Ruck in eine Umarmung.

Prompt bekam Nikki knallrote Wangen. »Ach, das war nur ein Reflex.«

»Jetzt mach mal hier nicht zu sehr auf Bescheidenheit«, kommentierte Chloe. »Kuschelkurs mit Monster, das ist schon was. Apropos, wo ist das Ding jetzt?«

»Ich bin auf halbe Meereshöhe gesprungen«, erklärte Nikki. »Scheinbar haben die Dinger Probleme mit einem abrupten Druckwechsel. Er ist direkt neben mir explodiert.«

Erst jetzt begriff Chloe, was der graue Lappen war, der da in Nikkis Haaren hing. »Ach so, dann ist das da Haut.«

»Was? Iiiiihhhhhhh.« Die Sprungmagierin zupfte es aus den Haaren und warf es fort.

Chloe streckte die Hand aus. »Aportate Essenzstab.«

Das Artefakt sauste rotierend durch die Luft und verschleuderte dabei Schleimbatzen. Schnell stoppte Chloe den Zauber und ließ den Holzstab zu Boden fallen. »Später reicht auch noch.«

Wenige Meter entfernt plumpste der nächste Grauling zu Boden, streifte mit seinen Klauen Blut und Gewebeklumpen fort. Sofort richteten sich seine tückischen Augen auf das Trio.

»Avakat-Stern, jetzt«, verlangte Chloe.

Suni begann sofort mit der Erschaffung des Symbols. Nikki und Chloe taten es ihr gleich.

Immer mehr der Eier platzten auf, Graulinge krochen auf sie zu. Ihre Körper waren seltsam deformiert, Knochen und Muskeln standen unter der Haut weit ab. Es knackte, Brüche entstanden, Knochen richteten sich neu aus.

Die Avakat-Verbindung manifestierte.

Neongrüne Essenz floss von Chloe zu Suni.

Silbrig-blaue Essenz flirrte wie ein Meer aus Wassertropfen von Nikki hinüber.

Suni fügte ihre eigene Kraft hinzu und begann damit, die pervertierte Essenz abzustrahlen.

Vor Protest kreischend wichen die kniehohen Winzlinge zurück. Immer weiter, wobei sie in Panik gegen andere Eier knallten.

»Es funktioniert«, stellte Chloe erleichtert fest.

Gleichzeitig schmerzte die dunkle Präsenz in tiefster Seele. Sie wollte sie abstreifen, Suni anbrüllen, damit sie es beendete. Doch solange noch Kreaturen übrig waren, durften sie nicht aufgeben.

Die ersten Eier wechselten die Farbe. Aus Grau wurde Schwarz. Sie zerbröselten zu Ascheflocken, immer mehr. Einer der neu Geschlüpften katapultierte sich durch den Raum und schleuderte einen Eiterbatzen auf Nikki.

Geschockt betastete diese ihre Wange, wo das Sekret aufgekommen war. Direkt auf der Wunde. »Chloe.« Das Wort war nur noch ein Hauch.

Nikki brach zusammen.

Grüne Pflanzenstränge bildeten sich auf ihrer Haut und liefen in den Boden.

Im gleichen Augenblick wurde der Avakat-Stern schwächer. Suni taumelte, konnte sich gerade noch aufrechthalten. Der mächtige Zauber verschlang die Essenz förmlich, die Chloe zuleitete und die Suni aus sich selbst heraus produzierte.

Doch war es genug?

Weitere Graulinge begriffen, dass die Taktik des Schleimangriffs ihnen einen Vorteil verschaffen konnte. Chloe fluchte, als weiterer Eiter heranflog. Sie wurde am Hals und am Arm getroffen.

»Was für ein bescheuerter Tag!«, fluchte sie lauthals. »Suni, du musst ... musst ... beeilen.«

Bisher war die Gefährtin noch nicht getroffen worden. Doch das würde sich bald ändern.

Die Strahlung des Avakat-Sterns hatte nahezu Dreiviertel aller Eier und die Hälfte der Neugeschlüpften ausradiert. Immer mehr fielen der pervertierten Essenz zum Opfer. Ein reinigender Flächenbrand.

Ein Schmerz durchfuhr Chloe. Trotzdem hielt sie die Verbindung aufrecht, leitete noch mehr Essenz zu Suni hinüber. Jetzt war alles egal. Falls es ihnen nicht gelang, die Kreaturen zu vernichten, war sowieso alles verloren. Auf ein Aurafeuer mehr oder weniger kam es dann nicht mehr an.

»Es war mir eine Ehre, neben dir zu kämpfen, Chloe O'Sullivan«, sagte Suni.

»Gleichfalls«, gab sie zurück. »Das wiederholen wir auch bald wieder. Aber zuerst machst du diese Krabbelviecher ...« Der Gedanke verschwand mitten im Satz. »Was wollte ich ...«

Auf Chloes Arm bildeten sich grüne Stränge, die über die Haut verliefen. Der Schmerz wurde übermächtig. Jemand schien heiße Nadeln überall in ihren Körper zu bohren.

»Das war es dann wohl.«

Suni wandte sich um.

Chloe erschrak. Die Augen der Freundin glühten orangerot. Beide. Schwarz lodernde Essenzflammen entstanden um ihren Körper herum, ihre Stimme hallte, als sie nun sprach: »Niemals darf das Uralte aus der Zeit vor dem Anbeginn in dieses Reich zurückkehren.«

Sie breitete die Arme aus und trat den Kreaturen entgegen.

»Mein Atem wird es sein, der euch hinfortbläst, meine Macht treibt euch zurück in die Dunkelheit, aus der ihr stammt, meine Magie wird das Feuer sein, in dem ihr verbrennt.«

In diesem Augenblick war Chloe sich absolut sicher, dass es nicht Suni war, die da sprach. Etwas anderes hatte von ihr Besitz ergriffen. Etwas Schönes, Dunkles, Grausames und Uraltes.

Die Flammen um Sunis Körper herum verdichteten sich, umhüllten den Körper der Freundin mit purer Schwärze. Greifbare Macht lag in der Luft. Macht entfaltete sich.

Eine schwarze Feuerwalze raste über die Eier und zerstörte sie innerhalb eines Lidschlags. Hier und da blieben Teile der verbrannten Schale zurück, überall sonst flogen Ascheflocken durch die Luft.

»Es schneit«, murmelte Chloe.

Sie wusste nicht, was sie wirklich sah und was lediglich der Einbildung ihres halluzinierenden Verstandes entsprang.

Suni lachte. »Hinfort mit euch!«

Die letzten wuselnden Kreaturen versuchten, das Schott zu erreichen und zu fliehen. Doch Sunis Flammen verbrannten sie, bevor sie auch nur in dessen Nähe kamen.

Noch immer sog die Verbindung des Avakat-Sterns Essenz aus Chloe heraus. Sie hatten den gefährlichen Bereich längst erreicht.

Suni machte eine Handbewegung, worauf die Verbindung erlosch. Langsam, fast gleitend, kam sie auf Chloe zu, ging neben ihr in die Hocke. Kalte Finger betasteten sanft ihre Wange. »Das war tapfer, Kriegerin. Schlaf nun, das Böse wurde getilgt.«

Chloes Lider flatterten.

Die Welt verging in wohltuender Schwärze.

26. Silberknochen

Sie saßen in der Bibliothek der Nautilus.

Alex trank glücklich einen Schluck Tee. Die vergangenen Ereignisse kamen ihm seltsam unwirklich vor. Nachdem er in den Abgrund gefallen war, hatte Jen ihn gerettet. Zwar hatten ihre Reanimationsversuche nicht funktioniert, doch aufgrund der starken Kühlung war sein Körper in Schockstarre verfallen. Konservierung. Chloes Sanitatum-Zauber hatte ihn dann wieder aufgetaut, das Blut mit Sauerstoff angereichert und ihn ins Bewusstsein zurückgeholt. Er erwachte auf der Krankenstation. Neben dem Bett saß eine schlafende Jen auf einem ziemlich unbequem aussehenden Stuhl. Jemand hatte ihr eine Decke übergeworfen.

Alex hatte sie sanft angestupst.

Daraufhin war sie erwacht und hatte ihn angebrüllt. Was ihm einfiele zu sterben und solches Zeug. Er hatte nur gegrinst. Jen brüllte oft, was eigentlich ein gutes Zeichen war.

Die Ereignisse lagen mittlerweile vierundzwanzig Stunden zurück.

Suni ruhte noch immer auf der Krankenstation im Tiefschlaf. Ihr Körper war völlig ausgezehrt, als hätte etwas all ihre Kraftreserven vernichtet.

Chloe, Nikki und Jen ging es gut. Auch Chris war - wie alle übrigen Seeleute – nach dem Tod der Kreaturen erwacht. Die Pflanzen waren einfach abgestorben und zerbröselt. Er war wütend, weil er die ganze Action verpasst hatte.

Vor jedem von ihnen stand eine der edlen Tassen, aus denen es dampfte. Bei Jen war es Kaffee, bei Nikki eine neuseeländische Teemischung. Chris und Chloe schlürften Cappuccino.

Nemo entpuppte sich als überraschend einnehmender Zeitgenosse. Er hatte eine warme, freundliche Stimme und gütig dreinblickende Augen. Er lachte oft in seinen Rauschebart. Gleich zu Beginn hatte Alex ihn mit Santa Claus verglichen, worauf Jen Alex natürlich direkt wieder eine auf den Hinterkopf verpasst hatte.

Die Gewalt in dir, stark sie ist, dachte Alex. *Gewalt der Weg zur dunklen Seite der Macht ist.*

Er verzichtete allerdings darauf, es auszusprechen und rieb sich stattdessen den Kopf.

»Ich muss euch danken«, wiederholte Nemo. »Ihr habt unter Einsatz eures Lebens meine Mannschaft und mich gerettet. Und vermutlich auch den Rest der Welt.«

Sie hatten ihm mittlerweile Mentigloben mit Erinnerungen an die Ereignisse bespielt.

»Wir haben nur getan, was jeder getan hätte«, winkte Alex großmütig ab.

»Du bist bescheiden.«

»Ja, unser Alex hier ist die Bescheidenheit in Person.« Jen funkelte ihn an. »Und oftmals so schweigsam. Man merkt gar nicht, dass er da ist.«

Er kicherte in seine Tasse und schwieg.

»Ich habe einst einen Blutschwur geleistet, niemanden zu den Silberknochen zu führen.« Nemo schnaubte. »Einzig, wenn das Wohl der Welt davon abhängt, darf ich das Versprechen brechen.«

»Sie hat eines der Eier aus Iria Kon hierhergeschleppt«, betonte Jen. »Und dich danach zum Portal gelockt.«

Nemo nickte.

Der Unsterbliche hatte in seiner Erinnerung gekramt. Und tatsächlich, die Schattenfrau hatte ihm über einen alten Kontakt aus einem Antiquariat in Ägypten das Papyrus zukommen lassen.

»Das Wohl der Welt scheint ihr nicht wichtig«, sprach Nemo. »Ich habe mich einst hierher zurückgezogen, nachdem der Traumkrieg zu Ende war. Ich wollte in Stille forschen, Erkenntnisse gewinnen und die Meere schützen. Erst Jahre später begann ich damit, die Hinterlassenschaften aus der Zeit vor dem Anbeginn zu studieren. Sie bergen furchtbare Gefahren.«

»Die Schattenfrau nutzt jede Schwäche aus«, erklärte Jen. »Sie weiß längst, wo die Silberknochen sind. Wir allerdings nicht. Vermutlich ist sie bereits dort. Wenn sie den letzten Sigilsplitter vor uns in die Finger bekommt, kann sie den dritten herbeirufen und so die Allmacht herstellen.«

»Allmacht«, spie Nemo aus. »Was für ein Sakrileg wider die Schöpfung. Niemand sollte über derartige Macht gebieten. Selbst die Magie ist bereits zu viel. Jules wusste das.« Nemo lachte. »Er liebte die Nimags und wollte sie Teil haben lassen an all der Magie, den Abenteuern und dem Fantastischen, das sie durch die Erschaffung des Walls nicht mehr wahrnehmen konnten. Seine Bücher waren ein Schlupfloch. Er verpackte die Wahrheit einfach in ein belletristisches Werk und ließ die Nimags eintauchen in eine Welt voller Wunder.«

Alex lauschte gebannt den Ausführungen Nemos. Selbst heute noch kannten sie ihn alle. Jules-Gabriel Verne war eine Legende.

»Ich war nicht erbaut darüber, selbst in einem seiner Werke aufzutauchen, doch er bestand darauf.«

Alex kam ein Gedanke. »Aber Jules Verne verstarb doch erst 1905, richtig?« Er hatte sich vor dem Aufbruch zu der Mission informiert. »Wenn er sich opferte, um den Traumkrieg zu beenden, dann fand dieser gar nicht vor der Erschaffung des Walls statt.«

»Nein«, bestätigte Nemo. »Die Traumebene, und damit verbunden der Kampf, endete 1905.«

Jen erbleichte.

Er wusste, dass sie gerade dasselbe dachten. »Ich dachte, durch die Erschaffung hätte die Ebene ihre Macht verloren, aber das war ein Irrtum.«

»Die Traumebene ist noch genauso mächtig wie eh und je. Warum?«

Er nickte Jen zu.

»Weil die Schattenfrau so zwei Fliegen mit einer Klappe schlägt«, erklärte Jen. »Sie hat in Iria Kon das gesamte Himmelsglas mit Erinnerungen befüllt. Mit allen Geheimnissen der Unsterblichen und Lichtkämpfer, die sie im Verlauf der Jahrhunderte sammeln konnte. Sie wird all die Erinnerungen in die Träume einspeisen.«

»Um Zwietracht zu säen«, begriff Nemo. »Ein Plan, der vermutlich aufgeht. Genau deshalb versiegelte Jules die Traumebene. Allerdings vermute ich, dass sie das nicht abhalten wird. Immerhin besitzt sie einen der Sigilsplitter. Ihr auch?«

Ein einhelliges Kopfschütteln war die Antwort.

»Aber wir könnten einen erbeuten. Er ist im Castillo eingelagert«, erklärte Alex.

»Wirst du uns den Weg zu den Silberknochen weisen?«, fragte Jen.

Anstatt eine Antwort zu geben, erhob sich Nemo. Er trat an die Wand, öffnete eine Klappe und zog einen Schalter herunter. Das Metall vor den Fenstern klappte zur Seite.

Alex sprang auf.

Gemeinsam mit den anderen trat er ans Fenster und blickte hinaus.

»Die Nautilus ist vor einer Stunde aufgetaucht. Wir bewegen uns über das Wasser, hin zu unserem Ziel. Ich bringe euch zu den Silberknochen.«

Jen atmete hörbar auf.

Auch auf den Gesichtern von Chris, Chloe und Nikki erschien ein zufriedenes Lächeln.

Natürlich wussten sie nicht, ob die Schattenfrau das Ziel bereits erreicht hatte, doch immerhin waren sie nun ebenfalls auf dem Weg. Die Silberknochen warteten und mit jeder verstreichenden Minute kamen sie näher. Das Rennen gegen die Zeit ging in die nächste Runde.

Sie flogen förmlich über das Wasser.

»Warum springen wir nicht einfach zum Ziel?«, fragte Alex.

Jen deutete hinaus. »Schau.«

In der Ferne tauchten Eisberge auf.

»Wir befinden uns auf dem Weg in die Arktis«, erklärte Nemo. »Jules hat diesen Ort gewählt, um den Traumkrieg zu beenden. Die Silberknochen liegen tief unter dem ewigen Eis.«

»Arctica«, flüsterte Jen.

Alex merkte sofort, dass etwas nicht stimmte. »Was ist los? Wieso ist das schlecht?«

»Shit«, entfuhr es Chloe.

Jen erklärte ihm, weshalb.

27. Alle Hoffnung liegt auf ...

Kevin schämte sich nicht seiner Tränen.

Alle Hoffnungen und Pläne waren zunichtegemacht. Schlimmer noch, wenn er Max im Kampf einmal wiedersehen würde, musste er gegen ihn kämpfen. Es war unwirklich, grausam und hätte nie geschehen dürfen.

An welcher Stelle hatte er versagt?

Kevin machte sich Vorwürfe. Hätte er das Papier nicht zu Edison gebracht, hätte dieser niemals derart negativ reagiert. Überhaupt hatte der Rat sich nicht mit Ruhm bekleckert. Ausgerechnet Edison und Johanna, die beiden Unsterblichen, denen er neben Leonardo am meisten vertraute.

Was sollte er nur tun?

Irgendwann trugen ihn seine Schritte zurück zur Hütte. Die Lichtkämpfer waren abgezogen, die Ordnungsmagier hatten die Spurensuche beendet. Er betrat die Hütte, öffnete das Fenster und kletterte auf der Rückseite wieder hinaus. Hier gab es eine kleine Erhebung, auf der sie oftmals gepicknickt hatten.

Marmelade und Baguette, Nougatcreme und frisches Brot im Licht der aufgehenden Sonne. Kevin glaubte, die Croissants zu schmecken, die frische Milch zu riechen.

All das war vorbei.

In den Katakomben unter dem Haus von Agnús Blanc hatte der Seher ihm kurz vor seinem Tod zugeflüstert: »Der, den du am meisten liebst, wird sterben.«

War das heute geschehen?

Ein metaphorischer Tod? Oder würde Max dort getötet werden? Von Crowley oder Saint Germain oder diesem dreimal verfluchten Marcus, der ihm den Holzstab gegeben hatte.

Kevin wusste es nicht. Er wusste gar nichts mehr.

Als die Schritte erklangen, blieb er einfach sitzen. Die Holzbohlen knarzten, als zwei Personen den Raum betraten.

»Sie sind alle weg«, sagte Edison.

»Gut so.« Johanna klang alles andere als glücklich. »Ich halte es immer noch für eine dumme Idee.«

»Er ist Agent, Johanna. Das sind die Aufträge, die er zukünftig annehmen wird. Ich gebe zu, wir sind sehr weit gegangen, aber nur so glauben tatsächlich alle, dass er ein Verräter ist.«

»Hast du den Blick von Kevin gesehen?« Johanna seufzte. »Er hat das nicht verdient.«

»Nur so war seine Wut echt.« Edisons Stimme klang geschäftlich. »Kevin Grant glaubt nun ebenfalls, dass Max uns verraten hat. Ich hätte die anderen auch lieber eingeweiht, aber mit Patricia in unseren Reihen ist das unmöglich. Wir können ihr nicht vertrauen.«

Kevins Herz machte einen Satz. Er zitterte vor Aufregung, blieb jedoch schweigend sitzen.

»Ist es dir gelungen, den Zauber zu löschen?«, fragte Johanna.

»Im letzten Moment, bevor Crowley gesprungen ist«, bestätigte Edison. »Als Max mit der Idee zu mir kam, hielt ich es auch für Unsinn. Aber ich muss dir sagen, er hat jedes Element perfekt geplant. Aufgrund seiner Gefangenschaft und dem Trauma fiel der Anfangsverdacht des Verrats sofort auf ihn. Er wusste, dass Marcus ihn manipulieren wollte – *uns* manipulieren wollte -, darauf basierte der weitere Plan.«

»Er kam am ersten Tag zu dir?«

Edison schwieg, doch Kevin glaubte, dass die Antwort aus einem Nicken bestand.

»Auf seine Bitte hin habe ich sein Gedächtnis gelöscht. Er konnte sich nicht mehr an seinen eigenen Plan erinnern. Die Grundidee war eine Infiltration des Refugiums der Schatten, um dessen Koordinaten endlich aufzudecken. Nachdem Leonardo gefangen wurde, habe ich ihm seine Erinnerung kurzfristig zurückgegeben. Er schlug vor, dass wir den Plan abwandeln und er versucht, Leonardo zu befreien.«

»Idiotie.«

»Und doch hat bis hierhin alles funktioniert. Die angebliche Entfremdung von seinen Freunden, der Ausraster, alles. Ich habe Triggerpunkte in seinem Geist verankert, die dafür Sorge trugen, dass er auf bestimmte Stichworte exakt wie gewollt reagiert, seine Gedanken die korrekte Richtung einschlugen. Alles mit seiner Erlaubnis, möchte ich betonen.«

Kevin konnte es nicht glauben. Max hatte seine eigene Erinnerung löschen, seine Gefühle fälschen lassen?

»Er ist Agent durch und durch«, erklärte Edison, als hätte er Kevins Gedanken gehört. »Mach dir keine Sorgen, Johanna. Ich habe noch niemals einen so fähigen, einfallsreichen Magier kennengelernt. Er wird improvisieren. Und natürlich kann er ein paar Zauber, die sonst niemand kann.«

»Hoffen wir, dass du recht behältst. Andernfalls verlieren wir sowohl Leonardo als auch einen fähigen, einfallsreichen Magier.«

Edison lachte leise auf. »Er wird Erfolg haben. Allerdings musste ich ihm ein Versprechen geben. Er hat wohl einen Mentiglobus angefertigt.«

»Für Kevin?«

»So ist es. Falls die Mission zu lange dauert, werde ich Kevin die Aufzeichnung aushändigen. Dann weihen wir ihn ein. Bis dahin sorge ich dafür, dass Eliot sich von den Grants fernhält.«

»Er hat gut mitgespielt, unser neuer Oberster Ordnungsmagier.«

»Ist ihm nicht leichtgefallen«, erklärte Edison. »Er mag Max nämlich. Doch ich bin ebenfalls beeindruckt. Man hätte meinen können, der Hass und die Wut seien echt. Wir werden nach Max' Rückkehr einige Überzeugungsarbeit leisten müssen, um den anderen die Wahrheit klarzumachen.«

»Ich hoffe, er beeilt sich. Denn wir müssen uns nun mit den Auswirkungen eures Plans herumschlagen. Patricia Ashwell beginnt bereits Gerüchte zu streuen, dass wir erneut versagt haben und einer der Lichtkämpfer übergelaufen ist.«

Edison schnaubte. »Das ist genau das, was wir wollten. So werden alle tatsächlich daran glauben, dass Max nun ein Schattenkrieger ist. Bedauerlicherweise stärkt das auch ihren Standpunkt. Sie wird weitere Familien auf ihre Seite ziehen, die uns entmachten wollen.«

»Möglicherweise sollten wir Kontakt zu den Grants herstellen«, überlegte Johanna. »Sie waren immer loyal. Es hat mich gewundert, als die beiden vor – wie lange ist das jetzt her? – etwa 26 Jahren aus allen Ämtern zurückgetreten sind.«

»Ava war schwanger«, kam es von Edison. »Die beiden wollten sich auf ihre Kinder konzentrieren. Gerade du müsstest das doch nachvollziehen können. Entschuldige, ich wollte keine alten Wunden aufreißen.«

»Schon gut.« Johannas Stimme zitterte kurz. »Wir leben in einer beständigen Abfolge aus Kämpfen, Verlusten, Siegen und vergehendem Leben. Das ist der Fluch der Unsterblichkeit. Ich habe das bereits vor langer Zeit realisiert.«

Kevin begriff die Bedeutung der Worte. Johanna war einst schwanger gewesen. Hatte sie das Kind bekommen? War sie deshalb so sehr gegen Zaubertränke eingestellt, die eine Geburt herbeiführten?

Die Stimmen wurden leiser, als Johanna und Edison das Gebäude wieder verließen. Das Fenster schloss sich von Geisterhand, die Rollen klappten zu.

Dann waren sie fort.

Kevin blieb alleine zurück. In seinem Inneren tobte ein wahrer Sturm der Emotionen. Max war nie zum Verräter geworden, er hatte es nur allen vorgespielt. Dabei hatte er es selbst nicht einmal gewusst.

Er lachte.

Dann kam die Angst.

Max befand sich im Refugium der Schatten, um Leonardo zu befreien. »Du verdammter kleiner Idiot. Ich werde dich so sehr durchschütteln, dass du nie wieder so einen Mist machst.«

Am liebsten hätte er eine Armee zusammengestellt, um das Refugium zu stürmen. Bedauerlicherweise wusste niemand, wo es war.

Kevin erhob sich und schlug den Weg zu seinem Jeep ein. Auf halber Strecke blieb er abrupt stehen. Wenn Max all das nur gespielt hatte, dann war er nicht die Waffe. Die Prophezeiung von Nostradamus, die er in den Hinterlassenschaften der Schattenfrau entdeckt hatte, bezog sich nicht auf Max.

»Aber wer ist es dann?«, überlegte Kevin. »Wer ist die Waffe?«

28. Einzig mir gebührt die Waffe

Vor einigen Tagen

Die Straße verlor sich in der Ferne.

Max war längst nicht mehr zu sehen. Trotzdem sah er zur Sicherheit noch einmal in die Richtung der Bank, wo er den jungen Lichtkämpfer zurückgelassen hatte. Natürlich hatte dieser den Beobachter in Form eines Vogels nicht entdeckt, der weit über ihnen schwebte. Die Umarmung war exakt zum richtigen Zeitpunkt erfolgt.

»Viel Spaß bei der Hexenjagd«, flüsterte er.

Neben ihm bellte der Hund.

»Ist ja gut. Transformieren Sie sich zurück.«

Die Gestalt des Vierbeiners zerfloss, ein Mann entstand. »Danke.«

»Wir wollen ja nicht, dass es wieder zu einer so ungünstigen Zeit geschieht wie das letzte Mal, als sie gerade Wasser aus einem Trog tranken.«

Der Schattenkrieger wirkte leicht pikiert, schwieg jedoch. Sein schwarzes Haar betonte die bleiche Haut. Bisher erwies er sich als exzellentes Werkzeug.

»Heute waren Sie spät dran. Das nächste Mal erwarte ich Pünktlichkeit, sonst können Sie ein wenig länger ein Dasein als Straßenköter fristen.«

»Saint Germain hat mich aufgehalten.«

»Ach?« Er ließ lediglich eine Braue in die Höhe wandern.

»Ich soll Ihnen ausrichten, dass der neueste Vorschlag abgelehnt wurde.«

Er zerbiss einen Fluch zwischen den Lippen. Nichts, aber auch gar nichts ließen diese Idioten zu. Dabei hätte er als Unsterblicher doch das Recht besitzen müssen, sich zu rächen. »Ich will, dass die Schweiz von der Landkarte verschwindet.«

Er gönnte sich nicht oft emotionale Reaktionen. In diesem Fall allerdings stand er dazu. Die Reichenbach-Fälle mussten eingeäschert werden und die Baker Street gleich mit.

Doch diese Dinge hatten zu warten.

»Warum *Marcus*?«

Er blinzelte. »Wie bitte?«

»Warum nannten sie sich gegenüber Max Manning ausgerechnet Marcus, Professor?«

»Oh, ich habe eine Vorliebe für den Buchstaben M«, gab er zu. »Schließlich muss am Ende jedes Mosaiksteinchen an seinem richtigen Platz sitzen, damit das Gesamtbild entstehen kann. Ich stelle immer wieder fest, dass die Menschen nicht auf die Details achten, daher macht es mir Spaß, genau mit jenen zu spielen.«

Er streckte den Arm aus. »Bringen Sie mich zum *wahren* Ziel.«

Plopp.

Hier lebte die Waffe, die in den Prophezeiungen erwähnt wurde. Max Manning war nur ein Trugbild, eine Nebelkerze, die die Sinne der Lichtkämpfer täuschte. Wie ein Nimag-Illusionist gab er den anderen Unsterblichen etwas, worauf sie ihre Blicke richten konnten, wodurch die Wahrheit verborgen blieb.

»Soll ich wieder transformieren?«

»Bitte.«

»Sofort.« Der Mann verschwand, der Hund kehrte zurück.

Es war Nacht. Die Zeiger der Turmuhr bewegten sich auf die Zwölf zu.

Einhundertsechsundsechzig ziehen ins Land.
Aus der Mitte heraus,
der Waffe Macht erwächst.
Wenn die Turmuhr schlägt zur Stunde Mitternacht,
Licht wandelt im Schatten.
Beim Schlag der Glocken,
das Böse triumphiert.

»Und ich, meine Lieben, bin das Böse.« Er lachte, wenn auch leise.

Vor ihm tauchte Neonlicht auf, das die Nacht erhellte. Er sank auf eine weitere Bank, die sich jedoch gänzlich anders anfühlte als jene in Alicante.

»Guten Abend.«

Keine Antwort. Mit der hatte er auch nicht gerechnet.

»Eine schöne Nacht.«

Schweigen.

Beinahe hätte er wieder gelacht. Es war nicht leicht, mit fremden, verstockten Menschen ins Gespräch zu kommen. Oftmals war Fingerspitzengefühl notwendig.

Doch da saß sie. Die Waffe, die er zu führen gedachte.

Der Hund sprang schwanzwedelnd an den fremden Beinen empor. Die gewünschte Reaktion erfolgte prompt.

»Der ist ja niedlich«, sagte die Waffe.

»Nicht wahr?«

Der Nimag beugte sich vor und streichelte das Tier.

M dachte an all die wunderbaren Waffen, die Agnús Blanc ihm zur Verfügung gestellt hatte. Oh ja, sie würden alle eingesetzt werden. Und er wusste genau, wann, wie und vor allem: von wem.

Nun sah der Nimag auf.

»Ich bin Marcus«, stellte James Moriarty sich vor.

Die Turmuhr schlug Mitternacht.

Im Schein des Neonlichts der Bushaltestelle in London, direkt neben einer Sporthalle, in der bis vor wenigen Minuten ein Boxmatch ausgetragen worden war, verzog sich das Antlitz des Jungen zu einem Lächeln.

»Ich bin Alfie. Alfie Kent.«

Ende

Seriennews

Und damit endet das dritte Hardcover.

Willkommen bei den Seriennews. Ich hoffe, euch hat der letzte Halt vor dem Zyklusfinale gefallen. Wir gehen mit voller Geschwindigkeit in den Endspurt.

Was erwartet euch im kommenden Hardcover?

Noch drei E-Books / ein Hardcover bis zum Finale. Die lezten Geschichten werden die noch offenden Handlungsstränge aufnehmen und verweben. Fast alle. Einen kleinen nehmen wir mit, der steht im Zyklus 2 im Fokus. Alles andere wird aufgelöst, vertrillt und richtig knallen.

Eure Rezension für die bisherige Serie

Aktuell steht »Das Erbe der Macht« bei Amazon auf 89 Rezensionen und einer Bewertung von 4,6. An dieser Stelle möchte ich allen Danken, die sich die Zeit genommen haben, ihre Meinung zu hinterlassen.

Wenn euch das Erbe bisher gefallen habt, würde ich mich über ein Feedback zu Band 1 freuen. Gerade neue Leser schauen dort ja immer wieder nach.

Auch auf der Facebookseite kann die Serie ab sofort bewertet werden, was ihr auch schon fließig in Anspruch genommen habt. Es steht aktuell bei 4,9. Danke dafür :D

Der Trailer ist da

Auf YouTube findet ihr den neuen, mit einem Schauspieler produzierten Serientrailer, der Neulesern »Das Erbe der Macht« vorstellt. Ihr findet diesen unter:

Das Erbe der Macht - Der offizielle Trailer
https://youtu.be/vlV-xQenzJw

Darüber hinaus gibt es auch noch einen animierten Slideshow-Trailer. Gebt auf YouTube einfach ins Suchfeld ein: Werde Teil einer magischen Welt.

Die Bonusgeschichten im Newsletter

Mittlerweile sende ich zwischen den Romanen kleine Bonusgeschichten über den Newsletter herum. Dort berichte ich auch über Messen. Da es für euch im Hardcover aber problematisch ist, die Storys nachträglich zu lesen, wurde die Bonusgeschichte zu Band 8 in den Roman integriert.

Generell könnt ihr euch auf der Serienseite www.erbedermacht.de in den Newsletter eintragen.

Damit komme ich zum Ende.

Euch allen einen tollen Juli,

Karlsruhe, 20.06.2017
Andreas Suchanek

Die Serie

Facebook www.facebook.com/ErbeDerMacht | **Twitter** www.twitter.com/ErbeDerMacht | **Web** www.erbedermacht.de

Der Autor

Facebook www.facebook.com/Andreas.Suchanek.Autor | **Twitter** www.twitter.de/AndreasSuchanek | **Instagram** www.instagram.com/ansu_ka **Web** www.andreassuchanek.de

COVERGALERIE

DAS ERBE DER MACHT
SCHATTENZEIT
ANDREAS SUCHANEK

DAS ERBE DER MACHT
OPFERGANG
ANDREAS SUCHANEK

DAS ERBE DER MACHT
SILBERKNOCHEN
ANDREAS SUCHANEK

Glossar

Lichtkämpfer

Streiter des Guten, die gegen die Schattenkrieger vorgehen. Ein Sigil im Inneren stattet sie mit Essenz aus, durch die Magie gewirkt werden kann. Jeder Lichtkämpfer trägt einen Essenzstab, durch den Magie in Material einfließen kann. Bisher bekannte Vertreter:

Alexander Kent
Jennifer Danvers
Clara Ashwell
Kevin und Christian Grant
Max Manning
Gryff Hunter – Oberster Ordnungsmagier.
Wang Li – Lebt in sicherem Haus in New York.
Joshua – Lebte vor einhundertsechsundsechzig Jahren. Er war der letzte Seher.
Mark Fenton – Starb durch eine Intrige der Schattenfrau.

Lichtkämpfer nehmen verschiedene Aufgaben in der Gemeinschaft wahr.

Das Castillo Maravilla

Hauptquartier der Lichtkämpfer. Das Castillo steht in Alicante (Spanien) und ist über Portale mit sicheren Häusern in aller Welt verbunden.

Hope

Enklave im Norden Kanadas. Hier leben die Magier neutral. Halten sich aus den Streitigkeiten zwischen Lichtkämpfern und Schattenkriegern heraus.
Alter Inuit-Zauber schützt die Kleinstadt.

Das erste Castillo (auch genannt: Das verlorene Castillo)

Der allererste Stützpunkt der Lichtkämpfer. Vor 166 Jahren, als der Wall erschaffen wurde, verschwand das Gebäude mit den dortigen Lichtkämpfern. Es konnte nie geklärt werden, was damit geschehen war. In Band 3, »Wechselbalg«, lösen Alex und Jen dieses Rätsel.

Nimags (Nichtmagier)
Gewöhnliche Menschen, die keine Magie wirken und diese durch den Wall auch nicht sehen können. Bekannte Vertreter:

Zac – Bester Freund von Alex
Alfie – Bruder von Alex
Jackson – Schläger in Angell Town. Hielt Alfie vor 4 Jahren eine Waffe an die Stirn und wurde dafür von Alex zusammengeschlagen.

Der Rat des Lichts
Sechs unsterbliche Größen der Menschheitsgeschichte, die das Führungsgremium der Lichtkämpfer bilden. Bisher bekannte Vertreter:

Johanna von Orleans
Leonardo da Vinci
Albert Einstein
Tomoe Gozen
Thomas Alva Edison
Kleopatra

Es gibt zwei weitere noch unbekannte Unsterbliche. Außerdem einen Verräter, der vor einhundertsechsundsechzig Jahren den Rat verriet und dadurch die Blutnacht von Alicante möglich machte.

Blutnacht von Alicante
Vor einhundertsechsundsechzig Jahren neutralisierte ein Verräter im Rat die Schutzkristalle des Castillos. Der Vorgang ging als Kristallfeuer in die Geschichte ein. Der Verräter lief zu den Schattenkriegern über und hat nun dort einen Sitz im Rat.

Sigil
In jedem Magier manifestiert sich, sobald dessen Erbe erwacht, ein Sigil. Dieses hat unterschiedliche Formen und generiert die Essenz. Es wird geschützt durch die Aura.

Die Essenz
Magische Quellkraft, die es ermöglicht, Zauber zu wirken. Ist sie aufgebraucht und der Magier webt weiter Zauber, zieht das Sigil statt-

dessen Kraft aus der Aura ab. Ab diesem Moment ist der Magier in Lebensgefahr.

Aura
Die Aura schützt das Sigil und bändigt es gleichzeitig. Ist sie aufgebraucht, entartet das Sigil, was zum vernichtenden Aurafeuer führt. Der Magier verbrennt zu Asche, und das Sigil wird zu reiner Energie, bevor es sich in einem Erben neu manifestiert.

Schattenkrieger / Schattenkämpfer
Kämpfer des Bösen, die es sich zur Aufgabe gemacht haben, den Wall zu vernichten. Diesem Ziel haben sie alles untergeordnet. Angeführt werden sie vom Schattenrat. Bekannte Vertreter:

Der Graf von Saint Germain
Dschingis Khan
Der Verräter, der den Lichtkämpfern einst den Rücken kehrte
Aleister Crowley

Der Wall
Vor einhundertsechsundsechzig Jahren errichtet, verbirgt der Wall gewirkte Magie vor Menschenaugen. Um zu existieren, zieht er von jedem Magier Essenz ab. Dadurch ist Magie nicht mehr so stark wie einst. Aus diesem Grund wollen die Schattenkämpfer den Wall auch vernichten.

Wächter
Beschützer von Artefakten. Manchmal werden Gruppen gebildet, die außerhalb des Castillos leben und dort gefährliche Artefakte verwahren (so beispielsweise den Folianten). Die Wächter einer Gruppe tragen als Erkennungssymbol ein Tattoo auf dem Handgelenk.

Sigilklinge
Eine von wenigen Waffen, die ein Sigil vollständig vernichten können. Es wird zu reiner Energie und kann sich nicht neu manifestieren. Um das Gleichgewicht zu wahren, wird dafür aber auch ein Sigil aus dem gegnerischen Lager vernichtet.

Immortalis-Kerker – Gefängnis für dunkle Unsterbliche und Schattenkrieger. Die Zeit wird eingefroren. Während für den Insassen Sekunden vergehen, können außerhalb Jahre oder Jahrzehnte vergehen.

Verschiedene Begriffe

Himmelsglas - Schützt vor magischen Schlägen

Magifiziert – Mit einem Zauber belegt

Illusionierungszauber - Illusion, die das wahre Aussehen verändert; kann auf Gebäude oder Personen angewendet werden

Schutzsphäre – Ein magisches Schild

Weitblick - Einfacher Zauber, durchdringt Wände

Erinnerungsalternierung – Sehr komplexer Zauber, der viel Essenz abverlangt und hochgefährlich ist; nur einfach, wenn der Magier gerade frisch erweckt wurde

Schattenportale - Das Portalnetzwerk der Schattenkrieger

Bernstein-Magifizierung: Dient der Konservierung. Kann sogar lebendes Gewebe erhalten. Dämpft Magie. Ein Essenzstab, der in Bernstein eingeschlossen wird, wird vollständig neutralisiert.

Hexenholz = Kann Essenz speichern

Essenzstabrepliken = Sind aus Hexenholz. Werden von den Kampfiguren im Duellierraum benutzt.

Zauber

Porta apertus = Lässt ein Portal erscheinen

Porta apertus. Tempus Fugit = Öffnet das Portal zu den verbotenen Katakomben

Fiat Lux = Feuerzauber. Kann je nach verwobenem Machtsymbol aber auch andere Formen annehmen, beispielsweise Lichtkugeln.

Mentigloben – Erinnerungsspeicher. Das Wissen kann später abgerufen werden. Hierfür wird der Memorum-Excitare-Zauber angewendet.

Contego Maxima – Der absolute Schutz. Wird vom Stabmacher verwahrt. Ein Glasgefäß in dem Buchstaben aus Tinte schwimmen, jedoch nicht zerfließen.

Avakat-Stern – Dient der Essenzübertragung.

Senescentis – Alterungszauber über den verbotenen Katakomben.

Unum Extingus – Lässt den Zauber erlöschen.

Porta aventum – Lässt ein Portal über einem Manifestationspunkt erscheinen.

Agnosco (Indikatorspruch) – Enthüllt einen zugrundeliegenden Zauber.

Memorum Excitare – Aktiviert die Verbindung zu Mentigloben.

Novum-Absolutum-Kerker – Das Gefängnis der Schattenkrieger, in dem Unsterbliche des Lichtrates gefangen gesetzt werden. Hier vergeht die Zeit, der Insasse nimmt aber nichts mehr außerhalb seines Körpers wahr. Tomoe Gozen verbrachte 3 Jahre im Novum-Absolutum-Kerker.

Tempus Revelios – Zeitschattenzauber. Zeigt auf, wo sich Gegenstände oder Personen in der Vergangenheit aufgehalten haben.

Signa aeternum – Das ewige Siegel. Wird von der Schattenfrau auf das Archiv gelegt.

Ignis aemulatio – Lässt magisches Feuer entstehen.

Aditorum: Verborgenen Zugang freilegen

Apertus: Öffnet eine Tür, Portal, ...

Aportate: Ruft einen Gegenstand herbei

Levitatem Corpus = Macht ein Objekt / einen Körper schwerelos

Gravitate Negum = Gravitationsvektor-Umkehr – Die Schwerkraft wird neu ausgerichtet.

Somnus = Erzeugt Schlaf / Bewusstlosigkeit

Pugnus = Kampf. Lässt einige Figuren im Duellierraum erwachen.

Pugnus Maxima = Lässt alle Figuren erwachen.

Transformere Elementum = Transferiert ein Element in ein anderes

Generate Mirrage = Erzeugt eine Illusionierung

Crepitus (Maxima) = Explosion (maximal)

Gravis (Maxima) = Schwere (maximal)

Sanitatum = Grundlegender Heilzauber

Sanitatem Corpus = Heilt den gesamten Körer

Essentum transmitere = überträgt Essenz

Separate Infinite = Separiert die Archivräume

Orden

Vie dans la Mortalité = Ein alter Geheimorden, der einst von Graf Maquis Egmont Dupont gegründet wurde. Sein Ziel war der Sturz der Unsterblichen, um eine Herrschaft des magischen Adels einzuleiten.

Personen

Maquis Egmont Dupont = Gründer des Ordens Vie dans la Mortalité. Lebte im späten 18. und frühen 19. Jahrhundert, bevor er durch ein Zeitportal in die Gegenwart geholt wurde. Er tötete Jeremiah Ashwell.

Die Prophezeiungen

Dreimal dreht sich der Schlüssel,
Verrat, Feuer, Tod.
Im Licht des Avakat-Sterns,
die Erde getränkt in Blut.

Die Zeit ist es,
verbirgt vor euch, was euch lieb ist.
Ein Riss, ein Netz, ein Bruch.

Was einst war, wird wieder sein.
Was nun ist, wird nie mehr sein.
Feuerblut, Silberregen, Ascheatem.

Aus Licht wird Schatten,
Schatten erstarkt.
Getrennt durch gestern, heute, morgen,
wird Licht zu Dunkelheit.

Ein Krieg am Anfang, am Ende, immerdar.
Zwei Seiten im ewigen Streit.
Schnee und Asche, Asche und Schnee.
Ein Zyklus für die Ewigkeit.